SUSANA RUBIO (Cambrils, 1975) es licenciada en Pedagogía por la Universidad Rovira i Virgili de Tarragona. A pesar de tener su propia consulta, nunca deja de escribir en sus ratos libres: no le importa dónde ni cuándo, solo necesita sus auriculares con música a todo volumen para teclear en el ordenador sin parar. Lo que desde siempre le había apasionado se convirtió en algo más cuando decidió autopublicarse y sus libros se posicionaron rápidamente entre los más vendidos. Con miles de lectores enganchados a sus historias, Susana Rubio dio el salto a las librerías con la saga Alexia; *Tengo un whatsapp*; la bilogía *Todas mis amigas* y *Todos mis amigos*; la saga En Roma (*Arrivederci, amor*; *Ciao, bonita*; y *Buonasera, princesa*); y la bilogía LoveInApp, compuesta por *Vera y su mundo* y *Nuestro pequeño universo*. Recientemente ha publicado la bilogía Las hermanas Luna, compuesta por *Un cielo lleno de nubes* y *Un cielo lleno de estrellas*.

Primera edición en B de Bolsillo: febrero de 2024

© 2021, Susana Rubio
© 2021, 2024, Penguin Random House Grupo Editorial, S. A. U.
Travessera de Gràcia, 47-49. 08021 Barcelona
Diseño de la cubierta: Penguin Random House Grupo Editorial / Laura Jubert
Imagen de la cubierta: © Carolina Morando

Printed in Spain – Impreso en España

ISBN: 978-84-1314-885-4
Depósito legal: B-21.393-2023

Impreso en Black Print CPI Ibérica
Sant Andreu de la Barca (Barcelona)

BB 4 8 8 5 4

Arrivederci, amor

SUSANA RUBIO

Para todas esas personas que no han tenido una infancia feliz

Prólogo

—Es un problema neurológico que no tiene cura, su evolución suele ser progresiva, pero, si siguen todos estos pasos que les voy a explicar a continuación, la vida de su hija mejorará notablemente...

Recordaba vagamente aquella charla con el médico porque me dediqué a mirar con atención el póster que tenía en su consulta: era el recorrido que hacía un espermatozoide para llegar al óvulo y se me quedó grabado en la mente. ¿Tan largo era el camino? En ese momento pensé que era una suerte que yo estuviera allí, vivita y coleando.

—... eviten el estrés, la ansiedad y todo aquello que la pueda poner nerviosa...

El médico continuó charlando con mis padres y yo seguí mirando fijamente aquel póster. Conocía todas aquellas palabras que leía porque en ese momento cursaba sexto y habíamos estudiado el tema de la reproducción, a pesar de que a muchos niños les entraba la risa con aquellas explicaciones. A mí no me hacía ninguna gracia, la verdad. Era absurdo reírse al oír la palabra «vagina», pero tampoco era tan extraño que no me hiciera la misma gracia que al resto porque me ocurría en más de una ocasión.

Mis amigas siempre decían que yo era más madura, que me preocupaba por todas, y que controlaba con genialidad los trabajos que hacíamos juntas. A ellas ya les iba bien porque la mayoría de las cosas las terminaba haciendo yo. Y no me importaba, necesitaba tener el control.

—... detengan la multitarea porque puede causar estrés y es lo que tenemos que intentar evitar. Su grado es leve, pero nunca se sabe si puede empeorar. Pueden probar con la terapia cognitiva conductual, conozco un experto en el tema que les puede ayudar. Mientras, les recomiendo la respiración diafragmática...

En aquel momento escuché palabras sueltas, algunas de las cuales me sonaron a chino. Más tarde las aprendí todas y aprendí también a ser mi propia terapeuta. Lo decidí cuando el chico que me gustaba en el instituto me pidió el número de teléfono y mi respuesta corrió por todo el instituto durante semanas.

—Un, dos, tres, cuatro, cinco, un, dos...

1

ADRIANO

Aquel año estaba siendo especialmente fresco, pero aun así las ventanas del apartamento que compartía con Leonardo estaban abiertas de par en par. Agradecía aquella corriente que recorría el piso entero, aunque quedaba expuesto a todas las miradas de los vecinos, cuyos edificios estaban a poco más de tres metros.

Sí, unas vistas impresionantes para estar viviendo en Roma.

—¡¡¡Adriano!!!

Me volví para ver a mis dos vecinas, que me saludaban desde su balcón. Les hice un gesto con la mano y les dediqué una de mis mejores sonrisas.

Eran Bianca y Carina. Montaban unas fiestas brutales en ese piso de setenta metros cuadrados. Creo recordar que en la última, hacía ya un par de semanas, acabé enrollándome con Bianca. Aquella noche la tengo algo borrosa en mi mente porque a mi padre le dio por llamarme y se me fue la mano con el alcohol. Por suerte estaba de vacaciones, porque aquella resaca me duró un par de días largos.

La noche anterior me había enrollado de nuevo con Fabrizia y lo achaqué a que estaba de bajón porque las vacaciones llegaban a su fin. La verdad era que se me había ido la cabeza y que me había venido arriba cuando empezamos a bailar restregando nuestros cuerpos en el pub de moda.

Fabrizia y yo nos habíamos acostado juntos en varias ocasiones durante los últimos meses hasta que ella se plantó y me dijo con su delicioso acento italiano que quería dar un paso más. Yo me acordé de la canción de «un pasito pa'lante y un pasito pa'trás»... el mío fue el segundo, por supuesto.

No, no me toméis por un cabrón insensible y con pocas ganas de sentar la cabeza (bueno, lo segundo quizá un poco), pero es que tengo veintiséis años y soy un crío aún (eso dice mi santa madre). ¿Cómo iba a liarme la manta a la cabeza con Fabrizia? Vale que ella tiene treinta y dos años y tal vez está en otra etapa de la vida, pero yo todavía estoy verde y lo de tener pareja formal no entra en mis planes. Bueno, realmente nunca ha entrado en ninguno de mis planes.

—¿Qué planes?

—Leonardo, no me comas el coco. Ya me entiendes.

Leonardo es mi compañero de piso, estudiamos juntos los seis años de arquitectura y después el jodido máster que duró un año eterno. Actualmente es uno de mis mejores amigos, a pesar de que es un italiano muy entrometido ¿Por qué? Todo lo pregunta, todo lo razona, a todo le busca la lógica.

—No mucho, la verdad. ¿Si habíais roto por qué os habéis enrollado otra vez?

—Deberías haber estudiado filosofía, no arquitectura.

Compartíamos el piso de una de sus miles de tías, concretamente el tercero de un edificio de cuatro pisos. En aquella vivienda del centro, a Leonardo le sobraban un par de habitaciones y además odiaba estar solo, así que a mí me fue de perlas porque me cobraba poquísimo por aquella ganga. El inmueble era una pasada, aunque la fachada auguraba un habitáculo lleno de ratas, pero eso es algo común en Roma.

Las fachadas de muchos edificios parecen a punto de caerse, pero después encuentras unos pisos enormes renovados y con una estructura arquitectónica alucinante. Ese era uno de los motivos por los que me apasionaba vivir allí. Nada como aquella ciudad para aprender de algunos de los monumentos más brillantes del mundo. El otro motivo era mucho más práctico: mis padres se habían separado y mi madre se había trasladado a Roma cuando yo tenía diecisiete años. Dejé atrás mi vida en España, pero no tuve opción.

—Tú di lo que quieras, pero liarte con ella de nuevo solo te traerá problemas.

Lo miré fijamente porque en todos aquellos años que llevábamos juntos había aprendido muchas cosas de Leonardo y una de ellas era que solía tener razón en el noventa y nueve por ciento de los casos. En la intimidad lo llamaba «puto Poirot» y él se descojonaba conmigo porque Leonardo ni es gordito ni lleva bigote. Es un tipo alto, delgado y con la cara despejada que muestra unos ojos rasgados de un negro brillante y una nariz más bien ancha en comparación con su boca pequeña. Pensándolo bien, no nos parecemos en nada porque mis ojos son marrones, mi nariz es recta y mis labios más bien gruesos. Él es mucho más alto que yo, aunque yo tengo más espalda, sobre todo en lo referente a nuestros problemas con las chicas.

—Solo ha sido una vez y ya está.

—*Tenere gli occhi aperti.*

—Joder, Leonardo, ya tengo los ojos bien abiertos.

Leonardo hablaba el español casi a la perfección porque su padre era de Valladolid y tanto él como su hermana mayor habían aprendido el idioma desde pequeños. Yo hablaba perfectamente en italiano, siempre se me habían dado bien los idiomas, pero prefería hablar con mi amigo en mi lengua natal.

—Ha sido un fallo técnico, ¿de acuerdo? Puedes quedarte tranquilo —le dije con cierta condescendencia.

Leonardo siempre andaba preocupado y le costaba dejarse llevar. No entendía muchas cosas de las que yo hacía y en más de una ocasión su interrogatorio era peor que el de mi propia madre. Al principio pensaba que me vacilaba: ¿en serio me preguntas por qué bebo alcohol? ¿En serio no bailas nunca a lo loco? ¿En serio no has empalmado alguna vez una noche de juerga con una comida familiar?

Al principio me dio la impresión de que no teníamos nada en común porque Leonardo es lo más tranquilo que te puedas echar a la cara, pero con el tiempo conectamos sin problemas porque ambos teníamos dos cosas muy claras: nos respetábamos por encima de todo y nuestra prioridad era aquello relacionado con el mundo de la arquitectura. Eso supuso que durante los primeros meses Leonardo me enseñara Roma de cabo a rabo... no se dejó ni una esquina por mostrarme ni una coma en sus explicaciones. Era el mejor guía que había conocido en mi vida, una enciclopedia con patas que disfrutaba de todo lo que veía. Y yo con él.

—Además, ella sabe lo que hay, y si hace falta, no saldré.

Coincidía con Fabrizia porque salíamos con los mismos amigos, entre ellos Leonardo.

—¿No saldrás? —lo preguntó con una risotada.

—Deja de reírte de mí.

—Oye, cambiando de tema. ¿Irás mañana en yate con tu madre? —preguntó, esta vez más serio.

Solté un bufido antes de contestar. A mi madre le encantaba navegar en yate, pero a mí no me apasionaba del mismo modo. De vez en cuando iba con ella para hacerla feliz, pero no iba a pasar mi último día de vacaciones allí subido.

—Le dije a mi madre que no, que en el mar no hay monumentos y que tomar champán y canapés junto a sus amigos no es lo mío.

—Genial, pues nos vamos a ver la Capilla Sixtina, ¿qué me dices? ¿Puedes tirar de amigos?

Sonreí porque para Leonardo aquellos eran los mejores planes que podíamos hacer. Mi madre tenía un buen amigo en la entrada y me era sencillo entrar sin problemas. En una ocasión nos pasamos en la Capilla Sixtina más de una hora admirando su bóveda: analizamos las nueve escenas del Génesis, una por una. Leonardo y yo compartíamos la misma pasión y nos retroalimentábamos con esas charlas, aprendíamos el uno del otro. Cualquiera de los dos lanzaba una pregunta al aire y seguidamente perdíamos la noción del tiempo intentando encontrar la respuesta.

—Pero después nos vamos a tomar unas cervezas.

—Hecho.

El sonido de mi teléfono nos interrumpió y al ver el nombre de Fabrizia en la pantalla estuve a punto de no cogerlo.

—*Rispondi, per favore* —me instó Leonardo señalando el móvil.

—Fabrizia, ¿qué tal?

Con ella hablaba en italiano, por supuesto.

—Tengo un poco de resaca, pero me acuerdo de todo perfectamente.

Fabrizia no se andaba por las ramas y era algo que me gustaba de ella; sin embargo, en aquel momento no me apetecía nada hablar de lo nuestro o de lo no nuestro...

—Genial, ¿querías algo?

Yo tampoco me andaba con rodeos.

—Algo no; a ti, sí.

Me quedé en silencio un par de segundos. Al final Leonardo iba a tener razón.

—No estoy en venta —le dije, un poco molesto.

No soportaba ese tipo de frases.

Fabrizia rio al otro lado como si hubiera dicho algo realmente gracioso.

—¿Te apetece quedar esta noche? —me propuso con voz melosa.

Miré fijamente a Leonardo: estaba leyendo *Los pilares de la tierra* de Ken Follet, creo que era la quinta vez que lo leía. Sonreí.

—No puedo, tengo planes.

—¿Qué planes?

Era la segunda vez que me preguntaban aquello en un mismo día.

Mis planes eran muy simples: quería ser uno de los mejores interioristas de Roma; quería decorar de colores la vida de la gente; quería alegrar la vista de todas aquellas personas que andaban por el mundo con la cabeza gacha; quería hacer realidad muchos sueños; quería tantas cosas...

—He quedado con alguien.

Era mentira pero si le decía que aquella noche me iba a quedar en casa con Leonardo, Fabrizia era capaz de presentarse allí con una botella de *limoncello*.

—Ya veo...

Su tono de enfado no me gustó, ya habíamos hablado de todo aquello: no queríamos lo mismo ni esperábamos lo mismo de nuestra relación.

—Fabrizia, quedamos en ser amigos, ¿verdad?

—Lo sé, mi amor, pero te echo de menos.

—Nos vimos ayer...

—Por eso mismo, ¿no significó nada para ti?

Vale, nos acostamos juntos y como siempre fue de puta madre; no obstante, para mí solo había sido sexo. Por lo visto para ella no.

—Fabrizia, yo sigo pensando lo mismo.

No quería dañarla pero tampoco mentir ni dar falsas esperanzas. Estaba claro que Leonardo tenía razón y que lo mejor sería no volver a tropezar con la misma piedra. Había sido un iluso al pensar que todo quedaría igual.

—¿Lo mismo? ¿Lo dices en serio?

Elevó el tono y tuve que apartarme el teléfono de la oreja. Leonardo me echó un vistazo y continuó con lo suyo. Supuse que había oído a Fabrizia.

—Joder, Fabrizia, no te cabrees. No quiero discutir contigo.

—No quieres discutir, no quieres salir conmigo, pero sí quieres follar. ¡Eso sí!

Solté un largo bufido porque empezaba a sentirme atrapado en la misma conversación.

—Fabrizia...

—¡Eres un puto cerdo!

Me colgó el teléfono y en parte lo agradecí. ¿Qué le iba a decir? Yo me había enrollado con ella pensando que entendería que aquello era algo ocasional, una especie de despedida o incluso algo que podía ocurrir porque todavía nos gustábamos. A veces, me costaba entender a las mujeres porque yo lo veía clarísimo, pero por lo visto para ellas no era así.

—¿Te ha mandado a la mierda?

Miré a Leonardo sorprendido porque no solía decir palabras malsonantes.

—Algo así.

Alzó ambas cejas y se pasó los dedos por la boca, como si cerrara una cremallera. Sonreí porque con ese gesto quería decir que no iba a decir: «¿Lo ves? Te lo dije, Adriano».

2

CLOE

—¡Por Cloe, Marina y Abril!

Estábamos las tres en aquella discoteca de Barcelona, celebrando con nuestros amigos más cercanos que nos íbamos de Erasmus. No podíamos dejar de sonreír, de brindar con chupitos de tequila y de bailar al compás de la música que pinchaba Samuel.

—Esta noche está para hacerle gemelos, ¿verdad? —me preguntó Marina en el oído.

Me reí al oír aquella barbaridad.

Marina siempre estaba dispuesta a tener sexo, aunque con preservativo, eso siempre. Y ellos... ellos caían a sus pies como moscas ante aquel pelo largo y negro como el azabache, aquellos ojos azules y rasgados y esa boca roja de labios carnosos.

—Pues yo paso de él, ya lo sabes —le respondí al cruzar mi mirada con Samuel.

—¿Y si le hago una foto y mañana pregunto en Instagram si lo quieren como novio?

Las dos soltamos una buena carcajada porque estábamos seguras de que la mayoría apuntarían hacia el sí. Samuel era de esos tipos resultones que con unos vaqueros rotos y una camiseta blanca de manga corta te hacía volver la vista hacia él, sobre todo por su altura y su ancha espalda.

Marina es *influencer*, famosa en las redes y tiene un par de años más que nosotras. Este año termina la carrera de arquitectura y fue ella quien nos convenció para ir de Erasmus juntas. Estamos ya en último curso y al sacar tan buenas notas hemos podido escoger destino. Abril y yo estudiamos enfermería, y las tres nos conocemos porque vivimos en el mismo barrio en Barcelona, concretamente en Gracia.

Abril es todo lo contrario a Marina y quizá por eso se complementan a la perfección. Ella es tímida y más bien callada aunque tiene las ideas muy claras, como por ejemplo ser enfermera: es algo que tiene decidido desde los cinco años. Su pelo pelirrojo y con rizos es precioso y su cara de niña buena siempre atrae a chicos más bien macarras, cosa que ella no soporta.

—¿A quién se quiere ligar la amiga? —Aquello me lo preguntó Abril después de brindar de nuevo.

—Creo que a Samuel —le dije guiñándole un ojo.

—No fastidies, es tu ex.

—No es mi ex.

—Bueno, ya me entiendes.

Samuel y yo nos habíamos enrollado algunas noches y habíamos terminado en su coche clavándonos el cambio de marchas en algunas partes del cuerpo. Nada importante.

En ese momento sonó *Tattoo* de Rauw Alejandro y empezamos todos a bailar con una sonrisa bobalicona en la cara.

«Yo no sé ni qué hacer cuando estoy cerca de ti. Tus ojos color café se apoderaron de mí...»

Esa canción iba dirigida a mí, lo sabía porque Samuel me lo había comentado entre gemidos dentro de uno de los baños del local.

—El color de tus ojos es de café... Cuando pongo esa canción no puedo dejar de pensar en ti.

Cierto, tengo los ojos oscuros, algo rasgados y siempre los llevo maquillados.

—Y no dejo de pensar en tu pelo, tu boca, tu carita...

Me encantaba que me dijera aquellas tonterías mientras lo tenía dentro de mí, aunque me tuviera por una chica más bien normalita físicamente.

Soy de talla media, pelo castaño y largo, y mis rasgos no son llamativos, pero tengo los ojos bonitos, sobre todo cuando les dedico más de media hora para dejarlos perfectos.

—No te quita la vista de encima —continuó Abril, que no entendía que a mí no me importara que Marina quisiera ligar con él.

Y no me importaba porque mis sentimientos hacia él eran nulos. Era un chico atractivo y majo, pero nunca habíamos ido más allá porque yo le había dejado claro cuáles eran las reglas: nada de enamorarse, gracias.

En mi vida necesitaba tener las cosas bajo control. Hacía tiempo que no tomaba ningún tipo de medicación y me sentía genial conmigo misma, ¿para qué introducir otra incógnita en la ecuación? Me enamoré a los dieciséis años, salí algunos meses con aquel chico y cuando se cansó de mí me rompió el corazón. Nunca más.

Después de aquel suceso volví atrás, empecé a contar números de nuevo ante cualquier situación, a tener pensamientos extraños y a obsesionarme por la simetría y la precisión.

Me costó remontar aquel episodio, pero durante aquel período me repetía con asiduidad que aquello no volvería a pasarme, disfrutaría de mi juventud, no necesitaba tener una relación seria para ser feliz. Además, mis dos mejores amigas pensaban como yo, así que me lo pasaba genial con ellas sin comerme la cabeza con historias de desamor.

—Abril, nos vamos mañana. Cuatro meses sin padres, sin ataduras y sin ninguna otra responsabilidad más que la de disfrutar de nuestras prácticas. Samuel no me interesa.

—Está bien, está bien.

Para Abril las relaciones no son algo sencillo: con quince años la marcaron de por vida y le cuesta confiar en los chicos, le cuesta dejarse conocer y, cuando intima con alguno, necesita confiar al cien por cien en esa persona. Le cuesta entender que Marina o yo misma no tengamos ciertos sentimientos antes de besarnos con un chico. Ella evita tener pareja, pero por otras razones muy distintas.

—¡Vamos a bailar! —le dije cogiéndola de la cintura.

Alguien hizo lo mismo conmigo y al principio me reí pensando que era uno de nuestros amigos; sin embargo, cuando sentí que se pegaba demasiado a mí, tensé todo el cuerpo sin poderlo evitar y apreté los dientes, nerviosa. No soportaba que invadieran mi espacio vital de esa forma ni que me toquetearan sin mi permiso, pero no pude moverme del sitio intentando controlar mi ira. Lo normal en este caso sería apartarse de aquel individuo, pero la tensión que sentía me bloqueaba y me veía incapaz de mover un solo músculo.

—¡Eh! ¿Eres gilipollas? —Marina me tiró del brazo, logrando que me moviera y se encaró al tipo que se estaba rozando conmigo.

Tanto Marina como Abril lo sabían todo de mí, nos conocíamos las tres a la perfección y sabíamos leer nuestros ojos casi a las mil maravillas. En muchas ocasiones no necesitábamos hablar para saber qué nos ocurría.

—No veo que tu amiga se haya quejado —le replicó él entre risas.

Es que encima tenía que aguantar aquel tipo de comentarios...

Me volví hecha una furia y lo empujé con todas mis fuerzas, consiguiendo que su cuerpo chocara con el de otras personas.

—¡Como vuelvas a tocarme te crujo los huesos!

A ver, seamos realistas, una chica no demasiado alta como yo no tenía nada que hacer contra un tío que parecía un armario empotrado, pero la rabia me cegaba en aquellos momentos.

—Déjalo, Cloe, no vale la pena...

Abril me agarró del brazo y regresé junto a nuestros amigos. Necesité más de media hora larga para que se me pasara el enfado. Principalmente estaba enfadada conmigo, por no reaccionar, por quedarme bloqueada y porque daba la impresión de que me dejaba mangonear por tipos asquerosos como aquel. Y no era así. Aquel tipo de reacciones eran consecuencia de mi mente extraña y de mis continuos bloqueos.

—Menuda tía rarita...

No quise seguirle el rollo, aunque me dolían aquel tipo de comentarios, sobre todo porque los había tenido que aguantar en mi vida en demasiadas ocasiones...

En sexto curso con once años

—Cloe, vamos a llegar tarde.

—¡Ya voy!

Miré mi habitación de nuevo antes de marcharme, necesitaba saber que estaba todo en orden y que no me dejaba nada. Abrí la mochila por quinta vez y saqué todos los libros para volverlos a meter.

Vale, estaban todos... ¿Segura? No, no iba a sacarlos de nuevo.

Ni caso.

Un, dos, tres, cuatro, cinco...

—¡Cloe!

Cerré la mochila contando en mi mente hasta cinco varias veces. No, no iba a hacer más aquello.

—¿Por qué tienes siempre los colores tan bien puestos?

Mi mejor amiga por aquel entonces era demasiado curiosa porque siempre iba preguntándolo todo: «¿Por qué desayunas siempre lo mismo?», «¿Por qué tus cosas siempre están del mismo modo en el cajón del pupitre?», «¿Por qué no vas nunca despeinada?».

—Porque quedan más bonitos.

Mentira. Si no los tenía en el orden correcto me sentía mal e incluso me llegaba a doler la barriga.

—¿Y qué pasa si muevo este aquí?

Miré a mi amiga con el ceño fruncido porque en ese momento sentí una especie de escalofrío por la columna vertebral y un pensamiento absurdo me dijo que si los colores no estaban bien colocados podía ocurrir algo malo.

Cogí el color y lo cambié de lugar con rapidez.

Sin saberlo, mi amiga hizo algo que después tuve que practicar con mi terapeuta: enfrentarme a mis miedos y así poder dominarlos.

—Eres un poco maniática —comentó ella entre risillas.

Era mi mejor amiga y sabía que aquella no era mi única manía. Eso creía que tenía: manías, hasta que mis padres decidieron llevarme a una psiquiatra.

—Su hija padece trastorno obsesivo compulsivo, en un grado leve, pero si no lo tratamos puede ir a más e incapacitarla para que lleve una vida normal.

En ese momento el nombre me hizo gracia: tengo TOC. No sonaba tan mal, ¿verdad?

3

ADRIANO

Aquella mañana lluviosa fui de los primeros en llegar al estudio. Llevaba un año trabajando en la empresa y me había ganado a pulso mi puesto. Nadie me había regalado nada excepto la posibilidad de hacer la entrevista con los de recursos humanos, gracias a mi madre, que es la dueña de la empresa.

Somos unas cuarenta personas trabajando y yo estoy en el departamento de diseño. Me apasiona observar el espacio en el que voy a trabajar porque soy capaz de visualizar *in situ* dos o tres proyectos en pocos segundos. Uno de ellos acaba siendo el elegido y entonces entro en una especie de trance hasta que lo termino. Es algo que me apasiona y por eso mismo no rechacé la idea de mi madre de trabajar en uno de sus negocios, aunque mis condiciones fueron muy claras: no quería ningún trato de favor ni que me enchufaran dentro por ser el hijo de.

Podría haber rechazado su oferta, tal como hago con su dinero, pero debía reconocer que aquel estudio era uno de las mejores de la ciudad y no era tan tonto como para no ver una buena oportunidad.

—En diez minutos nos reunimos en la sala principal —comentó Sandra, una de mis compañeras de diseño con un acento italiano muy suave.

—Me tomo un café en cinco.

—¿Qué tal las vacaciones?

—Cortas —le contesté sin explayarme demasiado.

No era necesario explicarlo todo.

—¿Qué tal está Lucca?

—Bien.

Lucca era otro de mis amigos, tocaba en un grupo de música y era el típico que ligaba con la guitarra colgada a la espalda. Sandra y él se habían enrollado la noche de mi cumpleaños, en el pub donde solía tocar. Solo habían sido algunos besos, pero ella se había quedado colgada de él.

—Llámalo o invítale a salir —le sugerí viendo que Sandra no sabía qué camino seguir.

—¿Cómo voy a llamarlo?

—Se coge el teléfono, se pone en la oreja y se llama.

Sandra soltó una risilla pero se lo estaba diciendo en serio. Lucca no tenía pareja, así que tenía vía libre.

—¿Por qué no?

—Porque es él quien tiene que llamar si está interesado —dijo con más entusiasmo y gesticulando con las manos exageradamente.

—¿Y si él piensa lo mismo? ¿Dónde está escrita esa norma?

—Hay normas no escritas que todos seguimos sin pensar.

—A mí me mola cuando alguna le echa valor.

—¿No piensas que es una desesperada?

—Joder, Sandra, que tienes veintiocho años, no ochenta. ¿En qué mundo vives?

—Yo qué sé. Vamos a la reunión...

Una pena que todavía existieran ese tipo de pensamientos, pero trabajando entre tantas mujeres me daba cuenta de que en muchas ocasiones eran ellas mismas las que se colocaban las esposas en las manos.

En aquel momento me sonó el móvil y tuve que ponerlo en silencio, dado que la directora estaba a punto de empezar la charla de los lunes. No obstante, antes tuve tiempo de echar un vistazo a aquel mensaje.

Nicola: Necesito que me devuelvas mis bragas.

Joder.

—¿En serio, Adriano?

Sandra había leído el mensaje y me miraba entre asustada y divertida.

Adriano: Las tiré.

¿Para qué quería yo unas bragas?

La semana anterior había salido con Lucca y había terminado con una de las cantantes del grupo en mi cama. La chica se fue casi corriendo porque era muy tarde y se dejó las bragas debajo de la cama. En cuanto las vi, las tiré a la basura. Si Leonardo se las encontraba en el cesto de la ropa sucia se iba a reír de mí durante un par de meses.

—¿Las tiraste? —susurró Sandra aguantándose la risa.

—No eran de mi talla —le dije del mismo modo.

A los dos nos dio la risa pero nos tuvimos que aguantar porque Carlota, la mejor arquitecta que yo había conocido nunca, empezó la reunión para hablar de los proyectos que teníamos entre manos en ese momento.

Ella sabía quién era yo, por supuesto, pero me trataba como a uno más. Ese era mi deseo y la verdad es que me sentía como cualquier otro miembro de la empresa. La directora nunca me había mirado de otra manera ni me había dado ningún trato de favor. Si me tenía que echar la bronca me la echaba sin problema, así que procuré tragarme aquellas risas y escucharla atentamente para estar preparado y responder a todo aquello que nos preguntara sobre la creación de nuestros dibujos.

—¿Adriano?

—¿Sí?

—Nos han pedido algunas ideas para el diseño de las oficinas de Mander.

Abrí los ojos sorprendido porque sabía que varios estudios como el nuestro ansiaban aquel codiciado proyecto. Las oficinas se ubicaban entre un hospital y una iglesia, no muy lejos de nuestro lugar de trabajo. Al edificio lo llamábamos popularmente «el Dalí» por los caprichos arquitectónicos del lugar. Lo más suculento no era el dinero que traería consigo aquella faena, sino que el edificio era un apetitoso caramelo para un arquitecto como yo porque era enorme y porque era mágico poder diseñar su interior con todas las facilidades del mundo. Mander era una empresa de marketing muy potente con unas ideas muy específicas y sabíamos que no les importaba los gastos si los resultados eran los que esperaban.

—Así que tenemos un par de días para presentarles algo decente, ¿cómo lo ves?

—Sin problemas.

Respondí sin titubear y Carlota me miró satisfecha.

En mi cabeza tenía las ideas tan claras que no iba a necesitar más de un día para pasarlas al ordenador.

—Puede ayudarte Sandra.

—Perfecto —le dije.

Sandra y yo nos miramos y me sonrió contenta. Nos llevábamos muy bien a pesar de ser muy diferentes. Sandra llevaba allí solo medio año, pero era una arquitecta muy buena y superorganizada, todo lo contrario a mí. Solía aportar ideas potentes y me ayudaba a que no me perdiera dentro de mi desorden. No es que sea un desastre pero no soy tan cuidadoso como ella o como quería que fuera mi padre...

En casa, en Barcelona, con once años

—¡Adriano! ¿Dónde tienes la equipación de fútbol?

Era mi padre, por aquel entonces aún le temía.

—En la bolsa...

Su mano impactó en mi cara sin reparo y sentí la mejilla arder al mismo tiempo que mis ojos se humedecían del dolor. ¿Por qué me pegaba de ese modo? Había respondido con educación a su pregunta y no había mentido en ningún momento. ¿Por qué?

—¿Y esta camiseta? —preguntó mostrándome una de las muchas que tenía para entrenar.

—Ya tengo una en la bolsa —contesté en un tono muy flojo.

Su dedo apuntó mi cara y me habló muy enfadado.

—Ahora mismo abres esa bolsa delante de mí y te aseguras.

Con dedos temblorosos abrí la cremallera y rebusqué en el interior.

—No sé de dónde has salido, Adriano, la verdad es que no lo sé. ¡Mira cómo tienes las cosas dentro de la bolsa! ¿Tú crees que así vas a poder encontrar algo?

Seguí buscando con nerviosismo porque era cierto que no encontraba la dichosa camiseta, pero yo sabía que la había colocado porque también sabía que si llegaba sin camiseta al entreno me iba a caer una buena al regresar a casa.

El miedo podía a mi desorden.

—No está, ¿lo ves?

Pero estaba, yo hubiera jurado que estaba.

De un empujón me apartó y me tiró al suelo. Con once años mi cuerpo era más bien endeble y no podía comparar mi poca fuerza con la de mi padre.

Me quedé quieto esperando su siguiente paso.

—¡Eres un desastre!

No dije nada porque sabía cómo podía continuar aquello. Una vez se me ocurrió replicar y me dobló el brazo de tal modo que me dolió durante una semana.

Por supuesto, mi madre no sabía nada de aquello.

—Si algún día le dices algo a tu madre ya puedes ir preparándote.

—¿Adriano?

—Dime, Sandra.

—¿Nos ponemos ya mismo o estás pensando en lo de esa chica?

Sandra soltó una risa y yo sonreí con pocas ganas. Pensar en mi padre me provocaba náuseas y pensar en el pasado me daban ganas de echarlo todo.

—Empezamos ahora mismo. Este proyecto tiene que ser nuestro. Tuyo y mío —le dije guiñándole un ojo.

Había un par de compañeros más que podían haberse encargado de este trabajo, sin embargo, Carlota había captado con rapidez el entusiasmo que yo sentía ante un proyecto de esa envergadura.

—¿Le has hecho mucho la pelota para conseguirlo?

Aquel era Julio, uno de mis compañeros más veteranos de la empresa. Normalmente me atacaba a la que podía, pero lo del proyecto le había tocado la fibra porque no solía ser tan crío.

—No tanto como la que le haces tú casi a diario.

—No soy yo el que ha conseguido el proyecto.

—Por algo será.

—Ese algo es lo que me gustaría saber.

Le di la espalda y no le seguí el juego como muchas otras veces porque no valía la pena.

Julio tiene treinta y cinco años; es alto y rubio, y está casado con una mujer guapísima. No me traga desde que durante una fiesta de la empresa ella no me quitó el ojo de encima. Pero aquello no fue culpa mía y yo pasé de llevármela al baño a darle un buen repaso porque no quiero saber nada de historias con casadas.

Pero mirar no hace daño a nadie... ¿verdad?

4

CLOE

—¿Estáis emocionadas? —les pregunté al subir al taxi rumbo a nuestro nuevo piso.

Habíamos encontrado por medio de la agencia de un amigo de mi madre un piso antiguo pero perfecto para las tres, ya que era lo suficientemente grande como para tener una habitación para cada una. Además, entre las tres el precio estaba bien y la zona era muy céntrica.

—Tengo muchas ganas de ver las habitaciones —dijo Abril mirando por la ventana.

Era lunes y llovía un poco, pero nos daba igual. En un par de días estaríamos haciendo las prácticas y nos apetecía mucho empezar aquel nuevo episodio de nuestra vida.

—Para mí la más grande y ya sabéis por qué.

Nos reímos las tres al pensar en Marina con dos italianos en su cama. Ella no le hacía ascos a nada: tenía metido en la cabeza que todos los italianos estaban buenos, cosa que no era cierta.

—¡Qué ganas de recorrer estas calles! —exclamé ensimismada.

—¿No conduce muy rápido? —preguntó Abril algo preocupada.

—Conducen así, a lo loco —le respondió Marina sin darle más importancia—. ¿Os imagináis que me enamoro de un italiano? —Marina dijo aquello casi cantando y nos hizo reír a las dos con ganas.

—Yo no voy ni a mirarlos —repuso Abril más en serio.

—¿Lo dices de verdad? —le preguntó Marina con rapidez.

—¿Tú sabes la fama que tienen? —Abril lo decía totalmente convencida.

—Claro, que tienen la nariz grande, ¿no? —le replicó Marina igual de formal que Abril.

Las tres soltamos una carcajada al mismo tiempo y es que con Marina no se podía hablar demasiado en serio de según qué temas, sobre todo de chicos.

—¡Que se me olvida! Tengo que hacerme una foto en el taxi, que les he dicho a mis seguidoras que iba a darles todos los detalles del viaje.

Marina se miró en el móvil, juntó sus labios para darle un beso a la cámara y se hizo el selfi con una soltura lograda a base de años. Era una de las *influencers* con más seguidores de nuestro país y lo era porque tenía mucho carisma. Había empezado mostrando cómo se maquillaba y sin darse cuenta sus seguidores subieron como la espuma, lo que provocó que algunas marcas de cosmética se fijaran en ella y le enviaran algunos productos para que Marina hablara de ellos. Al principio apenas se lo creía, pero con el tiempo había asimilado que hablar ante una cámara con aquella naturalidad era lo suyo y que al público, sobre todo femenino, le caía genial.

Y lo entendía porque Marina es de aquellas personas que desprenden energía, una energía que te entra en el cuerpo y que te lleva a seguirla al fin del mundo. Está claro que es una de mis mejores amigas y que la quiero muchísimo, pero es que Marina sin conocerme de nada me ganó a las primeras de cambio...

En primero de ESO con doce años

Creo que fue mi peor época, porque en primaria disimulaba más o menos mis rituales en la escuela, pero el instituto me pareció una verdadera selva, sobre todo durante el primer trimestre.

Tenía doce años y lógicamente era muy niña aún, a pesar de que había chicas de mi edad que ya se maquillaban, salían con chicos y usaban un lenguaje distinto al mío.

Entré en aquel instituto sin conocer a nadie porque mis padres se encabezonaron en que aquel era el mejor de la zona. Según ellos los alumnos de aquel centro eran de buena familia, pero lo que no sabían es que ser de buena familia no es sinónimo de ser buena persona.

En el instituto había buenas piezas y, entre ellas, un grupo de tres chicas cuya líder era la mismísima hija del mal. Siempre andaba buscando broncas y el primer día de instituto me tocó a mí.

—¿Ese pelo es tuyo o son extensiones?

—Eh...

Ellas eran de tercero y yo de primero, novata y sin amigas.

—Yo creo que sí, son extensiones —comentó la líder de aquel grupo.

Me sentí atacada e intimidada y mi poco autocontrol se disparó.

—Un, dos, tres, cuatro, cinc...

—¿Qué le pasa a la pava esta? —preguntó una de sus amigas.

—¿Eres autista o qué? —me inquirió la mandamás.

La miré a los ojos con rabia y le di un empujón, sin pensar en las consecuencias, y las tres se abalanzaron sobre mí.

—¡Eh! ¡Eh! ¿Qué coño os pensáis que hacéis?

De repente apareció una chica de ojos azules y pelo negro junto a cinco chicas más. Las de tercero las miraron con mala cara. Era Marina, aunque yo no la conocía de nada.

—O la dejáis ahora mismo o se os va a correr todo el rímel cuando os regale uno de mis soplamocos.

Aquellas chicas se quedaron bloqueadas ante las palabras de Marina.

—Vamos, que ya nos conocemos —le dijo mi amiga a la hija del mal.

—Esto no quedará así —le replicó la líder separándose de mí.

—¡Hola, soy Marina! ¿Y tú...?

Sonreí al recordar aquel momento. Lo tenía grabado a fuego en mi memoria porque a partir de entonces Marina y yo empezamos a ser amigas de verdad. Vivíamos en el mismo barrio y aquello provocó que acabáramos dándonos cuenta de que, a pesar de que yo era dos años menor, nos gustaba estar juntas, hablar de nuestras cosas y, sobre todo, maquillarnos a escondidas de nuestros padres.

—Has salido genial —le dijo Abril cuando nos mostró la foto.

—Creo que si te la hicieras con los ojos cerrados te saldrían igual de perfectas —le comenté admirando lo bien que salía siempre en sus fotos.

Yo era de las que no me veía bien en ninguna de las mil fotografías que me podía hacer en cinco minutos: no me gusto, salgo mal, se me ve papada, esas ojeras, esos labios demasiado gruesos... Nada que ver con mi amiga del alma.

—Ahora a por el texto...

Abril y yo sonreímos al verla teclear en el móvil con esa concentración. Se tomaba muy en serio su perfil de Instagram.

UniversoMarina Hola, chicas del universo, ya estoy en Roma. ¿Os lo podéis creer? Estoy a punto de llegar al piso con mis dos amigas del alma y de momento no nos hemos cruzado con ningún «italianini», pero no perdamos las esperanzas. ¿Habéis estado en Roma? ¿Os gustó? Os leo... #UniversoMarina#Roma#Viajes

—¡Hecho! Después tengo que hacer un TikTok, recordádmelo.

Y esa era la vida de Marina: Instagram, TikTok y YouTube. No tenía suficiente con una de ellas, tenía seguidores en cualquiera de las redes sociales y las usaba a todas horas. Nosotras estábamos más que acostumbradas a sus fotos y a sus vídeos, aunque había una norma que siempre seguía al pie de la letra: sin nuestro permiso no podía subir ni foto ni vídeo en el que estuviéramos nosotras. Jamás habíamos tenido problema alguno con ese tema y a veces incluso la ayudábamos a montar los vídeos de YouTube o a aprenderse alguna de esas minicoreografías que todos repetían en TikTok. La de los vídeos era Abril y la de los bailes, yo: a mí me pirra bailar, aunque nunca me grabaría para subirlo a una red social.

—Hemos llegado —nos anunció el taxista en italiano.

De las tres la única que lo hablaba perfectamente era yo porque lo había estudiado como optativa en el instituto, así que me tocaba a mí comunicarme con los italianos. Ellas lo habían estudiado por encima para poder hacer las prácticas, pero les daba corte expresarse en italiano.

Cuando bajamos del taxi y vimos el edificio nos quedamos blancas.

—Decidme que el taxista se ha equivocado de dirección —dijo Marina frunciendo los labios.

—Pues no, es este edificio —replicó Abril resignada.

A ver, nosotras no vivíamos en una mansión, ni éramos de la jet set, ni nada parecido. En Gracia había de todo, pisos más bonitos y no tanto, pero aquello parecía la mansión de los *Monster* en un bloque de cuatro plantas.

La puerta de madera era enorme y estaba abierta porque cualquiera cerraba aquel armatoste. El edificio era de piedra y estaba lleno de grietas. Las ventanas no se habían cambiado en mil años y el color de la madera estaba desgastado por el paso del tiempo. La mayoría de las persianas enrollables se veían rotas, torcidas, sucias...

—Ahora entiendo por qué no había fotos del exterior —les dije pensando que quizá nos habían engañado.

Según las fotos, el piso era moderno y bonito por dentro... ¿o no sería así? Visto lo visto, era complicado creer que en su interior hubiera algo bonito.

—Madre mía, aquí no me hago una foto ni loca —comentó Marina.

—Ahora se lleva mucho el rollo este, Marina —repuso con ironía Abril.

—¿Qué rollo? —replicó ella.

—El rollo grietas, el rollo antiguo, ya sabes —contestó ella divertida.

—¿Y os habéis fijado en que casi podremos darnos la mano con los de enfrente? —les planteé echando más leña al fuego.

Ambas se volvieron y miraron hacia arriba.

—Madre mía... —susurró Abril.

Era una calle de un solo sentido y bastante estrecha, con lo cual los edificios quedaban muy cerca unos de otros. Una maravilla, vamos.

—¿Entramos? —sugerí con ganas de reír.

O reía o me ponía de los nervios, así que mejor me desahogaba con unas risas.

—¡Encima esa se ríe! —exclamó Abril.

Entré en el edificio riendo, aunque me tuve que callar cuando me topé de frente con un chico. Era un tipo alto, delgado y con unos ojos negros muy bonitos. Me miró extrañado y me dejó pasar para seguidamente salir él por aquella enorme puerta. ¿Viviría allí? Parecía un poco soso, la verdad.

—¡Vamos, chicas, hay más sorpresas! —les dije al ver que no funcionaba el ascensor—. ¡¡¡No funciona!!!

Había una escalera con unos escalones de una altura considerable que nos prometía llegar sin aliento al tercer piso, como mínimo.

—¡No puede ser! ¿Es una broma? —se lamentó Abril asustada.

Justo entonces entraron dos chicos altos, atléticos y de nuestra edad hablando en italiano entre ellos. El rubio le decía al moreno que su madre estaba enferma o algo parecido.

—¡Hola, guapas! ¿Vecinas nuevas? —nos preguntó en italiano el moreno.

—Sí, vamos al tercero —le respondí yo.

—Diles que nos suban las maletas —me apremió Marina en un tono más bajo.

—¿Necesitáis ayuda? —se ofreció el rubio mirando a Marina fijamente.

—No están nada mal, ¿eh? —comentó ella igual de bajo.

—¿Por qué susurras, tía? —le reproché divertida—. Es italiano, quizá no entiende el español, pero da igual si hablas flojo.

—Ay, yo qué sé —contestó mi amiga riendo.

—¿Españolas? —dijo el rubio sin apartar la vista de Marina.

—De toda la vida —le contestó ella sin vergüenza alguna.

El moreno se acercó a mí y cogió la maleta ofreciéndome una mirada muy evidente y que conocía de sobra.

—¿Tu nombre? —preguntó en un español muy cantarín.

—Cloe.

Me dio dos besos sin tocarme las mejillas y sonrió.

—Yo soy Francesco y él es Tino.

Aquello lo dijo en italiano, muy rápido, pero lo entendimos las tres sin problema. Mis amigas se presentaron y los seguimos escaleras arriba hasta llegar al tercer piso, el nuestro. Allí había otra sorpresa esperándonos: un chico y una chica charlaban en la puerta frente a la nuestra y nos detuvimos antes de ir hacia allí.

—No creo que hayas tirado mis bragas, Adriano.

—Pues no te lo creas.

La pareja se volvió para mirarnos y me quedé unos segundos sin parpadear ante aquella escena.

¿Bragas?

El chico era guapo, bastante guapo, y lo que más destacaban en su rostro eran los labios más bien voluminosos. De esos labios que quieres besar porque parecen suaves y esponjosos. También me fijé en la cicatriz en una de las cejas, ¿sería de aquellos que se metían a menudo en peleas? No me extrañaría... por quitarle la chica a otro.

—¿Entramos? —preguntó Abril pasando de ellos; no había entendido de qué hablaban.

—Abril, es que a esa chica le faltan sus bragas —le dije intentando no reír de nuevo.

—¿Lo dices de verdad? —replicó Marina abriendo mucho los ojos.

—Mira, Cloe, que las busque. Yo tengo ganas de ducharme —contestó Abril entrando en el piso.

Marina y yo nos reímos mientras nos despedíamos con rapidez de Francesco y Tino.

—¿Por qué la miras así? ¿También le vas a quitar las bragas?

Busqué los ojos de aquel tipo para ver a quién se refería aquella chica. Me estaba mirando a mí. Sus ojos se clavaron en los míos y me puse nerviosa. ¿Por qué me miraba con esa intensidad?

5

ADRIANO

—Adriano...

Los ojos de aquella chica española se me habían quedado en la retina. El porqué no lo sabía ni yo.

—Nicola, no voy a quitarle las bragas a nadie y no quiero discutir contigo. ¿Por qué has venido?

Era absurdo que viniera a mi casa solo por eso. Eran unas bragas, no un móvil de última generación de mil euros.

Nicola me miró como una niña pequeña a la que han pillado haciendo alguna de sus travesuras.

—¿Puedo pasar? —preguntó con voz melosa.

Leonardo se había ido al cine con unos amigos y yo me había quedado en casa porque quería terminar algunos detalles del proyecto. Sandra y yo habíamos trabajado a destajo, pero aún me quedaban un par de horas por delante para dejarlo bien acabado.

Miré el reloj y vi que eran las siete de la tarde. ¿Podía perder media hora?

—Solo tengo treinta minutos...

—Tranquilo, serán menos.

Nicola se lamió los labios y pasó delante de mí con aire triunfante.

—Pero esta vez no te dejes las bragas —le advertí provocándole una carcajada descarada.

Justo en ese momento salió del piso de enfrente la chica española de ojos de color café y me miró mal. Estaba claro que entendía el italiano y que había oído mi último comentario.

—¿Algún problema? —le pregunté en italiano.

—¿Tengo cara de tener problemas? —me respondió sin cortarse un pelo y sin darme opción a continuar replicándole.

Se fue hacia las escaleras a paso rápido.

—Menudo capullo —comentó en español en un tono más bajo.

—¿Decías algo? —inquirí alzando un poco la voz, en italiano de nuevo.

—¡Nada, me gusta hablar sola!

Sonreí por su respuesta y cerré la puerta. Iba a ser divertido tener de vecinas a esas tres españolas, sobre todo iba a ser divertido para mi vista.

En cuanto Nicola se fue del piso, me di una ducha rápida y me puse a trabajar con música clásica de fondo, pues me ayudaba a centrar toda mi energía en una idea. Era capaz de desconectar de todo, incluso del timbre del piso que sonaba por quinta vez.

—¡Voy! —dije, dejando los utensilios en la mesa de trabajo.

¿Sería alguna de las vecinas nuevas? La verdad es que no me importaría...

—¡Adriano! Siempre sin camiseta, hijo.

Mi arrolladora madre entró sin permiso tras darme un beso ruidoso en la mejilla izquierda, como buena italiana que era.

—Hola a ti también —la saludé poniendo los ojos en blanco.

—¿Huele raro?

—¿A sexo? —sugerí para escandalizarla antes de cerrar la puerta y oír cómo aquellas tres chicas salían riendo del piso.

¿Me habría oído de nuevo la española? ¿Cómo la había llamado su amiga? ¿Cloe? Mmm, Cloe sonaba bien en mis labios.

—¡Adriano, que soy tu madre!

—Huele a trabajo, mamá. Estaba terminando unos dibujos para Carlota. Mander nos ha pedido que les presentemos un esbozo para el Dalí.

—Lo sé, me lo comentó Carlota ayer mismo.

—¿Le dijiste que lo hiciera yo? —pregunté frunciendo el ceño antes de ponerme una camiseta.

—Adriano, quedamos en que no movería un dedo a tu favor.

—Perfecto, no esperaba menos de ti —le dije sonriendo de nuevo—. ¿Un té de esos que bebes?

A mí el té me daba arcadas, sin embargo, mi madre solo bebía aquello y me veía obligado a tener siempre de todos los sabores en mis armarios. Leonardo bromeaba con aquel tema porque podía llegar a tener diez tipos diferentes de tés. Pero es que madre solo hay una.

—Perfecto, cariño.

Mi madre se acercó a la mesa donde tenía el proyecto y lo miró sin tocar nada. Cuando le di el té la vi sonreír pero no me dijo nada. En mi interior salté de alegría porque para mí era importante que estuviera orgullosa de su único hijo. Era la mujer más importante de mi vida, sin duda.

Nos sentamos en el sofá y después de preguntarme cosas sin importancia como si tenía suficiente dinero o si necesitaba algo, vino la pregunta del millón:

—¿Te ha vuelto a llamar tu padre?

Solía esconderle todo lo referente a él, pero su mirada me indicó que no quería mentiras. No le habría dicho que me había llamado el fin de semana, no obstante, si lo preguntaba directamente me costaba no decirle la verdad.

—El fin de semana me llamó pero no se lo cogí. No sé qué quería.

—Se ha trasladado definitivamente a Roma.

La miré entre sorprendido y cabreado.

—¿No le dijiste que no querías verlo ni en pintura?

—Claro que se lo dije, pero ya sabes cómo es.

Lo sabía demasiado bien. Era testarudo, inflexible y un amargado de la vida.

—Joder, menuda mierda —dije recostándome en el sofá.

Cerré los ojos y en pocos segundos calculé las posibilidades que había de cruzarme con él en una ciudad como la nuestra. Pocas o muchas, según se mirase.

—Supongo que te llamó para decírtelo.

—Y probablemente para decirme que necesitaba dinero —escupí con rabia.

Cuando mis padres se separaron repartieron entre los dos todo lo que tenían y lo invirtieron de formas muy distintas. Mi madre empezó de cero en Roma, y con la ayuda de algunos familiares y su buen olfato para los negocios inició su pequeño imperio.

Mi padre se lo gastó todo en cosas que prefiero no nombrar.

—Bueno, cariño, tú no te preocupes. No sabe dónde vives ni tiene por qué saberlo.

—Pero a ti sí es fácil encontrarte —repuse, preocupado.

Mi padre era lo peor.

—Tranquilo, Adriano, en la casa está Ernesto y ya sabes que daría su vida por mí.

Ernesto era una especie de cocinero-guardaespaldas-mayordomo y amigo de mi madre. Trabajaba para ella en aquella enorme casa casi desde el principio. Era un tipo callado, educado y muy leal. A mí me caía genial y hubo un tiempo en que pensé que entre ellos había algo más que una simple amistad. Pero no, lo único que había era mucha confianza.

En cuanto se marchó mi madre me quité de nuevo la camiseta y abrí las ventanas del salón para que entrara el fresco de la calle. Estábamos en febrero y no hacía calor, pero los vecinos del cuarto tenían calefacción radiante en el suelo y me asaba allí dentro. Yo con el calor lo pasaba mal y siempre andaba medio desnudo por el piso. A mis vecinas les gustaba esa exhibición de piel y a mí no me importaba que disfrutaran de las vistas.

Terminé el proyecto y admiré los dibujos.

—Genial —me dije satisfecho mientras me vestía de nuevo.

Cogí una cerveza de la nevera y me asomé a la ventana para sentir la brisa en mi rostro.

—¡Adriano!

—¿Qué tal, Bianca?

Hablar con mis vecinos no era complicado por la cercanía de los edificios, aun así teníamos que alzar un poco la voz por el ruido de la calle.

—El fin de semana que viene hacemos una fiesta de *perreo*...

—¿De qué?

Bianca se puso a mover el culo como si bailara reguetón y yo solté una carcajada.

De reojo vi a unas chicas en el centro de la calle y me volví hacia ellas.

—Joder, con la española... —murmuré sin apenas mover los labios.

Llevaba unos pantalones vaqueros estrechos y una chaqueta roja corta que le quedaba de miedo. Esa chica tenía estilo.

Busqué sus ojos con ganas de guerra y ella me miró sin miedo.

—¡Mira, Bianca, vecinas nuevas! —le dije señalando a las españolas.

—¡Oh, qué bien! Chicas, el viernes de la semana que viene fiesta en el piso, ¿os apetece?

Las chicas hablaron entre ellas y deduje que la tal Cloe les estaba traduciendo lo que había dicho Bianca en italiano. La del pelo moreno le respondió un sí largo a Bianca y yo sonreí satisfecho: esa española iba a ser mía antes de lo esperado.

Ella me miró de nuevo y me retó con descaro.

La señalé con el dedo y seguidamente me señalé a mí para terminar alzando las cejas un par de veces. El mensaje estaba claro, ¿verdad? Lo había utilizado miles de veces en discotecas y bares y solía funcionarme sin problemas. «Tú y yo vamos a enrollarnos, nena.»

La chica me señaló como había hecho yo y seguidamente se señaló a ella y ahora... ¿se mordería los labios? ¿Se los lamería? ¿O me lanzaría un beso con esa boquita de piñón?

Sus dos dedos se colocaron delante de sus labios entreabiertos y sacó la lengua arrugando la nariz. «Me haces vomitar.»

Me quedé de piedra. ¿Me estaba vacilando? ¿De qué iba esa tía?

Al ver mi cara sonrió y me guiñó un ojo para confirmarme que me acababa de mandar a la mierda en dos segundos y casi sin pensarlo.

En primero de ESO con doce años

—No, Adriano, no quiero salir contigo.

—¿Por qué?

—Porque eres un perdedor y no vas a ser nunca nada en la vida.

Aquella frase me sentó peor que una patada en los huevos porque era una réplica exacta de lo que decía mi padre cuando cogía una de mis libretas de la escuela.

—Esto no es una libreta, esto es una mierda, Adriano. La letra parece la de un niño de parvulario, aún no sabes qué es un margen y fíjate en los borrones que hay. ¿Esto es normal a tu edad? Nunca serás nada en la vida...

—¿Es por mis libretas? —le pregunté a aquella niña.

Ella soltó una risotada y me miró por encima del hombro.

—Paso de salir con el hijo de un loco.

La miré asustado porque era la primera vez que alguien hacía referencia de ese modo a mi padre, y ella siguió riendo y burlándose de mí.

Fue la primera y la última vez que le pedí salir a una chica.

6

CLOE

—¿Qué ha sido eso, Cloe? —dijo Marina al ver el gesto que le había hecho al listo del vecino.

—Ese tío se cree el ombligo del mundo.

—¿Qué te ha dicho? —preguntó Abril con curiosidad.

—Pues con un par de gestos me ha dicho que es un guaperas.

—¡Ese es de los míos! —exclamó Marina entusiasmada.

—Creo que sí, que es tu tipo —admití con sinceridad.

A mí esos chicos tan descarados no me iban. Les paraba los pies sin miedo, por supuesto, porque no solían despertar mi interés.

—Chicas, chicas, creo que sí me haré esa foto en esta calle. ¿Tiene encanto o es que ya me he enamorado de Roma?

—Tiene su encanto —convine sonriendo.

Habíamos salido a comprar algunas cosas en una pequeña tienda que habíamos visto al llegar. Aquella noche nos apetecía cenar en el piso y descansar. El día siguiente lo dedicaríamos a hacer de turistas, aunque sabíamos que en un día podríamos ver pocas cosas. Teníamos cuatro meses por delante y muchos fines de semana para disfrutar de Roma. El miércoles empezábamos el Erasmus y las tres haríamos las prácticas casi en el mismo horario, por la mañana, aunque Marina empezaba un poco más pronto que nosotras dos en el hospital. El primer día teníamos que ir a la universidad para que nos informaran de todo con más exactitud.

Marina alzó la vista al cielo y sonrió antes de hacerse la foto.

UniversoMarina Madre mía, chicas del universo, no creáis que estoy mirando al cielo, no, tenemos un vecino en nuestra calle con unos ojos felinos, de esos que quitan el hipo. Creo que Roma me va a gustar, ¿qué me decís? Os leo... #UniversoMarina#Roma#Vecinos

—Todavía no has hecho el TikTok —le recordó Abril al momento.

—¡Ostras, es verdad! ¿Y si lo hago aquí?

Os podéis imaginar que a Marina le daba igual dónde hacer el bailecito de marras.

—¿No tenéis hambre? —les pregunté con la esperanza de que hiciera el vídeo después.

—Es que más tarde me dará pereza —me dijo en un tono de ruego.

Miré el reloj y se me ocurrió que podía ir subiendo yo sola.

—¿Preparo las pizzas y os espero arriba?

—¡Sí! —exclamaron las dos al mismo tiempo.

Cogí la bolsa que llevaba Abril y subí las escaleras sin prisa. A ese ritmo iba a fortalecer los músculos de mi pompis porque aquellas escaleras estaban hechas con muy mala leche. Suspiré al llegar al rellano del tercer piso y dejé las bolsas en el suelo para coger aire.

—Joder, con las escaleras del demonio.

—¿Te ayudo?

Esa voz grave...

Alcé la vista y me encontré con el vecino al que había mandado a paseo cinco minutos atrás. Pero... ¿hablaba español? No, quizá es que sabía algunas frases en nuestro idioma para ligar más. Sí, sería eso.

—No, gracias —le contesté en su idioma.

—A mí no me cuesta nada —me replicó en un perfecto español.

Me quedé bloqueada. Ese tío hablaba el español igual de bien que cualquiera de nosotras. Entonces... había entendido todo lo que yo había dicho sobre las bragas de aquella chica... sobre que era un capullo...

Quizá no sabía palabrotas.

Cogió las bolsas como si no pesaran nada y se dirigió hacia nuestra puerta.

Mis ojos sorprendidos recorrieron aquel cuerpo de arriba abajo. No me había parecido tan alto antes...

—¿Vas a abrir o qué?

Siguió hablándome en español.

—¿Por qué conoces mi idioma?

—A ver, Cloe... Cloe, ¿verdad?

Asentí con la cabeza un poco idiotizada por oír mi nombre con aquella voz tan grave.

—Tu idioma no es el chino mandarín o el japonés.

—Antes... has seguido hablando en italiano.

—¿Y?

—Podías haberme dicho que hablabas español.

—¿Me lo has preguntado?

Lo miré alucinada. Nada de lo que decía me parecía lógico, pero algo de razón tenía.

—No me mires así —se quejó alzando ambas bolsas para indicarme que aquello pesaba un poco.

Me dirigí hacia él con la vista puesta en la puerta, no quería mirarlo de cerca porque me ponía un poco nerviosa. Una cosa era hacerle gestos desde la calle y otra tenerlo respirando en mi cuello.

Abrí la puerta y, antes de que pudiera decirle nada, aquel chico entró con las bolsas. Por lo visto se sabía el camino hacia la cocina a la perfección y lo seguí sin saber qué decirle. ¿Simplemente «gracias» o «no era necesario que entraras como Pedro por su casa en mi piso»? Joder, que no sabía nada de él.

—Antes vivían aquí dos alemanes muy simpáticos que nos invitaban a probar todo tipo de cervezas. ¿Nos haréis alguna paella?

Me crucé de brazos y lo miré fijamente.

—¿Nos harás tú una pizza?

—Cuando quieras, me salen de puta madre.

Alcé las cejas porque no me lo imaginaba manchándose las manos de harina.

—Eso sí, te aviso de que después la cocina se queda como un escenario de la Segunda Guerra Mundial. Soy un poco caótico.

Podía imaginarlo. Hacía rato que me había dado cuenta de que llevaba la camiseta del revés. Las costuras lo delataban.

¿No debería echarlo? Sí, pero no sabía cómo hacerlo sin parecer demasiado antipática.

—¿Ibas a salir? —le pregunté al pensar en eso.

—Iba a comprar tabaco.

—Fumas —comenté con poca simpatía.

Era algo que odiaba, no soportaba el humo ni el olor del tabaco. No había fumado nunca, pero era uno de aquellos vicios que no me gustaban nada.

—De vez en cuando —respondió sacando las cosas de las bolsas.

¿Qué estaba haciendo?

—Eh... no es necesario que saques nada. Me valgo sola.

—Es la costumbre —repuso sin hacerme caso.

Me puso un poco nerviosa al ver que seguía a su rollo. A ver, un desconocido, muy guapo, vale, pero desconocido al fin y al cabo, que se tomaba esas libertades...

Y, para más inri, lo estaba sacando todo sin orden alguno...

Cerré los ojos unos segundos y resoplé intentando mantener el control de mis nervios.

—¿Quieres que te ayude a guardarlo?

—No, no —le dije rápidamente.

—¿Segura?

—¿Todos los italianos sois así?

Achicó los ojos y me miró sopesando qué contestarme.

—Soy español, de Barcelona.

—¿En serio?

—Sí, a los diecisiete años me vine aquí. ¿Nos hemos presentado? —preguntó de repente con una sonrisa increíble.

—No, pero sé que te llamas Adriano, que eres español y que te gusta liar a las chicas. Eso por no hablar del tema de las...

Me miró y alzó las cejas alargando más su sonrisa.

—Vamos a dejarlo —comentó sabiendo qué iba a decir—. Cloe, española de...

—Barcelona —le dije con retintín.

—Bonita casualidad. Cloe de Barcelona, encantado.

En ese momento le sonó el teléfono y lo sacó del bolsillo para mirar el mensaje en la pantalla. Frunció el ceño y lo volvió a guardar soltando un pequeño gruñido.

—Tengo que irme —anunció casi sin mirarme.

—Sabes el camino —le solté como si nos conociéramos de toda la vida.

—¡Cloe de Barcelona!

Me volví para ver qué quería y repitió el gesto de señalarme con el dedo para seguidamente señalarse el pecho. Pero no alzó las cejas, no, movió las caderas de un lado a otro como si hiciera uno de esos bailes típicos que hacía Marina en TikTok.

¡Madre mía, cómo se movía!

Se fue de allí soltando una risotada y yo me quedé clavada en el suelo, con aquella imagen en mi cabeza. ¿Había algo más sexi que un tío bailando bien?

En una fiesta de cumpleaños con trece años

—*¿Has visto a ese chico? Baila mejor que nosotras.*

—*¿El de la camiseta roja?* —*le pregunté a Marina.*

Nos habían invitado a la fiesta de una de las chicas del barrio, Abril. Tenía mi edad pero iba a otro instituto y por eso no la conocíamos demasiado; sin embargo, Marina se había enrollado con su hermano en un par de ocasiones.

—*Sí, ese mismo, pero creo que tiene tu edad.*

—*¿Y qué pasa?* —*le dije sin entenderla.*

—*Que a esa edad besan como sapos.*

Me reí al pensarlo, aunque al mismo tiempo me entró un asco considerable. Yo no me había besado con ningún chico ni tenía interés en hacerlo. Solo de pensar que iba a tocar su lengua con la mía me entraba un repelús...

—*¿No tienes ganas de probarlo?*

—*Ya sabes que no, Marina.*

—*Pero ¿exactamente qué pasa por tu cabeza?*

Marina sabía que tenía TOC, pero se lo tomaba con toda la naturalidad del mundo y eso me encantaba en ella. Para mi amiga era como si tuviera en una pierna un centímetro más que en la otra: sí, tienes una pierna más larga pero apenas se te nota. Y lo mío no era algo exagerado porque solía controlarlo, pero si te fijabas bien podías pensar que era un bicho raro o que mis pensamientos no eran demasiado coherentes en algunos momentos de mi vida cotidiana.

«¿Por qué tu ropa está clasificada por colores?», «¿Por qué tu habitación está tan ordenada?», «¿Por qué compruebas que has cerrado la puerta un par de veces antes de salir?»

Aquellas y muchas otras preguntas eran las que me hacía Marina, pero ja-

más lo hacía burlándose o extrañada: era simple curiosidad; tras mi respuesta asentía con la cabeza y pasábamos a otros temas más interesantes.

Creo que se convirtió en mi alma gemela cuando me dijo que ella veía otras muchas cosas en mí, que aquellas actitudes no le importaban en absoluto.

—Lo que te hace ser diferente también te hace ser especial, ¿no, crees?

Ahí me terminó de ganar.

7

ADRIANO

Cloe, Cloe, Cloe...

¿Por qué iba pensando en esa chica? Además, me había comportado con ella con excesiva amabilidad. No quiero decir que sea un capullo con las chicas, pero mi mejor escudo es no mostrar demasiado a menudo mi yo más auténtico.

Me explico: en la vida uno adopta diferentes maneras de comportarse en función de quién tenga delante, ¿verdad?

Con mi madre me mostraba tal como era, no me daba miedo abrirme en canal, ni decirle que estaba triste o que me sentía agobiado por mi padre. Y era así porque con mi madre todo era sencillo. Ella no solía disfrazarme la realidad, pero siempre procuraba no hacerme daño con sus palabras. Sabía de mi sensibilidad, pero también sabía que si la usaba contra mí sería la última vez que yo le confiaría algo.

Con Leonardo también era bastante auténtico aunque le escondía algunos de mis sentimientos más íntimos. Sabía lo de mi padre, pero no solíamos hablar sobre ello. Él siempre esperaba que fuera yo el que le quisiera explicar algo y por eso se había ganado mi respeto desde el primer día. Con Leonardo mi yo más activo se calmaba, me transmitía mucha paz. Algo que, por supuesto, jamás le había verbalizado.

Con las chicas en general me colocaba mi escudo más grueso. Prefería ir de divertido y despreocupado, no me apetecía que hurgaran en mi interior. Tampoco les daba opción, porque la mayoría buscaban lo mismo que yo: divertirse y poco más. De vez en cuando alguna chica tenía la necesidad de conocerme más a fondo, pero lo cortaba de raíz. No, no lo hacía despreciándolas ni pasando de ellas, nada de eso. Creo que hay que respetar a la mujer por encima de todo y cuando hablo con ellas sobre mi postura acaban entendiéndolo perfectamente y terminamos como amigos, sin problemas ni historias raras. Creo que cuando eres sincero en ese sentido se agradece.

—¿Lucca?

—Tío, menuda mierda.

—En cinco minutos estoy allí.

Y con Lucca siempre era la misma historia.

Nos hicimos amigos hace un par de años en el pub donde toca con su grupo. Él iba con su querida guitarra colgada en la espalda, charlando con una de sus muchas admiradoras, y sin querer tropezó conmigo y me salpicó la camisa blanca de la bebida que yo llevaba en la mano. Se disculpó mil veces, quiso invitarme a una copa y ahí empezó nuestra amistad.

Con Lucca me toca hacer de protector porque yo soy desordenado y un poco caótico, pero él es de aquellas personas que se meten en problemas sin saber cómo. Es un buen tipo, pero las malas compañías provocan que mi amigo se meta en una detrás de otra.

Llegué a su piso en algo más de quince minutos, vivía con su madre en aquel barrio de mala muerte pero no quería irse de allí. Subí las escaleras de dos en dos y me planté delante de la puerta. Me abrió y me asustó ver su ojo izquierdo algo hinchado.

—¿Qué coño te ha pasado? —le pregunté entrando en el piso.

De un vistazo vi que el que le había hecho aquello también se había dedicado a destrozar alguno de los muebles.

—Me ha roto la guitarra —me respondió derrotado.

—Pero ¿quién ha sido, Lucca? ¿Estás bien?

—Mario...

—¿Mario? ¿El de Paola?

Asintió con la cabeza y puse los ojos en blanco. Se lo dije, le dije que no le siguiera el rollo a esa chica, que tenía novio y que además era un pieza de mucho cuidado. Paola era una tía de esas que sabía que estaba buena y lo que más le gustaba en el mundo era tontear con todos.

—El muy cabrón me ha partido la guitarra en dos...

Era una guitarra de las caras, de esas que costaban un par de buenos sueldos y para Lucca era su tesoro más preciado.

Me resumió en cinco minutos qué había ocurrido y lo escuché

atentamente: él abrió la puerta, el amante cabreado entró avasallando, discutieron, mi amigo intentó justificarse, el otro no quiso escucharlo. Golpes en los muebles, un puñetazo en el ojo y cogió la guitarra.

—He visto cómo la partía en dos a cámara lenta, te lo juro.

—Te creo, pero la cuestión es que estés bien.

Lucca era muy bueno tocando la guitarra, pero sus decisiones no solían acompañar a ese don, con lo cual seguía actuando en el mismo pub desde hacía años. En una ocasión le propusieron tocar con un grupo de renombre en Milán, pero no llegó a tiempo porque a su madre le dio un achaque y perdió la oportunidad. Un poco de mala suerte también lo acompañaba.

Lucca era de aquellas personas que ve los trenes pasar, y yo me sentía en la obligación de estar siempre a su lado. No me preguntéis por qué.

—Menuda mierda, Adriano —repitió.

Entre los dos colocamos todo en su sitio y metí la guitarra destrozada en una bolsa para llevármela en cuanto saliera de allí. Lucca la miraba con una pena que me partía el alma.

—Debería haberte hecho caso —comentó esperando que le metiera la bronca.

—Tú nunca me haces caso —le dije dándole un codazo amistoso.

Logré que sonriera unos segundos.

—Aquella noche debería haberme liado con aquel tipo, con Daniel, y debería haber pasado de Paola.

—No pienses más en eso, a lo hecho pecho.

A Lucca le gustaban las chicas y los chicos, pero aquella noche no acertó demasiado yéndose al coche de Paola. Su forma de tocar la guitarra y sus pintas despreocupadas atraían a unos y otras irremediablemente. En cuanto al físico es un chico normal, pero he visto cómo le levantaba la chica o el chico a más de uno o de una por su manera de ser y porque es de esas personas que siempre te sacan una carcajada.

—Por cierto, tienes otra guitarra, ¿no?

—Sí, claro, pero no es lo mismo.

—Bueno, algo haremos...

—Ahorrar, no me queda otra.

O pedirle dinero a mi madre...

Sabía lo importante que era para él tocar con una buena guitarra y tres mil euros para mi madre era calderilla. Jamás le pedía nada para mí, jamás, pero conocía a Lucca y ella sabía que era mi debilidad.

De camino a casa la llamé y se lo expliqué todo sin dejarme ni una coma.

—Dame la dirección del local y mañana la tendrá en sus manos.

—Eres la mejor madre del mundo.

—Y tú el mejor hijo...

Al llegar a casa me encontré a Leonardo cocinando y le eché una mano mientras le explicaba qué le había ocurrido a Lucca. Leonardo también se preocupó por él porque, aunque eran el día y la noche, se caían muy bien.

—Llevas la camiseta del revés, ¿lo sabes?

Me miré las costuras y entonces entendí por qué la española me había mirado de aquel modo: ella se había dado cuenta. Me quité la camiseta sin darle mucha importancia, solo era una camiseta del revés.

—Oye, ¿sabes que tenemos vecinas nuevas? —le pregunté para cambiar de tema.

—Sí, me ha parecido oír algo cuando he llegado.

—Son tres españolas —le dije.

—Vale, creo que me las he cruzado al salir.

—Sí, han subido casi al mismo tiempo que Nicola.

—¿Todo bien con ella?

—Todo bien —le respondí sin más—. Son guapas —le comenté sin darle mucha importancia—. Hay una morenaza con el pelo largo que me suena de algo, pero no sé bien de qué. Otra pelirroja que parece una muñeca. Y la tercera tiene el pelo largo, castaño y los ojos de un marrón color café.

—Veo que te has fijado poco, ¿eh?

Nos reímos los dos.

—Creo que me he cruzado con la de pelo castaño, no me he fijado mucho, la verdad.

—Bueno, pues para que me entiendas mejor. La morenaza sería la Fontana di Trevi, así como muy espectacular y exuberante. La segunda, la pelirroja, sería... déjame pensar. Lo tengo: sería el Panteón, así como más seria, pero seguro que cuando entras en su interior te deja con la boca abierta.

—¿Y cómo lo sabes?

Él y sus preguntas.

—Me lo imagino, y déjame acabar.

—Tú y tus cábalas.

—Y la tercera, Cloe...

—¿Sabes su nombre?

—Cloe es el Coliseo, sin duda.

Leonardo me miró unos segundos y silbó sonriendo. Él sabía que el anfiteatro para mí era el monumento más impresionante de Roma.

—¿Eso quiere decir que vas a pasar de ella?

—Eso quiere decir que lo voy a intentar.

Mi mejor amigo me conocía a la perfección, o bastante. Sabía que huía de esas chicas de las que podía quedarme pillado y algo me decía que la española podía ser una de esas. Al principio me había parecido simplemente guapa, pero ahora me parecía guapa, interesante y lista, muy lista. Esperaba no equivocarme...

—Eso quiere decir que voy a coger las palomitas y me voy a colocar en primera fila a ver el espectáculo —comentó Leonardo riendo.

Justo en ese momento sonó el timbre y Leonardo abrió la puerta aún riendo.

—Eh... Hola, soy Abril, tu vecina.

Ahí teníamos al Panteón con una voz supersuave.

Leonardo se quedó mudo, y eso era raro de cojones. Era más bien callado pero solía ser educado con las chicas.

—¿Hablas español? —le preguntó ella ante aquel silencio.

—Eh... sí...

Observé bien la cara de Leonardo.

Oh, oh... quizá el que iba a coger las palomitas iba a ser yo.

8

CLOE

—¿Tenían sal o no tenían sal? —le preguntó Marina a Abril justo en el momento en que yo salía de la ducha.

—¿No había sal en aquel armario? —quise saber extrañada.

—Mejor no te digo en qué estado estaba el salero —me respondió Marina.

—Sí, tenían sal y la próxima vez vas tú —le contestó Abril un poco molesta.

—¿Has ido al piso de los vecinos? —le pregunté soltando una risilla.

La excusa de la sal estaba tan manida...

—Sí y el chico es muy educado —comentó Abril pasándole la sal a Marina—. Y habla muy bien el español.

—A la mesaaa —anunció Marina colocando el bol de ensalada en el centro.

Yo había hecho las pizzas, pero Marina se había encargado de hacer una ensalada para las tres.

—Pues aquí se ha colado con todo el morro —dije pensando que había sido educado pero descarado al mismo tiempo.

¿En qué grupo de chicos colocabas uno así?

—Yo hablo de su compañero, de Leonardo —nos informó Abril mientras se servía ensalada en el plato.

—¿Leonardo? —preguntó Marina interesada.

—¿Cuántos viven en ese piso? —inquirí yo sorprendida porque pensaba que aquel chico vivía solo.

—Ni idea. Yo solo he visto a esos dos ahí dentro.

—¡Has entrado! —exclamó Marina entusiasmada.

—Me ha pedido que pasara y me ha presentado a Adriano. Creo que ese tío tiene algún problema.

—¿Adriano? —dije.

—Sí, Adriano. Estamos en febrero, hace fresco y él sin camiseta por el piso.

Marina saltó enseguida.

—La próxima vez voy yo, vaya que sí. A ver si me hace un bailecito de esos —dijo riendo mientras me miraba a mí.

—Si lo buscas en TikTok estoy segura de que lo verás por ahí —comentó Abril divertida.

No había pensado en buscarlo allí, pero quizá más tarde...

—¿Y Leonardo es español? —preguntó Marina.

—Ni idea —le respondió Abril.

Estaba segura de que había entrado en aquella cocina casi obligada y que no había querido parecer una maleducada. Pero también estaba segura de que se había ido de allí más rápido que menos. No se sentía especialmente cómoda con los desconocidos.

—Mañana nos toca el Coliseo, ¿y después? —les planteé para dejar de hablar de los vecinos.

Me interesaba más planificar nuestro paseo y saber por dónde haríamos de turistas. Me gustaba tener las cosas bien planificadas, aunque con Marina a mi lado era algo complicado. Quizá por eso estaba tan a gusto con ella, porque éramos totalmente distintas en ese aspecto. Ella era impulsiva y yo necesitaba mi tiempo.

—¡Genial! Me muero de ganas de ver el Coliseo —exclamó Marina con un brillo especial en los ojos.

Entendía que aquella ciudad era el paraíso para alguien que estaba estudiando arquitectura como ella.

—Después podríamos comer en el Trastevere —sugirió Abril.

—Vale y después paseamos por la zona de la plaza de España —añadió Marina.

—*Piazza di Spagna* —la corregí canturreando en italiano.

Después de cenar, recoger, limpiar los platos y ver un poco la televisión, nos fuimos cada una a su habitación.

El piso era moderno y estaba totalmente reformado. Después del susto inicial al ver la fachada, el piso nos había parecido una maravilla.

La cocina y el salón estaban separados por una especie de barra con tres taburetes. La cocina era de un gris claro y el salón conjugaba pocos colores: un sofá negro, una butaca del mismo color, una alfombra gris oscura, una mesa de madera con las patas metálicas de color negro y unas sillas imitación piel de color gris oscuro. Las paredes eran blancas, con un par de cuadros de colores vivos. Había un ventanal grande que daba a un pequeño balcón de baldosas negras y blancas cubierto por varias macetas con flores.

—Habrá que regarlas —comentó Abril observándolas con la nariz pegada a ellas.

Le gustaban mucho las flores.

Las tres habitaciones y el baño estaban a mano izquierda de la entrada. Eran casi del mismo tamaño y no hubo problemas en escoger porque Abril no quiso la habitación que daba a la calle, así que Marina eligió la que estaba enfrente de la de Abril y yo, la que estaba frente al baño, que también era interior.

El lugar estaba limpio y olía bien, así que estuve a gusto desde el primer momento. Coloqué la ropa en el armario a mi modo, por colores, y dejé cuatro cosas sobre una mesa que había cerca de la cama: un par de libros, un despertador y el ordenador. Aquello tenía que estar siempre a mano en mi vida. Me gustaba leer, mucho; necesitaba el despertador porque me daba miedo que el del móvil fallara; y con el ordenador planificaba, organizaba, buscaba, estudiaba y mil cosas más.

Cuando estuve lista (cepillado de dientes, cepillado de pelo y limpieza de cutis con agua micelar, imprescindible en ese orden), me metí en la cama y entré en TikTok con un único objetivo: Adriano.

En esa aplicación no era tan sencillo encontrar a alguien, sobre todo si en la cuenta había otro nombre como @itsroller o @princessshy. ¿Cuál sería el suyo? ¿AdrianoMozzafiato? Eso quería decir «asombroso» en italiano y con el ego que tenía no me hubiera extrañado.

Tardé diez minutos en localizarlo: Adrianovera. En la foto de perfil salía su cara y lo distinguí sin problema por aquella sonrisa canalla. Antes de entrar respiré hondo y me pregunté por qué quería verlo. La respuesta llegó rápida a mi cabeza: porque había bailado de ese modo tan... sexi, que necesitaba saber que no era un baile aprendido que se dedicaba a hacer por doquier.

Abrí su último vídeo: *Tattoo* de Rauw Alejandro. Sonreí porque parecía que aquella canción me perseguía últimamente.

«Tú, estás pa' comerte todita, todita, así estás tú. Te ves tan rica, esa carita y ese tattoo...».

Adriano, con una camiseta blanca que destacaba sobre su piel morena, cantaba la canción con aquella media sonrisa y hacía gestos hacia la cámara como si la cantara única y especialmente para quien estuviera viendo las imágenes. Hacía guiños, se mordía los labios y señalaba hacia el frente. Terminaba el vídeo riendo...

—Joder...

Seguidamente fui a por otro, con prisas.

Era *Laxed* de Siren Beat y era parte de aquel baile que se había marcado delante de mí. Brazo derecho a un lado y hacia arriba, y movimiento de caderas. Lo mismo con el izquierdo para terminar haciéndolo con los dos brazos. Era una de aquellas coreografías tan fáciles que las podía hacer un niño de cinco años, pero el secreto en llevarse un *like* era el movimiento sensual de las caderas y los gestos de la cara. TikTok era así.

Leí los comentarios de aquel vídeo y vi que sus movimientos no solo me habían impactado a mí. A continuación miré los seguidores de su perfil: ¿diecinueve millones de seguidores? Madre mía...

Cerré la aplicación un poco alucinada. Marina era una *influencer* que se dedicaba a todo esto casi cada día del mundo y tenía ocho millones de seguidores en TikTok.

Dejé el móvil, por aquella noche ya había tenido bastante y cerré los ojos intentando quitarme de la cabeza aquella imagen del vecino bailando solo para mí.

¿Habíamos cerrado bien la puerta del piso? Tuve que levantarme y comprobarlo porque, si no, no dormiría bien...

En el piso de Marina con catorce años

Era la primera vez que dormía fuera de casa, hasta ese momento siempre había ido posponiendo aquello, pero Marina insistió con tanto entusiasmo que no pude decirle que no por enésima vez.

—Tranquila, haremos lo que necesites para dormir bien —me dijo sabiendo que yo era reacia a dormir en casa ajena.

Cenamos unas hamburguesas deliciosas que nos preparó su padre, vimos una película de miedo y nos metimos en la cama contentas por pasar tantas horas juntas. Nos gustaba mucho darle a la lengua y con Marina podías hablar de todo: de los estudios, de los chicos, de los amigos, de los no tan amigos, de nuestro futuro, de la vida en general...

Cuando cerró la luz mi cerebro empezó a mandarme varios mensajes: «¿Han apagado el gas?», «¿Han puesto la alarma?», «¿Han cerrado con llave?»... No podía evitar aquellas preguntas y preocuparme por todas ellas.

Di varias vueltas en la cama, que estaba al lado de la de Marina. No quería despertarla, pero no podía evitarlo.

—¿Qué te pasa? —me preguntó en un tono suave.

—No puedo dormir.

—¿Quieres comprobar algo? Mis padres son muy cuidadosos, pero si quieres lo miramos.

Ante la opción de poderlo comprobar desaparecieron todos aquellos miedos de golpe.

—No, no hace falta. Estoy convencida de que está todo bien.

—Lo está —me aseguró cogiéndome la mano

Aquello me fue mejor que cualquiera de los relajantes que me pudiera tomar. Marina era mi mejor medicina.

—Cloe...

Me asusté al encontrarme a Marina en el pasillo.

—¿Estás bien?

—Bueno, es el primer día en Roma, en este piso desconocido. Ya sabes.

Me sonrió y me asió de la mano para adentrarnos en su habitación.

—Hoy dormimos juntas. Mi cama es enorme y yo también estaré más tranquila.

Marina podía dormir en medio de la selva, rodeada de animales salvajes y sin arma alguna. Pero quise creerla.

Nos metimos en su cama y a los cinco minutos mi mente desconectó.

9

ADRIANO

Puse la música muy alta en los auriculares —*4k* de El Alfa— y empecé a aprenderme la coreografía de aquella canción para poder subirla a TikTok. Había llegado diez minutos antes al despacho y estaba solo.

Me gustaba bailar, siempre se me había dado bien a pesar de que de pequeño tenía que hacerlo a escondidas de mi progenitor. Si mi padre me pillaba me podía caer la del pulpo y si mi madre se enteraba podía decírselo a mi padre sin ninguna malicia y entonces más de lo mismo. Lo hacía a escondidas y con la firme seguridad de que no se iban a enterar.

Lo de TikTok había sido una jodida casualidad. Un amigo me habló de aquella aplicación y empecé a ver vídeos por curiosidad. Acabé siguiendo a varias personas que me gustaban por su contenido: bromas, perros, bailes o consejos prácticos para el día a día. En esa aplicación había de todo y como los vídeos eran muy cortos era ameno ver uno tras otro. Lo malo eran los comentarios negativos de mucha gente ¿acomplejada?

Sin darme cuenta empecé a tener seguidores y en un par de años había logrado una buena cifra. Era algo a lo que no le daba demasiada importancia, pero me divertía y de vez en cuando leía algún mensaje de aquellos. Leerlos todos me era imposible.

¿De eso me sonaba Marina?

Abrí la aplicación y la busqué, pero no la encontré, quizá me había equivocado o quizá tenía otro nombre. ¿Y Cloe? Seguí buscando pero tampoco hubo suerte.

Al salir del piso las había oído parlotear a las tres. Parecían excitadas y a punto de bajar a la calle. ¿Dónde iban tan pronto?

Salí del despacho y me topé con Sandra.

—Buenos días, Adriano.

—Sandra, ¿qué tal?

—Vamos a por ese café.

Era casi una norma tomar café antes de empezar a trabajar. Después nos podíamos pasar horas sin levantar la cabeza de aquellos papeles. Sandra y yo éramos así de persistentes, de ahí que nos lleváramos genial.

Julio estaba al lado de la cafetera hablando con unos de nuestros compañeros y nos unimos a ellos a pesar de que ni a Sandra ni a mí nos caía demasiado bien. Pero una de las premisas más importantes de aquella empresa era el compañerismo, porque hoy podías hacer un proyecto con tu colega favorita y al siguiente con quien peor te caía. Los resultados de nuestro trabajo estaban por encima de las relaciones entre nosotros, así que todos hacíamos un gran esfuerzo en no dar la espalda a nadie.

—¿Qué tal el proyecto? —nos preguntó Darío.

Julio me miró unos segundos y continuó concentrado en remover el café.

—Nos faltan cuatro detalles y creo que antes de mediodía se lo podemos enseñar a Carlota, ¿verdad, Adriano?

Asentí con una sonrisa y Sandra continuó parloteando con Darío mientras Julio y yo usábamos el lenguaje no verbal.

«Si pudiera te quitaría esa sonrisa de capullo.»

«Y yo te quitaría esa cara de asco de una patada en el culo.»

Bueno, eso era lo que yo imaginaba en mi cabeza. Teníamos que mantener las apariencias, pero estaba claro que dentro de nuestra mente nos podíamos explayar todo lo que quisiéramos, allí nadie podía entrar.

Julio y yo nunca nos habíamos caído bien y no podría decir exactamente el porqué. Un día se lo comenté a Leonardo y me dijo que a los perros les ocurría lo mismo.

—¿Me estás comparando con un perro?

—No, hombre, no. Solo te digo que a los perros les ocurre igual. Sin saber el motivo algunos perros no se soportan, quizá ni se han visto nunca pero entre ellos fluye el mal rollo. En cambio, entre otros es todo lo contrario.

—Eso me pasa a mí con las chicas —le dije sonriendo tras su explicación.

—Ya, los perros macho también prefieren las hembras aunque a veces les da igual el sexo...

—A mí no.

—Tú no tienes remedio...

¿Quién era el tío que no le encontraba algo bonito a una chica?

—...Adriano, ¿verdad?

Sandra me dijo algo pero no estaba escuchando su conversación con Darío.

—¿Qué?

—Que hemos estado superpendientes del tema de luz en el proyecto, ¿verdad?

Darío me miraba interesado. Rondaba los cincuenta y era un apasionado de la arquitectura, pero era muy lento trabajando.

—Sí, como Dalí —respondí sin ganas de explicar mucho más.

Con Darío podías entrar en bucle hablando de aquellos temas y yo tenía ganas de ponerme a trabajar.

—Os dejo, tengo que hacer una llamada —les dije lanzando el vasito de plástico en la basura.

Al cabo de cinco minutos estábamos todos trabajando en nuestros respectivos puestos. La planta que ocupábamos era para más de cien personas y, como éramos unos cuarenta en la empresa, nos sobraba sitio para que muchos de nosotros tuviéramos nuestro propio despacho. Y yo lo agradecía. No me hubiera importado compartirlo, pero prefería estar solo porque en algunos momentos necesitaba concentrarme para poder imaginar los diseños.

—¿Puedo ver lo que hiciste ayer?

Sandra estaba en el quicio de la puerta y asentí con la cabeza. Ella sabía que si tenía la puerta abierta podía interrumpirme.

Le enseñé el trabajo que había hecho en casa y estuvimos comentándolo. Ella aportó un par de ideas e hice algunos cambios. Su visión práctica de la arquitectura siempre me iba genial. Al final encontramos un pequeño problema que no sabíamos cómo solucionar.

Soy un tipo desorganizado y caótico, con lo cual necesito mi espacio para reunir toda esa atención que requiero.

—¿Te dejo solo? —preguntó Sandra tras media hora de darle vueltas a varias soluciones que no nos convencían.

Se lo agradecí con la mirada y Sandra cerró la puerta tras de sí. A los cinco minutos encontré solución a aquel problema. Llamé a mi compañera por teléfono y regresó con una sonrisa en la cara.

—¿Ya?

—Mira, a ver qué te parece.

Sandra le dio un repaso rápido y sonrió de nuevo.

—Genial. Ya lo tenemos.

—Creo que sí, que tenemos una buena propuesta.

—Déjame repasar: memoria descriptiva y constructiva, cumplimento de reglamentos, planos, presupuesto y mantenimiento del edificio.

—Todo listo —anuncié satisfecho.

Aquello era un boceto del proyecto que llevaríamos a cabo, pero era nuestra carta de presentación ante la empresa y había que hacerlo minuciosamente.

Se lo enseñamos a Carlota y tras varios minutos silenciosos nos miró con una sonrisa en la cara.

—Me gusta mucho —nos dijo con sinceridad—, sobre todo que hayáis tenido en cuenta en todo momento el tema de la luz. Creo que les gustará mucho. Ahora a esperar a ver qué presentan nuestros contrincantes. Mander ha pedido el proyecto a tres estudios.

—Tres no son muchos —comenté con optimismo.

Carlota me sonrió y de esa forma dio por concluida aquella pequeña reunión.

—¿Lo celebramos esta noche? —le sugerí a Sandra al salir.

Julio me oyó y me miró con desprecio. Lo ignoré.

—Es martes...

—Podríamos tomar algo en el pub donde toca Lucca.

Sandra me miró de reojo y rio.

—¿A las diez? No quiero irme tarde a dormir.

—A las doce estás en tu piso.

—A ver quién te dice a ti que no...

Nos reímos los dos antes de meternos en nuestros respectivos despachos. Di un salto de alegría cuando entré: quien la sigue la consigue. ¡Ojalá que el proyecto fuera nuestro!

En la playa con catorce años

Aquel verano Pablo y yo nos dijimos que iba a ser distinto. En Barcelona había mucho turismo y venían muchas chicas monas a pasar unos días a nuestra ciudad. Mi amigo y yo queríamos besar a una de ellas, a una que nos gustara, claro.

Iba a ser nuestro primer beso y tenía que ser lo más.

El primer día que pisamos la playa Pablo acabó besando a una francesa rubia, pero a mí su amiga me pareció muy aburrida y pasé de darle ese beso a alguien que no me gustaba.

Seguí buscando esa chica especial y al final de la tarde acabé encontrándola: era española, morena y muy menuda, pero tenía algo que me atraía como un imán.

Logré conocerla aquel mismo día aunque su nombre fue de lo poco que conseguí. Se llamaba Nuria y tenía mi edad, iba con un par de amigas y también eran de Barcelona.

Se convirtió en mi obsesión durante aquel verano. Íbamos casi cada tarde a la playa y cuando la veía, algo burbujeaba dentro de mí. Mi cabeza me decía que era ella, que ella era la chica a la que iba a besar por primera vez. Y ya me imaginaba como en las películas: cogiendo su rostro con una mano y con la otra acariciando su cuello para besarla despacio y con maestría. Estaba seguro de que dar besos no era tan difícil. Al fin y al cabo lo había probado con la puerta del armario de mi habitación y mover la lengua de un lado a otro no me parecía nada complicado.

Nuria no me dio pie a nada en todo el verano, pero no dejé de insistir. Y en esas estábamos cuando a principios de septiembre coincidimos una tarde en la playa. Me senté a su lado y charlamos, como muchas otras veces, y el cielo se fue oscureciendo. Mis ojos también. Deseaba besarla, tocar aquellos labios. Y se lo dije con una mirada.

Ella se acercó unos centímetros y entendí la señal. Pegué mi boca a la suya con rapidez y entreabrimos los labios para tocarnos tímidamente con la lengua. Aquello no era tan increíble como había pensado miles de veces, ni mis manos cogieron su cuello, ni acariciaron su rostro, pero fue mi primer beso y, por lo visto, a ambos nos gustó lo suficiente como para repetir durante días hasta que la vuelta al instituto nos alejó el uno del otro.

Quien la sigue la consigue...

10

CLOE

—La construcción del Coliseo empezó bajo el emperador Vespasiano...

Nos tocó un magnífico guía que consiguió que las tres estuviéramos totalmente centradas en sus explicaciones. Aquello era una maravilla, una de las siete, pero no se podía entender si no estabas *in situ* y si alguien no te explicaba qué había significado aquel anfiteatro para la ciudad. No era lo mismo ver un monumento de esa magnitud medio destruido e imaginar alguna pelea de gladiadores, que escuchar de boca de alguien con tantos conocimientos qué había ido sucediendo a lo largo de la historia.

Salimos del Coliseo emocionadas, excitadas y muy parlanchinas, incluso Abril, y de allí nos fuimos hacia el Trastevere para tomar algo antes de comer.

Nos sentamos en una terraza muy pequeña, donde las mesas estaban casi tocándose pero nos dio igual. Además, la mayoría de los bares tenían las mesas dispuestas de aquel modo.

—Veo que a los italianos les gusta estar juntitos —comentó Abril divertida.

Justo entonces le sonó el teléfono.

—¿Hola, mamá?

Abril nos miró poniendo los ojos en blanco.

—Sí, mamá... No, mamá... Claro...

Parecía complicado saber de qué hablaba con su madre pero para Marina y para mí era bien sencillo: «¿Estás bien?», «¿Has tenido algún problema?», «¿Ya vas con cuidado?»... Las preguntas solían ser las mismas y Abril las respondía con cierta apatía que su madre no captaba.

Entendíamos aquella preocupación, todas las madres suelen preocuparse por sus hijos, pero Abril ya tenía veintidós años y ya no era una niña.

—No, mamá, no hemos conocido a ningún chico.

Nos miró muy seria y nosotras no hicimos gesto alguno.

Por lo visto, para su madre sí seguía siendo una niña.

—De acuerdo, mañana hablamos...

Aquella era la tercera vez que hablaba con su madre desde que habíamos cogido el avión en Barcelona.

Yo había llamado a mis padres nada más llegar, lo normal. Marina había hecho lo mismo, aunque saber de ella por medio de las redes sociales era muy sencillo. Evidentemente yo iría llamando a los míos cada seis o siete días para que estuvieran tranquilos y para explicarles cómo me iba en Roma, cómo eran las prácticas o, simplemente, para decirles que los echaba de menos, pero lo de Abril era un poco asfixiante. Solo hacía falta ver su cara.

—Adiós, mamá.

Nos miró esperando nuestra reacción, pero Marina y yo éramos muy prudentes con todo lo relacionado con su familia. Sabíamos qué le había pasado porque ella misma nos lo relató en confianza y no queríamos que se sintiera como un bicho raro.

—Tendré cuarenta años y me seguirá llamando cada media hora —soltó un poco enfadada.

—No se lo tengas en cuenta —le comenté intentando que no le diera muchas vueltas.

—Joder, Cloe, es que cuando hace eso me da la impresión de que no estoy entera, ¿sabes?

—Abril, es tu madre y las madres son así. La mía también es muy pesada: «No subas esos vídeos que pareces una cualquiera»... ¿Sabes cuántas veces me ha dicho lo mismo? —le dijo Marina intentando suavizar el tema.

—Pero a ti te da igual, a mí no. ¿Cuándo va a dejar de recordarme lo que pasó?

Marina y yo nos quedamos en silencio porque tenía razón. Su madre metía la pata hasta el fondo cada vez que se comportaba así con su hija. Era como si le traspasara todos sus miedos, todas sus mierdas y entonces a Abril le tocaba cargar con todo.

No era justo.

—No es justo para ti, Abril, pero creo que no es consciente.

Me miró sopesando mis palabras y acabó soltando un suspiro largo e interminable.

—Cuando sea madre me dais una hostia si hago algo parecido.

Abril dijo aquello en un tono serio, pero nos hizo reír con ganas a las dos.

—Cuando seas madre serás la mejor —le dijo Marina convencida.

—Primero tendré que encontrar al padre —comentó Abril con cierta melancolía.

—Sin prisas —le recomendé yo quitando hierro al asunto.

Abril era muy selectiva y le costaba mucho intimar con el sexo masculino. Empezamos a ir con ella después de una borrachera conjunta, cuando yo tenía dieciséis años, y desde entonces Abril solo había salido en serio con un par de chicos y se había enrollado con un par más.

En mi cabeza se repetía la idea de que la puerta no estaba bien cerrada; en la suya, la de que no abusaran de ella. Le habían repetido millones de veces que tenía que recuperarse de aquello, que la vida seguía, que con el tiempo lo olvidaría... Pero yo la entendía perfectamente: entendía que no se recuperaría jamás; entendía que la vida en algunas ocasiones se detenía y su mente se bloqueaba sin más; entendía que hay cosas que uno no puede olvidar, por mucho que quiera. Era una lucha interna complicada y Abril, para mí, era una guerrera. De las fuertes.

—Tengo que confesaros algo... —nos anunció bajando ligeramente los ojos, signo inequívoco de que sentía un poco de vergüenza.

—¿Algo sobre...? —preguntó Marina con tacto.

—Sobre el vecino de enfrente.

—¿Adriano o Leonardo? —siguió preguntando Marina.

—Leonardo...

—¿Qué pasa con él? —la interrumpí yo con mucha curiosidad.

—¿Se metió contigo o algo? —saltó Marina de repente.

—No, no, para nada. Solo que nos miramos así...

Marina y yo asentimos con la cabeza y abrimos muchos los ojos instándola con la mirada a que continuara hablando.

—Así de esa manera, ya sabéis.

—¿En plan peli de *love*? —le pregunté yo más relajada.

—¿O en plan peli porno? —Marino usó un tono sensual que nos hizo reír.

—En plan bien —contestó Abril aún riendo.

—Eso es que te pareció... —Marina dejó la frase a medias para que Abril la terminara.

—¿Mono? —soltó Abril en un tono cantarín que nos hizo reír de nuevo.

Estaba claro que estar juntas nos sentaba de maravilla, que nos llevábamos genial y que nos entusiasmaba la idea de convivir las veinticuatro horas del día. Habíamos estudiado como locas durante aquel año para poder sacar buenas notas y elegir el mismo destino. Hacer el Erasmus en Roma era como un sueño para nosotras, y hacerlo juntas ya era lo más.

—Pues tendremos que conocer al tal Leonardo, ¿verdad? —continuó Marina.

—Lo he buscado por Instagram —nos confesó Abril.

—¿Cómo lo has encontrado? —le pregunté intrigada.

—Cuando se presentó me dijo su nombre y apellido —respondió Abril sonriendo—. Leonardo Forni.

—¡Ya estás abriendo Instagram! —exclamó Marina.

Abril le hizo caso y lo localizó con rapidez.

—¡Eh! Es el chico con el que nos cruzamos al entrar en el edificio. Tiene los ojos muy bonitos —le dije mirando a Abril.

—Sí, los tiene —afirmó ensanchando la sonrisa.

Estuvimos durante un buen rato averiguando cosas de nuestro vecino por medio de sus fotos. No era muy activo en Instagram, pero sí era bastante fotogénico y sus textos siempre eran más bien escuetos: «Si la vida no te quiere quiérete tú», «Siempre amigos, nunca enemigos»...

Tenía unos dos mil seguidores y la cuenta abierta al público, lo que significaba que no le importaba compartir con todo el mundo aspectos de su vida, como que le apasionaba la arquitectura, que su mejor amigo era Adriano o que le encantaba cocinar y hacerse fotos en la cocina.

—¿Vemos el Instagram de Adriano? —propuso Marina como si aquello fuera algo prohibido.

—¿Lo dejamos para luego? Se nos va a hacer tarde —sugirió Abril mirando el reloj.

Queríamos ir a la plaza de España y recorrer las calles de alrededor, así que guardamos los móviles y nos fuimos hacia allí charlando del Erasmus. Estábamos emocionadas por saber qué haríamos exactamente y por saber quiénes serían nuestros tutores.

—Yo he rezado para que sea un italiano joven y guapo —comentó Marina entre risas.

—¿Qué dices? —Abril la miró poniendo los ojos en blanco.

—Y si sabe besar bien, mucho mejor —añadió Marina decidida...

En la feria de mi barrio con quince años

Marina y yo estábamos excitadas porque mis padres me dejaban salir por la noche. Eran las fiestas del barrio y se habían instalado varias atracciones en una de las plazas donde todos los adolescentes acabábamos encontrándonos.

—Ojalá esté Pedro... —Marina iba mirando a un lado y a otro como un búho, en busca del chico que le gustaba en ese momento.

—Seguro que estará por aquí.

—David me ha dicho que vendrá —añadió con picardía.

David era un chico de otro barrio, con pinta de roquero y a mí me parecía el chico más increíble del mundo en aquellos tiempos.

Íbamos saludando a unos y otros porque nos conocíamos casi todos. Las chicas íbamos andando como divas entre todos aquellos chicos con pelusilla bajo la nariz.

—¡Marina!

Nos volvimos las dos al ver a Miguel, el hermano de Abril.

—¿Qué tal, chicas?

—Genial, ¿y tú?

Marina se había enrollado con él algunas veces, cuando les apetecía a los dos, pero entre ellos no había nada más.

—Tenía ganas de salir un rato para despejarme.

—¿Y tu hermana? —le pregunté al ver que no estaba con ella.

—Eh... no se encuentra demasiado bien...

Mentira.

Lo leí en sus ojos y supe al segundo que algo le había pasado a nuestra vecina porque Miguel hizo un gesto muy extraño; sin embargo, no tenía la confianza suficiente ni era tan atrevida como para insistir. Conocíamos bastante a Abril, pero tampoco era amiga nuestra.

—¿Vais hacia los coches de choque?

Nos fuimos los tres charlando y una vez allí David me abordó a las primeras de cambio para que subiera con él en uno de esos trastos. Nos pasamos casi una hora allí subidos, riendo, mirándonos y pasándolo de miedo.

Logré olvidar que aquellos chismes podían electrocutarme o que podía partirme el cuello con un golpe desafortunado.

—¿Quieres beber algo?

Nos fuimos hacia la caravana donde servían comida y bebida, y David me invitó a una Coca-Cola. Nos sentamos detrás de aquella caravana, alejados de todos los ojos de mis vecinos, y seguimos charlando sobre nuestras cosas. Yo estaba relajada, tranquila y estaba disfrutando de aquella libertad, y David supo buscar la ocasión para darme mi primer beso.

Nos reímos de algo y nos acercamos sin querer. De repente él me miró a los ojos y nuestras risas se silenciaron de golpe. Me iba a besar, lo sabía. Su rostro se aproximó al mío y olí la cerveza de su aliento. Quise arrugar la nariz, pero me contuve de hacer o decir algo. Los labios de David tocaron los míos y me gustó aquel contacto. Seguidamente noté su lengua y abrí un poco la boca. Su lengua recorrió la mía, pasando por todos los rincones, dejando aquel regusto amargo en mis papilas y lo hizo con poca delicadeza.

Al llegar a casa me limpié la lengua con el cepillo de dientes varias veces hasta casi hacerme daño. ¿Eso era besarse? Menuda decepción.

—No voy a besarme con nadie nunca más —le dije muy convencida a Marina al día siguiente después de explicarle aquella desagradable experiencia.

Marina y yo nos reímos de aquello durante bastante tiempo, pero es verdad que me costó volver a besar a un chico. Aún hoy es algo fundamental para mí y me fijo demasiado en la forma de besar, casi tanto como si la puerta está bien cerrada.

11

ADRIANO

—Esta noche he quedado con Sandra, iremos al pub donde toca Lucca.

Leonardo y yo cenábamos siempre juntos, era una de nuestras normas.

—Genial, yo mañana tengo clase a primera hora.

Leonardo seguía estudiando, había empalmado un máster con otro y este año ya lo terminaba. Él tenía ganas de formar parte del mundo laboral, aunque no por dinero, ya que sus padres le daban todo lo que quería, que no era mucho porque Leonardo es de gustos sencillos y con poco tiene suficiente. Su ego no se alimenta a base de ropa de marca o de coches potentes. Para él lo más importante es la arquitectura y de ahí que le dedique tantas horas de estudio.

Yo me planteé hacer aquel máster, pero estaba un poco cansado de profesores y trabajos. Me apetecía empezar a coger experiencia en mi campo. Durante el primer mes en el estudio me dediqué a escuchar, a atender, a aprender y a absorber todo lo relacionado con la forma de trabajar de la empresa. Grabé en mi cabeza todo lo que Carlota me explicaba o decía, sabía por mi madre que era muy buena en lo suyo, y a mí me gusta aprender de los mejores.

—¿Quieres venir? —le pregunté mientras terminábamos de cenar.

—No, prefiero quedarme repasando algunos apuntes.

En ese momento oímos unas voces en el exterior y ambos miramos hacia la puerta. Eran las vecinas que hablaban entre ellas de manera ruidosa.

—¿Nos pedirán azúcar, hoy? —le pregunté a Leonardo sonriendo.

—A saber.

Justo en ese momento sonó el timbre y alcé un par de veces las cejas indicándole así a Leonardo que yo tenía razón. De un salto me planté en la puerta y la abrí con una gran sonrisa para recibir a alguna de las españolas, si era Cloe mucho mejor...

—¿Fabrizia?

—Tenemos que hablar.

Entró sin darme opción a negarme y seguidamente mis ojos se cruzaron con los de Cloe. Supe al momento qué estaba pasando por aquella cabeza: otra que se quedaba sin bragas.

Abrí los labios para decirle algo, pero entró en el piso y cerró la puerta sin decirme nada. ¿Qué iba a decirle? ¿Y por qué quería decirle algo?

Mejor no darle más vueltas.

—Fabrizia, he quedado y no tengo demasiado tiempo.

Puso los brazos en jarras y me miró enfadada. ¿No lo habíamos hablado todo?

—No me baja la regla.

—¿La regla?

—La menstruación, Adriano.

—Ya sé qué es la regla —le repliqué intentando analizar sus palabras.

—Pues eso.

Oímos carraspear a Leonardo. Lo había oído todo, por supuesto.

—Os dejo solos —comentó con prudencia antes de meterse en su habitación.

—¿Me estás diciendo que estás embarazada? —pregunté alucinado.

Lo habíamos hecho con preservativo y no se había roto ni nada por el estilo.

—Pues no lo sé, pero no quiero pasar por toda esta mierda sola. Y antes de que digas nada, solo me he acostado contigo en los últimos meses.

Yo no podía decir lo mismo, pero ese no era el tema.

—Bueno, centrémonos. ¿Cuándo debería haberte bajado?

—Hace diez días.

—Joder, diez días.

Eran muchos días, muchos.

—¿Te has hecho alguna prueba?

—No, ya te he dicho que no quiero hacerlo sola.

La miré a los ojos y vi que estaba afectada de verdad. Me acerqué a ella y la abracé. Yo también estaba acojonado.

—Mañana por la tarde vamos juntos a la farmacia y hacemos la prueba esa, ¿te parece? —le propuse.

—Bien, pero la hacemos en mi piso.

—Por mí no hay problema.

Fabrizia se separó un poco de mí y me miró buscando algo en mis ojos.

—¿Y si lo estoy?

—Vamos paso a paso. No adelantemos acontecimientos.

Fabrizia asintió y seguidamente besó mis labios antes de salir de mis brazos.

—Nos vemos mañana aquí —me dijo a modo de despedida.

La acompañé hasta la puerta y cuando se hubo marchado me quedé clavado en el sitio durante unos interminables segundos, intentando asimilar aquello.

¿Fabrizia embarazada? ¿Un hijo mío? ¿Qué íbamos a hacer? Estaba claro que yo no quería tener hijos en aquel momento de mi vida, pero ¿y ella? Quizá quería ser madre, quizá quería tenerlo y yo no iba a dejarla de lado. Aunque no quisiera ser padre me conocía: respetaría su decisión y haría lo que estuviera en mis manos. Excepto quererla. Yo no había estado enamorado de Fabrizia y lo que también tenía claro era que no me uniría a alguien solo por un hijo. Era preferible que ese hijo tuviera unos padres separados pero de forma amigable, que no juntos y peleándose todo el día.

Volvió a sonar el timbre y pensé que era Fabrizia de nuevo, pero me volví a equivocar.

—¿Adriano?

—Correcto, ¿y tú eres?

—Marina.

Su tono alegre me hizo sonreír y le di dos besos a la española de pelo moreno y largo. Seguía pensando que me sonaba de algo y no sabía de qué.

—¿Sal? —le pregunté divertido.

—No, pero ¿tienes un destornillador de esos pequeños?

—Sí, claro. Pasa un momento.

Fui en busca de nuestro maletín de herramientas y le di un par de destornilladores.

—Si no te sirven tengo otros —le ofrecí mirando el reloj.

Todavía tenía tiempo para cambiarme y llegar con puntualidad.

—Gracias, no te molesto más.

—No molestas, pero he quedado.

Marina me miró con una sonrisa pícara y no quise sacarla de su conclusión equivocada. Entre Sandra y yo nunca iba a pasar nada porque otra de las cosas que tenía claras en mi vida era la de no mezclar lo personal con lo profesional, por muy guapa que fuera mi compañera o incluso mi jefa.

—Por cierto, me suenas de algo y no logro saber de qué...

Marina ensanchó su bonita sonrisa.

—Soy *influencer*, ¿quizá te sueno de TikTok?

—¡Joder, es verdad!

Me vino a la cabeza nada más lo dijo: me había salido en «Para ti» en más de una ocasión.

—Ahora mismo te hemos visto en TikTok —comentó guiñándome un ojo—. Y te hemos empezado a seguir, claro.

—¿Las tres? —dije pensando en Cloe al instante.

—Las tres —respondió soltando una risa mientras se iba.

En cuanto se marchó me di prisa en cambiarme de ropa para llegar a tiempo.

Sandra estaba en la puerta, esperándome, aunque faltaban cinco minutos para las diez. Justo cuando estaba a unos metros de mi compañera, un tipo alto y fornido se colocó delante de ella. Le dijo algo y ella negó con la cabeza.

—Vamos, guapa, seguro que algo me puedes dar...

—Lo siento, no tengo nada.

—¿Me estás vacilando?

Estaba claro que aquel tipo estaba molestando a Sandra.

—¿Pasa algo? —le solté al llegar allí.

—Tío, nadie te ha llamado.

—No necesito que nadie me llame. ¿Prefieres irte por tu propia voluntad o te ayudo un poco?

Me encaré a él con mi rictus más serio y mirándolo con toda la rabia del mundo. Se asustó al ver mis ojos y se marchó hablando por lo bajo.

—¿Estás bien? —le pregunté a Sandra en un tono más suave.

—Sí, has llegado justo a tiempo. Quería dinero.

—Menudo gilipollas —exclamé relajando el gesto.

—Podía haberte hecho daño...

—Sí pero la mayoría son unos cobardes cuando van solos. Si los miras fijamente a los ojos siempre se echan para atrás...

En casa, Barcelona, con dieciséis años

—¿Has llegado tarde al instituto?

La voz grave de mi padre fue lo primero que oí nada más entrar en casa. Intenté ordenar mis ideas con rapidez para explicarme bien.

—El autobús ha pasado un poco antes de tiempo y he tenido que esperar al siguiente.

Su mano rebotó en mi cara y di varios pasos atrás a causa del impacto. Ya no eran simples bofetadas, los golpes habían ido incrementando de intensidad con el paso de los años.

—Pues llegas antes a la parada del autobús... Que sea la última vez que me llaman del instituto.

Lo miré con odio y nos quedamos unos segundos en silencio.

—¿Me has oído? —preguntó con rabia.

Joder, lo odiaba de veras. Desde que tenía uso de razón me había menospreciado cada día de mi vida y todavía no sabía el porqué. Bueno, lo intuía, intuía que la razón era simplemente porque yo era la personificación del desorden y él era todo lo contrario. Mi padre no tenía jamás nada fuera de lugar, casi podría decir que sus cosas estaban colocadas simétricamente y siempre del mismo modo. ¿Era aquella una razón suficiente para tratarme como una mierda?

—Que sea la última vez —gruñó ante mi silencio.

—Eso mismo.

—¿Cómo?

Me acerqué a él sin miedo, le pasaba un palmo y ya no era un crío. En aquel preciso instante me sentí fuerte y supe que era el momento que yo tanto había esperado. Aquel momento en el que me plantaría y se terminaría aquella tortura.

—Si vuelves a ponerme la mano encima te daré tal paliza que tendrás que quedarte en la cama durante una puta semana, ¿lo has entendido, papá?

Mi tono de ultratumba lo asustó, pero mi mirada cargada del odio que sentía hacia él fue lo que le hizo dar aquel par de pasos hacia atrás.

—La última, papá, la última.

12

CLOE

Me desperté antes de que sonara la alarma del despertador. Aquella noche había dormido en mi cama y la verdad es que había dormido realmente bien. Mis ojos se cerraron justo después de que llegara el vecino, hacia las doce y media de la noche. Sabía que era Adriano porque Marina nos había comentado que el chico tenía prisa porque había quedado.

¿Con otra víctima?

Probablemente. Debía tener una lista talla *extra large*. En día y medio lo había visto con dos chicas: una que le pedía las bragas y otra que le pedía explicaciones a saber por qué.

A mí me daba igual, por supuesto, pero me hubiera gustado que no fuera el típico chico guapo que se acuesta con todas. ¿Estaba pidiendo un imposible? Pues seguro que sí. Viendo sus redes habíamos podido comprobar que a Adriano se lo rifaban para ser el padre de los hijos de muchas chicas de todo el mundo. Marina había alucinado al ver cuántos seguidores tenía en TikTok y ya estaba pensando cómo lograr hacer un baile de esos junto a él.

Dejé de pensar en el vecino y me levanté para ducharme la primera, así después podía tener todo el tiempo del mundo para vestirme y maquillar mis ojos como me gustaba: delineador, sombras y rímel. Había aprendido a maquillarme junto a Marina y desde entonces lo hacía casi a diario porque me gustaba ver la forma alargada de mis ojos y el contraste de las sombras con el color de mi iris. Me sentía más segura. Eran pocos los que veían mis ojos sin maquillar, era como mostrarme desnuda ante la gente. Además, esa media hora de ritual me relajaba y me servía para estar conmigo misma. Era casi como conducir, lo hacía de forma automática y sin pensar en ello, con lo cual mi cabeza divagaba por otros derroteros.

Aquella mañana pensé en las ganas que tenía de empezar el Erasmus, en cómo sería el hospital y en cuándo conocería a mi tutor o tutora de prácticas. En los otros cursos también habíamos hecho prácticas, pero habíamos aprendido cosas más sencillas como poner una sonda o a hacer analíticas, y siempre bajo la atenta supervisión de nuestros tutores. En estas prácticas íbamos a gozar de más autonomía y libertad... Sin embargo, antes de empezar todo esto teníamos que ir a la universidad para hablar con el profesor encargado de nuestras prácticas.

Coger el metro en Roma no era complicado y en cuanto estuvimos en uno de los vagones me relajé y disfruté de toda aquella novedad. Bajamos a la quinta parada, que era donde estaba la universidad, pero nos fijamos en que para ir al hospital o al estudio de arquitectura debíamos bajar en la cuarta. Era la misma línea de metro y sonreí al tenerlo todo bajo control.

Encontramos la universidad sin demasiada dificultad y una vez allí buscamos la sala correspondiente donde se realizaba el primer contacto con los estudiantes de Erasmus. Tras una breve bienvenida nos dieron algunos consejos generales y seguidamente nos entregaron los documentos necesarios para poder empezar las prácticas en los lugares asignados.

—Chicas, Adriano me ha enviado un mensaje —nos dijo Marina en voz baja mientras respondían las preguntas de algunos estudiantes.

—¿Y qué te ha dicho? —preguntó Abril sonriendo.

—Es de anoche, de la una de la madrugada y me ha dicho: «Hola, Marina, cuando quieras nos pegamos un baile de esos».

—Vas a tener que vigilar tus bragas —le advertí mientras abría mi cuenta de Instagram por inercia.

Adriano: Cloe...

¿Y eso?

Era Adriano a la una y siete minutos de la madrugada, pero ¿qué quería decir con ese mensaje?

Le respondí del mismo modo porque tuve claro que me estaba vacilando.

Me quedé unos segundos más mirando aquello e intentando descubrir el objetivo de ese mensaje tan raro.

—¡Anda! A mí también me ha saludado —anunció Abril sorprendida.

—¿Qué te ha dicho? —pregunté yo con rapidez.

—¿A ti también? —replicó Abril al ver mis ojos.

Asentí y las dos miraron mi móvil cuando les mostré la pantalla para seguidamente mirarme a mí.

—¿Cloe... quiero comerte la boca? —aventuró Marina en un susurro.

Arrugué la nariz ante su conclusión.

—No, yo creo que es más bien... Cloe, quiero paella —expuso Abril aguantándose la risa, y Marina le dio un codazo riendo por lo bajo.

—Qué graciosas estáis las dos, ¿no? Me da igual lo que quiera decir. Quizá se quedó dormido con el móvil en la mano y punto.

—Bueno, quizá las braguitas las debas vigilar tú —comentó Marina pizpireta.

—¿Qué dices? A mí ese chico no me gusta.

Ambas alzaron las cejas y yo negué con la cabeza.

—Pues le has respondido —repuso Abril.

Miré mi móvil como si no supiera qué le había dicho. Le había seguido el rollo, estaba claro. No diciéndole nada le hubiera dicho que pasaba de él, pero le había replicado, con lo cual había abierto la puerta.

—Lo he hecho sin pensar —les dije convencida.

—Ya, ya...

En una fiesta en la playa con dieciséis años

Aquel verano nos dio por celebrar fiestas en la playa, cualquier excusa era buena: el cumpleaños de Laia, el santo de Miguel, el nuevo noviazgo del ba-

rrio... No necesitábamos grandes justificaciones. Habíamos descubierto los efectos del alcohol y tirábamos de botellón en la playa para dejarnos llevar.

—¡Mira quién viene! —exclamé al ver a nuestra vecina.

—¡Abril! —Marina agitó las manos para que se acercara a nosotras.

Venía acompañada de su hermano, como siempre. Parecía su sombra, pero, por lo visto, a Abril le gustaba ir con él. En los últimos meses habíamos logrado conectar con ella y nos encantaba charlar las tres mientras su hermano rondaba por allí cerca con sus amigos más mayores.

Marina y yo coincidíamos en que Abril tenía un carácter singular que nos atraía. Era tímida y callada, pero, al mismo tiempo, tenía una fuerza interior que muchos querrían. Le gustaba más escuchar que hablar; no obstante, cuando daba su opinión lo hacía sin miedo y con seguridad. No era de las que se dejaban vapulear y tenía las ideas claras. En ese sentido las tres nos parecíamos mucho y de ahí que surgieran esas ganas de estar juntas.

Abril estuvo toda la noche a nuestra vera, aunque su hermano no le quitó el ojo de encima. ¿Por qué era tan protector? Siempre me lo preguntaba, pero no le había dicho nunca nada.

Aquella noche bebimos algo más de la cuenta porque Marina y yo solíamos controlar bastante, no nos gustaba pasarnos de la raya. Sin embargo, nos pasamos las tres y cuando nos quisimos dar cuenta el alcohol nos había tumbado en la arena de la playa, literal.

—Nunca me había fijado en las pocas estrellas que se ven —comentó Marina balbuceando.

—¿Serán estrellas o serán extraterrestres? —planteé yo en serio.

—Son extraterrestres que están muy buenos y nos están mandando una señal —respondió Marina.

—¿Qué señal? —repuse yo.

—¿No os sentís muy pequeñas observando el cielo de este modo? —Abril interrumpió aquella conversación absurda y ambas la miramos sonriendo.

Estaba entre nosotras dos y miraba fijamente hacia arriba.

—A veces me siento como un átomo —confesó Marina imitándola.

—Y yo como una partícula subatómica —dije ni sé cómo.

—Y yo me siento sola —añadió Abril en un tono melancólico.

Marina y yo hicimos el mismo gesto sin saberlo: coger su mano, yo la izquierda y ella la derecha.

—Nos tienes a nosotras —le aseguró Marina.

—Para siempre de siempre —agregué con contundencia.

—Es que...

—¿Qué?

—Estoy rota, chicas.

Abril nos acarició con el dedo pulgar y supe en ese momento que iba a entrar en nuestras vidas para siempre.

—¿Y eso...? —pregunté yo con tiento.

—Hice algo sin pensar...

Y es que en demasiadas ocasiones hacemos cosas sin pensar porque nos dejamos llevar o porque creemos que no habrá consecuencias negativas.

—¿Quieres contarlo? —inquirió Marina con sumo cuidado.

—El año pasado me violaron.

Abril hizo algo sin pensar: irse algo más tarde. Sola. A casa.

Aquel domingo había quedado con un amigo, se habían besado, habían reído y se habían despedido a dos calles de nuestro barrio. ¿Su pecado? Que era más tarde de lo habitual.

Un hombre sin rostro la acorraló, le dio un fuerte golpe y cuando despertó lo tenía encima de ella.

Desde entonces Abril fue otra chica. Gritó de dolor, de miedo y lo único que quería era que se acabara aquella tortura.

Subió a su casa y lo explicó, pero aquello no salió de allí. No estaba preparada para explicar al mundo que aquellas cosas pasaban y que le había tocado a ella por mera casualidad.

—Pensé qué cojones iba a hacer con mi vida a partir de entonces...

Los primeros dos meses lo negó, no entendía por qué le había ocurrido aquello y no quería oír hablar de psicólogos, de terapias ni de nada relacionado con el tema.

Al tercer mes lo que dominó en su vida fue la rabia. La rabia y el odio hacia ese tipo, la rabia hacia el mundo, hacia los chicos, hacia la maldita suerte que tuvo.

—Ahora hace poco más de un año y sigo rota, pero estoy recibiendo ayuda. Sé que me quedan algunos años por delante hasta que logre superarlo.

Marina y yo la abrazamos, llorando, y nos quedamos las tres durante varios minutos mezclando nuestras lágrimas.

—Para siempre de siempre...

A veces, no es que hagas algo sin pensar o que hagas algo a lo loco, a veces es la jodida casualidad la que te castiga de ese modo.

Hoy día Abril ha crecido mucho y después de siete años el dolor se ha hecho más pequeño y ella, más grande. Pero en su alma sigue aquella cicatriz. ¿Quién puede olvidar algo así?

13

ADRIANO

—Buenos días, Adriano.

—Buenos sean, Sandra. ¿Qué tal?

Me sonrió a modo de respuesta y seguidamente me guiñó un ojo. No había hablado con Lucca, pero por lo visto aquellos dos habían terminado entendiéndose de nuevo...

No le había dicho a mi amigo que iría aquella noche al pub con Sandra, quería ver qué cara ponía al verla. Y no me equivoqué: a Lucca le interesaba mi compañera porque se pasó parte de la noche mirándola mientras tocaba su guitarra nueva.

Lucca me había llamado a media tarde preguntándome por la guitarra. Estaba entre excitado y enfadado conmigo.

—¿Cómo se te ocurre gastarte ese dinero?

—Yo no me he gastado nada.

—¿Es que la has robado?

—Joder, Lucca, jamás he robado nada.

—Una vez me robaste una rubia.

—Aquella rubia se lo quería montar con los dos, perdona.

—Y tú no quisiste.

—Es que a mí las mangueras no me interesan y menos la tuya, que sé que es talla XXL.

Nos reímos los dos con ganas, hasta que Lucca volvió al tema.

—Te la pagaré en cuanto pueda, joder, Adriano.

—No quiero nada, ya lo sabes.

No quise decirle que la guitarra había salido del bolsillo de mi madre, porque Lucca era capaz de devolvérmela y yo sabía lo importante que era para él tocar con esa guitarra en especial.

—Bueno, ya lo hablaremos...

Y no sé si fue por la guitarra o porque estaba Sandra allí, pero Lucca tocó mejor que nunca. Cuando ponía todos sus sentidos daba la impresión de que sus dedos volaban entre las cuerdas.

Al terminar la actuación un tipo con traje gris habló con él unos minutos. No le quité el ojo de encima porque temía que ese hombre representara alguno de los líos de Lucca: ¿un narcotraficante?, ¿uno de esos que reclamaban dinero?, ¿el abogado de alguien? A saber... Lucca tenía un buen historial en cagarla él solito.

—Sandritaaa...

Lucca se acercó a nosotros con una gran sonrisa.

—Lucca, ¿qué tal?

Se saludaron con un beso sonoro en la mejilla y Lucca me abrazó dándome un par de golpes en la espalda.

—Te debo una —me susurró al oído. Supuse que lo decía por la guitarra—. Por cierto, estoy flipando porque me acaban de ofrecer formar parte en la creación de un grupo nuevo.

—¿Grupo de...? —le pregunté con tiento.

—Un grupo de música actual. Están buscando músicos buenos...

—¡Vaya, enhorabuena! —exclamó Sandra muy contenta.

—Gracias, gracias.

—¿Y ese era el mánager?

—Obvio, el mánager musical en busca de talentos como yo.

Sandra y él rieron, y yo solo sonreí porque estaba pensando que debería investigar sobre ese individuo. Bueno, yo no, el personal de mi madre. No podía arriesgarme a que le tomaran el pelo a Lucca o a que se diera el batacazo del siglo. En una ocasión un supuesto mánager musical le sopló cinco mil euros y después no lo vio nunca más. Lucca no escarmentaba, era demasiado confiado y pensaba que todo el mundo era bueno, y yo me veía obligado a protegerlo de todos esos infortunios.

No quise ser un aguafiestas y celebré aquella noticia con él. Estuvimos charlando un buen rato los tres, aunque en cuanto pude busqué la excusa perfecta para dejarlos solos y perderme por el local. No tenía muchas ganas de nada porque no me quitaba de la cabeza la conversación que había tenido con Fabrizia. ¿Un hijo? ¿En serio? Me ordené a mí mismo no avanzar acontecimientos, primero teníamos que saber si estaba embarazada. ¿Y después? Después ya veríamos.

Casi a las doce de la noche me despedí de los dos con un wasap porque no los encontré: supuse que estarían en algún sitio más íntimo.

Por la cara de felicidad de Sandra no me había equivocado.

—Después hablamos —dijo antes de desaparecer en su despacho.

Me alegraba que Sandra y Lucca conectaran de aquel modo, pero al mismo tiempo me preocupaba. Yo era amigo de los dos y no quería que ninguno de ellos saliera dañado. Sabía que a Sandra le iban las relaciones más bien estables y a Lucca no. ¿Cómo podrían entenderse en ese sentido? Evidentemente no era mi problema, pero no quería que terminaran odiándose o algo por el estilo.

—Adriano, una cosita.

Carlota entró en mi despacho y me levanté de la silla.

—No, no, siéntate.

Ella tomó asiento enfrente y me miró sonriendo.

—Dime.

—Mander me acaba de llamar.

Carlota me miró más seria y yo fui capaz de oír mi propia respiración. ¿Ese gesto significaba que traía malas noticias? Con Carlota era difícil saberlo, porque era capaz de pasar de una sonrisa increíble a una seriedad absolutamente terrorífica.

—Se han enamorado de tu proyecto.

Abrí los ojos y lo primero que quise hacer fue dar un salto de la silla para seguidamente abrazar a mi jefa, pero me aguanté las ganas y canalicé toda esa emoción en mi mirada.

—¿Se han enamorado?

—Palabras textuales.

—Entonces, ¿es nuestro?

—Lo es.

Me mordí los labios para no gritar y Carlota se reclinó en la silla sonriendo.

—Puedes explayarte, te lo mereces.

—¡Dios! ¡Sí! —exclamé como una bomba a punto de explotar y hasta logré que mi directora soltara una carcajada.

—A partir de mañana, a trabajar duro. Tú y Sandra. Estoy pensando que quizá os iría bien tener un ayudante, mañana os digo algo porque quiero tener claro que no será un estorbo.

—Perfecto —le dije asimilando aún la idea de que el proyecto fuera nuestro.

¡Genial!

En casa, Barcelona, con diecisiete años

—Adriano, necesito hablar contigo.

Mi madre entró en mi habitación y me miró preocupada.

—¿Ocurre algo?

Se sentó en la silla, yo estaba medio recostado en la cama con un libro en las manos que dejé a un lado para prestarle atención.

—Me voy a divorciar de tu padre.

Algo dentro de mí parecido a unos fuegos artificiales explosionó de alegría.

«¡Genial!»

Pero me contuve. Jamás le había explicado a mi madre los maltratos que recibí por parte de mi padre hasta los dieciséis años, aunque ella sabía que nuestra relación no era buena. Apenas nos hablábamos, lo que para mí era un gran alivio.

—Bien —le dije intentando mostrar una apatía que no sentía.

—Y quiero irme a Roma.

Abrí los ojos, sorprendido.

—¿A Roma?

Mis amigos. La chica que me gustaba. El instituto. Todo aquello que era importante en mi vida pasó rápido por mi cabeza.

—Sí, con mi familia. Pero no quiero irme sin ti —añadió en un tono más bajo y triste.

Mi madre me quería por encima de todas las cosas y yo sabía que no me dejaría con mi padre. Antes me pondría a dormir en la calle.

—Allí puedo empezar de cero, podemos empezar los dos.

Soy caótico y desordenado, pero también muy resolutivo y en pocos segundos tuve clara mi decisión.

—Pues empecemos de cero.

—¿Seguro, cariño?

—Que se prepare Roma —le respondí sonriendo.

Haría amigos nuevos, iría a otro instituto y en Roma también había muchas chicas. Además, dominaba el idioma gracias a mi madre, con lo cual no debía preocuparme por eso.

—Eres el mejor —me dijo con una gran sonrisa.

—Porque tengo la mejor madre del mundo.

Afortunadamente ella me daba todo lo que no me daba mi padre, pero aun así me faltaba algo. Cuando veía a los padres de mis amigos me invadía una especie de envidia nostálgica que me costaba engullir. Los padres de mis amigos eran de caracteres diferentes, pero en mayor o menor medida se preocupaban por ellos: iban a verlos a los partidos, jugaban con ellos en cuanto tenían ocasión, les enseñaban con paciencia a ir en bicicleta, hacían partidos de tenis en medio del salón... Yo echaba de menos muchas de aquellas cosas que sabía que vivían mis amigos junto a sus padres. El mío disfrutaba maltratándome, algo que no entendí jamás. ¿Le había hecho algo? ¿Por qué me odiaba de ese modo? ¿Qué veía en mí para tratarme así?

Sí, era de aquellos que tenían un armario que parecía una leonera. De los que no encontraban el otro par de zapatos justo en el momento de salir de casa. De los que debajo de la cama coleccionaba trastos varios. De los que tenían manos torpes. Pero tenía otras cualidades, como todo hijo de vecino.

Pero él no veía ni una.

A los quince días de aquella charla con mi madre nos fuimos a Roma y fue la mejor decisión de nuestra vida.

Ojos que no ven, corazón que no siente.

Porque tenerlo en mi vida dolía, aunque ya no me diera tortazos.

14

CLOE

Desde que les comenté a Marina y Abril que Adriano me había escrito aquel mensaje, había abierto la aplicación tres veces para comprobar si me respondía.

Visto.

La segunda vez que abrí Instagram ya me había leído y a la tercera seguía sin responder. ¿Por qué me escribía? ¿Para vacilarme? Me daban ganas de decirle mil cosas, pero me aguanté porque no quise demostrarle que me interesaba.

No me interesaba. A mí ese chico me daba igual. Solo era... solo era curiosidad. Pura curiosidad.

—Chicas, me falta pimienta negra y vino blanco. ¿Alguien quiere ir a comprar?

Abril se había ofrecido voluntaria para hacer la cena mientras Marina rellenaba unos papeles del Erasmus y yo ordenaba un poco el piso.

—Yo misma —respondí antes de coger la chaqueta roja—. ¿Tengo que correr?

Abril soltó una risa y negó con la cabeza. Me despedí con rapidez y bajé las escaleras saltándolas de dos en dos. Cuando llegué al final salté tres de golpe haciendo un ruido triunfal y al levantar la cabeza me encontré con los ojos de Adriano.

—Eh...

—Sin comentarios, saltarina.

—Sí, claro.

Su tono de burla me molestó, pero no le dije nada y sin mirarlo anduve hacia la puerta. Él estaba apoyado a uno de los lados con el móvil en la mano. Parecía un modelo a punto de hacer una sesión de fotos.

En mi mente aparecieron una serie de números y fruncí el ceño. ¿Tan guapo me parecía? ¿Tanto como para ponerme nerviosa de ese modo? Me asustó un poco porque hacía mucho tiempo que controlaba ese tipo de pensamientos recurrentes.

Justo al salir por la puerta me topé de cara con la chica del día anterior.

—Adriano, ¿hace mucho que esperas? —le preguntó ella en un tono cariñoso.

—Nada, dos minutos.

Seguí hacia delante, aunque me moría de ganas de volverme y ver cómo Adriano rodeaba con su mano la cintura de aquella chica. Estaba segura de que era una de sus muchas conquistas. Ella le había pedido explicaciones por algún malentendido y él la había convencido con su bonita sonrisa. Y ahora estaban juntos de nuevo.

Pero no me giré. No quise darle ese gustazo, por si acaso.

En la cola del súper me dediqué a mirar mi Instagram y entonces vi que tenía un mensaje.

Adriano: Me gustan las chicas que saltan las escaleras a lo loco.

«¿A lo loco?» Solo habían sido tres escalones y lo último que podía decir alguien de mí es que hacía las cosas a lo loco.

Pero sonreí al leerlo y guardé el móvil en el bolso. No le iba a escribir de inmediato, por supuesto que no. Además, qué morro le echaba el tío: estaba con esa chica y me escribía a mí al mismo tiempo.

Al llegar a casa, Abril y Marina estaban liadas grabando un TikTok para Marina.

—Cloe, este baile no me sale ni a la de tres. ¿Nos echas una mano?

Mientras Abril terminó de hacer la cena, yo le enseñé los pasos a Marina. Era un baile africano que se había puesto de moda y los pasos no eran sencillos, pero Marina los pilló enseguida y grabó el vídeo justo antes de cenar.

—Este lo subiré también a Instagram. Gracias, chicas, al final ha quedado genial.

Con Marina a mi lado había aprendido a valorar mucho más mi intimidad. Ella estaba expuesta a los ojos de todo el mundo casi las veinticuatro horas del día, algo que yo no hubiera soportado. A ella le encantaba, por eso lo hacía, pero a mí me resultaba asfixiante. Tener que estar pendiente de todas esas aplicaciones, de la gente que la seguía, de las críticas, de los *haters*, de lo que hacían otros *influencers*... No me parecía nada divertido y, en cambio, Marina estaba en su salsa.

UniversoMarina Hola, chicas del universo, aquí os dejo este baile que he clavado gracias a Cloe y Abril, ya sabéis que Cloe baila mejor que Jason Derulo. ¿Os gusta bailar? ¿Se os da bien? Os leo... #UniversoMarina#Roma #Bailar

—¿Jason Derulo? Marina, te has pasado un poco —la reñí entre risas.

Cuando quería era superexagerada.

—Es que tú no te ves, Cloe —me respondió tan tranquila.

—Ya le gustaría al Jason ese bailar como tú —soltó Abril más bien en serio.

La miré de reojo y seguí riéndome. Se me daba bien bailar, pero no era para tanto.

En ese momento llamaron a la puerta y fui a abrir. Era el vecino de ojos bonitos.

—Cloe, ¿verdad? Es que soy muy malo con los nombres.

—Sí, esa soy yo. ¿Leonardo?

—Exacto —aseguró sonriendo.

También tenía una sonrisa bonita, de aquellas que parecían sinceras.

—¿Necesitas algo? —le pregunté con simpatía.

—Pues necesito llamar a Adriano y estoy sin móvil. Se lo ha llevado él sin querer.

Fruncí el ceño pero le creí. Saqué el móvil de mi bolsillo trasero y se lo pasé.

—¿Quieres entrar?

—No, no, gracias. No quiero molestar más.

—No molestas, no te preocupes.

Me gustaba aquel chico, era educado y transmitía una especie de calma muy agradable.

—Es que suele estar siempre para cenar y me extraña...

Asentí con la cabeza y él tecleó el número de su amigo. Oí los dos tonos antes de que este respondiera.

—Soy yo, Adriano... Es el teléfono de Cloe...

—¡Ah! Pues mira qué bien, ya no tendré que pedírselo.

Leonardo y yo nos volvimos al oír la voz de Adriano, que subía el último escalón antes de llegar al tercer piso.

—Cloe, la saltarina —dijo con retintín.

—¿Todo bien? —le preguntó Leonardo preocupado.

—Sí, falsa alarma.

Leonardo cambió el gesto a una gran sonrisa y yo sentí que estorbaba en aquella conversación.

—Eh... ¿Me devuelves el móvil?

—Sí, sí, perdona. Y un millón de gracias. Es que Adriano es un poco despistado.

—De nada, cuando necesites algo ya sabes —le ofrecí encantada con su manera de hablar.

—¿Y cuando lo necesite yo? —me planteó Adriano en un tono divertido.

—¿Qué podrías necesitar? —le repliqué con retintín.

—Nunca se sabe —contestó con una rapidez inusual.

—No te molestamos más —comentó Leonardo cogiendo el brazo de su amigo para dar un paso atrás.

Le sonreí algo nerviosa porque Adriano me miraba fijamente, como un león a punto de atrapar a su presa. ¿Acababa de estar con una chica y necesitaba más? Pues sí que daba de sí...

Justo cuando iba a cerrar la puerta los oí hablar.

—¿Puedes no ser tan ligón? —le recriminó Leonardo.

—Es culpa de ella, me provoca.

—¿Te provoca?

Eso mismo me pregunté yo.

—¿Tú has visto esos ojos que tiene? Si es que no puedo evitarlo.

—Joder, Adriano, vamos a llevarnos bien con ellas, ¿estamos?

—¿Y qué crees que estoy haciendo?

—Coquetear con ella, te he visto.

—Es que esa chica...

—Esa chica ¿qué?

Cerraron la puerta y me quedé con las ganas de saber qué decía sobre mí. Estaba segura de que seguiría insinuando que era yo la que le buscaba las cosquillas.

Y es que en el mundo siempre ha habido dos tipos de personas: los que reconocen sus errores y los que siempre echan la culpa a los demás...

En un Seat Ibiza con diecisiete años

—No te preocupes, Óscar, esto pasa a veces.

—¿Con dieciocho años? No me jodas, Cloe.

Llevábamos un par de meses de lío y la primera vez que lo habíamos hecho en su coche había ido todo demasiado rápido, a los cinco minutos se fue sin casi darme tiempo ni a bajarme la falda. Yo no era una experta, aunque no era mi primera vez. Me había acostado con otro chico en varias ocasiones y había ido mucho mejor que con Óscar.

Aquella noche era la tercera vez que lo intentábamos, después de dos intentos fallidos, pero por lo que fuera el pene de Óscar no reaccionaba. Lo había hablado con Abril y Marina, y cada una me había dicho una cosa. Marina me preguntó si estaba segura de que le iban las chicas y Abril me dijo que Óscar debería ir al médico. No les hice caso a ninguna de las dos y ahí estaba, en su coche, y viendo la tristeza de aquella erección.

Y es que la cosa empezaba bien, clavaba su miembro en mi cuerpo mientras nos besábamos, pero a la hora de la verdad parecía que se escondía. ¿El porqué?

—Pues no sé, Óscar. Quizá...

—Quizá ¿qué? A ver si ahora me dirás que no me gustan las chicas.

Su mirada estaba cargada de rabia.

—¿Sabes qué, Cloe? Creo que la culpa es tuya.

—¿Mía?

—Sí, joder. Es la primera vez que me ocurre algo así. Eres tú.

Esa sí que era buena. Por suerte no tenía doce años para creerme esa tontería.

—¿Ah, sí? ¿Y me explicas por qué?

—Porque eres rara.

Sentí aquella bofetada imaginaria en mi mejilla. Ese calificativo lo había oído en demasiadas ocasiones. Demasiadas. No quise darle el placer de que me insultara de nuevo y salí de aquel coche dando un sonoro portazo.

«Rara, eres rara.»

No iba a lograr jamás en la vida parecer una persona sin taras.

15

ADRIANO

—Esa chica tiene algo —le respondí a Leonardo bajando el tono de voz justo cuando él cerró la puerta.

—¿Esa? Todas tienen algo para ti, Adriano.

—Pues esa en especial.

—En cuatro meses regresan a España, así que relájate.

—Pero ¡si no he hecho nada!

—¿Nada? Estoy seguro de que la has buscado por las redes.

Leonardo me miró como si fuera un policía auténtico y me eché a reír.

—Pillado —le dije alzando los brazos.

—El jueves las quería invitar al piso...

—¿Y eso?

Ahora el que lo miraba como un poli era yo. ¿Desde cuándo Leonardo eran tan amable?

—Pues para darles la bienvenida, ¿no? Hacemos una cena ligera y así nos conocemos un poco más.

Arrugué la frente. ¿Le gustaba a Leonardo la pelirroja? ¿Tanto?

—Por mí, de puta madre.

—Pero te comportas —me advirtió señalándome con el dedo—. Y dame mi móvil.

Le pasé su móvil, no era la primera vez que me lo llevaba pensando que era el mío y acababa con dos teléfonos encima.

—¿Y con Fabrizia?

Se lo expliqué todo al detalle.

Fuimos juntos a la farmacia, compramos una prueba de embarazo y subimos a su piso para saber si íbamos a ser padres. Esperamos tres minutos largos y allí no salió nada.

—¿Esperamos un poco más? —le pregunté más tranquilo.

—Aquí dice que, como máximo, son tres minutos.

—Esperamos cinco más, por si acaso.

Mejor ir a lo seguro.

Después de ese tiempo volvimos a mirar la pantallita y no había nada.

—Menos mal... —susurró Fabrizia.

—Sí, ha sido un susto y ya está.

—Un buen susto —comentó sonriendo por primera vez—. ¿Un café?

Asentí con la cabeza y me quedé un rato charlando con ella, sin percatarme de que se hacía tarde. Cuando vi la hora que era en el reloj de la cocina de Fabrizia, quise llamar a Leonardo, pero al coger el móvil me di cuenta de que era el suyo. Palpé mi otro bolsillo, donde también estaba el mío. Le había dejado sin teléfono, me iba a echar una bronca de las buenas.

Pero no hay mal que por bien no venga porque ahora tenía el número de teléfono de Cloe.

—Por cierto, Adriano...

—¿Qué?

Ya habíamos acabado de cenar y estábamos recogiendo la mesa.

—Ni se te ocurra usar el número de la vecina.

Lo miré alzando las cejas. ¿Me leía el pensamiento?

Cambié de tema automáticamente para que no insistiera sobre aquello. Había escrito a Cloe por Instagram, hacerlo por WhatsApp iba a ser todavía más sencillo.

Pusimos una película de Netflix pero empezamos a hablar del proyecto del estudio y no hicimos caso de aquella pareja que discutía en nuestra pantalla. Leonardo estaba igual de entusiasmado que yo y no dejaba de hacer una pregunta tras otra.

—¿Y quién será ese ayudante?

—Ni idea, algún becario, supongo.

—¡Qué suerte tendrá!

—Pues sí, porque va a ser un curro de esos guapos.

—De esos en los que se aprende mucho.

—Y encima conmigo, imagina —le dije bromeando.

—¿Chico o chica?

—Mañana te saco de dudas.

Aquel miércoles había quedado con Sandra en la oficina a primera hora para coger lo imprescindible e irnos al edificio, al Dalí, para organizar bien los espacios y redactar el proyecto sin ningún error. Yo era muy perfeccionista en eso y Sandra, muy organizada, así que hacíamos un equipo de diez. No necesitábamos ningún ayudante aunque no nos iría mal alguien que nos echara una mano para las faenas más básicas.

—¿Un café? —preguntó Sandra contenta.

—Eso que no falte.

Antes de llegar a la cafetera la voz de Carlota nos detuvo:

—Sandra, Adriano. ¿Podéis venir a mi despacho un momento?

—Sí, claro —respondí mientras la imagen de Cloe venía a mi cabeza al recordar esas palabras en sus labios: «Sí, claro».

—... no?

—¿Decías?

No había oído lo que me había dicho Sandra.

—Que quizá nos presenta al ayudante.

—Ah, ya.

Entramos al despacho y Carlota nos saludó con su habitual tono neutro pero amable.

—Buenos días, os presento a vuestra nueva ayudante. Viene de España y está aquí de Erasmus...

Levanté la cabeza y me encontré con los ojos divertidos de Marina.

—Ella es Marina. Ellos son Sandra y Adriano. Con él podrás hablar español aunque te aconsejo que practiques nuestro idioma.

Carlota le hablaba en español, pero mezclaba alguna que otra palabra en italiano aunque se entendía sin problema.

—Sí, sí —le respondió ella sonriendo.

Vaya, vaya... La vecina morenaza iba a trabajar codo con codo conmigo. Interesante...

Sandra se adelantó a saludarla y yo lo hice después indicándole a Carlota que nos conocíamos porque éramos vecinos. No era necesario obviar aquel detalle porque tarde o temprano se sabría.

Marina vino con nosotros a tomar el café y se quedó en un segundo plano, observando y escuchando. Aquello me gustó porque parecía una chica más bien extrovertida y muy segura de sí misma, pero eso no quitaba que uno tenía que saber dar un paso atrás cuando entraba en un mundo desconocido. Primero era necesario observar y después podías actuar. Era la mejor forma de no meter la pata. Las prisas no eran buenas compañeras.

La observé de reojo porque no quería que se sintiera desubicada y Julio se percató de ello.

—Oye, Marina. —Julio llamó su atención y todos lo observamos—. ¿Es verdad que en España los italianos tenemos fama de ligones?

Marina me miró a mí porque no entendió la pregunta de Julio. Se la traduje al momento y ella sonrió asintiendo con la cabeza.

—Pues dile a la chica... —Julio se dirigió directamente a mí—. Dile que su tutor es de los peores.

Lo miré con desprecio pero no quise seguirle el juego.

—¿Le caes mal a ese tío? —me preguntó Marina sin dejar de sonreír.

La miré sorprendido.

—¿Lo has entendido?

—Sí, sin problemas. Además lo he leído en sus ojos. Por cierto, tiene cara de sapo, ¿lo sabe?

Solté una risotada y Julio borró su sonrisa de un plumazo.

—Mejor no se lo digo —solté intentando no reír de nuevo.

—Adriano en acción —escupió Julio cabreado mientras se iba de allí.

—Definitivamente no le caes bien —comentó Marina tirando el vasito de plástico en el cubo de la basura—. Cuando no entiendes un idioma a la perfección se pueden captar muchas cosas por los gestos, las miradas y el tono de voz.

—Es mutuo, pero no pasamos de aquí, no te preocupes —le dije con simpatía.

—¿Nos vamos? —intervino Sandra, impaciente.

—Nos vamos.

Julio era de aquellos que se había enamorado un par de veces en su vida y a la segunda se había casado con la mujer de sus sueños. Era un tipo más bien clásico y no soportaba que habláramos de nuestras historias.

Yo había aprendido a pasar de él, no valía la pena. Él iba a seguir siendo como era y yo lo único que lograría encarándome sería llevarme un mal rato. Podía haberle dado un par de tortazos con la mano abierta, al estilo de mi padre, pero ¿qué habría ganado? Un posible despido. En ocasiones uno tenía que aprender a morderse la lengua...

En Roma con dieciocho años

—Cariño, ha llamado tu padre...

Mi madre y yo ya estábamos instalados en un apartamento en las afueras de Roma y me encontraba feliz en esa nueva ciudad. Había hecho amigos, estaba encantado con el instituto y no me faltaba alguna que otra amiguita.

—¿Para qué? —le pregunté arrugando la frente.

—Quiere verte.

—Ni hablar.

—Es tu padre, Adriano.

Un padre que me había educado a base de palizas.

—Me da igual.

Estaba feliz sin verlo, sin saber de él, sin aguantar su cara de amargado, y nada iba a cambiar eso.

—Cariño, es normal que quiera verte.. Ha pasado un año desde que nos fuimos.

—Mamá, entiendo lo que dices, pero es que no quiero verlo.

—Pero ¿por qué?

Sus ojos se clavaron en los míos y estuve a un tris de soltárselo todo, pero me mordí la lengua. ¿De qué me iba a servir decírselo en ese momento? Mi madre empezaba a remontar, empezaba a saber qué hacer con su vida, empezaba a ser feliz... ¿para qué darle ese disgusto? Una vez más me tragué todas aquellas palabras que me subieron por la laringe y las dejé de nuevo donde debían estar.

16

CLOE

Adriano: Me gustan las chicas que saltan las escaleras a lo loco.

Había abierto y cerrado Instagram varias veces porque no sabía qué responderle exactamente.

Pues yo no soy de las que hacen cosas a lo loco. Anular Enviar.
A mí me gustan los chicos que... Anular Enviar, no quería coquetear con él.
A ti te gustan todas, vecino. Anular Enviar, ¿y a mí que más me daba?

Cloe: ¿A lo loco?

No esperaba que me respondiera al momento pero ahí estaba, en línea y escribiéndome algo. ¿Me quedaba para leerlo?

Adriano: Quería decir que me gusta ese espíritu de niña que tienes.

Lo leí tres veces. ¿Estaba intentando que bajara la guardia? Esas palabras... tan cariñosas. Cerré la aplicación y pasé de responderle al momento. Tampoco sabía qué más decirle.

Terminé de vestirme y de arreglar la habitación con cuidado. Había llegado el momento de empezar el Erasmus en serio y las tres teníamos muchas ganas. Cogimos el mismo metro y bajamos en la misma parada. Marina se fue hacia el estudio de arquitectura que le habían asignado y Abril y yo nos dirigimos hacia el hospital que estaba a un par de calles de la boca del metro.

Una vez dentro y en cuanto estuvimos todos en una sala de reuniones, la tutora nos dio la bienvenida y nos empezó a explicar cuáles serían los puestos que nos tocarían como alumnos en prácticas. A Abril le asignaron la UCI y a mí, urgencias. Me tocaba trabajar bajo el mando de otra tutora, Maria, y al lado de dos compañeros: Natalia y Jack, de Madrid y Windsor respectivamente.

Durante la primera hora Maria nos puso un poco al día del funcionamiento de urgencias y nos indicó cuáles serían exactamente nuestras tareas. Yo no había estado nunca en urgencias y tenía muchas ganas de hacer mis prácticas allí. Maria habló en todo momento en italiano porque los tres dominábamos el idioma sin problema. Yo iba cogiendo notas sobre todo lo que nos explicaba mientras que mis dos compañeros solo iban asintiendo con la cabeza. No quería perderme ni un detalle y quería hacer mis tareas lo mejor posible. En mi vida los errores no tenían cabida.

—¿Perdona? ¿Cole, te llamas?

Natalia se dirigió a mí en español una vez terminamos la reunión con Maria.

—Cloe —le respondí observando sus grandes ojos negros.

Era una chica alta, muy delgada y con unos rasgos suaves excepto aquellos ojos tan grandes y oscuros.

—Cleo, eso mismo.

—No, Cloe.

Me miró como si yo fuera un bicho raro.

—¿No es lo que he dicho?

—Has dicho Cleo —le aseguré.

—¿Seguro?

¿No parecía aquello una conversación de besugos?

—Da igual —le dije quitándole importancia.

—Vale, pues Cloes...

¿Cloes?

—He entendido que eres de Barcelona, ¿verdad?

—Exacto. He venido con dos amigas más.

Asintió con la cabeza y se volvió dándome la espalda.

«Qué chica tan extraña.»

—Jock, ¿de dónde eres?

—Jack, me llamo Jack. Y soy de Windsor.

Estaba claro que los nombres no eran lo suyo.

Maria nos guio hacia urgencias y allí nos dividimos los tres para atender a los pacientes. Natalia y Jack se quedaron con otros enfermeros y a mí me tocó aprender de Mia.

Era una mujer algo rellena, no muy alta, y lo que más destacaba en su rostro eran las mejillas sonrosadas. Le daban un aire amable y divertido, aunque cuando nos daba todas aquellas indicaciones su gesto era severo. Me gustó al momento porque éramos parecidas en ese sentido: uno podía ser muy divertido y tener ganas de pasárselo bien, pero el trabajo había que tomárselo en serio, sobre todo el nuestro.

Tras aquellas horas a su lado me di cuenta de que estar en urgencias era un poco locura: ibas trabajando con cierta tranquilidad y de repente llegaba el caos sin esperártelo.

—¿Todo bien, Cloe?

Tras la entrada de dos personas llenas de sangre, moratones y hematomas varios, mi cuerpo se tensó.

—Sí, sí.

—No te preocupes, al principio es normal. Y no voy a decirte eso de «ya te acostumbrarás», es mejor no acostumbrarse.

Asentí con la cabeza y seguí todas sus órdenes a la perfección. Allí se necesitaba rapidez y no podías perder el tiempo pensando en lo duro que era ver a dos chicos jóvenes desangrándose delante de ti.

—Genial, Cloe —me dijo cuando terminamos de atenderlos—. Lo sabrás sobrellevar, eso sí.

Salí de allí satisfecha. Había aprendido más en unas horas que en todas mis anteriores prácticas juntas, aunque solo había observado cada paso que daba Mia, ya que era el primer día y no quería estorbar. Era un poco estresante, pero saber que en un futuro cercano podría ayudar me reconfortaba.

A la salida me encontré a Natalia y Jack, ambos charlaban animadamente en inglés.

—¿Qué tal, Cleo? —me preguntó ella al verme.

—Se llama Cloe —le corrigió Jack.

—Muy bien, ¿y vosotros? —le respondí obviando el error de Natalia.

Me daba la impresión de que era algo que no podía controlar.

—He visto poca sangre pero bien —contestó Natalia haciendo un mohín.

—Es un poco sádica —comentó Jack sonriendo.

Tenía una sonrisa bonita, de esas que muestran dos pequeños hoyuelos en las mejillas. Era bastante alto, de espaldas muy anchas y su rostro era algo aniñado.

—Sádica no, yo necesito acción.

—¿Acción? —le pregunté pensando que en urgencias de eso no faltaba.

—Sí, ya sabes. Vísceras, hígados, riñones...

La miré abriendo mucho los ojos. Lo decía en broma, ¿verdad? No me dio tiempo a preguntárselo porque apareció Abril con dos chicos e hicimos las oportunas presentaciones. Los dos nuevos eran franceses: Jean Paul y Baptiste, y eran gemelos idénticos con unos ojos verdes increíbles. Parecían muy simpáticos y agradables, y por lo visto a Abril le cayeron bien porque les reía las gracias, cosa que no solía hacer con tanta soltura.

—Nuestra española va a ser nuestra protegida.

Uno de ellos, no sé cuál, pasó su brazo alrededor de mi amiga y ella sonrió.

Vaya, aquello sí que era raro.

—¿Os apetece tomar algo? —La pregunta la hizo Jack.

Yo miré a Abril y la vi tan en su salsa que no me pude negar.

Por lo visto los gemelos habían llegado a Roma meses atrás y estaban muy familiarizados con los bares de aquella zona. Nos guiaron hasta un local enorme, lleno de mesas, de gente en la barra o apoyada en cualquier lugar con su bebida en la mano.

Aproveché para mirar el móvil y vi un mensaje de Marina en el grupo.

Marina: Chicas, vais a flipar en colores. ¿Sabéis dónde hago las prácticas? En el mismo estudio en el que trabaja nuestro vecino.

Cloe: ¿Cuál de los dos?

En ese instante recibí un mensaje de un número que no tenía registrado.

Número desconocido: Voy a pensar que no me has respondido en Instagram porque vas muy bien acompañada, pequeña escaladora. Muy bonito ese jersey.

Levanté la vista, asustada. ¿Estaba Adriano por allí? Entre tanta gente era imposible encontrarlo a primera vista.

En ese momento Jack me cogió la mano para que siguiera al grupo. Nos sentamos a una mesa y uno de los franceses llegó con una bandeja llena de cervezas.

Yo seguía con la mosca detrás de la oreja e intenté localizar a Adriano, pero había demasiada gente y demasiado ruido. Supuse que la mayoría de los presentes habían terminado de trabajar e iban allí a tomar algo o incluso a comer.

—¿Qué tal tu primer día? —me preguntó Jack con interés.

Empecé a explicar cómo me había ido en urgencias y me olvidé de Adriano. Los seis comentamos nuestras vivencias de aquel día. Abril también estaba encantada con su tutor y con los franceses, que eran muy graciosos aunque no había manera de saber quién era quién. Entre nosotros hablábamos en inglés porque nos resultaba más fácil comunicarnos en ese idioma.

—¿Os confunden a menudo? —inquirió Natalia a los gemelos durante la segunda ronda de cervezas.

—Siempre, siempre.

—Pero hay una manera de saber quién es Baptiste —nos indicó Abril sonriendo.

—¿Ah, sí? —pregunté con curiosidad.

—Pídeme un beso —me indicó el propio Baptiste.

—Sí, claro —repuse echando mi cuerpo hacia atrás.

—Dame un beso —le ordenó Natalia sonriendo.

—Ni loco —le respondió él provocando varias risas entre nosotros.

—Ahora pídemelo a mí —soltó Jean Paul con una gran sonrisa.

Natalia lo miró de soslayo y repitió las mismas palabras, aunque antes de que terminara ya tenía los labios del gemelo tocando los suyos.

El resto estallamos en risas y se separaron al momento.

—Yo soy hetero —nos indicó Jean Paul.

—Y yo no. —Baptiste nos hizo un guiño divertido.

—Y yo me he llevado un buen beso —añadió Natalia, satisfecha.

Nos reímos de nuevo y Abril y yo nos miramos felices de compartir aquellos momentos...

En la discoteca en Barcelona con dieciocho años

Aquella noche salimos las tres juntas para celebrar que llegaba el verano, se habían terminado las clases y nuestras notas habían sido buenas. Nos merecíamos salir, desconectar, bailar y pasarlo bien después del esfuerzo de los últimos exámenes.

Nada más entrar conocimos a dos chicos, cuyo objetivo estaba clarísimo. El primero se llamaba Diego y nos iba tirando la ficha a Marina y a mí, le daba igual una que otra, o quizá quería hacérselo con las dos. No lo supimos nunca porque tanto Marina como yo pasamos de seguirle el rollo.

El segundo chico era Isaac y sus ojos estuvieron puestos toda la noche en nuestra amiga. Abril pasaba de los chicos, tal cual. Desde que empezamos a ir juntas, a los dieciséis años, no había salido en serio con ningún chico. Siempre decía que no estaba preparada y que necesitaba más tiempo. Nosotras jamás le llevamos la contraria ni la instamos a que se acostara con alguien. Solo ella sabía el infierno que había pasado con el tema de la violación y nosotras la íbamos a apoyar en todo. No éramos sus jueces, éramos sus amigas. Para siempre de siempre.

Aquella noche nos sorprendió porque a los pocos minutos se puso a bailar con Isaac y las risas entre ellos fueron constantes. Marina y yo no les quitamos el ojo de encima, por si acaso. Pero la mirábamos felices por verla sonreír de aquel modo con un chico.

Al final acabó saliendo con él durante unos meses y superó el miedo a la desnudez, a que la tocaran y a hacer el amor. Isaac fue una buena terapia, aunque al final terminaron, porque ambos se dieron cuenta de que funcionaban mejor como amigos que como pareja.

Hoy día siguen siendo buenos amigos.

Adriano: Voy a pensar que no quieres ser mi amiga.

Miré la pantalla del móvil al recibir el mensaje y volví a buscarlo por aquel local.

Cloe: ¿Estás aquí?

Adriano: Aquí es un adverbio que puede abarcar muchos lugares.

Qué gracioso...

17

ADRIANO

Cloe: No me gusta que me espíen.

¿Espiar? Vale, sí, la había visto nada más entrar y había hecho lo posible para que ella no me viera para seguir observando cómo se reía con sus compañeros.

Al principio pensé que no era ella, que mi mente me la había jugado, pero aquellos ojos color café eran inconfundibles.

¿Qué hacía ella allí? ¿Y quiénes eran sus acompañantes?

Reconocí a Abril al momento pero no a los demás, aunque todos parecían extranjeros. ¿Serían compañeros del Erasmus? Era lo más probable y había uno de ellos que no dejaba de hacerle ojitos a Cloe.

Y lo entendía perfectamente porque aquella chica tenía algo...

Adriano: Solo estoy viendo cómo te diviertes.

La observé entre algunos de mis colegas y vi que alzaba la vista de nuevo para buscarme.

Adriano: ¿Me buscas a mí?

Sus ojos regresaron a la pantalla de su teléfono y apretó los labios en un mohín.

Me mordí los míos al ver aquel gesto tan inconscientemente sexi.

—¿Nos estás escuchando o qué? —me preguntó Sandra con una sonrisa.

—No mucho —le dije sincero.

Intenté participar en aquella charla, pero mis ojos no dejaban de seguir los movimientos de Cloe y de observar cómo sus labios atrapaban aquel botellín de cerveza. ¿Qué me pasaba con esa chica? Uno de aquellos chicos se dirigió a ella acercándose a su rostro y alcé un poco el cuello para ver bien qué ocurría. ¿Iba a besarla? Algo dentro de mí se removió y fruncí el ceño al sentir aquello. Realmente me pasaba algo raro con Cloe. ¿El qué? No sabía si quería averiguarlo.

Ella le habló y fijó la vista de nuevo en el móvil. Tecleó con rapidez y se lo colocó en el oído. Al instante sonó mi teléfono.

—¿Sí?

—Soy Cloe —respondió, algo insegura.

—Lo sé, te estoy viendo.

Se volvió hacia atrás, esperando encontrarme en alguna mesa, pero estaba en la barra, bien escondido de sus ojos.

—¿Y por qué no te veo?

—¿Por qué me llamas? —le solté obviando su pregunta.

—Eh... No quería seguir jugando a esto.

—Ya veo.

—¿Qué?

—Me has llamado para escaparte de tu amigo.

Cloe abrió los ojos y los cerró automáticamente. Hubo unos segundos de silencio y pensé que me iba a colgar.

—Tengo que dejarte.

—Te escaqueas.

—Tú también lo haces.

Sonreí ante su rápida respuesta. Eso me gustaba.

—Si vas a hacer lo mismo que yo esto puede ser muy divertido.

—Sigue soñando.

Solté una carcajada y la vi sonreír.

Puta sonrisa.

—Eso haré, saltarina escaladora.

—Deja de llamarme así. ¿Te rompiste la ceja en el Everest? —preguntó refiriéndose a la marca de mi ceja.

Me hizo reír de nuevo y debo reconocer que eso me impresionó. No soy de risa fácil.

—Cuídate.

—*Ciao.*

Su compañero volvió a decirle algo y ella charló con él un par de minutos antes de levantarse para ir hacia el baño.

¿La seguía? No, no quería que pensara que era un psicópata.

Me centré de nuevo en lo que hablaban mis compañeros y dejé de buscarla. Al rato nos fuimos y me obligué a no echarle una última mirada.

Cloe: No está mal ese traje gris.

Sonreí al leer su mensaje.

Adriano: Me tenías localizado, vaya, vaya.

Cloe: No te lo creas tanto. Te he visto salir.

Adriano: Nos vemos mañana, vecina.

Cloe: Sí, claro.

Sonreí ampliamente al leer su respuesta. Nuestras vecinas españolas no sabían que Leonardo las iba a invitar a cenar con nosotros al piso. Tendría que morderme la lengua con ella si no quería que mi amigo me echara la caballería encima.

Al salir nos cruzamos con Marina, que se había quedado en la oficina para hacer unas fotocopias para varios de mis colegas. No era la mejor manera de aprender el oficio, pero sí la mejor para comenzar con cierta humildad. A todos nos había tocado hacer fotocopias y llevar muchos cafés, era una forma de aprender a respetar la jerarquía y Marina había empezado a hacerlo con muy buen humor. Parecía una chica lista y divertida, pero para mí el encanto lo tenía su amiga Cloe.

Empezaba a estar preocupado con ese tema. A ver, no muy preocupado porque era tan sencillo como no escribirle mensajes o no buscarla con la mirada, pero Cloe era demasiado tentadora. Pensándolo bien, no era la primera vez que me ocurría aquello y la solución era mucho más placentera: acostarme con ella.

Eso mismo haría. En la fiesta de las vecinas podría ser un buen momento para seducirla y terminar en mi cama...

En Roma con diecinueve años

—*Adriano, nos hemos acostado juntos doce veces.*

¿Doce? ¿Por qué llevaba la cuenta?

—*Y eso tiene que significar algo para ti —añadió convencida.*

Miré a mi acompañante, una chica muy mona de ojos verdes y con más curvas que menos, pero es que eran esas curvas precisamente las que me ponían a mil.

—*¿Que nos lo pasamos muy bien en la cama?*

—*¿Nada más?*

La miré como si fuera la primera vez que la veía. ¿Qué cojones me estaba diciendo?

—*No te pillo.*

—*¿Que no me pillas?*

Alzó las cejas casi hasta el techo y yo capté en ese instante el significado de sus palabras.

—*¿Es que quieres una relación formal?*

Mi tono fue demasiado irónico, lo sé, pero me salió del alma. Lo último en lo que pensaba en ese momento de mi vida era en atarme de pies y manos.

—*¿Es que tú nooo?*

Ese «no» sonó con un eco espectacular y la miré intentando pensar cómo salir de aquella situación sin liarla demasiado.

—*A ver, no es por ti...*

—*No me insultes, Adriano.*

Joder, peor no había podido empezar.

—*Quiero decir que no quiero salir con nadie.*

Mejor decirlo sin rodeos.

—*¡Ah! Muy bien.*

Sin pensarlo más salió de la cama y empezó a vestirse. Estábamos en su casa, así que yo tuve que salir también.

—*Pensaba que los dos queríamos lo mismo.*

Se lo dije con sinceridad porque en ningún momento habíamos hablado de ir más allá.

—*¿Y los sentimientos? —me preguntó con los ojos húmedos.*

Joder...

—*Lo siento, pero...*

—*¡No! Ni te acerques. No quiero que me mires con lástima.*

—*No es lástima...*

—*Déjalo. Puedes irte en cuanto termines.*

Salió de allí para encerrarse en el baño y acabé de vestirme con la impresión de que me había perdido media película. ¿Sentimientos? Yo hubiera jurado que ella estaba conmigo por diversión, para pasar un buen rato, para disfrutar de nuestra sexualidad y poco más. ¿Qué me había perdido?

A partir de aquel día intenté ser más cauto en mis relaciones. No quería hacer daño a nadie ni volver a ver la mirada de Carol en otra chica. Mi padre era un puto maltratador, yo no. Yo quería ser todo lo contrario a él.

—¿Sueñas despierto?

Marina y yo habíamos cogido el metro juntos y mientras ella escribía en su móvil, yo iba pensando en mis cosas.

—A veces, ¿y tú?

Marina sonrió ante mi respuesta.

—A menudo. ¿Me dejas que me haga una foto contigo?

—¿Pondrás que soy el típico italiano de nariz grande?

—No la tienes grande —contestó con un gesto de la mano.

Nos miramos unos segundos y rompimos a reír al mismo tiempo.

—Ni soy italiano —le dije cuando recuperamos el aliento.

—Es para Instagram, les voy explicando a mis seguidores cómo me va por Roma.

—¿Lo explicas todo?

Yo subía vídeos a TikTok, pero no explicaba nada de mi vida privada, a pesar de que siempre había mensajes preguntando miles de cosas. Sabían mi nombre, mi edad, que vivía en Roma, que era español y poco más. Preguntaban a menudo si tenía novia, si era bisexual o si podían quedar conmigo, pero no respondía ninguna de aquellas cuestiones. Me divertía bailando y haciendo los vídeos y era cierto que al tener tantos seguidores me veía un poco forzado a no dejar de grabar, pero mi vida seguía siendo solo mía.

—No, todo no. Suelo compartir aquello que me interesa y hago publicidad de lo que me gusta.

—¿Y si te piden colaborar con una marca de ropa que no te va?

—No lo hago.

Vaya...

—¿Y suele ocurrir?

—Hace una semana una marca de cosméticos que usa animales para experimentar me pidió colaborar con ellos y les dije que no.

—Eso dice mucho de ti.

—¿Tú crees? A mí me parece lógico.

La miré sorprendido. Aquella chica tenía la cabeza bien amueblada. Y era amiga de Cloe y probablemente Cloe también tendría ese tipo de razonamientos y...

«¿Otra vez Cloe, Adriano?»

18

CLOE

Con los franceses las risas estaban aseguradas. Aquel par de hermanos parecían dos cómicos profesionales y no dejamos de reír con sus comentarios mientras tomábamos unas cervezas.

Jack estaba a mi lado y se acercaba a mí en cuanto podía.

—¿Quieres probar lo del beso conmigo? —me preguntó en un susurro medio en broma medio en serio.

Le respondí que no con un gesto de la cabeza.

—Te aseguro que los ingleses besamos mejor que nadie.

Sus ojos brillaban de deseo y a mí me pareció un poco fuera de lugar que me propusiera aquel beso. Estábamos entre compañeros, tomando una cerveza fresca mientras nos hacíamos preguntas varias para conocernos. Jack había apretado demasiado el acelerador y yo no estaba por la labor. Además, Adriano me estaba enviando wasaps y estaba más pendiente de encontrarlo en aquel local que de las insinuaciones de mi nuevo compañero.

No sé cómo, acabé llamando al vecino por teléfono y de ese modo conseguí que Jack me diera un respiro. Oír su voz grave a través del móvil me puso nerviosa y estuve a punto de colgar, pero sabía que me tenía localizada y que no podía poner cualquier excusa.

Y Adriano sabía que lo había llamado para quitarme de encima a mi acompañante. Por lo visto, el chico era observador, pero yo también lo era y captaba los matices de su voz sin problemas. Sus intenciones estaban claras, pero las mías también: no me daba la gana de ser su próximo plato en la mesa ni tampoco me apetecía perder mis bragas en su piso. Aunque... debía reconocer que oírlo reír me había hecho flaquear porque tenía una de aquellas risas graves que te hacían sonreír sin poderlo evitar.

Estuve buscándolo con cierto disimulo, pero estaba bien escondido entre la gente en la barra. Logré encontrarlo cuando el grupo en el que estaba se dispersó y él apareció como por arte de magia con su traje gris hecho a medida.

Le di un buen repaso, por supuesto. Era de aquellos a los que el traje les sentaba de maravilla, tanto como unos vaqueros viejos y una camiseta blanca. Vale, sí, el chico tenía planta y le sentaba todo bien. Y vale, sí, me parecía guapo de verdad. Pero de ahí a perder mi ropa interior había un largo camino. No me gustaban esos tipos que daban por hecho que iba a caer a sus pies o que estaban tan seguros de sus posibilidades. Al final resultaban aburridos: un flirteo rápido y un polvo, habitualmente mediocre. Prefería aquellos chicos más inseguros, que iban tanteando el terreno con cierto cuidado, que no estaban convencidos de lograr su objetivo.

Estaba claro que Adriano era todo lo contrario y que sus experiencias le habían reafirmado la teoría de «consigo lo que quiero y cuando quiero».

Conmigo iba listo.

Al salir del local Marina contestó a mi mensaje sobre...

Marina: ¡Adriano! Qué fuerte, ¿verdad? Estoy en el metro y lo tengo a mi lado.

Cloe: Aprovecha para hacer un TikTok.

Se lo dije medio en broma, pero estaba segura de que Marina era capaz de proponérselo.

Nos despedimos de nuestros nuevos amigos y cogimos el metro para regresar al piso. Abril leyó los wasaps y me miró alzando las cejas.

—¡Menuda casualidad! ¡Con el vecino!

—Mucha —convine, pensando si decirle que Adriano había estado en el mismo local que nosotras.

No, mejor no decir nada. Tampoco era tan importante.

Cuando llegamos al piso oímos a Marina hablando con los vecinos. Estaban los tres en el pasillo. Marina apoyada en la pared, Leonardo con el brazo en el quicio de la puerta y Adriano un poco más separado de ellos, escuchando atento a Marina.

—¡Hola! Nosotros también acabamos de llegar —nos dijo Marina ampliando su sonrisa.

Los saludamos y nos colocamos al lado de Marina. Adriano quedaba justo delante de mí, así que mi mirada se dirigió a Leonardo cuando este empezó a hablar.

—Esto... había pensado en hacer una especie de cena de bienvenida, ¿qué os parece? ¿Mañana os va bien?

—¡Muy bien! —exclamó Marina al segundo.

—Bueno, como vamos a ser vecinos durante un tiempo... —Los ojos de Leonardo se clavaron en los de Abril y yo sonreí en mi interior.

—Así nos conocemos un poco más —terminó diciendo **Adriano**.

—¿Qué traemos? —preguntó Abril para mi sorpresa.

Estaba casi segura de que Abril pondría alguna pega, pero por lo visto me equivocaba del todo.

—Nada, no hace falta —contestó Leonardo sonriendo únicamente a **Abril**.

Vaya... allí había chispas de las buenas.

—¿A las nueve? —propuso Adriano.

Sentí su mirada puesta en mí, pero me obligué a ignorarlo. Cuanto antes se diera cuenta de que pasaba de él, mejor.

—Perfecto —respondió Marina por las tres—. Allí estaremos.

Entró en el piso y Abril la siguió no sin antes mirar a Leonardo.

—¿Te ha comido la lengua el gato? —preguntó Adriano.

Me volví para responderle, pero tenerlo tan cerca me dejó sin palabras.

—¿O te la ha comido tu amigo? —preguntó de nuevo, esta vez en un tono más irónico.

—¿Acaso te importa? —le solté burlándome de él.

—¿A mí?

—No sé, eres tú quien ha hablado de Jack.

—Solo digo lo que he visto.

—El próximo día no hace falta que te escondas.

—El próximo día iré a la mesa a saludarte...

Dio un paso hacia mí y su rostro quedó a pocos centímetros del mío. Me impresionó su descaro y en mi mente empezaron a desfilar varios números sin sentido: 65, 37, 44...

—¡Basta!

Al ver la cara de sorpresa de Adriano me di cuenta de que lo había dicho en voz alta y deseé con todas mis fuerzas no ser como era. No era la primera vez que gritaba o decía algo fuera de tono, dando la impresión de que no tenía sentido. Normalmente me solía controlar, pero la cercanía de Adriano me había llevado al límite y había gritado aquella palabra al sentir que dejaba de tener el control de mis pensamientos.

—Tengo que irme —anuncié yendo hacia la puerta abierta antes de que me dijera que estaba chalada.

Su mano atrapó mi brazo y me volví hacia él. Leí en sus ojos la pregunta.

—No me pasa nada —solté antes de que hablara él.

—¿Entonces?

—Te he dicho que nada —dije en un tono mucho más duro.

Adriano era un completo desconocido, un simple vecino y alguien a quien conocía de pocos días, así que lo último que iba a hacer era decirle que padecía un trastorno. No, gracias.

Me soltó el brazo y entré con prisas, tantas que tropecé con Marina que estaba haciendo un TikTok, y provoqué que se comiera la pantalla del móvil colocado en un aro de luz.

—¡Cloe!

—Joder, lo siento.

Marina se echó a reír y cogió su teléfono.

—Este lo subo, segurísimo.

—Ni se te ocurra —le advertí acercándome a ella.

Me mostró el vídeo y nos reímos las dos al ver mi entrada triunfal.

—¿Había una abeja o algo parecido?

Marina sabía que no soportaba ver una abeja a pocos metros de mí. Las odiaba desde que tenía uso de razón. Cuando decían aquello de «Quédate quieta que así se irá», yo empezaba a correr como una auténtica maratoniana.

—Algo peor.

Marina abrió mucho los ojos y dejó su móvil a un lado para que le explicara qué era aquello que me había hecho entrar como si tuviera un cohete detrás. Abril se sumó a la conversación y les expliqué por encima mi charla con Adriano.

—Es como un depredador —les dije justificando mi manera de actuar.

—Cloe, es un tío, como cualquier otro —comentó Marina quitando importancia a su acercamiento.

—Exacto. ¿Qué te pasa con él? —preguntó Abril.

Y es que hacía años que yo controlaba mis nervios cuando un chico se acercaba a mí. Con los años había ganado seguridad y había trabajado mucho la autoestima con la psicóloga para tener las herramientas necesarias ante aquel tipo de situaciones que se me escapaban de las manos.

—Se ha acercado demasiado, ya os lo he dicho.

—¿Y? —preguntaron las dos al unísono.

Alcé las manos y las dejé caer.

—Yo qué sé. Seré alérgica a su olor.

—¿Te gusta mucho? —me planteó Abril en un tono más bajo.

La miré muy sorprendida.

—¿Cómo me va a gustar mucho si lo conocí el lunes?

Era absurdo pensar eso. Muy absurdo. Tan absurdo que puse los ojos en blanco varios segundos.

—Bueno, niña del exorcista, deja de hacer eso de una vez —me pidió Marina.

Abril y yo nos reímos y dejamos el tema de Adriano, aunque seguía en mi cabeza en segundo plano. ¿Por qué había empezado a contar sin ton ni son? Vale, sí, el aliento de Adriano había rozado mi rostro, pero tampoco era algo tan extraño. Los ligones de turno solían invadir mi espacio vital cuando intentaban tirar ficha y siempre había controlado aquel tipo de situaciones. Si me interesaban les seguía el rollo y si no, los despachaba con educación, sin ser una de esas tías que se reían de los chicos. A mí también me habían dado calabazas y no me gustaba que lo hicieran de malas maneras. Podía no gustarte alguien, pero eso no significaba tratarlo mal. Era tan sencillo como decir: «Estoy con mis amigas» u «Hoy me pillas en un mal día»... aunque siempre podía haber excepciones...

En un pub de Barcelona con diecinueve años

—*¡Un brindis por Cloe!*

Aquella noche las tres salimos a celebrar que había terminado mi terapia con la psicóloga. Ella misma me aconsejó empezar mi camino sola y estaba realmente emocionada porque era un gran paso para mí. Siempre la había tenido a mi lado y había llegado el momento de poner en práctica todos aquellos años de terapia.

Bailamos, reímos y conocimos a gente variopinta. Teníamos ganas de comernos el mundo.

—*¡Eh, Cloe!*

Me acerqué a Marina y me gritó al oído.

—*¿Qué?*

—*A tu derecha está Óscar, no te quita el ojo de encima.*

«Porque eres rara, porque eres rara...»

Mi querido ex a los diecisiete años me había cargado a mí el muerto de que no se le levantara la polla. Ahora lo veía clarísimo, pero en aquel momento creí que sí, que yo era la rara, que algo hacía mal... Menuda estupidez.

Me volví hacia él buscando sus ojos y, touchée, me estaba mirando fijamente.

«La rara va a jugar un rato contigo.»

Me marqué algunos bailes sensuales con mis ojos clavados en los suyos. El mensaje era evidente y Óscar no era tonto. Se acercó a mí con una sonrisa y su mano se colocó en mi cintura para bailar conmigo. Me dejé llevar por él hasta que sus labios se posaron en mi cuello. Me separé un poco y lo miré haciéndome la sorprendida.

—*¿Salimos?*

—*¿Ya se te levanta?* —*le pregunté en un tono irónico nivel diez.*

Hablábamos alzando la voz, debido a la música, y Óscar miró a su alrededor por si alguien me había oído.

—*Aquello no fue culpa...*

No le dejé terminar la frase, ya no era una niñata. Mi dedo índice se clavó en su pecho y mi tono fue superduro.

—Aquello fue culpa tuya, eunuco. ¿Y sabes por qué? Porque yo era demasiada tía para ti, pringado.

Me volví con un golpe de melena, en plan diva, pero es que se lo merecía. Tuve mucho tiempo grabadas sus palabras en mi cabeza y desde entonces había rechazado tener una relación larga con nadie.

Tres simples palabras como aquellas pueden hacer mucho daño.

19

ADRIANO

«¿Basta?»

Por mi cabeza pasaron varios pensamientos: quizá tiene novio y yo no lo he preguntado; en realidad le gustan las chicas y he hecho el imbécil con ella; no he entendido las señales y la verdad es que no le gusto nada; pertenece a una religión extraña que no deja que se acerque al sexo masculino...

La verdad es que la respuesta de Cloe no me resolvió las dudas, había dicho que no le ocurría nada. Entonces, ¿por qué había gritado de ese modo? Daba la impresión de que la estaba acosando y simplemente estaba tonteando con ella... ¿Qué me había perdido? A veces no entendía a las chicas, yo estaba convencido de que hablábamos idiomas muy distintos en según qué momentos, pero en aquel preciso instante estábamos charlando con normalidad.

Y de repente ese «basta».

Era la primera vez que me sentía tan perdido. No entendía esa reacción, aunque estaba claro que Cloe no había querido explicarme la verdadera razón.

Al entrar en el piso, Leonardo vino hacia mí.

—Me dijiste que no ligarías con ellas.

—No estaba ligando —le respondí algo molesto.

Parecía mi madre, a veces.

—¿Y qué hacías con Cloe?

—Charlar.

—Ya. Han venido Claudia y Fabrizia.

—¿Cuándo?

—Claudia ha venido a media mañana y Fabrizia hace media hora.

—¿Y qué querían?

—¿Tú qué crees?

—¿Estás cabreado conmigo?

—No soy el chico de los recados, Adriano. Y me gustaría estar estudiando tranquilo en el piso y no abriendo la puerta a tus...

—Amigas —dije antes de que soltara una palabra malsonante.

Leonardo odiaba decir aquel tipo de palabras.

—Vale, perdona —me disculpé entendiendo su enfado—. Hablaré con ellas y les diré que, si quieren algo, que me llamen.

—¿No habías terminado con Fabrizia? ¿Y con Claudia?

—Es complicado —le contesté sin ganas de alargar aquella conversación—. Me voy a la ducha.

Leonardo no compartía mi manera de relacionarme con las chicas y no entendía que las cosas no terminaban de un día para otro.

Debido a aquel posible embarazo, Fabrizia y yo volvíamos a ser amigos, aunque no sabía por qué había aparecido por el piso. No me había dicho nada y no entendía la razón de aquella sorpresa.

En cuanto a Claudia... la historia era un tanto complicada. Claudia salía con Marcos y en una noche de aquellas locas había terminado en la cama con los dos, aunque Marcos y yo no nos tocamos en ningún momento. Ver a Claudia gozar de aquel modo fue muy excitante, pero para mí se quedó en algo puntual.

Para Claudia no.

Empezó a llamarme, a seguirme y a buscarme. Seguía saliendo con su chico pero quería repetir aquello. Me negué en rotundo: una cosa era una noche de desfase y otra muy distinta era meterme en un rollo como aquel. No me interesaba porque estaba seguro de que me iba a traer más disgustos que momentos buenos. Además, que en frío tampoco me apetecía.

De todo esto Leonardo no sabía nada porque no quería que se le salieran los ojos de las cuencas. No lo hubiera entendido. A él le dije que me enrollé con Claudia un par de veces y que al terminar ella no comprendía mi negativa.

Suspiré al entrar en la ducha, cerré los ojos y dejé que el agua helada cayera sobre la piel.

«Quizá debería sentar un poco la cabeza...»

Abrí los ojos asustado ante aquel pensamiento. ¿Cómo? Para nada. Yo era feliz, era libre y no quería dar explicaciones a nadie. Podía masturbarme en la ducha pensando en... en Cloe, por ejemplo, sin tener ningún remordimiento.

Los labios de Cloe... joder.

Empecé a masturbarme despacio, dejando que el agua cayera entre los pliegues de la piel, con movimientos lentos mientras pensaba en sus labios... ufff. Podía imaginarla de rodillas, mirándome con esos ojos color café, la boquita alrededor de mi polla...

—Sigue, Cloe...

Solté un gemido de placer y mi mano se aceleró con más ímpetu.

Imaginé a Cloe recorriendo mi miembro con su lengua y aquello me provocó mil sensaciones. Cerré los ojos con más fuerza para seguir con ella en mi imaginación.

Su mano apretó un poco más y con un par de movimientos logró que me corriera con intensidad, tanta que tuve que apoyarme en las baldosas para no caer al suelo.

—Joder...

Salí de la ducha con una sonrisa, hasta que cogí el móvil de nuevo. Tenía dos llamadas que no iba a devolver. La primera era de Claudia. Ya lo habíamos hablado todo y esperaba que continuara la relación con su chico y me dejara en paz. La segunda era de mi padre y él tenía clarísimo que jamás lo llamaba. ¿Qué cojones quería el hombre?

Abrí las ventanas de par en par, necesitaba sentir el frío en mi piel húmeda. Me tumbé en la cama y cerré los ojos, frustrado.

Desde que yo vivía en Roma lo había visto en un par de ocasiones, por sorpresa, claro. No quería verlo ni en pintura y él jugaba con la baza de que mi madre no sabía todo lo que me había hecho de pequeño. Sabía también que a esas alturas ya no le diría nada porque lo único que lograría sería joderla a ella.

Al principio, mi madre insistió en que lo viera, pero con el tiempo lo dejó correr. Había hablado con él por teléfono en alguna ocasión y siempre terminaba pidiendo dinero. Yo colgaba. No quería saber nada de él, pero la última vez me mandó una foto y la miré, aunque no debería haberlo hecho.

Mi padre estaba demacrado, parecía mucho más viejo y tenía mal aspecto. Me asusté al verlo así, y lo primero que pensé fue que estaba enfermo o que vivía en la calle. Me volvió a pedir dinero diciéndome que lo necesitaba urgentemente y, como no quise saber el motivo, le hice una transferencia con lo que pedía, unos miles de euros.

Deseé con todas mis fuerzas perderlo de vista, ojos que no ven... Pero aquella misma semana mi madre me había informado de que mi querido padre se instalaba en Roma. ¿La razón? No la sabía, aunque pensaba que quizá era por mi madre. Nunca asumió que ella lo dejara y menos que mi madre lograra remontar con tan buena fortuna.

Él quemó el dinero de mala manera y, en cambio, mi madre lo invirtió logrando así vivir a lo grande. Supongo que saber que sin él las cosas le iban mucho mejor le escocía. Su ego era demasiado enorme para tragar con aquello. Pero mi odio hacia él también lo era y si molestaba a mi madre... no sabía de qué podía ser capaz.

Leonardo golpeó la puerta. Me había quedado dormido y eran ya las siete de la tarde.

—Tienes visita...

—Joder —murmuré pensando que sería Claudia de nuevo.

—¡Macho! Tienes cara de haber follado, ¿estás solo?

Solté una carcajada al ver a Lucca entrando en mi habitación. Me alegré mucho de que fuera él y no una chica, la verdad.

—¿No te despegas de ella?

Lucca llevaba la guitarra a la espalda y estaba seguro de que desde el día que la había recibido no se había separado de ella.

—Es mi amor platónico.

—¿Y Sandra?

—Sí, es maja y tal...

—¿Solo maja?

—Es que me he enamorado de una morenaza.

Lo miré sorprendido al oír la palabra «enamorado» porque no había oído jamás esa palabra de sus labios. ¿Quién era la afortunada?

—¿De quién?

—Primero escucha esto...

Lucca sacó la guitarra y empezó a tocar con su habitual destreza.

—Mi nena, te he visto por Insta y no veo más que tus ojos y tu cabello rozar mi iris...

Me quedé allí de pie, escuchando aquella canción romántica y no moví ni un dedo. ¿Era Lucca el que cantaba aquello? Él era más bien de música cañera y no de baladas de amor... Joder, que se había enamorado de verdad. Pero ¿por qué no sabía yo nada de aquella historia?

—¿Qué te parece?

—Me dejas de piedra.

—Pero ¿te mola o no?

—Sí, claro. Es muy... romántica.

—La he compuesto en un par de horas. Ha sido ver la foto y ponerme a ello. ¿Sabes aquello de las mariposas? Pues tal cual, joder, tal cual, Adriano.

Si me hubiera hablado en chino hubiera entendido lo mismo.

—¿De qué coño hablas?

Por unos momentos pensé que Lucca se había metido algo. ¿Enamorado? ¿Mariposas? ¿Una puta balada?

—Joder, tío, hablo de tu foto con esa diosa.

Arrugué el entrecejo hasta que entendí de quién me hablaba.

—¿Hablas de Marina?

—Dios qué puto nombre tan increíble...

Increíble era lo suyo.

20

CLOE

—No hables...

Marina me cortó mientras le hablaba de nuestros nuevos compañeros de Erasmus.

—¿Qué pasa? —le pregunté mirando a mi alrededor—. ¿Una abeja?

Marina me dijo que callara solo con la mirada y acaté la orden. Si hubiera sido un abeja, hubiera actuado de otro modo.

¿Se oía una guitarra? ¿Alguien cantando?

—¿Has oído esa voz? —preguntó, excitada.

—Sí, sí, canta bien...

—Tengo que saber quién es.

Ni corta ni perezosa se levantó de un salto y se fue hacia el piso de los vecinos. Mi habitación estaba al lado de la de Adriano.

—Marina, será la radio o Spotify...

—No, no, están cantando en directo.

Cuando se le metía algo en la cabeza...

Justo en ese momento se abrió la puerta y salió Leonardo, que casi choca con mi amiga. Solté una risilla al ver su cara de susto y me quedé apoyada en el marco de nuestra puerta.

—¡Eh! Leonardo...

—¡Ah! Hola, Marina.

—Perdona, no quería asustarte, pero es que he oído a alguien que cantaba...

—¿Os ha molestado? Lo siento, ya se lo diré a Adriano.

Estaba claro que Leonardo era un tipo supereducado y muy respetuoso con los demás. Solo eran las siete de la tarde y no era normal que alguien se quejara a esas horas por un poco de música que, además, no sonaba fuerte.

—No es Adriano —soltó Marina esperando que Leonardo se lo confirmara.

—No, no, es un amigo.

Marina se volvió para mirarme y sus ojos me indicaron que iba a poner la primera marcha. Le sonreí dándole a entender que por mí podía acelerar de cero a cien. Marina actuaba por impulsos y yo no la solía frenar, ella era así, ¿quién era yo para decirle cómo debía vivir la vida?

—Necesito conocerlo —le dijo a Leonardo casi como una orden.

Él dio un paso atrás y parpadeó varias veces. No estaba acostumbrado a aquel tipo de peticiones tan directas.

—Esto...

—¡Leonardo! ¡Que vas a llegar tarde!

Los tres oímos a Adriano perfectamente.

—¿Qué coño haces? —le preguntó ya más cerca.

Se asomó por la puerta y al vernos sonrió.

—Vaya, vaya... Vas a llegar tarde —le recordó en un tono irónico.

—Sí, sí, chicas, os dejo.

Leonardo se escapó de aquella situación con cara de alivio y Adriano me miró fijamente.

—¿Ligando con el vecino? —Su tono bromista nos hizo sonreír.

—¿Quién cantaba? —le preguntó Marina a bocajarro.

Adriano alzó las cejas y miró hacia su derecha.

—¡Lucca, ven!

¿Sería Lucca el que tocaba la guitarra?

Un chico moreno, con bigote, cara de pillo y alto como Adriano apareció a su lado con una bonita sonrisa.

—¡¡¡Joder!!! —exclamó al vernos, provocando una buena carcajada de Adriano.

¿Qué le pasaba a ese tipo?

—¿Quieres matarme, tío? —le inquirió Lucca más bien en serio.

Adriano rio aún más y me hizo sonreír al ver las arruguitas de sus ojos. Estaba muy guapo cuando reía con ganas.

—¿Eras tú el de la guitarra? —preguntó Marina pasando de Adriano.

Él la miró como si viera un espejismo y le dio un repaso en toda regla.

—¿Y tú eres la de la foto?

—¿Qué foto?

—Obvio, la de Instagram, con Adriano.

Los dos hablaban con gravedad, como si aquella conversación fuera de suma importancia y a mí también me dio la risa.

—La misma, ¿eras tú?

—El mismo.

«Y así, señoras y señores, quedó claro quiénes eran ellos.»

Me entraron más ganas de reír, pero me aguanté. Volví a cruzar una mirada con Adriano y me guiñó un ojo al mismo tiempo que me indicaba con la mano que me acercara a él. Negué con la cabeza, no quería interrumpir a aquellos dos.

—Soy Lucca, cantante, guitarrista y un enamorado de la belleza.

Las últimas palabras las dijo con cierta sensualidad y di un paso atrás, no me gustaba escuchar conversaciones ajenas y menos si le estaban tirando ficha a una de mis amigas.

—Encantada, soy Marina...

Se aproximaron el uno al otro para darse dos besos y Adriano aprovechó el momento para acercarse a mí. ¿Qué querría? Después de mi última contestación estaba casi segura de que ni me miraría.

—Oye, Cloe...

—Dime.

—Quiero hacer una tarta para Leonardo, por lo de la cena de mañana. Le he dicho que me encargaba de los postres y me apetece hacerlo yo, pero...

—Pero no tienes ni idea —solté con una sonrisa.

Me gustaba esa manera de tratar a su amigo y compañero de piso. Lo más fácil era ir a una buena pastelería y quedar bien, pero él prefería arriesgarse con algo más casero.

—Exacto, y he visto que se te da bien la cocina.

—¿Ah, sí?

—En tu Instagram, ¿o no son tuyas esas tartas?

Solté una carcajada porque lo último que yo haría sería subir a mis redes una mentira de aquel tipo. No me gusta el postureo y no soporto que la gente falsee la realidad para aparentar ser mejor.

—Vale, me queda claro que sí. ¿Me vas a ayudar?

—¿Y eso se te ha ocurrido ahora?

La cena era el día siguiente, ¿cuándo pensaba hacerlo?

—¿Te digo la verdad?

Nos reímos los dos porque su sinceridad era genuina.

—Me pasas la lista de los ingredientes que necesitamos, los compro después de trabajar y por la tarde nos ponemos. ¿Qué te parece? —preguntó con cara de niño bueno.

—Bien, pero vas a ser solo mi ayudante, ¿queda claro?

—¿Tan poco te fías de mí?

—Llevas la camiseta del revés —le dije señalando su cuerpo.

Adriano se miró y sonrió con chulería.

—Lo hago queriendo.

—Claro que sí —le repliqué provocando una sonrisa sincera.

Se acercó de nuevo a mi rostro y me obligué a aguantar el tipo y no ponerme nerviosa.

—El próximo día me avisas...

Su voz ronca me entró por la boca y me lamí los labios sin darme cuenta.

—¿De qué? —logré decir no sé cómo.

—El otro día me dejaste salir a la calle con la camiseta del revés.

Abrí los ojos, sorprendida.

—No sabía si la llevabas así queriendo. Pensé que quizá en Roma estaba de moda.

Sus ojos sonrieron y me gustó lo que vi en ellos.

—¿Mañana a las cinco? Y te explico mi problema con las camisetas.

Asentí con la cabeza y Adriano me guiñó un ojo de nuevo con su media sonrisa antes de despedirse.

Uf, este chico tenía algo...

Pero... ¿qué era ese algo de Adriano? ¿Que bailaba de vicio? ¿Que parecía un tipo listo? ¿Guapo? ¿Divertido?

Tenía mil preguntas en la cabeza, pero había dos que no dejaban de dar vueltas como si fueran dos auténticos satélites a mi alrededor:

1. ¿Quería averiguar ese algo?
2. Tú en Roma y yo en Barcelona. ¿no parecía aquello el título de una película?

21

ADRIANO

De momento parecía que iba por buen camino con la vecina. Había quedado con ella para hacer un postre para la cena del jueves. Podía haberlo comprado en la pastelería de la esquina, como muchas otras veces, pero había dado otro vistazo a las fotos de Cloe y sus tartas no tenían nada que envidiar a las de un profesional.

Además, me apetecía conocerla.

No, no en plan quiero conocerla y enamorarme de ella. Por supuesto que no. Pero me gustaba cómo era y la curiosidad podía más que yo.

Cloe me pasó la lista de los ingredientes a media mañana y le respondí con un emoticono sonriendo. Estaba trabajando con Sandra y hablando con algunos operarios y no podía distraerme con una conversación de WhatsApp. Y con Cloe me perdía un poco, así que dejé el móvil en el bolsillo y no lo volví a mirar hasta el mediodía.

Cloe: Soso.

Me hizo reír y le respondí al momento en cuanto salí del metro.

Adriano: Veo que alguien quiere más.

Los ojos de Cloe me decían que le gustaba lo que veía, lo que no tenía tan claro era si la propia Cloe quería algo más conmigo. Sus señales no eran tan claras como las de otras chicas y tenía que averiguarlo.

Cloe: ¿Cómo se llama la chica en cuestión?

Solté una buena carcajada antes de entrar en el súper y le respondí antes de empezar la compra.

Adriano: La apodan la Saltarina, ¿la conoces?

Me dediqué a concentrarme en la lista: azúcar, almendras tostadas, harina, leche... No quería dejarme nada y le di un repaso antes de pasar por caja. No quería que pensara que era un desastre, aunque lo era y más tarde o más pronto lo descubriría. Era uno de mis rasgos y a algunas les hacía mucha gracia ver cómo no encontraba el condón en la cartera porque me lo había dejado en el coche, por ejemplo. A mí todavía se me hacía una bola en la garganta cuando me ocurrían cosas como aquella porque siempre acababa apareciendo la imagen de mi padre con alguno de sus sermones: «No serás nada, así no serás nunca nada en la vida. No puedes ir perdiendo tus cosas como si no tuvieran valor alguno. No puede ser que seas así, Adriano, tienes que esforzarte. Eres un dejado...».

Y lo intentaba, lo juro que lo intentaba porque pensaba que era culpa mía y solo mía. No me esforzaba lo suficiente y por eso me ocurrían aquel tipo de cosas. Era un puto desastre y no iba a ser nada en la vida. Durante un tiempo lo pensé de verdad hasta que crecí y me di cuenta de cómo era mi padre, de que yo era así y me tenía que querer. Por suerte fui lo bastante inteligente como para llegar a la conclusión de que mi padre estaba equivocado conmigo y de que yo iba a llegar a donde quisiera.

Cloe: ¿Es una tiktoker? Ni idea...

Al leerla olvidé por completo a mi padre.
Antes de entrar en el portal le respondí:

Adriano: Es una chica muy mona que he conocido esta semana, joder, ¿el lunes? Y estamos a jueves... ¿No pasa el tiempo muy despacio?

Subí las escaleras con una sonrisa que desapareció en cuanto vi a Francesco y Tino en la puerta de las vecinas.

—¡Eh, vecinos! ¿Buscáis algo?

Ambos se volvieron al verme y me sonrieron. Nos conocíamos, por supuesto, aunque no éramos amigos ni nada parecido. Éramos simplemente vecinos.

—A las nuevas vecinas —respondieron entre risas.

Ya era raro que no hubieran venido antes, porque el primer día las vi con ellos cargando sus maletas.

—Bianca y Carina hacen una fiesta la próxima semana y queríamos invitarlas —comentó Francesco hablando con rapidez. Aquel tipo siempre hablaba acelerado.

—¿A las tres? —les pregunté intentando saber sus intenciones.

—Sí, claro, aunque Cloe está...

Francesco hizo un gesto con las dos manos hacia atrás y con su cadera hacia delante. Estaba claro lo que quería de ella y endurecí mi mirada aunque no dije nada. Era mejor no mostrar lo que uno sentía ante ciertas personas.

—Pues ya están invitadas, qué mala suerte —le informé yendo hacia la puerta de mi piso.

—Mejor, así las vemos allí —replicó Tino contento.

—Creo que tienen novio en España —les dije casi sin pensar.

Me reí de mí mismo al oírme decir aquello.

«Adriano, que no tienes diez años...»

—España queda lejos —afirmó Tino provocando las risas de su amigo.

—Sí, tío, lo malo sería que el novio lo tuviera aquí —comentó Francesco entre risas.

—Sí, eso sería muy malo —murmuré para mis adentros.

A ver, que Cloe y yo no teníamos nada (aún), no éramos nada, ni teníamos historia alguna, pero aquel burbujeo que sentía dentro al oírlos hablar así de ella no me gustaba un pelo. ¿Por qué me sentía así de posesivo con ella? Yo era de las personas más libres que podías encontrarte y aquello no tenía mucho sentido...

—Pues nada, ya atacaremos —resolvió Tino mientras se iban de allí—. Hasta luego, Adriano.

Me despedí de ellos con un movimiento de cabeza y entré en el piso tan serio que Leonardo me miró preocupado.

—¿Todo bien?

—¿Eh? Sí, sí.

—¿Y esa cara?

—Cosas del proyecto Dalí.

No iba a decirle a Leonardo, aunque fuera uno de mis mejores amigos, que sentía cosas por Cloe que no quería sentir. ¿Yo, posesivo? Se hubiera reído de mí durante un mes seguido. ¿Celoso? Las risas hubieran durado hasta Navidades. Y lo peor no hubieran sido esas risas, lo peor hubiera sido que mi compañero habría insistido hasta la saciedad en descubrir el porqué: «¿Qué sientes exactamente?», «¿Por qué crees que te sientes así?», «La conoces de cuatro días, ¿no te indica algo eso que dices sentir?».

Yo era mucho más práctico: no le daba demasiada importancia al asunto y así la mayoría de las cosas se resolvían por sí solas. Además, esto tenía claro cómo debía resolverlo: liarme con Cloe. Lo deseaba, cierto, pero empezaba a ser una necesidad en mi cabeza. Una vez hubiera besado esos labios estaba seguro de que el nivel de ansiedad bajaría y me quedaría mucho más tranquilo. Y una vez lo hiciera con ella...

—Joder, me voy al baño.

—Qué raro estás...

Solo de pensar en Cloe desnuda se me había levantado la polla como un resorte y no me apetecía dar explicaciones a Leonardo sobre aquel bulto exagerado.

Me encerré en el baño y me miré en el espejo intentando convencerme de que aquella erección debía desaparecer. No iba a masturbarme cada día pensando en ella, cojones.

Esa tía se iba a ir en unos meses, esa tía era como cualquier otra, esa tía era una más...

Logré dominar aquel calentón y me fui directo a mi habitación para cambiarme de ropa.

Llamaron al timbre y salí a abrir para que Leonardo pudiera continuar con su máster.

—¿Mamá?

¿Dos veces en una semana?

—Cariño, qué raro verte con camiseta.

Entró después de darme un beso y sonreí. Me la había puesto por si acaso a mi miembro le daba por levantarse en el momento menos esperado. Seguía sintiendo cierto hormigueo. Quizá lo suyo hubiera sido darle a mi cuerpo lo que pedía, pero ¿otra vez con Cloe? Ni hablar.

—Y qué callado estás.

La miré parpadeando e intentando despejar un poco mi cabeza.

—¿Un té? —le pregunté obviando sus palabras.

—No, cariño, solo tengo cinco minutos. Me espera Lara para ir al gimnasio. —Se sentó en el sofá y yo la imité.

—¿Entonces?

Imaginaba que venía por algo relacionado con mi padre, pero prefería no sacar el tema.

—Tu padre ya está en la ciudad. Solo quería que lo supieras.

—¿Y por eso has venido?

—Me iba de paso. Y quería decirte que no tiene buen aspecto.

—¿¿¿Lo has visto???

Yo no quería verlo, pero tampoco me hacía ninguna gracia que mi madre quedara con él.

—No, claro que no. Me han pasado unas fotos.

La miré en silencio. No quería saber quién había hecho aquellas fotos. Aquel mundo en el que se movía mi madre no era el mío. Sabía que tenía dinero para vivir cinco vidas y como lo usara era cosa suya.

—Vale, y todo esto no me lo has dicho por teléfono porque...

—Porque si lo ves quiero que me lo digas y si te llama, también.

—¿Por algo en concreto?

—Porque quiero estar tranquila.

No la creí del todo, sin embargo, prefería no saber mucho en todo lo relacionado con mi padre. Sí, estaba en Roma, pero mi relación con él iba a ser exactamente la misma.

Casi nula.

—Por cierto, me he cruzado con tres chicas muy monas. Españolas.

—Son las nuevas vecinas —le dije sonriendo de nuevo—. De Barcelona.

—Parecen muy simpáticas.

—Lo son —asentí sin explicar mucho más.

—Mi hijo, siempre tan explícito.

—Si quieres te explico que me he enamorado de una de ellas.

Se lo dije en broma, obvio.

—Pues ya sé de cuál.

La miré alzando las cejas y me eché a reír hasta que volvió a hablar:

—La de la chaqueta roja y ojos grandes.

Aquella era Cloe, sin duda.

—No sé de quién hablas.

Mi madre soltó una carcajada y se levantó del sofá para dirigirse hacia la puerta.

—Me voy, que llego tarde —dijo aún riendo—. Por cierto, guárdame un trozo de ese pastel.

Me quedé con la boca abierta y no fui capaz de decirle nada. ¿Por qué sabía lo del pastel?

A lo largo de mi vida había comprobado cientos de veces que mi madre siempre iba dos pasos por delante de mí, pero aquello...

En casa de mi madre con veintiún años

—*Adriano, ¿qué tal los estudios?*

—*Bien, mamá.*

Era de los de respuestas cortas, no necesitaba decir más.

—*¿Y las chicas?*

—*¿Las chicas?*

Mi madre nunca me había preguntado por ese tema.

—*¿Sales con alguna chica?*

Me intrigó esa curiosidad repentina. No salía con nadie en concreto, como siempre.

—*No, ¿por qué?*

—*Pensaba que cualquier día de estos traerías una chica por casa.*

—*No tengo prisa.*

Intenté dejar el tema, pero mi madre quería saber más.

—*¿No has conocido a ninguna que...?*

—*No, mamá, ni tengo ninguna intención de tener novia.*

Mejor decirlo claro. Mi madre calló unos segundos pero continuó a lo suyo:

—Espero que la ruptura de nuestro matrimonio no te haya afectado...

La miré con ternura. Mi madre solía saber más de mí que yo mismo, pero en esta ocasión se equivocaba. Hacía mucho tiempo que había decidido vivir mis relaciones de ese modo, sin ataduras, sin responsabilidades, sin quebraderos de cabeza, sin corazones rotos.

—Para nada, mamá, para nada.

22

CLOE

UniversoMarina Hola, chicas del universo, os dejo por aquí dos outfits para la fiesta que tenemos la próxima semana en el piso de las vecinas. ¿Qué me decís? ¿Rojo pasión o negro provocador? #UniversoMarina#Roma#Moda

Estaba tumbada en el sofá, móvil en mano y leyendo algunas de las respuestas al último post de Marina en su Instagram. Las fotos se las había hecho yo; con ella había aprendido a hacer ese tipo de fotos para que quedaran bien encuadradas, con la luz correspondiente y sin dejarme detalle alguno. Marina cuidaba las fotos de su cuenta como si le fuera la vida en ello.

En la primera imagen vestía un top rojo y una falda a juego, y en el segundo, un vestido negro que le sentaba genial. Realmente Marina estaba mona con cualquier cosa porque tenía esas curvas que lograban que cualquier trapito le sentara como un guante.

Seguidamente eché un vistazo a mi última foto: una tarta de fresas, receta de mi madre. La había hecho semanas atrás y todavía me preguntaban por privado cuál era la receta. La verdad era que si mirabas la foto daban ganas de darle un buen mordisco. De ahí que Adriano me hubiera pedido aquel favor.

En un par de horas lo iba a tener rondando por la cocina y no sabía si me gustaba o me disgustaba tenerlo tan cerca. Me daba la impresión de que, como ayudante de cocina, no era demasiado bueno, aunque su madre me lo había vendido como un buen chef.

Nos habíamos cruzado con ella en las escaleras y nada más verla supe que era la madre de Adriano por sus ojos. Tenían la misma forma, el mismo color y la misma manera de mirar. Era imposible no ver al vecino en el rostro de su madre.

Y Marina vio lo mismo que yo.

—¡Hola! ¿Es usted la madre de Adriano?

Le encantó que la reconociéramos en su hijo y nos saludó en español al momento al oír nuestro acento. Nos presentamos las tres y seguidamente Marina le explicó que hacía las prácticas de arquitectura con su hijo. Ella nos dijo que tenía prisa, pero que otro día le gustaría charlar con nosotras. Las tres sonreímos afirmando con la cabeza, aquella mujer nos había caído bien. ¿Quizá eran sus ojos?

—Y no me llaméis de usted.

—Está bien pero un día vienes a probar una de las tartas de Cloe —le indicó Marina—. Mira, hoy mismo Adriano ha quedado con ella para hacer una...

—¿En serio? Adriano es bueno en la cocina —nos dijo sonriendo antes de subir por las escaleras.

Nos despedimos con rapidez y nos fuimos a tomar el café a uno de los bares que había al final de la calle. Nos encantaba el café que salía de aquella máquina y cuando coincidíamos las tres íbamos allí sin falta después de comer.

Estaba feliz de compartir con ellas todos aquellos momentos y vivir con ellas me gustaba. Entre las tres lo hacíamos todo, nos gustaba el orden y la limpieza, y se notaba nada más entrar en el piso. Además, yo siempre estaba colocando las cosas en el lugar correspondiente, no podía evitarlo, pero ellas no me decían nada. Ambas sabían de mi TOC y lo último que querían era que me sintiera mal, lo habíamos hablado muchas veces.

No tener las cosas bajo control a todos los niveles era algo superior a mí y, aunque intentaba relajarme cuando alguien entraba en mi espacio vital y lo dejaba patas arriba, no siempre lo conseguía. Habían sido años de lucha contra aquellos síntomas, pero era complicado porque no se trataba solo de que yo quisiera que desaparecieran, el TOC era algo innato en mí. Me había costado asimilarlo de esta forma y quererme de verdad, pero con el tiempo había logrado estar en paz conmigo misma y vivir mi vida como me apetecía. Para mis padres irme de Erasmus había sido una locura, pero con paciencia y muchas charlas lo acabaron entendiendo: no podía estar siempre bajo su ala. Algún día me iría, algún día haría mi vida sin ellos y marcharme a Roma me iba a hacer más bien que mal. Si tenía algún problema lo solucionaría yo sola y si la cosa se complicaba tenía a mis dos mejores amigas al lado.

El sonido del teléfono de Abril me sacó de aquellos pensamientos.

—¿Mamá?... Sí, mamá...Ya hablamos de eso ayer, ¿no?...

Hubo un silencio largo durante el que supuse que la madre de Abril estaría hablando largo y tendido. Podía entender perfectamente a mi amiga: era el cuarto día que estábamos en Roma y la había llamado cada día, incluso algún día dos veces. ¿¿¿??? Por no hablar del tema WhatsApp...

—¡Joder! ¡Mamá! Que soy mayorcita, ¿no crees? ¡¿Quieres que hablemos de sexo?!... ¿No? Entonces deja de decirme esas cosas...

Me iba a levantar del sofá para dejarla sola, pero Abril negó con la cabeza al ver mis intenciones y seguí mirando la pantalla del teléfono sin leer nada en concreto.

—Cuando quiera consejos de ese tipo ya te llamaré... ¿Cómo voy a llamarte si no me das opción?... Mira, mamá, estoy bien, como bien y no necesito nada...

Se despidió de ella con rapidez y se dejó caer en el otro sofá suspirando bien fuerte.

—Hostia puta...

—¿Estás bien?

Me miró un segundo y cerró los ojos de nuevo.

—Me va a volver loca. En Barcelona me controlaba, pero esto es demasiado. Estoy pensando en bloquearla.

Reí en mi cabeza al oírla: bloquear a tu madre, eso sí que era tenerlos bien puestos. Pero sabía que lo decía porque estaba muy enfadada, Abril no dejaría que su madre se preocupara más de lo necesario.

—Quizá con los días se relaje...

—¿Tú crees? Yo la veo muy tensa. Está como obsesionada con el tema de los chicos.

—Supongo que no verte es lo que la preocupa. Que no la justifico, ¿eh? Pero... acabo de tener una idea guapa.

—¿Una idea?

—¿Y si le mandas cada día una foto y una nota en plan «Estoy bien»?

—¿En plan «No me llames»?

Nos reímos las dos entusiasmadas ante aquella idea.

—Pues podría resultar, ¿no? —añadió Abril contenta.

—Por probar no pierdes nada. Quizá si te ve, ve que estás bien, que no has adelgazado, ve tus ojos... No sé.

—Sí, sí, me parece genial. Y lo haré a primera hora del día para que se quede tranquila el resto de la jornada.

—Si quieres yo te hago la foto y la subes cuando quieras...

—¡Sí! ¡Dame un segundo!

Abril se levantó de un salto, excitada por aquella propuesta, y se fue al baño casi corriendo para peinarse. Justo en ese momento llamaron al timbre y abrí la puerta aún riendo de la reacción de mi amiga.

—¿Contenta de verme?

Era Adriano y su sonrisa chulesca.

—Se necesita más que una cara bonita para que yo sonría, vecino.

Estaba de buen humor, ¿quizá por la compañía? No, había tenido un buen día en el hospital, había hablado con mis padres antes de comer y ver a Abril feliz me hacía feliz a mí. Solo era eso.

—No sé si tomármelo como un piropo.

—Tú sabrás más de eso que yo.

Le di la espalda y me dirigí hacia la cocina para dejar en la mesa la bolsa que había traído Adriano. Cerró la puerta con una risa y yo avisé a las chicas de que el vecino estaba allí, por si acaso a Marina se le ocurría aparecer en braguitas.

Ambas salieron a saludarlo, aunque Marina se encerró de nuevo en su habitación con la excusa de que tenía que contestar algunos mails importantes, probablemente de empresas que querían hacer algún tipo de publicidad con ella en sus redes.

—¿Te importa hacerme la foto ahora? —me preguntó Abril con tiento.

—Claro que no, Adriano no tiene prisa.

—¿No la tengo? —me replicó con rapidez.

—¿La tienes?

—No.

—¿Lo ves?

—Lo veo.

Puse los ojos en blanco, estaba claro que le gustaba tener la última palabra y que aquello acabaría convirtiéndose en una conversación de besugos.

—¿En la ventana se ve bien?

Enfoqué a Abril con su móvil y le indiqué que se moviera un poco hacia la izquierda.

—¿Es para Instagram? —se interesó Adriano.

—No —respondí sin dar más explicaciones.

—¿Para el novio?

—No tengo novio —contestó ella con ganas de reír.

¿No era demasiado preguntón?

—Es que este jarrón con flores quedaría genial a su lado.

Adriano cogió el jarrón y lo colocó donde le pareció mejor. Lo miré unos segundos pensando en que lo de mejorar las fotos era lo suyo, se notaba que sabía del tema.

—¿Queda mejor? —me preguntó a mí.

—Sí, claro.

Sonrió ampliamente y me concentré en hacer aquella foto. Se la mostré a Abril y Adriano se puso entre las dos, como uno más.

—¡Perfecta! —exclamó Abril—. ¡Gracias!

A continuación me dio un beso ruidoso y ambas nos reímos.

—¿Y mi beso? —pidió él con una sonrisa canalla.

—Que te lo dé Cloe, yo soy muy sosa —le soltó Abril pasándome a mí el muerto.

Adriano me miró y alzó un par de veces las cejas.

—No flipes —le dije colocando el jarrón en su sitio antes de que me pusiera nerviosa por verlo fuera de lugar.

Él rio como si hubiera dicho un chiste y me hizo sonreír. Ese chico era risueño de verdad y eso me gustaba. Prefería tener a mi alrededor a gente positiva, a gente divertida y no a ese tipo de personas que de todo hacen un drama, siempre que no fuera algo grave, claro.

—¿Vamos? —le pregunté sin esperar respuesta.

Me siguió hasta la cocina y me observó en silencio mientras sacaba los ingredientes de la bolsa.

—Genial, no te has dejado nada —le dije aprobando la compra.

Sus ojos brillaron unos segundos y me pregunté el porqué.

—¿Qué puedo hacer?

—Todo —le contesté sonriendo.

Adriano siguió los pasos al pie de la letra e iba haciendo todo lo que yo le iba diciendo. Intenté que la mayoría de las cosas las hiciera él para que pudiera presumir de ello ante su amigo. Al principio comentó que no era muy diestro, pero lo convencí diciéndole que yo iba a ser como una Thermomix, le iría dictando cada paso al milímetro.

Cuando la tarta empezó a coger forma, sonrió como un niño pequeño y me hizo gracia que le hiciera tanta ilusión.

—Está quedando bien, ¿verdad?

—Muy bien —le respondí contenta y con los brazos cruzados en mi pecho.

«No voy a retocarlo, no voy a retocarlo...»

Para mí todo aquello también era un ejercicio que la psicóloga me había enseñado años atrás. ¿Quieres hacerlo tú todo? Delega. ¿Necesitas tener el control? Delega. ¿Crees que tú lo puedes hacer mejor? Delega. Era un ejercicio sencillo pero muy complicado para mí porque me ponía nerviosa al ver que no hacían las cosas como yo creía que debían hacerse. ¿La única manera de bajar aquella ansiedad? Afrontando esos momentos con un único pensamiento recurrente: no entrometerme.

Lo que sí que no podía evitar era recoger cualquier utensilio que utilizábamos: lo limpiaba, lo secaba y lo guardaba.

—Buf, en la cocina no nos parecemos en nada, ¿eh?

—¿Y eso? —le pregunté sonriendo.

—Yo soy el caos, ¿sabes lo que es eso?

Lo miré con intensidad, intentando averiguar si sabía algo sobre mi TOC. Dudaba que Marina le hubiera dicho algo porque sabía que no me gustaba ir pregonando por ahí mis cosas y menos con un desconocido.

—El desorden y esas cosas... —aclaró en un tono menos alegre.

—Sí, algo me dijiste el otro día. A mí me gusta tenerlo así, pero lo importante es el resultado —le comenté intentando no darle demasiada importancia a esa diferencia. Realmente éramos el día y la noche—. ¡Fíjate qué pinta! Creo que ya puede ir al horno.

Adriano sonrió y cogió su obra de arte para meterla en el horno, pero el molde se le resbaló de las manos y entre los dos logramos salvar milagrosamente la tarta.

—¡Joder! Putas manos.

Lo dijo con tanta gravedad que lo miré sorprendida.

—Perdona, a veces no controlo mi vocabulario.

No me habían sorprendido sus palabras, sino la manera de decirlas. Se le había resbalado el molde, casi se le cae todo al suelo, pero tampoco era el fin del mundo. Si me hubiera pasado a mí me hubiera puesto un poco nerviosa, aunque yo tengo lo que tengo. Soy muy consciente. Lo raro era que él se lo tomara tan a pecho...

23

ADRIANO

Estaba seguro de que Cloe sería de aquellas que querían hacerlo todo en la cocina, sin embargo me sorprendió para bien. Me había ido explicando con paciencia los pasos que había que seguir para hacer la tarta y yo había puesto mis cinco sentidos para no cagarla, como si se tratara de un proyecto del estudio.

Al final mis manos habían mostrado mi torpeza, pero por suerte salvamos el postre entre los dos. Hubiera dicho mil tacos seguidos, pero me contuve porque me miró bastante sorprendida.

—Perdona, a veces no controlo mi vocabulario.

Asintió con la cabeza y no dijo nada más, aunque vi en sus ojos que debía pensar que era un auténtico tarugo.

—¿Puedo ir al baño?

Teníamos que esperar media hora larga hasta que la tarta estuviera lista y yo necesitaba refrescarme un poco.

—Sí, claro.

Sonreí ante sus palabras, Cloe era tan... reservada.

Entré en su baño y me gustó la decoración de las chicas. Había flores artificiales, un ambientador en forma de corazón, unas estrellas doradas enganchadas al viejo espejo y un retrato de las tres en una de las paredes.

Me quité la camiseta, me mojé la cara y volví a mirar aquella foto.

Estaban las tres abrazadas, con Cloe en medio, sacando la lengua y riendo al mismo tiempo. La morena, la castaña y la pelirroja, cada una con su propio atractivo, aunque mis ojos se iban hacia Cloe sin poderlo evitar. Sus labios, su naricilla, sus ojos... ¿Cómo sería besarla? Estaba seguro de que besaba con calma, de que no le gustaba llevar el mando y de que era tímida en la intimidad.

Me puse la camiseta con prisas antes de que mis pensamientos continuaran por esos derroteros y no me dejaran salir del baño. Abrí la puerta y Cloe pasaba justo por allí.

—Eh... voy un momento a la habitación —me informó con una leve sonrisa.

—Te acompaño, así me enseñas tu cuarto.

Me miró sorprendida, pero no me dijo que no y la seguí hasta allí.

Su habitación era parecida a la mía en cuestión de tamaño, en todo lo demás no había similitud alguna. Cloe era ordenada, estaba clarísimo, y tenía cientos de detalles por la habitación que cuidaba con mimo: botecitos, pulseras, collares, fotos, recuerdos... Yo era mucho más práctico y con el tiempo había aprendido que la manera de ser más ordenado era tener menos cosas: una cama, una mesilla, una mesa, una silla y el ordenador.

—¿Este olor es de un ambientador?

Olía bien, muy bien.

—No, no me gustan los ambientadores.

—¿Entonces?

—No lo sé, no uso nada en concreto.

Aspiré aquel aroma y entonces me di cuenta de que olía a ella. Carraspeé un poco antes de cambiar rápido de tema.

—El lila es tu color.

Era el color que predominaba en aquella habitación.

—Sí, me gusta.

Observé cómo Cloe abría el armario y me quedé unos segundos admirando su interior. Estaba todo bien colocado, nada fuera de lugar, ni una arruga, los jerséis puestos uno encima del otro, como si estuviera en una tienda que acabara de abrir al público.

«Joder, y están colocados por colores.»

Estuve a un tris de decirle algo, pero no quise parecer un entrometido.

Cloe cogió algo de un pequeño cajón y cerró el armario con prisas. Me miró a los ojos y le sonreí. ¿Estaba pensando que era un cotilla? Hice ver que no había flipado con su ropa.

—¿Me oyes mucho? Creo que mi habitación está aquí al lado —le dije con indiferencia.

Me dirigí hacia la pared que tocaba con la mía. Allí había una mesa, también con todo bien colocado, y una librería encima con tres o cuatro libros.

—No mucho, la verdad. Eres silencioso.

Me volví para observar sus ojos, ¿en qué sentido lo decía?

—Bueno, solo la uso para descansar —le comenté sonriendo al ver que no había segundas intenciones en aquella afirmación.

Cloe se acercó a mí para abrir el ordenador y conectó un pen en él.

—Por cierto, ¿te has desvestido?

La miré alzando las cejas.

—¿Tienes una cámara o algo así? —le pregunté sin pensar.

—¿Cómo?

—En el baño.

—¿Qué dices? —inquirió en un tono agudo.

Nos miramos unos segundos, yo pensando cómo cojones sabía que me había quitado la camiseta.

—La etiqueta —me dijo antes de teclear en el ordenador.

—¿Qué etiqueta?

—La que indica que usas una XL —respondió sin levantar la vista del ordenador.

—¿Eh? Joder.

Vale, llevaba la camiseta al revés una vez más. Me la quité sin pensar demasiado y me la puse del derecho.

—Ya está. Es que me la he quitado porque tenía calor.

—Entiendo —convino sin hacerme mucho caso.

Me acerqué a ella intentando tomar el mando de la situación.

—¿Te ayudo?

Cloe me miró por encima del hombro.

—No, gracias. Solo estoy copiando unos documentos para un compañero.

Al acercarme sentí su aroma con más intensidad, como si en aquella habitación se intensificara el olor de su piel.

—¿Qué compañero?

No sé por qué pregunté aquello, porque no era de mi interés; quizá sentirla tan cerca, en su habitación, con la cama al lado... me obnubilaba la mente.

«Hielo, pingüinos, osos polares, muchos osos...»

—Jack —contestó interrumpiendo mis fríos pensamientos.

—El inglés.

—Buena memoria —me alabó con retintín—. Si quieres te lo presento.

—No es necesario, no me van los tíos.

—¿Ah, no?

Nos miramos a los ojos fijamente.

—¿Pensabas que sí?

—Eh... No lo niegas en tus redes.

Vaya, vaya...

—¿Y si me gustaran los chicos?

—A mí me da igual —respondió sacando el pen del ordenador—. Es cosa tuya.

—Sí, claro —repliqué con una sonrisa al ver que ella ponía los ojos en blanco—. ¿Te animas un día de estos a hacer un TikTok conmigo?

Cloe me miró seria y, de repente, soltó una buena carcajada que me hizo mirarla como un tonto adolescente. ¿Podía estar más bonita riendo de aquella forma tan relajada?

—¿Eso es un «sí»?

—No, Adriano, eso es un «no, claro que no».

Nos reímos los dos con ganas y sentí que conectaba con ella con una facilidad increíble. ¿Qué cojones era eso?

—Pues no sé por qué no, estoy seguro de que bailas bien.

Cloe me miró aún riendo. Parecía otra y me dieron ganas de tenerla entre mis brazos.

«Joder, Adriano, ¿para qué?»

No pude contestarme a mí mismo.

—¿Y por qué estás tan seguro?

Lo sabía, punto. Pero no le dije aquello y, en cambio, puse en el móvil la canción *Lento - Kizomba*, de Daniel Santacruz, una melodía que se bailaba mucho en TikTok.

«One, two, three, four...»

Cloe la reconoció al momento y se rio de nuevo. Alcé las cejas y la invité así a bailar conmigo.

—No, no...

—Sí, sí...

La abracé con suavidad y empezamos a seguir el ritmo sin problemas, como si lo hubiéramos hecho toda la vida.

Cloe sonrió y yo grabé aquel momento en mi cabeza, estaba preciosa y se movía increíblemente bien. Sus caderas se mecían con facilidad bajo mis manos y seguía el compás a la perfección.

—¿Lo habías bailado anteriormente? —le pregunté en un tono más bajo.

No quería romper la magia de aquella canción, siempre me había parecido una melodía de lo más sexi.

—¿Con un chico? —preguntó ella coqueta.

Sonreímos los dos, pero no me respondió y no quise insistir aunque me moría de ganas de saberlo.

—¡¡¡Cloe!!! ¡¡¡En la cocina pita algo!!!

Abril nos hizo volver a la realidad y nos separamos para ir hacia la cocina. La tarta estaba lista.

—Joder, qué pinta...

—Te ha salido genial —declaró dejándola en la mesa.

Me coloqué a su lado y ambos miramos el resultado con placer.

—Eres una buena maestra.

—Gracias, cuando quieras ya sabes.

Nos miramos y quedamos demasiado cerca sin querer, no pude evitar posar mis ojos en sus labios.

—Cuando quiera ¿qué?

—Eh... hacer esto.

—¿Esto?

Acorté las distancias entre nuestros rostros y Cloe no se movió del sitio, así que seguí adelante con la clara intención de besarla allí mismo.

Rocé aquellos labios y sentí el aliento caliente de su preciosa boca. Mi pecho se hinchó y me separé unos milímetros para verla de nuevo. Estaba increíble...

24

CLOE

Conocía aquella mirada perfectamente: Adriano quería más de mí, pero ¿y yo? No me importaba liarme con un tío y si te he visto no me acuerdo, pero Adriano era nuestro vecino y no tenía ganas de malos rollos. Además, me había dicho a mí misma que no iba a caer en su juego y ahí estaba: con sus labios junto a los míos.

¿Y si solo era un beso? ¿Qué podía pasar por un beso?

Entreabrí mis labios y Adriano captó el mensaje. Una de sus manos rodeó mi cuello con suavidad mientras su lengua buscaba la mía. Nos besamos sin prisas pero con deseo, mucho deseo. Yo sentí cómo el calor recorría todo mi cuerpo hasta llegar a mi cabeza. Si me hubiera dejado llevar hubiéramos terminado en mi habitación, pero no quería liarme con él, así que me separé de su rostro en cuanto necesité coger aire.

—Eh... ¿Te pongo la tarta en un plato y te la llevas? —le pregunté sin mirarlo.

¿Y ese bombeo acelerado de mi corazón?

Lo mejor era hacer ver que no había ocurrido nada o que lo que había ocurrido no tenía demasiada importancia, a pesar de que me quemaban los labios y de que tenía ganas de reseguirlos con mi dedo mientras rememoraba el beso en mi cabeza.

Le di la espalda y cogí un plato sin esperar su respuesta.

—Ahora la dejas fuera de la nevera y en un par de horas la metes. La metes en la nevera —puntualicé con rapidez antes de que creyera que hablaba de otra cosa.

—Perfecto, esta noche la probamos.

Lo miré unos segundos y vi que su rostro estaba relajado y que sonreía como siempre. ¿Eso quería decir que Adriano no le daba importancia a lo que había ocurrido minutos atrás?

Lo acompañé a la puerta y antes de salir se volvió hacia mí con el postre en las manos.

—Y sobre lo otro...

—¿Qué otro? —pregunté nerviosa.

—Sobre lo de hacer un TikTok juntos, no me voy a rendir hasta que lo consiga.

Me guiñó un ojo y se fue hacia su piso. Cerré la puerta y me apoyé en ella, pensando en lo que había ocurrido en apenas una hora.

Era un chico listo e interesante, eso era innegable, pero también era un depredador de los buenos: no te dabas cuenta y ya estabas enredada entre sus brazos.

Además, era guapo y lo sabía. Y yo también sabía de qué pie cojeaban los guapos.

—A veeer...

Apareció Marina de la nada y me dio un susto de muerte.

—¡Joder!

—Eso digo yo, Cloe, ¿qué es lo que han visto mis ojos al pasar por la cocina?

Vale, nos había visto.

—¿No estabas trabajando? —le pregunté obviando su pregunta.

—Ya había terminado y me apetecía un café, pero os he visto muy ocupados. ¿Le has comido el filete?

—¡Marina! Ha sido solo un beso.

—Con lengua —afirmó muy segura.

—¿Quieres todos los detalles?

—Cloe, que es mi tutor.

—Ya lo sé, no te preocupes, que no va a pasar nada más entre nosotros.

—No lo digo por eso, lo digo porque no es necesario que me detalles lo dura que la tiene.

Puse los ojos en blanco y pasé por delante de ella para ir hacia la cocina.

—Voy a pasar de contestarte a eso.

Marina, cuando quería, era muy burra.

—¿Y en serio no va a pasar nada más? Déjame que me lo crea.

Sus palabras llegaron hasta Abril, que me miró con gesto interrogante.

—Adriano me ha besado —le dije con calma, como si besarme con el vecino mientras hacía un pastel fuera de lo más corriente y habitual en mi vida.

—Se han besado —recalcó Marina en un tono repipi.

—Ahora, además de *influencer*, es una *voyeur*.

—¡Marina! —exclamó Abril arrugando el ceño.

—Oye, que he ido a buscar un café y me los he encontrado morreándose. Una tiene ojos, ¿no?

—Una seguro que se ha quedado mirando de más —le dije bromeando.

—Y otra se está escaqueando del tema. ¿Cómo ha sido? —me preguntó Marina sentándose en el sofá.

—Pues nada, estábamos comentando lo bien que había quedado el postre y me ha besado.

—¿Así? ¿Sin más? —insistió Marina.

—No, primero ha pedido permiso a mis padres —le respondí con ironía.

—Primero han bailado. —Miré a Abril sorprendida.

¿Cómo lo sabía? La puerta de la habitación estaba cerrada.

—¿En la cocina? —inquirió Marina con interés.

—En su habitación —murmuró Abril.

Marina abrió los ojos y se volvió de nuevo hacia mí, que estaba sentada en la otra esquina del sofá.

—Cloe, Cloe, Cloeee...

—Te lo resumo rápido: él ha ido al baño, yo he aprovechado para ir a la habitación, él ha salido y ha querido ver mi cuarto.

—¿Y?

—Hemos hablado y me ha dicho si me animaba a hacer un TikTok con él. Le he dicho que no, ha puesto música y hemos bailado como dos amigos.

—Como dos amigos que se quieren comer la boca —precisó Marina riendo.

—Solo ha sido un beso —le remarqué de nuevo.

—Menos mal que no te gustaba... —bromeó Abril.

—Han sido las circunstancias —repuse con poca seriedad.

Ellas se rieron y yo sonreí ampliamente.

—Pero no se repetirá —declaré convencida—. ¿Y cómo sabes que hemos bailado? —Me dirigí a Abril.

—Porque he oído la música y me lo he imaginado.

—Pues no imaginéis más, ha sido una tontería —les dije dando por terminada la conversación.

Había olvidado por completo que era el tutor de Marina y lo último que quería era salpicarla a ella con mis historias. Había muchos chicos en el mundo, muchos, así que lo suyo sería pasar de Adriano.

A las nueve en punto estábamos en el piso de los vecinos, aunque antes avisé a Marina y Abril de que no abrieran boca sobre lo sucedido con Adriano.

—*Buonanotte, ragazze.*

Adriano nos saludó marcando su acento italiano y Marina y Abril le rieron la gracia. Yo simplemente le sonreí porque me había propuesto darle a entender que no iba a ser otra de sus conquistas.

Sí, estaba a la defensiva.

Saludamos también a Leonardo, que nos ofreció una cerveza mientras él terminaba de preparar algunas cosas. Charlamos los cinco en la cocina e intenté no pensar en el desorden que había en la encimera: la sal, el aceite, la pimienta... Me puse de espaldas a toda aquella anarquía y quedé frente a Adriano. Me sonrió y le devolví el gesto para poner mi atención en lo que estaban charlando.

—¿Y no tienes ganas de trabajar? —preguntó Marina.

—Sí, la verdad es que sí. En cuanto termine el máster me encantaría ponerme a ello —respondió Leonardo.

—Pero no conmigo —soltó Adriano arrugando la nariz.

—¿Y eso? —preguntó de nuevo Marina mirándolos a ambos—. A mí me parece un buen lugar para trabajar. Adriano está en un proyecto alucinante.

—Lo sé —contestó Leonardo con una amplia sonrisa—, pero vivir y trabajar con él sería demasiado. Acabaríamos divorciados.

Nos reímos las tres al mismo tiempo y Adriano sonrió con since-ridad.

—Además, el hecho de que Adriano trabaje allí no implica que me quieran a mí.

Adriano y Leonardo se miraron con complicidad y no entendí por qué se miraban así. ¿Qué era lo que no decían?

Nos sentamos a la mesa y ninguno de los dos nos dejó mover un solo dedo. Entre los dos lo prepararon todo y si necesitábamos algo se levantaban sin problema de la mesa. Parecían un matrimonio perfecto y sonreí al pensarlo, justo en el mismo momento en que mi mirada se cruzó con la de Adriano. Sus ojos... sus ojos hablaban por sí mismos y podía intuir lo que pasaba por aquella cabeza. Con el beso había abierto la veda, iba a tener que decírselo en algún momento: que aquello había sido un lapsus... Me preguntaría el porqué, casi seguro. ¿Y qué le diría? ¿«No quiero ser otro de tus trofeos»?, ¿«No quiero terminar mal contigo y tener que verte la cara día sí y día también»? o ¿«No quiero que un lío entre nosotros pueda repercutir en las prácticas de mi mejor amiga»? Todo eran suposiciones, pero no tenía doce años, sabía que una historia con un guaperas como él solo podía traerme complica-ciones.

¿Y si me acostaba con él una vez y ya está? Podría matar el gusanillo ese que sentía cuando lo tenía cerca pero... pero siempre había un pero. ¿Y si él quería más? ¿Y si la que quería más era yo? ¿Y si me llegaba a gustar en serio? Eso era lo que realmente me preocupaba. Adriano tenía muchos ingredientes para que se acabara convirtiendo en alguien del que yo me pudiera quedar colgada y era lo último que quería porque en breve volvería a España.

Además, tampoco quería pasar el tiempo allí con un chico del bra-zo. Quería vivir todo lo que me podía ofrecer aquella ciudad con mis dos amigas, no me apetecía nada estar pendiente de un chico. ¿Liarme con alguno? Vale, sí. ¿Enamorarme? Ni loca.

En un bar de Barcelona con veintiún años

—Después dices de mí, Cloe, pero tú no te quedas corta.
Abril me pasó mi móvil tras leer el mensaje de Gregorio, mi último rollo.

—*Hace tiempo que tengo claro que lo mejor es no implicarse demasiado en una relación* —*me justifiqué.*

—*Pues él está pillado.*

—*Pues él lo sabía, sabía que paso de relaciones.*

—*Quizá no se lo creyó.*

—*Quizá es su problema.*

Abril resopló y yo sonreí, divertida.

Gregorio: Estoy seguro de que sientes algo por mí. Tres meses, cien besos y una rosa que ya sabes qué significa.

Cloe: Te lo dije ayer, Grego, no quiero salir en serio con nadie.

Gregorio: Creo que no te das cuenta de lo que sientes por mí, veo cómo me miras.

Cloe: Lo siento, Grego, pero no.

Gregorio: Esperaré.

No quise decirle nada más porque no era necesario, no era necesario marear más la perdiz.

—*Pues la verdad es que pensaba que este te había tocado la patata* —*comentó Abril mirando hacia un grupo de chicos que pasaba por delante de nosotras.*

—*Todas tenemos lo nuestro, Abril.*

Nos miramos con gravedad y cambió de tema al instante.

Abril no quería una relación seria con nadie debido a su violación y yo, porque escondía al máximo mi trastorno como si fuera algo vergonzoso.

Cloe, la chica joven, estudiante de enfermería, que bailaba de muerte, que vestía con su propio estilo y que sonreía a la vida, no quería la etiqueta de rara, de tarada, de extraña. Y cuanto más me conocieran, más posibilidades había de que me soltaran aquello en algún momento y dolía, cada vez más.

25

ADRIANO

Cloe me parecía guapísima, me encantaba su pelo largo, me gustaban aquellos labios gruesos y sus ojos color café. Cuando me miraba me podía dejar un poco en shock, pero intentaba parecer indiferente, no iba a dejar que pensara que me gustaba. Mucho.

Hasta el beso estaba todo controlado. O casi todo. Una vez había probado aquella boca... joder, nos habíamos besado con intensidad, con ganas, muchas ganas y al separarse de mí la hubiera cogido a lo bestia y la hubiera empotrado contra la pared de la cocina para seguir disfrutando de otro beso como aquel.

Pero no lo había hecho.

Con dieciocho años no lo hubiera pensado dos veces, pero con veintiséis uno razonaba de vez en cuando. Además, Cloe no estaba receptiva, lo leía en cada uno de sus gestos. Otra hubiera seguido con aquel beso e incluso me hubiera dicho directamente que podíamos continuar con aquello más tarde. Cloe había intentado mostrarse indiferente y yo había hecho lo mismo. ¿De qué me servía insistir si ella no quería? Tenía muy claro que si ellas decían no, era no.

Durante la cena me dio las mismas señales: aquello no se iba a repetir, yo no le interesaba. Y lo iba a respetar, por mucho que ella me gustara. No iba a ir tras ella, no era mi estilo. Tampoco estaba tan pillado, así que no me iba a suponer ningún problema poner un poco de distancia entre la española y yo. No era la primera vez que me ocurría, alguna chica me había dado calabazas y era tan sencillo como no pensar más en ella. Yo no tenía sentimientos profundos por ellas, con lo cual no había problema alguno en olvidarlas. Así nadie sufría y tan amigos.

Después de cenar tomamos algo y seguimos con una charla amena y no demasiado profunda. Realmente no nos conocíamos, por lo que hablamos de nuestros estudios, de sus prácticas, de mi trabajo, del máster de Leonardo, de las redes sociales...

Estaba claro que, de las tres, Marina era la más extrovertida y segura de sí misma. No tenía miedo de opinar y de decir lo que pensaba, tenía pocos filtros y era una chica muy divertida.

Cloe era buena conversadora y muy risueña. Te escuchaba con atención y no solía interrumpir cuando los demás hablaban. De vez en cuando parecía que pensaba en sus cosas porque se quedaba mirando algo fijamente, pero en nada regresaba a la charla.

Y Abril era la más callada de las tres, sin duda, aunque parecía una chica muy observadora. Estaba claro que Leonardo le gustaba porque lo miraba de forma diferente, pero estaba seguro de que no era de aquellas que daba el primer paso. Y Leonardo era también de los lentos...

«Quizá de aquí a diez años se lanzan...»

Sonreí al pensar aquello y Cloe me miró extrañada. ¿Por qué? ¿De qué hablaban? Dejé de sonreír al segundo.

—Pues sí, cuando alguien se muere delante de tus ojos es algo que no olvidas jamás —aseveró Abril en un tono más bajo.

¿Quién se había muerto?

—Ya imagino —le replicó Leonardo mirándola con cariño.

—Pero Abril es muy fuerte —comentó Marina animando a su amiga.

Cloe pasó la mano por el brazo de Abril y me miró de nuevo a mí.

Joder, me había despistado unos segundos y ya había perdido el hilo totalmente. Recogí cuatro cosas de la mesa para escapar de esa charla, por si acaso, y Cloe hizo el mismo gesto. Me siguió hasta la cocina y me fue pasando los platos.

—¿Por qué sonreías? —me preguntó en un tono serio.

—¿La verdad?

Asintió.

—Se me ha ido la cabeza en otras cosas y no sabía de qué hablaba Abril, esa es la gran verdad.

Cloe frunció el ceño pero sonrió.

—Vaya, vaya, eso es que tienes un mundo interior muy potente.

La miré sorprendido. ¿Estaba piropeando mis continuos despistes? Eso sí que era nuevo...

—Yo lo llamo desatención.

Cloe me sonrió sin decir nada más y la miré pensando que no sabía por qué siempre acababa diciéndole la verdad. Hubiera sido fácil bromear sobre el tema y no exponerle cada uno de mis defectos.

—¿Preparamos la tarta? —me sugirió.

—Sí, claro —le dije provocando una de esas carcajadas que le salían de forma natural.

Había conexión, no lo podía poner en duda. En pocos días me había fijado tanto en ella que ya sabía que aquel «sí, claro» era una de sus coletillas más habituales y en tan poco tiempo la habíamos convertido en una broma entre nosotros dos. Solo nosotros dos. Pero eso tampoco significaba que yo estuviera colado por ella o algo parecido. Mientras no me quitara el sueño, podía ser algo divertido.

A Leonardo le encantó la tarta y lo dijo varias veces mientras repetía por tercera vez. El dulce era una de sus debilidades y la receta de Cloe era deliciosa.

—Pues nos vemos la próxima semana, ¿verdad? —comentó Marina refiriéndose a la fiesta de las vecinas de enfrente.

La velada con ellas fue agradable y acabó sin ningún acercamiento más hacia Cloe. La había estado observando, eso sí, y por su forma de hablar y gesticular me daba la impresión de que era una chica segura de sí misma, de esas que no dudan en besarte si le gustas. Entonces, ¿era que yo no le gustaba?

Bianca y Carina siempre montaban aquellas fiestas brutales en su piso: música fuerte, alcohol de todo tipo, lucecitas por doquier y cintas de colores que colgaban del techo todos los días del año.

¡Ah! Y muchas chicas...

Nada más entrar vi a las tres vecinas charlando y riendo con Bianca. La anfitriona al verme me mandó un beso con un gesto lascivo clarísimo, nos habíamos enrollado en su última fiesta y aunque no se iba a repetir, Bianca era así de expresiva. Le guiñé un ojo y seguidamente busqué los ojos de Cloe. ¿Pensaría que era uno de esos chicos que disfrutaba del sexo sin ataduras? Porque lo era, sí, pero tampoco era necesario que ella pensara que me acostaba con todas porque no era así, yo también tenía mi propio criterio, aunque sí era cierto que el alcohol, la fiesta, el desmadre me perdían un poco. Solo un poco.

Había vivido muchos años bajo el yugo de mi padre, bajo un maltrato que había tenido que mantener en secreto. En cuanto salí de aquella prisión empecé a vivir la vida de otra forma. Las cosas las disfrutaba de otro modo, de verdad, sin ninguna mierda de confidencia que me amargara las horas, día tras día. Quizá sí buscaba en todas esas chicas un cariño que me faltaba, me daba igual. En cuanto descubrí lo bueno que era el sexo, lo mucho que me gustaba acariciar y ser acariciado, lo divertido que podía llegar a ser con algunas mujeres, tuve claro que me iba a dejar llevar y que me daban igual las etiquetas que colgaran a mi espalda: ligón, donjuán, rompecorazones, playboy, seductor, casanova, mujeriego... No me importaba en absoluto. No hacía daño a nadie, o no lo hacía de manera consciente. Siempre era sincero, jamás había jurado amor eterno ni había dicho una cosa para hacer otra. No me gustaba mentir.

—¡Adriano!

Fabrizia se colgó de mi cuello y me besó sin pensarlo dos veces. No me dio tiempo a separarme de ella y seguidamente me habló al oído en un susurro:

—Tenemos que celebrar que no somos papás, ¿no crees?

Fabrizia emanaba sensualidad, era de esas chicas sexis por la que muchos tipos suspiraban. A sus treinta y dos años sabía cómo usar sus encantos para lograr lo que deseaba, pero yo tenía muy claro que nuestra historia había terminado. Habíamos llegado a un punto en que ambos no esperábamos lo mismo del otro y, aunque Fabrizia me seguía pareciendo deseable, no iba a alargar más aquello. Acabaríamos mal y era algo que siempre intentaba evitar.

La aparté con suavidad de mi cuello y nos miramos de forma muy distinta.

—¿En serio, Adriano?

—En serio, Fabrizia. Prefiero dejarlo aquí y ser amigos.

Arrugó la frente y volvió la cabeza a un lado para no mirarme.

—¿Hay otra?

—No hay nadie, nunca hay nadie y lo sabes.

—El día que te enamores...

—No tengo ninguna intención —le respondí muy serio mientras observaba cómo Francesco y Tino saludaban a las vecinas.

Francesco le dijo algo a Cloe al oído y ella rio echando la cabeza hacia atrás. Ese cuello... Francesco también posó sus ojos en ese trocito de piel y apreté los dientes para no ir hacia allí. ¿No habíamos quedado que iba a pasar de ella?

—Ya, cuando menos te lo esperes, te van a coger de los huevos.

Miré a Fabrizia y nos echamos a reír los dos por sus palabras. Eso no iba a pasar si a mí no me daba la gana.

—Que tus ojos lo vean en tus manos —le dije siguiendo con aquellas risas.

Los dos nos dirigimos hacia una de las mesas para servirnos una copa.

—Con poco vodka —le indiqué pasándole la copa a Fabrizia.

Sonrió y le dio un sorbo.

—¿Y Leonardo no va a venir?

—Ya sabes que estas fiestas no son lo suyo y tiene un examen que lo lleva loco.

Charlamos unos minutos de nuestros amigos en común y seguidamente apareció una de las anfitrionas, Corina, que saludó con efusividad a Fabrizia. Eran muy amigas y cuando coincidían hablaban por los codos. Las escuché sin mucha atención mientras echaba un vistazo al salón. Había bastante gente, las luces iban cambiando de color y la música iba subiendo de volumen según con qué canción. De momento, solo bailaban algunas personas; el resto charlaba y bebía junto a las mesas donde estaba la bebida.

Mis ojos se cruzaron unos segundos con los de Cloe, los suficientes como para darme cuenta de que me miraba con cierta frialdad.

Vale, me había visto con Fabrizia, había captado que me había liado con Bianca, sabía que había tirado las bragas de Nicola... Todo eso en pocos días era bastante, hasta yo podía entenderlo. Y claro, había que sumar que el día anterior había besado a Cloe y que hacía apenas media hora Fabrizia estaba en mi boca. Podía parecer lo que no era, ¿o sí lo era? A ver, nunca me había planteado ese tipo de cosas, pero con Cloe nada parecía igual. Mi regla número uno era muy sencilla: «Me gustas, te gusto, pues adelante». Pero a Cloe le gustaba, ella me gustaba también, pero algo fallaba. ¿El qué?

Soy de los que pasan de historias raras, de chicas difíciles, de malos rollos, de gente dramática... La vida ya es bastante complicada y no es necesario complicarla más. Lo normal sería que Cloe pasara al grupo de chicas que no me interesaban pero... siempre había un pero.

La vi bailando con Francesco y no pude apartar los ojos de los dos mientras duró aquel baile. Seguidamente, Cloe se unió a sus amigas, pero nuestro vecino no se separó de ella ni un segundo. Tenía claro su objetivo y Cloe se dejaba querer, estaba claro porque no lo había echado de su lado.

—¡¡¡Adriano!!!

Me volví sonriendo al oír la voz de Lucca a mi espalda.

—Pensaba que no podías venir —le dije antes de darle un abrazo.

—Hemos aplazado la actuación para mañana porque había problemas de sonido en el local. Gajes del oficio. ¿Qué tal por aquí?

Lucca recorrió el salón con la mirada hasta que topó con las tres vecinas

—¿Por qué están con esos dos tíos? —preguntó en un tono agudo.

—Son vecinos, también.

—Como si son astronautas. Lo que te pregunto es por qué no estás en plan ataque con la que te gusta.

—Tampoco me gusta tanto.

Lucca soltó una risotada y me hizo reír.

—Adriano, que nos conocemos, joder. Te mueres por llevártela a la cama.

—¿Una copa?

—Bien cargadita.

—¡Eh! Lucca...

Un tío muy moreno, muy alto y con cara de pocos amigos se acercó a Lucca.

—¡Eh! ¿qué tal? —le saludó él sin demasiado entusiasmo.

—¿No tendrás algo?

—No, no, hace tiempo que paso de eso.

—Vaya, ¿y sabes de alguien por aquí?

—Ni idea...

Le pasé el gin-tonic a mi amigo y aquel tipo se fue de allí. Con mi mirada Lucca me entendió a la primera.

—Te juro que ya no paso nada.

—¿Entonces? Debería saberlo, ¿no? —le dije con tranquilidad.

—Hacía mucho tiempo que no lo veía.

Fruncí el ceño porque no me gustaba un pelo aquella posibilidad y a veces me costaba creer a Lucca. Sabía que siempre iba corto de pasta porque en su casa tenían algunas deudas y que vender drogas era tan sencillo como pedir un café en cualquier bar si tenías los amigos que tenía él. Era un tema que habíamos hablado muchas veces, dado que yo no entendía que siguiera siendo amigo de ladronzuelos y traficantes a pequeña escala. No obstante, eran sus amigos de la infancia y no quería romper su relación con ellos. Incluso alguna vez había sido él mismo el que les había dado dinero, dinero que no tenía, por cierto.

Lucca tenía un don, el de la música, pero en muchas ocasiones todas estas malas compañías lo habían apartado de su verdadero camino. Quizá con ese grupo nuevo su suerte cambiaba. Con el respaldo de mi madre había indagado sobre aquel mánager que le había hecho la propuesta a mi amigo y había descubierto que no había gato encerrado tras aquel ofrecimiento. Por fin.

—¿Vamos a por ellas?

26

CLOE

—*Scusa, amore...*

Las tres nos volvimos hacia aquella voz grave y mis ojos toparon de frente con los de Adriano, aunque el que había hablado era Lucca.

—¡Los vecinos! —exclamaron Francesco y Tino en italiano.

Se saludaron amigablemente aunque me pareció que a Lucca no le gustó ver cómo Tino se arrimaba en cuanto podía a nuestra Marina. Desde el primer día ya le había echado el ojo aunque ella había pasado olímpicamente. En cambio, a Lucca sí lo miraba diferente. Lo habíamos hablado con Marina, pero ella no le había dado demasiada importancia a la reacción de Lucca. Según ella era el típico músico alocado que tenía mucho de genio y que no tocaba de pies a tierra. De esos que se enamoran a los cinco minutos, que se inspiran contigo y crean una canción, pero que después te olvidan con la misma rapidez. A mí me parecía que el chico la miraba de forma especial, sin embargo, tampoco lo conocía lo suficiente como para llevarle la contraria a Marina. Lo que no entendía era por qué ella lo había descartado como un simple divertimento pasajero de una noche.

—¿Vienes a por mí? —le preguntó Tino a Lucca con una risa divertida.

Las tres lo miramos sin entender de qué hablaban y Francesco nos sacó de dudas.

—Cuando Lucca conoció a Tino pensó que era bisexual, como él, y le comió la boca. Fue muy divertido.

Los dos se rieron con ganas y yo observé a Lucca. ¿Bisexual? Bien, me parecía genial, pero quizá hubiera preferido decirlo él mismo.

—Estos dos son tontos —murmuró Adriano a mi lado en español.

—¿No son amigos tuyos? —le pregunté del mismo modo, sin que los demás nos siguieran.

—Soy más selectivo, no, gracias.

—Será en amistades...

Me salió sin pensar y en cuanto me escuché quise rebobinar cinco segundos. ¡Solo cinco! Pero ya estaba dicho.

—No me conoces, Cloe.

Su tono grave me molestó porque tenía razón. ¿Quién era yo para juzgarlo? Era promiscuo, muy promiscuo, pero era su vida y yo no pintaba nada en ella.

—Vale, sí, perdona.

—De perdona nada.

Me cogió de la mano y tiró de mí hacia uno de los balcones del piso.

—Tenía calor —comentó desabrochándose un par de botones de la camisa blanca que llevaba remangada por los codos.

Tuve ganas de besarlo. Muchas. Estábamos apartados de los demás, en aquel balcón donde nadie nos veía y estaba muy cerca de mí, pero el orgullo me podía y me negaba a ser una de aquellas que perdía las bragas. Podía parecer una soberana tontería, pero prefería mantener las distancias con él, así que di un paso atrás, con tan mala suerte que mi zapato quedó atrapado en la barandilla del balcón.

—¡Mierda!

«Me voy a caer, me voy a caer...»

Joder, aquel pensamiento empezó a coger forma en mi cabeza y no hubo manera de hacerlo desaparecer.

—¿No puedes sacar el pie?

No, no podía. Era bien sencillo tranquilizarse y desencajar el pie de allí, pero el pánico se apoderó de mí y ya no hubo vuelta atrás. Daba igual si me mostraba ante él.

«Me voy a caer...»

—¡Ayúdame! —le grité nerviosa y casi gimoteando.

Adriano se agachó y me cogió el pie, pero yo no dejaba de moverlo, con lo que no facilitaba nada lo que él intentaba hacer.

«Me voy a caer, no voy a poder salir de aquí...»

—¡¡¡Adriano!!!

Me miró asustado y se alzó de inmediato, quizá pensando que me ocurría algo más. Y era cierto, aquellos jodidos pensamientos me estaban comiendo la razón a bocados desgarradores.

Su reacción fue rápida y abarcó mi cuerpo con el suyo.

—Eh, tranquila, tranquila...

Me abrazó y una de sus manos acarició mi espalda con cariño logrando así que toda mi atención se centrara solo en él.

—Ya está, no te va a pasar nada. Estamos juntos.

«¿Estamos juntos?» Esas dos simples palabras me aliviaron en pocos segundos y me relajé de verdad. No me iba a caer e iba a sacar el pie de allí sin ningún problema. Estaba con él.

Y así fue, al momento conseguí centrarme lo suficiente como para mover el pie con cuidado y retirarlo de aquellos barrotes. Adriano se dio cuenta, pero continuó abrazándome y yo no dije nada porque me moría de la vergüenza, debía pensar algo enseguida porque era obvio que me preguntaría. Estaba habituada a que me preguntaran por mis rarezas cuando no me conocían.

—¿Mejor? —preguntó en un susurro en mi oído, como si temiera que volviera a gritarle.

—Sí, mucho mejor.

—No te voy a preguntar.

¿No me iba a preguntar?

—¿Por qué no?

—Porque no me lo vas a explicar.

—Cierto.

Aquella charla entre murmullos y aquel abrazo en un balcón bajo las estrellas de Roma pedía a gritos un beso.

Adriano se separó un poco y me miró a los ojos.

—¿Puedo besarte?

Lo dijo con timidez y me sorprendió muchísimo. ¿Dónde estaba ese Adriano descarado, ese chico tan ligón?

—Puedes besarme...

Me había desarmado, debía reconocerlo.

—¡¡¡Cloe!!! —Francesco nos interrumpió y ambos nos separamos, sorprendidos—. Tus amigas creían que te habías ido. ¡Vamos, que es la hora del chupito!

Francesco no se cortó un pelo y asió mi mano para llevarme hasta las chicas, que seguían acompañadas de Tino. Lucca estaba a un lado charlando con un par de chicos.

Marina me ofreció un chupito de un color amarillento y entonces Bianca habló por un micrófono. Me volví sorprendida.

—¡¡¡Gracias a todos por asistir a nuestra fantástica fiesta una vez más!!! ¡¡¡Un brindis por nuestras nuevas amigas, las españolas!!!

La mayoría de los asistentes nos miraron, y Abril y yo nos miramos alucinadas. Marina estaba en su salsa, por supuesto, y saludó con la mano como si fuera la mismísima Lady Di.

—¡¡¡Por las españolas!!! —gritaron unos cuantos chicos en la sala.

Subieron el volumen de la música y nos bebimos aquello de un solo golpe. Estaba muy amargo y fruncí el ceño.

—*Bellissima*...

Francesco quería bailar conmigo y busqué con la mirada a Adriano. Estaba apoyado en una de las paredes, con una cerveza en la mano, observándome con esa mirada que me derretía.

—Francesco, necesito ir al baño. Perdona.

Era una excusa muy floja, pero me sabía mal decirle que no me apetecía bailar con él. Di un rodeo tonto hasta llegar a Adriano, que no dejó de mirarme hasta que me planté delante de él. Imité su postura y cogí su cerveza para darle un buen trago. Aquello de no enrollarme con Adriano había quedado lejos, pero dicen que cambiar de opinión es de sabios.

—¿No has querido bailar con el musculitos?

Sonreí ante aquella manera de describirlo, como si él no los tuviera.

—Bailar no es lo mío —mentí.

—Eso no es lo que tengo entendido.

Di otro sorbo a la cerveza y Adriano se colocó frente a mí. Me quitó la botella y bebió mirándome fijamente antes de dejarla en el suelo. Alzó una ceja al mismo tiempo que se lamía los labios y que colocaba el brazo en la pared. De fondo sonaba *Djadja* de Aya Nakamura con Maluma y nos miramos de ese modo varios segundos hasta que se acercó lentamente a mis labios para rozarlos con los suyos de manera delicada, muy delicada.

Me quedé sin aire porque esperaba un beso brusco, de esos rudos, apasionado y cargado de claras intenciones. Pero no. Aquel beso parecía de película, de aquellos que no te esperas y menos viniendo de alguien como él.

Adriano se separó unos centímetros de mí y buscó algo en mis ojos. Yo estaba confundida, pero ¿y él? Parecía igual de confundido que yo. ¿Qué pasaba? Varios pensamientos absurdos pasaron por mi cabeza: ¿era por mi aliento? ¿Algo le había disgustado? ¿El qué?

Cerró los ojos unos segundos y reaccioné antes de que me dejara clavada en el sitio y con ganas de más.

—Oye, Adriano. —Me miró de nuevo y me concentré en mis palabras—. Esto es un error. Tú eres mi vecino, el tutor de Marina y será mejor que...

—¿Que no te bese? —preguntó divertido.

—Me parece genial que te parezca divertido, supongo que...

—¿Que qué?

«Que haces con todas lo mismo y que te gusta jugar al gato y al ratón.»

Lo pensé con rapidez, pero no la suficiente, porque sus labios volvieron a tocar los míos con la misma delicadeza.

Madre mía...

—Cloe...

Algo dentro de mí tiró hacia dentro y me así a su cintura, como si temiera caerme de un momento a otro. ¿Qué eran todas aquellas sensaciones?

Entreabrimos los labios y seguimos besándonos con suavidad, como si siempre nos hubiéramos besado de aquel modo. ¿Era ese el truco de Adriano? Porque no había besado jamás así a nadie, como si pusiera mi alma en ello. Como si los sentimientos recorrieran mi espina dorsal, subiendo, bajando y subiendo de nuevo. Dejando mi cabeza mareada, mi respiración agitada y mis pensamientos en blanco.

Gimió en mi boca y estuve a punto de suspirar como una novata enamorada, empezaba a estar un poco saturada por lo que me hacía sentir. Comenzaba a perder el control y eso solo podía provocar alguna de mis reacciones extrañas.

Esta vez fui yo quien se separó de él para intentar tomar el mando de la situación. Vi su pecho, se movía acelerado, así que a él le estaba ocurriendo algo similar. ¿Con un simple beso sin lengua? No me atreví a mirarlo.

Pero Adriano alzó mi rostro con su dedo índice y clavó sus ojos en los míos.

27

ADRIANO

Estuve a un tris de irme de su lado con cualquier excusa, sin embargo, las ganas me podían. No entendía por qué la estaba besando de ese modo, era como si algo me obligara a hacerlo así. No lo entendía y estaba un poco acojonado por aquel embrujo. ¿Qué coño me hacía Cloe? Pero la verdad era que lo hacía yo mismo. Era mi dedo índice el que sujetaba su rostro con esa delicadeza, pero me salía solo, como si mi cuerpo no fuera mío.

Había ido directo a por ella, con ganas de besarla como si se terminara el mundo, pero al rozar sus labios... sentí la necesidad de hacerlo con cuidado, con una suavidad inusual en mí. ¿Cuándo había besado así? Jamás.

Todas aquellas sensaciones se concentraban en un único punto de mi cuerpo, pero en lugar de buscar su lengua con desesperación había rozado su delicada piel... como si hubiera sentimientos o algo parecido entre los dos. Joder, que incluso me costaba respirar.

Tras el primer beso no supe si continuar y cerré los ojos unos segundos, confundido. Pero Cloe empezó a decir que aquello era un error y mis ganas vencieron de nuevo: no podía dejarla escapar, necesitaba esos besos. Un poco más.

Me acerqué a ella otra vez, preparándome mentalmente para sentir aquel encogimiento en el estómago. Todo era tan nuevo que me daba la impresión de estar escalando una montaña sin ningún tipo de sujeción. ¿Podía caerme? Probablemente, pero no podía irme sin averiguar qué era aquello.

Mi lengua se introdujo despacio entre sus labios húmedos y ella soltó un leve gemido que acabó de endurecerme del todo. Casi llegaba a dolerme, casi.

Cloe enredó su lengua con la mía y juntamos nuestros cuerpos en un movimiento sincronizado. Sentí el calor que desprendíamos y nos besamos así durante varios minutos hasta que los dos necesitamos respirar un poco más.

Sus mejillas rojas, aquellos labios húmedos, los ojos brillantes...

—Estás... bonita...

¿Bonita? Estaba preciosa.

Ella me sonrió y yo sentí como si fuera la primera chica con la que intentaba ligar. ¿Qué le decía? ¿Qué hacía? ¿Bailamos? ¿Tomamos una copa?

—¿Quieres tomar algo?

«¿Qué coño hago?»

—Eh... sí, claro. Me apetece una cerveza.

Cogí su mano pensando que era un idiota por desperdiciar ese momento, pero ya tendríamos más momentos como ese, seguro. Y entonces nos iríamos a mi cama y nos desnudaríamos y nos besaríamos por todo el cuerpo y...

—Adriano, eso no es cerveza. —La voz suave de Cloe interrumpió mis tórridos pensamientos.

Miré la lata de Coca-Cola que tenía en la mano.

—¿Ah, no? —repuse para ganar tiempo.

—Creo que no. ¿Estabas en las nubes?

—Algo así —respondí carraspeando y dejando la lata para coger dos cervezas de la mesa.

—A mí también me pasa eso —comentó antes de dar un sorbo al botellín.

Vi sus labios pegados al cristal de la botella y tuve que apartar la mirada para no montar el numerito de pantalones al estilo tienda de campaña.

—¿Lo de estar en las nubes?

—Sí, estoy haciendo una cosa y pensando en otra y entonces ocurren cosas raras, como por ejemplo escribirle a tu madre que la noche pasada bebiste demasiado y que no vas a beber nunca más.

—¿Lo dices en serio? —le pregunté riendo.

Cloe tenía pinta de todo menos de despistada.

—Muy en serio. ¿Y sabes lo peor? Solo había bebido una cerveza, pero no estaba nada acostumbrada al alcohol.

Nos reímos los dos y brindamos con la botella antes de beber de nuevo.

—¿Y qué pasó después?

—Bueno, tenía quince años, así que imagínate. Mi padre se subió por las paredes y mi madre estuvo un mes entero oliéndome el aliento cada día.

—Mi madre hubiera hecho lo mismo —admití al mismo tiempo que pensaba que mi padre me hubiera dado una de sus palizas seguidas de un sermón que apenas hubiera logrado entender debido al escozor de mi piel.

—Los padres son eso, padres.

Asentí con la cabeza porque me incomodaba el tema, no me apetecía hablar de mi padre.

—¿Y por qué Roma?

Sí, quizá Cloe pensaría que el cambio de tema era radical, no obstante, prefería eso a seguir hablando de nuestros progenitores.

—¿La verdad? —preguntó parafraseándome.

—Siempre. —Le guiñé un ojo y la escuché atento.

—Marina siempre ha querido venir aquí a hacer el Erasmus, entonces las tres apretamos en los estudios para poder escoger el mismo destino. Tengo que reconocer que lo poco que he visto me ha impresionado.

—Es una ciudad increíble y el Coliseo, su monumento más impresionante. ¿Te gustó?

Cloe me miró frunciendo el ceño.

—Marina me explicó que habíais ido allí...

—Sí, claro. Me encantó la explicación del guía y saber qué hacían en la arena. ¿A ti qué te parece?

—Beda el Venerable dijo: «Mientras siga en pie el Coliseo, seguirá en pie Roma. Cuando caiga el Coliseo, caerá Roma. Cuando caiga Roma, caerá el mundo». Yo pienso lo mismo y creo que el Coliseo es lo mejor que tiene esta ciudad.

Cloe me miró con cierto brillo en los ojos y yo me sentí orgulloso de mis conocimientos, que, por otra parte, no solía usar para ligar. A la mayoría no les interesaba hablar de monumentos, la verdad.

—Vaya, veo que hemos empezado bien. La próxima semana queremos dedicar un par de tardes a conocer Roma, ¿qué nos aconsejas?

—La lista es interminable, pero yo seguiría por el Vaticano y sus museos, por supuesto.

—¿La Capilla Sixtina es tan impresionante como dicen?

—Más.

Vi entusiasmo en su mirada y eso me gustó, demasiado. Estuve a punto de decirle que podía hacerle de guía sin problema, pero me contuve, no quería convertir aquello en «algo». Lo que yo quería era besarla, acariciar aquella piel suave y enredarme con ella durante horas en mi cama.

Me acerqué a su cuello y aspiré su aroma antes de susurrarle al oído:

—¿Te cuento un secreto?

Ella se estremeció y yo seguí con mi jugada.

—Si te paras un minuto a admirar cada obra de esos museos puedes pasarte cuatro años allí dentro.

Cloe se volvió hacia mí con gesto interrogante.

—¿Es cierto?

—Totalmente.

Nuestros rostros estaban tan cerca que podía sentir su aliento.

—Pero la Capilla Sixtina es lo mejor, ¿a que sí?

Que no se separara de mí para decir aquello me dejaba bien claro que Cloe también sabía jugar y que no era de las que se retiraban ruborizadas por mi acercamiento.

Eso era realmente seductor.

—Lo es, sin duda.

Me acerqué un poco más y besé su cuello. Moría por hacer aquello y saborear aquel aroma que desprendía. ¿Qué era aquella mezcla? ¿Flores, vainilla, lavanda? ¿Una combinación de todas ellas?

Cuando la había abrazado, en el balcón, porque su pie había quedado atrapado entre los barrotes, la mitad de mi cerebro estaba concentrado en saborear su olor. Hasta que me di cuenta de que se había puesto demasiado nerviosa, sin razón aparente. Aquel pie podía salir de allí sin problema, pero Cloe debió de pensar todo lo contrario y reaccionó de forma algo exagerada. Vi miedo en sus ojos, miedo de verdad, y entonces entendí que tras aquella reacción había algo más. Algo que ya me explicaría si le apetecía. Evidentemente Cloe y yo no éramos amigos ni nada parecido, y yo no era tan pretencioso como para creer que iba a confiar en mí porque sí. La amistad va surgiendo con el tiempo y la confianza se va ganando día a día.

—Oye, Adriano...

—¿Mmm?

—Podrías hacernos de guía...

—¡Cuando quieras!

Coño, ¿«cuando quieras»? ¿No habíamos quedado en que esa idea era un «no» rotundo?

28

CLOE

—¡Cuando quieras!

Lo miré sorprendida por su respuesta, hubiera dado medio brazo porque pensaba que diría que no, que no tenía tiempo, que estaba muy ocupado...Y la verdad era que se lo había preguntado confiando en su negativa, ya que yo tampoco quería pasearme por Roma con Adriano como guía.

El vecino me tenía un poco descolocada porque se mostraba tan delicado conmigo que cualquiera hubiera dicho que éramos pareja. ¿Era ese su secreto con las chicas? Quizá sí. No podía negar que me gustaba. Me gustaba su risa, las arruguitas de sus ojos o cuando decía «sí, claro» imitándome. Era un chico guapo pero además, era divertido y listo. Que fuera arquitecto le daba un aire interesante, dado que tenía pinta de saber mucho de lo suyo y a mí me gustaba aprender.

Y debía reconocer que besaba genial y que me apetecía besarlo mucho más.

Podíamos enrollarnos aquella noche y seguir como si nada. No era necesario que hubiera malos rollos ni que eso perjudicara a Marina, ¿verdad? Éramos adultos. Dos personas que se gustan y se enrollan una noche. No era nada fuera de lo común ni yo tenía por qué pensar que Adriano era intocable por ser mi vecino o por ser el tutor de mi mejor amiga.

Estaba claro que me había rendido a sus encantos, pero a estas alturas ya me daba igual. Lo había catado y quería más, esa era mi idea.Y la de Adriano, porque sus besos en mi cuello susurrando palabras dejaban claras sus intenciones.

—Cloe... Cloe...

Cerré los ojos unos segundos, saboreando ese momento. Me gustaba cómo decía mi nombre, me daba la impresión de que para él era única en el mundo. No era tan tonta como para creerlo, pero estaba bien saborearlo unos segundos.

Sus labios subieron buscando los míos y le devolví el beso de nuevo. Me gustaba cómo sabía, como presionaba su boca contra la mía y cómo se aceleraban nuestras respiraciones.

—¡Adriano! —Un chico bajito y rubio nos interrumpió y lo miramos sorprendidos—. Perdona, tío, pero Lucca tiene problemas.

—¿Problemas? ¿Dónde está?

Adriano y yo lo seguimos en dirección hacia el fondo del pasillo, donde vimos a Lucca con la espalda pegada a la pared. Había un chico delante de él amenazándolo con el puño cerrado y Lucca tenía las manos hacia arriba, en señal de rendición.

—Quédate aquí, Cloe —me ordenó Adriano sin mirar atrás.

No le hice caso, por supuesto. ¿Y si necesitaba mi ayuda? Había visto más de una pelea entre chicos en mi barrio y aquello no distaba mucho de ser una de ellas, así que lo seguí en silencio.

—¡Eh! ¿Qué pasa aquí? —preguntó Adriano sin miedo.

—Nada, nada. Ya se iba, ¿verdad? —dijo Lucca poco convencido.

—Tío, ya le rompiste la guitarra y le pusiste el ojo morado.

—¿Y tú quién coño eres?

Aquel tipo tenía mala pinta, la verdad.

—Soy amigo de Lucca, es evidente —respondió Adriano con gravedad.

—¿Quieres ver cómo te pongo esa cara bonita del revés?

Adriano se acercó más a él y yo me encogí pensando que de un momento a otro iba a recibir un golpe de ese puño alzado.

—¿Quieres ver cómo eres tú el que sale jodido de esta?

Adriano lo empujó sin esperar respuesta y él abrió los ojos y la boca al mismo tiempo, muy sorprendido. Quiso decir algo pero Adriano se adelantó y le golpeó el estómago sin ningún miramiento, provocando que el tipo se doblara en dos.

—Si vuelvo a verte cerca de Lucca te partiré la cara, sin contemplaciones.

La voz de Adriano sonaba distinta y demasiado grave, tanto que daba miedo.

El chico salió de allí al segundo murmurando algo que no se entendió y yo me apoyé en la pared para pasar desapercibida. Creo que ni me vio de la rabia que sentía.

—Gracias, tío —le dijo Lucca a Adriano—. ¿Estás bien?

¿Esa pregunta no debería hacerla Adriano?

—Sí, sí. ¿Y tú?

Adriano relajó el gesto y volví a ver al chico guapo y ligón que me besaba por el cuello momentos antes. Se volvió hacia mí y alzó las cejas a modo de pregunta.

—¿Y si tenía que ayudarte? —le planteé en un tono agudo.

Lucca soltó una risotada y Adriano sonrió por mis palabras. Regresamos los tres hacia el centro de la fiesta y nada más entrar en el salón, Marina y Abril vinieron hacia nosotras.

—¿Un trío? —preguntó Marina con descaro.

—Bonita, yo soy solo tuyo —le respondió Lucca bromeando.

—Eso no me lo creo ni en un millón de años —replicó Marina del mismo modo.

—Mira, voy a bailar contigo y Adriano puede asegurarte que no bailo con nadie.

Lucca cogió a Marina por la cintura y empezaron a bailar la salsa que sonaba en esos momentos.

—Estos italianos... —comentó Abril demasiado alto.

—Es verdad que no baila cuando sale —dijo Adriano mirando a su amigo.

—¿Lo dices en serio? —pregunté yo.

—Se apalanca en la barra, saca su mirada de chico malo y a los cinco minutos ya tiene compañía.

—Pero bailar seguro que baila... —soltó Abril convencida de lo que decía.

—*Mai, bella.*

—*Mai?* —repitió Abril.

—Nunca —dije yo pensando en lo extraño que era eso.

¿No bailaba pero con Marina sí?

—Pero eso es lo que hacéis las chicas, ¿verdad? Nos volvéis locos.

Adriano dijo aquello con la mirada puesta en mí y yo puse los ojos en blanco.

—Sí, claro.

De repente alguien me abrazó por la espalda y ahogué una exclamación por el susto.

—¡Cloe! *Dove eri?*

Era Francesco y sus confianzas.

—Estaba por aquí, charlando —le contesté apartando sus manos de mi cintura.

Adriano lo miró con gravedad, pero no dijo nada.

Francesco volvió a cogerme en cuanto me di la vuelta y pensé que lo mejor era ser clara con él.

—Oye, Francesco, eres muy majo y eso pero...

—Mi vecina guapa quiere besarme —murmuró acercándose a mí de forma peligrosa.

Estaba claro que tenía el ego muy arriba y que esperaba que yo cayera en sus musculosos brazos cual princesa desolada.

—No, no, Francesco, no es lo que quiero.

Alzó una ceja y sonrió.

—Las españolas siempre poniéndolo difícil... Me encanta ese juego. ¿Perdona?

Me separé de él y siguió mis pasos como si fuera mi sombra.

«Joder, qué pesado.»

—Francesco, es que tengo pareja —le dije más en serio.

—¿Pareja en España? Pero ¡está muy lejos!

Si no hubiera dominado bien el italiano hubiera creído que mi cerebro traducía mal sus palabras. ¿Era posible que me estuviera diciendo aquello con tanto morro?

—Tú y yo podemos divertirnos mucho —añadió pasando la lengua por sus labios.

—No puedo porque...

Lo suyo era cortar aquello de raíz pero ¿cómo?

De reojo vi a Adriano moverse al lado de Abril. ¿Estaba dándose cuenta de lo pesado que se estaba poniendo Francesco? Probablemente sí y no se había metido. Eso me gustaba.

—No puedo porque estoy con Adriano.

Abracé al vecino por la cintura y Francesco me miró incrédulo.

—Es broma —repuso Francesco entre risas.

—No, no lo es —le replicó Adriano rodeándome con sus brazos antes de darme un beso en el cuello.

—Amor a primera vista, ya sabes —le dije pensando que eso no me lo creía ni yo...

29

ADRIANO

No me gustaba un pelo ver a Francesco rondar a Cloe porque lo conocía de sobra y sabía que solía conseguir sus objetivos por pesado. Por supuesto no podía decir nada y tuve que morderme la lengua, pero Cloe soltó aquella mentira y me sentí el tío más afortunado de la fiesta.

—Amor a primera vista, ya sabes...

Yo no sabía qué era eso, quizá ella sí, pero me daba igual. La cuestión era que Cloe le estaba dando calabazas a mi vecino el musculoso. Había que reconocer que Francesco se trabajaba aquel cuerpo y que solía tener efecto en las chicas. No se veían cada día unos brazos como aquellos.

—¿De verdad? —preguntó Francesco mirándome.

Él también me conocía y mi fama me precedía, claro.

—Ya ves, me he enamorado de Cloe. Nos hemos enamorado en... cuatro días.

—Joder, macho —murmuró Francesco frunciendo el ceño.

Cloe y yo nos miramos unos segundos y retiramos la mirada para no soltar una buena carcajada. No queríamos reírnos de él, pero era muy gracioso que se lo hubiera creído sin más.

—Pues nada, cuando te canses de él ya sabes.

Lo que yo decía: Francesco era duro de pelar.

—Sí, claro —le dijo Cloe sin añadir nada más antes de que él se marchara de allí.

Abracé a Cloe por la cintura y ella me miró esperando que le dijera algo.

—¿Estás muy enamorada? —le pregunté bromeando.

—¿Del uno al diez? Un cien.

Nos reímos los dos al unísono y me encantó ver cómo se estiraban sus ojos color café. Estaba preciosa.

—Ya es la segunda vez que me usas...

—Soy muy mala. Lo sé. Pero ya no sabía qué hacer para que lo entendiera.

—Es muy insistente.

—Y no quería mandarlo a paseo, ya me entiendes.

—No te gusta hacer daño.

Nos miramos con cierta intensidad y la besé para cortar aquella sensación. Cloe respondió con las mismas ganas que antes y una de mis manos acarició su espalda. La imaginé entre mis sábanas y una inesperada erección hizo acto de presencia. Me separé un poco de ella, no quería que pensara que era un salido, y en ese momento apareció Marina. Cloe escapó de mi abrazo con un guiño y se fue a bailar con sus amigas. Lucca y yo nos quedamos mirándolas.

—¿Qué tal? —me preguntó Lucca sin quitar la vista de Marina.

—Bien.

—¿Solo bien?

—¿Y tú?

—No voy a liarme con Marina.

Lo miré extrañado.

—¿Y eso?

—No quiero ser uno más, obvio.

Arrugué la frente, no entendía que esas palabras salieran de los labios de mi amigo. Era algo que había oído alguna que otra vez decir a alguna chica y más bien en un tono de reproche.

—¿Qué dices?

—Lo que oyes, Adriano, lo que oyes. Vale. Me lío con ella esta noche, nos metemos en mi cama, será una puta pasada y después, ¿qué?

—¿Después?

—Es que a mí esta tía me gusta de verdad.

—Ya.

Estaba perplejo, para qué negarlo. Yo no salía con chicas, nos divertíamos juntos, pero Lucca... Lucca era mucho más alocado que yo y que dijera aquello era rarísimo.

—Si me enrollo con ella, seré uno más. Y no quiero.

—Vale, sí. Me ha quedado claro. ¿Y qué vas a hacer?

—Enamorarla.

—¡Ah! Una idea genial y sencilla. ¿Sabes que tiene un billete de avión para irse?

—Puede regresar, ¿no?

—Obvio, obvio —dije repitiendo una de sus expresiones más habituales—. Llegará a España, le dirá a sus padres que te ama con locura y volverá a Roma para vivir contigo.

—Sí, ¿no?

Parpadeé flipado.

—Lucca, tío. ¿Te has tomado algo?

—Joder, que ya no tomo nada, pesado.

—Lucca, ella tiene su vida en España, su familia y su... su vida, coño. Después del Erasmus si te he visto no me acuerdo. ¿Lo captas?

—El amor puede con todo —dijo mirándome por primera vez.

Y lo vi en sus ojos: ¡lo decía en serio! Joder, como siempre iba a tener que estar encima de él para que no se diera la hostia del siglo. Esperaba que Marina le parara los pies y que Lucca se percatara de que aquella idea era una puta locura.

Lucca estuvo toda la noche de aquí para allá y yo la pasé con ellas, entre risas, charlas banales y bailes más o menos sensuales. Marina acabó enrollándose con Tino, el vecino, y pensé que Lucca era tonto de remate. Lo busqué con la mirada, pero no lo encontré por ningún lado y me centré en Cloe.

Cada vez que la tocaba mi cuerpo reaccionaba porque las ganas se iban acumulando. No podía dejar de observarla, ni que fuera de reojo, me gustaba cómo bailaba, cómo reía con sus amigas y cómo sus labios rozaban el cristal de la botella.

Al final me fui con ellas hacia el piso y las acompañé hasta la puerta. Francesco y Tino también se apuntaron e iban charlando con Marina y Abril, mientras yo andaba al lado de Cloe, en silencio. ¿Le preguntaba si quería ver mi habitación o mejor me colaba en su piso?

—Bueno, chicas, como somos muy galantes os dejamos sanas y salvas en vuestro palacio —comentó en un tono bromista Tino.

Ellas rieron y Abril abrió la puerta. Cloe y yo nos miramos, pero ninguno de los dos dijo nada.

—Gracias, chicos, ha sido una fiesta muy divertida —comentó Marina entrando en el piso.

—Buenas noches —nos deseó Abril siguiendo a Marina.

Cloe y yo nos quedamos solos porque los vecinos se fueron hacia su piso. Nos sonreímos y me aproximé a sus labios de nuevo para besarla con calma.

—¿Sueles besar así? —me preguntó en cuanto nos separamos.

No y no sabía por qué, pero me gustaba besarla con esa suavidad.

—¿Así de bien?

Cloe soltó una risilla y me acerqué un poco más a ella. Ahora o nunca.

—¿Nos vemos mañana? —le pregunté sin pensar.

¿Mañana? Joder, Adriano. Querrás decir nos vemos ahora en mi cama, ¿no? Mañana tenía planes con Leonardo. ¿A qué había venido eso?

Cloe me miró con cierto brillo en los ojos.

—Quizá.

—¿Quizá?

¿Estaba insistiendo? ¡Cojones!

—Tenemos pensado dormir toda la mañana y pasar la tarde de compras.

—Pues ya nos veremos —le dije intentando ser el Adriano de siempre.

—Perfecto —me replicó ella guiñándome un ojo.

Nos sonreímos otra vez y olvidé nuestras últimas palabras. Cloe me cogió de la camisa y me acercó a sus labios sin problemas para clavar sus labios en los míos.

—Uf —le dije con ganas de alzarla en mis brazos y empotrarla contra la pared.

—Uf, eso digo yo.

Entró en el piso con rapidez y cerró la puerta dejándome empalmado, con el corazón a cien y con ganas de romper algo.

¡Joder! Menuda manera de acabar la noche. Con un dolor de huevos que no podía con él.

Aquel sábado Leonardo y yo teníamos planes: Florencia. De buena mañana cogimos el tren y nos plantamos en la ciudad. Empezamos por la Academia y, como otras veces, estuvimos más de media hora admirando el *David* de Miguel Ángel. Nos encantaba observar las venas de sus manos, el realismo de su mirada o la talla de aquella increíble obra. A mí me subía la adrenalina por el cuerpo cuando veía ese tipo de obras de arte y a Leonardo le ocurría algo similar.

—A veces creo que es por culpa de estas obras maestras por lo que no me enamoro.

Leonardo me miró y puso los ojos en blanco.

—¿Qué tendrá que ver?

—Ver esto es como un chute.

Leonardo sonrió porque me entendía perfectamente.

—Cuando la conozcas no podrás escapar.

—¿Cuándo conozca a quién?

—A Ella.

Miré a Leonardo y negué con la cabeza.

—Cuando la conozca correré en otra dirección, no lo dudes. Paso, paso mucho, ya lo sabes.

—O irás tras ella —comentó con retintín mientras daba un paso atrás para seguir observando la escultura.

—Sí, claro...

Sonreí al pensar en Cloe. Estaría bien traerla a la Academia y observar su rostro al ver por primera vez el *David*. Estaba seguro de que le brillarían los ojos, de que abriría esa boquita y de que lo observaría en silencio. Eso era lo que yo había hecho la primera vez y aún ahora no me acostumbraba a estar frente a aquella escultura de más de cinco metros.

Después de comer paseamos por la ciudad con tranquilidad, Leonardo y yo habíamos ido allí varias veces y no sentíamos aquella ansia del principio de ir mirando cada rincón de Florencia. Aun así siempre encontrábamos algo nuevo que añadir: un poema en alguna de las paredes de la ciudad, una gárgola que no habíamos visto antes en la catedral de Santa Maria del Fiore o alguna de las señales de tráfico que modifica el artista Clet Abraham.

La primera vez que vi una señal de dirección prohibida transformada me quedé perplejo. Era una silueta de un luchador de sumo cogiendo la franja blanca de la señal. Leonardo me explicó que el autor había ido haciendo esas transformaciones a lo largo de los años y que incluso tenía un estudio en la ciudad donde podías comprar sus obras. Tanto a Leonardo como a mí nos parecían pequeñas obras de arte que admirábamos entusiasmados.

A Cloe también le encantarían...

30

CLOE

Las tres nos despertamos casi a la hora de comer. Estábamos cansadas y necesitábamos recuperar horas de sueño. Pero tras despejarnos y una buena ducha, nos vestimos y salimos a comer. Nos apetecía probar un buen plato de pasta y entramos en un restaurante precioso cerca de la plaza de España. Después nos fuimos directas a la Fontana di Trevi y nos quedamos impresionadas, a pesar de que la habíamos visto infinidad de veces en la televisión o en fotos.

—Madre mía, aquí deberíamos venir de noche —comentó Abril casi en un susurro.

—¡Qué pasada! —exclamó Marina.

En ese momento pensé en Adriano, quizá porque él podría habernos explicado curiosidades de aquella majestuosa fuente. Yo solo sabía lo básico: era de los monumentos más visitados en Roma, la gente tiraba monedas para poder volver a la ciudad o para enamorarse, y sabía que la figura central de la fuente era Océano. Al tenerla frente a mí deseé saberlo todo: quién la creó, cómo, cuándo, cuánto duró aquella obra...

—Pues estamos muy cerca, podemos venir las noches que queráis —les dije pensando que de noche debía de ser más espectacular.

—Vamos a hacernos fotos, vaaa —nos pidió Marina—. ¿Puedo subirlas a Instagram?

Abril y yo estábamos extasiadas y afirmamos con la cabeza después de la sesión de fotos.

UniversoMarina Ciao, chicas del universo, ¿veis dónde estamos? La Fontana di Trevi es una de esas maravillas que hay que ver sí o sí. Voy a tirar tres monedas, a ver si se cumplen mis deseos... ¡Mano derecha sobre hombro izquierdo y de espaldas, lo tengo bien estudiado! ¡Habéis tirado vuestras monedas en esta fuente? Contadme, os leo... #UniversoMarina#Roma#-Fontanaditrevi

—¿Abril? ¿Solo vas a tirar una moneda?

Ella me miró y frunció el ceño.

—Es que yo no me creo nada de eso: una moneda vuelves a Roma, dos monedas encuentras el amor con un italiano y tres te casas con él.

—Pues yo voy a tirar las tres. ¿Te imaginas que conozco al amor de mi vida en Roma? ¡Oooh, sí! —exclamó Marina antes de lanzar sus monedas.

—Pues yo con volver ya tengo bastante —soltó Abril antes de lanzar la suya.

Marina y yo nos reímos.

—Te toca, Cloe.

Cerré la mano, tocando las tres monedas y pedí mi deseo. No creía en aquellas historias, pero era emocionante formar parte de esas tradiciones. La plaza estaba llena de gente y muchos hacían el mismo gesto de lanzar las monedas a la fuente.

—Bueno, al menos sabemos que las tres regresaremos algún día —dijo Marina con una sonrisa resplandeciente.

—¿Juntas? —preguntó Abril sonriendo.

—Por supuesto —le respondí yo.

—A ver si vais a encontrar el amor ese —dijo Abril con ironía.

De las tres era la más escéptica y la que menos pájaros tenía en la cabeza. La vida le había dado una dura lección con solo quince años y aquello había marcado su manera de ser. Abril era demasiado realista y no creía en los cuentos de hadas, pero era lógico.

—El amor no sé, pero el sexo italiano hay que catarlo —comentó Marina con naturalidad.

—Creo que Tino estaba muy predispuesto —le dije bromeando.

—Quizá otro día, ayer me apetecía estar con vosotras. Además, no besaba demasiado bien, la verdad —confesó Marina sonriendo—. Y tenemos mucho tiempo por delante, estoy segura de que conoceremos a gente muy interesante...

El tono insinuante de Marina me hizo seguir la dirección de sus ojos. En el otro extremo de la fuente había dos chicos que miraban hacia nosotras mientras charlaban moviendo mucho las manos.

—¿Qué miráis? —preguntó Abril al darse cuenta de que habíamos dejado de observar la fuente.

—Aquellos dos italianos potentes —respondió Marina colocando bien su melena.

—¿Están haciendo un TikTok? —preguntó Abril sin malicia.

Marina y yo nos reímos.

—Qué va, hablan así. Gesticulan mucho —le respondí.

—Joder, al final del día deben de tener agujetas en los brazos —exclamó soltando una risa que nos hizo reír de nuevo.

Aquellos dos chicos se acercaron a nosotras pasando por en medio de la multitud y se plantaron enfrente sin reparo alguno. Eran de nuestra edad, bastante altos y morenos de cara.

—¿Españolas? —preguntó el de la mirada azul.

Qué ojos tenía...

—Sí, españolas —contestó Marina con su habitual desparpajo.

—Solo españolas tan guapas —soltó su amigo en español.

Estaba claro que la frase la tenía aprendida, aunque la decía con ese acento italiano que le daba cierto encanto.

—Yo soy Lorenzo y él es Alessio.

—Ellas son Abril y Cloe y yo soy Marina —dijo mientras nos señalaba.

Nos dimos los dos besos, empezando por la mejilla izquierda, como hacían ellos.

Nos hicieron algunas preguntas como de dónde éramos exactamente o qué hacíamos en Roma. Seguidamente nos invitaron a tomar un café en un bar cercano, pequeño pero muy acogedor. Estuvimos charlando con ellos hasta que decidimos regresar al piso. Quisieron acompañarnos y no nos negamos, eran simpáticos y no tenían pinta de querer algo más con nosotras.

Al llegar al portal se despidieron con los dos besos de rigor y apenas sin tocarnos. Muy educados.

De reojo me pareció ver a Leonardo y al fijarme bien vi que venía con Adriano. Nos miramos unos segundos, pero sus ojos se enfriaron al segundo al ver quién nos acompañaba. ¿En serio, Adriano? Hice un gesto de fastidio con la intención de darle la espalda pero su grito me alertó:

—¡Eh, capullos!

Alessio y Lorenzo se mostraron sorprendidos, pero seguidamente reconocieron al dueño de aquella voz.

—Joder, que el tío este vive aquí, es verdad —le comentó Alessio a Lorenzo en un murmullo que yo sí oí.

—Tú como si nada —le replicó su amigo mostrando una sonrisa algo falsa.

—¿Qué cojones hacéis por aquí? —les preguntó Adriano sin miedo alguno.

Aquellos chicos eran altos como él, no tenían por qué temerle, pero por lo visto Adriano provocaba respeto en ellos.

—Nada, ya nos íbamos —le contestó Alessio dando un par de pasos hacia atrás.

—Y una mierda os ibais. Ni se te ocurra dar un paso más —lo amenazó Adriano.

¿Qué coño le pasaba a Adriano? Parecía un auténtico matón. ¿Demasiadas películas de mafia italiana? Debía de ser eso porque, si no, no me lo explicaba.

—Vamos, Adriano, no seas pesado —le dijo Lorenzo siguiendo los pasos de Alessio.

Adriano se acercó a ellos y empujó a Lorenzo sin pensarlo demasiado.

¿Qué hacía?

—¡Adriano! —le grité, alucinando con su actitud.

Y quise ir hacia él, pero Leonardo me asió del brazo.

—Cloe, un momento —me pidió con una mirada tan suplicante que no pude negarme.

—Os lo voy a decir una sola vez: si tenéis algo me lo dais inmediatamente, si no, lo buscaré yo mismo.

¿De qué hablaba? ¿De drogas? Cada vez entendía menos aquella situación.

Marina, Abril y yo nos miramos sin comprender nada. Pero hicimos caso a Leonardo y no intervenimos.

—Joder, Adriano, ¿a ti qué más te da? —le preguntó Lorenzo con cierta agresividad.

—Son mis vecinas, las tres. —Su tono no dejaba lugar a réplica.

Lorenzo y Alessio se miraron y asintieron con la cabeza. ¿Alguien me explicaba algo, por favor?

Ambos se pusieron la mano en el bolsillo y sacaron el pequeño monedero Gucci de Marina y el tarjetero de Abril.

—¡Hostia! ¡Joder! —exclamaron ellas al unísono mientras yo abría la boca sin poder articular palabra.

¿Nos habían robado?

—¿Nada más? —preguntó Adriano cogiendo aquello de sus manos.

—No —negó Alessio con desgana.

Abrí mi bolso con rapidez y vi que lo tenía todo. Las tres hicimos lo mismo y Adriano esperó a que le confirmáramos que no nos faltaba nada más.

—Que no os vea pululando por aquí —los amenazó Adriano en tono intimidante.

—Dale recuerdos a Lucca —escupió Alessio.

—Lucca no tiene nada que ver con lo que yo hago, así que cuidadito —les advirtió Adriano más agresivo.

—Vámonos —dijo Lorenzo cogiendo el brazo de su amigo.

—¿No los vamos a denunciar? —planteó de repente Marina.

—No vale la pena, entran y salen continuamente. No te serviría de nada —le respondió Leonardo.

—Gracias, Adriano —le dijo Abril al coger su tarjetero.

Lo abrió y comprobó que estaban todas sus tarjetas. Marina hizo lo propio con su pequeño monedero.

—¡Menudo par de cabrones! —exclamó Marina como si despertara de repente.

—Lo tienen muy estudiado —comentó Adriano alzando las cejas.

—Joder, no nos hemos enterado de nada y parecían muy simpáticos —se lamentó Abril frunciendo el ceño.

Qué cara más dura. Habíamos estado un par de horas con ellos, charlando y riendo, todo para robarnos con tranquilidad. ¿Cómo se podía ser así?

—¿Estás bien? —me preguntó Adriano ante mi mutismo.

—¿Eh? Sí, sí, gracias.

Adriano me miró fijamente, intentando leer algo más en mis ojos.

—¿Subimos? —propuse yo intentando escapar de aquel escrutinio.

—Sí, sí, necesito una ducha para quitarme este mal rollo de encima...

31

ADRIANO

Tras cenar algo rápido en Florencia cogimos el tren y regresamos a Roma. De la estación al piso había un buen tramo, pero decidimos ir dando un paseo mientras nos comíamos uno de los helados de nuestra heladería favorita. Pasamos el rato comentando cosas de Florencia, de sus calles, del arte que se respiraba en la ciudad. Estábamos los dos en nuestra salsa y cuando nos quisimos dar cuenta ya estábamos llegando a nuestro edificio.

Vimos delante del portal a nuestras vecinas con dos chicos y al principio no los reconocí, pero cuando me di cuenta de quiénes eran quise tumbarlos de un solo golpe. Leonardo me cogió del brazo y me miró diciéndome que me controlara, habíamos hablado más de una vez que a base de puñetazos uno no lo soluciona todo. Me aguanté las ganas. Además, tampoco me apetecía que Cloe pensara que era un animal.

Alessio y Lorenzo eran amigos de Lucca, vivían en su mismo barrio y sabía de sobra cómo se ganaban la vida. Eran dos ladronzuelos con su propia estrategia; solían robar sutilmente a chicas extranjeras después de invitarlas a tomar algo en algún bar. En cuanto los vi con ellas supe que habían sido víctimas de sus ágiles manos.

Afortunadamente, ellos también me conocían a mí y sabían cómo me las gastaba. Yo podía terminar con medio cuerpo morado, pero ellos terminarían peor que yo. La adrenalina me convertía en alguien que no tenía miedo y eso era peligroso, muy peligroso.

A Cloe no le habían robado nada, pero se había quedado muy callada y yo quería saber por qué, así que me las ingenié para ir tras ella al subir las escaleras.

—¿Seguro que estás bien? —le susurré al oído.

Se volvió y me miró sonriendo. Asintió con la cabeza y me quedé más tranquilo. Era mi instinto de protección, nada más. Con Lucca también me ocurría siempre.

Al día siguiente tenía en Instagram un mensaje de cada una de ellas.

Marina: Eres mi héroe, muchas gracias por recuperar mi monedero. No llevaba mucho dinero, pero fue un regalo de mi madre y no me hubiera gustado perderlo. Por cierto, espero que como jefe no me mires nunca con esa cara, ja, ja, ja. ¡Un beso!

Le respondí diciéndole que no se preocupara, que en el trabajo me controlaba, casi siempre, y añadí un emoticono de risas.

Abril: No soy muy de escribir por aquí, pero quería darte las gracias por lo de esta noche. ¡Eres un vecino encantador!

Sonreí al leer a Abril porque siempre medía tanto lo que decía que aquel piropo me gustó. Le contesté con algunas risas y bromeando sobre que me debía una pizza.

Cloe.

Dejé a Cloe para el final, por supuesto.

Cloe: Gracias, de verdad. Me he quedado tan sorprendida que no he sabido qué decir. ¿Cómo pueden hacer cosas de ese tipo? ¿Conocerte y robarte? No me entra en la cabeza. Estas cosas me bloquean mucho, de ahí que me haya quedado tan parada. Bueno, que me enrollo y pensarás que hablo demasiado. Buenas noches y muchas gracias por todo. PD: ¿De qué los conoces? ¿Son del barrio?

La volví a leer y sonreí. Me gustaba que hablara por los codos conmigo.

Adriano: Buenos días, pequeña escaladora. No pienses demasiado en ello, esta gente come de eso y saben lo que hacen. Viven en el barrio de Lucca y por eso sé quiénes son. No es lo común en nuestra ciudad, pero de vez en cuando siempre hay algún gilipollas que va en busca de extranjeros para robarles. Por lo visto tú llevabas candado en el bolso ☺.

No me dijo nada más ni supe de ella en toda la semana. La verdad es que yo trabajé a destajo junto a Sandra y nuestra nueva becaria, sin embargo, me extrañó no cruzarme con ella en ningún momento.

—¿Qué tal está Lucca? —me preguntó Sandra en un breve descanso en el que decidimos bajar a un bar.

Marina se había ofrecido a pedir los cafés, y Sandra y yo estábamos apoyados en una de las mesas altas del local.

—Ayer hablé con él por teléfono, está centrado en ese nuevo grupo de música.

—Me comentó que interpretaría alguna de las canciones junto al cantante.

—Sí, por lo visto les ha gustado su voz y la han incorporado en las canciones. La próxima semana empiezan a grabar en el estudio.

—¡Qué emocionante!

A Sandra le gustaba muchísimo Lucca y la miré pensativo. ¿Debía decirle que mi amigo era un alma demasiado libre como para enamorarse de alguien? Porque él había verbalizado que se había enamorado de Marina, pero no era cierto. Ni siquiera le había pedido el número de teléfono. Según él era una estrategia para que ella se fijara en él, pero yo conocía a Lucca: no le gustaba atarse a nadie.

—Sí, espero que esta vez le salga todo bien.

—Seguro que sí. Lucca está muy entusiasmado y se lo merece.

Marina dejó la pequeña bandeja con los cafés en el centro de la mesa.

—¿Habláis de tu amigo Lucca? —dijo Marina.

—Del mismo —respondí sin dar más explicaciones.

—¿Lo conoces? —inquirió Sandra sonriendo ampliamente—. Es un encanto, ¿verdad?

—¿Eh? Sí, sí...

Marina observó a Sandra y supuse que se dio cuenta de que a mi compañera le brillaban los ojos al hablar de él.

—Ojalá consiga su sueño —exclamó Sandra antes de morderse los labios.

Marina arrugó la frente y me miró. Yo no iba a decirle a mi vecina que mi compañera de trabajo se había enrollado recientemente con mi amigo. Ni hablar.

—¿Lo has visto tocar? —le preguntó Marina removiendo el café.

—Sí, en alguna ocasión he ido con Adriano. La verdad es que lo hace genial y es tan...

—Tocapelotas —solté cortando la frase de Sandra sin saber muy bien por qué.

Si a las dos les gustaba el mismo chico no era mi problema, por muy amigo mío que fuera Lucca.

—¿Tocapelotas? —preguntó Marina sonriendo.

—Muy tocapelotas, ni te lo imaginas.

—¡Bah! Ni caso —soltó Sandra con un gesto de la mano—. Adriano lo quiere como a un hermano.

—Sí, a ese hermano que no tuve y al que no pude echarle la culpa por algo que había hecho yo.

Siempre había agradecido no tener un hermano porque con un padre como el mío...

—En confianza, Marina, a mí no me importaría ser su musa.

Ya se lo había dicho. Marina sonrió y asintió con la cabeza.

—Pues ya sabes, a por él —le animó ella guiñándole un ojo.

Quizá Marina pasaba de Lucca y le daba igual si se liaba con Sandra o con un regimiento entero. Bueno, ella también se había liado con Tino en la fiesta de nuestras vecinas.

—Es un hueso duro de roer —le dijo Sandra entre risas—. Hemos estado un par de veces juntos pero no sé yo...

Marina me miró y yo seguí con la mirada a una rubia que pasaba por allí. Si hubiera sido una hilera de caracoles rumbo a su casa también los hubiera mirado del mismo modo. No me fijé en la chica, solo quería escaquearme del gesto interrogante de Marina. ¿Por qué Lucca me metía siempre en sus líos? De un modo u otro lograba hacerme partícipe de sus historias.

—¿Subimos y trabajamos un poco más?

Ambas asintieron y suspiré aliviado al huir de esa conversación.

Trabajamos toda la tarde y Marina no se quejó en ningún momento. Para ser una *influencer* tan potente no se lo tenía nada creído y tenía claro cuál era su lugar como estudiante de Erasmus.

Regresamos juntos en el metro porque era viernes y yo mismo me había obligado a volver a una hora un poco decente.

—¿Así que Lucca y Sandra? —me preguntó Marina una vez sentados en el vagón.

La miré y solté una risa.

—Se han enrollado un par de veces, nada más.

—¿Es como tú?

—¿Como yo?

—De los que ligan mucho.

Solté otra risa.

—Lucca tiene un encanto especial —expuse con sinceridad.

—Ya.

—¿Es que te gusta, acaso?

—Me parece mono, no te diré que no. Pero no es mi tipo.

—¿Ah, no?

—Para nada.

Marina cambió automáticamente de tema y me preguntó cosas del proyecto que respondí con entusiasmo.

Estaba enamorado de mi trabajo, era mi vida. Aparte de mi madre, era lo que más me importaba. Disfrutaba yendo a la oficina, rompiéndome la cabeza y pensando cómo hacer las cosas de la mejor manera posible. Era estimulante y me hacía sentir bien. Sabía que la arquitectura era lo mío y le dedicaba todas las horas necesarias para lograr la perfección.

Aquel proyecto que teníamos entre manos era uno de los más importantes del estudio y tanto Sandra como yo sabíamos que no podía haber fallo alguno.

Aquel viernes salí a tomar algo con Leonardo en plan tranquilo a pesar de que varios amigos me habían propuesto otros planes. Cenamos cerca del Panteón, en una calle estrecha donde había un minirrestaurante. Después dimos un paseo por las calles empedradas mientras charlábamos de algunos detalles del máster de mi amigo.

—Porque creo que será mejor que lo acabe haciendo...

Leonardo continuó hablando y yo oía sus palabras pero mi mente se había centrado en lo que estaban viendo mis ojos en la terraza de unos de los bares de la plaza Navona.

Mi padre.

Mi padre sentado con una chica muy joven, con el pelo negro y largo.

Charlaban, se sonreían y parecían conocerse bien. ¿Quién era aquella chica que estaba con mi progenitor un viernes por la noche? Mil ideas pasaron por mi cabeza: una compañera de trabajo, pero ¿de qué trabajo? Una amiga, ¿desde cuándo mi padre tenía amigas en Roma? Un ligue, joder, podía ser su puto padre.

Los observé unos segundos más antes de pasar de largo y no me gustó nada la sonrisa que ella le dedicaba. Mi padre no se merecía nada, a pesar de que no tenía muy buen aspecto. La cara arrugada, los ojos caídos, las ojeras profundas y, en general, demasiado delgado. Quizá estaba enfermo, pero a mí me daba absolutamente igual y no iba a mirarlo más.

Intenté escuchar a Leonardo y coger el hilo de su explicación. Asentí con la cabeza indicándole a mi amigo que estaba de acuerdo con lo que me decía, aunque antes de girar la esquina para ir hacia la Fontana di Trevi me volví para ver a mi padre una vez más.

32

CLOE

—¿Busco alguna película en Netflix?

—Buena idea, Abril, aunque antes os voy a contar un chisme —nos anunció Marina con cierto misterio.

—¿Un chisme? —dije yo intentando imaginar de quién.

¿De su trabajo? ¿De algún compañero? ¿De Adriano? No sabía si lo quería saber.

—Sobre Lucca.

La miramos atentas, esperando que continuara con su explicación.

—El otro día me enteré de que Lucca se ha enrollado con Sandra, la compañera de Adriano del estudio. Y por lo visto a ella le gusta mucho.

—¿Mucho mucho? —pregunté yo.

—Mucho —respondió Marina intentando parecer indiferente.

—¿Y eso significa algo? —planteó Abril interesada.

—No, solo es un chisme —contestó Marina sonriendo a la cámara de su móvil antes de hacerse una foto.

Mentía.

—¿Y la verdad cuál es? —inquirí sin contemplaciones.

Si algo había entre nosotras era sinceridad.

—Pues que me parece un tío un poco extraño. Al principio pensé que los dos nos habíamos sentido atraídos del mismo modo. Así, en plan bestia. Llegué a pensar que en la fiesta de Bianca nos enrollaríamos, pero por lo visto a Lucca no le intereso.

—¿Y Tino? —le preguntó Abril.

—Fue un descarado segundo plato —respondió Marina sin cortarse un pelo.

Marina no solía romperse la cabeza con los chicos: si ellos no querían nada con ella, pues hacía borrón y cuenta nueva. Ella siempre decía que había muchos tipos en la calle y que no iba a llorar porque alguno de ellos no quisiera estar con ella. Aceptaba con mucha tranquilidad el hecho de que no puedes gustar a todo el mundo. Yo la admiraba por eso, porque con todo lo que se exponía jamás había decaído ante una crítica o un comentario negativo. Marina sabía quién era y estaba muy segura de sí misma. A veces nos leía algunos comentarios que había en TikTok, la plataforma donde la gente decía más tonterías, y acabábamos las tres riendo de lo ridículas que eran algunas personas.

«Me pareces una creída y una niña de papá», «Bailas como el culo» o «Dale al botón si crees que el universo de Marina es una mierda».

Palabras absurdas que no tenían ninguna razón de peso y que venían de personas que razonaban más bien poco. Pero en esa red social era muy común decir barbaridades tras un perfil que nadie conocía. Y Marina lo sabía de sobra, con lo cual no le afectaba nada. Quizá al principio sí hablamos sobre el porqué de ese tipo de comentarios, ya que no los entendíamos, pero con el tiempo las tres pasamos olímpicamente de ese tipo de gente. Gente, por cierto, insegura, maleducada y con poco cerebro.

—No, no me interesa. Y se lo dije a Adriano, por si acaso —continuó diciendo Marina.

—¿A Adriano? —preguntó Abril.

—Por si acaso.

—Pues la verdad es que yo también pensé que entre Lucca y tú... —Uní mis dedos índices en un claro gesto.

—Sí, lo sé. Si es que me pareció un tío de lo más y esa canción que cantaba era ¡uf!... —Marina entornó los ojos y se mordió los labios.

—A veces la primera impresión no es la buena —declaró Abril, la realista.

—En fin, ¿vemos la película?

Nos sentamos las tres en el sofá y nos cubrimos con una pequeña manta que había en el salón. Hacía frío a pesar de que mi vecino siempre tuviera calor...

¿Qué debía de estar haciendo Adriano? No era muy difícil de adivinar: probablemente estaba de fiesta, con sus amigotes, buscando a su nueva víctima.

Después de aquel mensaje de Instagram yo no le había dicho nada más y la verdad era que esperaba que él me dijera algo. Pero o estaba muy ocupado o pasaba mucho de mí. Probablemente lo segundo, porque un simple mensaje no era algo que exigiera tiempo. Además, había visto un par de vídeos suyos en TikTok, bailando. Y una foto en Instagram de un par de copas de vino, que me hizo pensar que seguro que estaba bien acompañado. ¿Me importaba? No lo sabía ni yo. Lo mejor sería ver esa película y dejar de darle vueltas a cosas que no estaban en mis manos.

A mitad de la película me quedé dormida encima de Abril y me tuvo que despertar cuando terminó.

—Vamos, chicas, que mañana vamos al Vaticano y tenemos que madrugar —nos dijo Abril.

¡Sí! Estábamos las tres muy entusiasmadas. Como siempre, yo había sido la encargada de planificar la visita. Reservé meses atrás un tour guiado de tres horas por los Museos Vaticanos, la Capilla Sixtina y la Basílica de San Pedro. Lo había reservado para primera hora de la mañana porque era cuando había menos gente, así que nos tocaba levantarnos a las siete menos cuarto.

—Tíaaa, ¿no podemos ir por la noche?

Marina no quería levantarse de la cama y berreó un poco antes de hacerlo.

—Chist, no chilles, que vas a despertar a los vecinos —le ordené yendo hacia la ducha.

Solo había un baño y ya habíamos quedado la noche anterior que yo sería la primera en ducharme. Me vestí, me peiné y me maquillé procurando no hacer demasiado ruido porque aquellas paredes eran muy finas. No quería despertar a...

Mensaje de móvil: Adriano.

Adriano: ¿Llegas ahora?

Sonreí ante aquella pregunta.

Cloe: Papá, sal de ese móvil.

Oí a Adriano reírse a través de la pared y me tapé la boca con las manos para no hacer el mismo escándalo que él.

Cloe: ¡Vas a despertar a Leonardo!

Adriano: No está.

Cloe: Seguro que estás con tres tías en la cama. *Borrando...*

Adriano: Y me encuentro muy solo aquí.

Tragué saliva ante su comentario y se me sonrojaron las mejillas del calor sofocante que sentí de repente. ¿Qué le decía?

Cloe: Nos vamos al Vaticano.

Mejor ser directa y no irme por las ramas.

Adriano: ¿En serio?

Cloe: Sí, tenemos contratado un tour y empieza a las 8:15.

Adriano: ¡Podrías haberme contratado a mí!

Cloe: Creo que entonces no te conocía.

Lo oí reír de nuevo y miré hacia la pared. Me lo imaginé en su cama de sábanas blancas revueltas y en ropa interior.
—Cloe, ¿dónde están mis gafas?
Marina entró en mi habitación y me miró a los ojos.
—¿Y esa sonrisa? —me preguntó con suspicacia.
—Nada, un meme. Tus gafas están en la mesa del comedor.

—Ah, vale.

Salió de la habitación y volví a mirar la pantalla.

Adriano: Quizá me doy una vuelta por allí y te explico algún secreto.

Solté una risa.

Cloe: Seguro que sí.

Si no tenías entrada debías hacer cola durante horas, de ahí que la mayoría compráramos las entradas a través de internet.

Llegamos puntuales como un reloj, a pesar de que tuvimos que ayudar a Marina a preparar su bolso. Solía cambiar de bolso casi tan a menudo como de ropa interior. Era algo superior a ella, pero lo malo era que necesitaba sus diez minutos largos para pasar las cosas de un bolso a otro. Aquel día quiso su bolso Munich de color rojo que le iba a juego con sus deportivas Nike. Evidentemente todos aquellos bolsos que tenía eran regalos de algunas marcas y, según ella, ese cambio constante era parte de su trabajo, dado que procuraba en muchas ocasiones que quedara visible en las fotos.

Y yo volvía a admirarla porque me veía incapaz de llevar el ritmo de vida de Marina. ¿Cambiar de bolso casi cada día? Me hubiera dado un colapso mental. Yo usaba siempre el mismo y lo tenía todo superorganizado, eso sí. Si Marina necesitaba diez minutos para hacer el traspaso de su contenido, yo hubiera necesitado media hora o más.

—Buenos días, chicaaas...

El guía, Rubén, era muy simpático y empezó por los Museos Vaticanos, explicándonos curiosidades de las obras más importantes que íbamos encontrando en cada sala e historias sobre el cónclave del papa. Visitamos la colección privada del papado, sus galerías, jardines y demás estancias.

—Oye, ¿no os parece que Rubén tiene un culo imponente?

Abril y yo hicimos callar a Marina y ella se acercó al guía pasando de nosotras dos.

—Me apuesto la cena a que se lo liga —le dije a Abril.

—Seguro —soltó ella con una risa.

Al final llegamos a lo más esperado, a la Capilla Sixtina, donde Rubén nos fue relatando algunos misterios de aquellas obras de arte. No pude dejar de mirar hacia la bóveda. Sabía que Miguel Ángel pintó aquel fresco encima de unos andamios y me pareció increíble que pudiera hacerlo con tanta perfección. Entendía muy bien el hechizo que provocaba aquella obra de arte. La representación de Adán conectando con Dios era sublime.

Escuchaba a Rubén mientras nos explicaba que el pintor dedicó más de cuatro años a realizar aquel fresco. Me separé unos pasos del grupo para admirar la belleza que me rodeaba. Era un lugar espectacular, digno de la fama que tenía.

Me fijé en la pared del altar donde se hallaba el fresco de *El juicio final*, pintado también por Miguel Ángel. Era demasiado impactante y abrí la boca, impresionada. Di un par de pasos hacia atrás y choqué con alguien sin querer. Iba a volverme para disculparme por mi torpeza, pero su voz me dejó clavada en el sitio. Me habló en un perfecto italiano:

—Llevo un rato observándote y no he podido evitar venir a preguntarte qué te parece nuestra Capilla Sixtina.

¿Cómo era posible que estuviera allí susurrándome al oído en medio de la capilla?

—¿Vuestra? Pensaba que eras de Barcelona —le dije sin volverme y mirándolo de reojo.

Soltó una de sus risillas antes de replicarme.

—Creo que alguien me confundió con un auténtico italiano hace un par de semanas.

Sonreí porque tenía razón y porque me gustaba que fuera tan peleón.

—Fue por el tema de las bragas.

Lo oí aguantarse la risa y me volví para ver esas arruguitas en los ojos. Me encantaba su expresión cuando sonreía.

—Punto para la estudiante —dijo ampliando su sonrisa.

—¿Cómo has entrado?

Me moría por saber cómo había logrado entrar...

33

ADRIANO

—¿Me he colado?

La tenía tan cerca y sentía su olor con tanta intensidad que no sé ni cómo era capaz de decir algo con sentido.

—No te creo —soltó sonriendo.

¿Podía ser tan bonita?

—Conozco a alguien en la entrada —le dije alzando una ceja.

—Ya —soltó con ironía.

—Y no es una chica —le aclaré, no sé por qué—. Es un amigo de mi madre.

—¿Y puedes entrar cuando quieras? —me preguntó fascinada.

—No, tampoco es eso. Suelo reservar la entrada, como todos, pero hoy me apetecía ver la Capilla Sixtina.

Vi de reojo que el grupo de Cloe se movía y que Marina buscaba a esta por la sala. Cuando cruzamos la mirada me sonrió.

—¿Puedo hacerte de guía? —me ofrecí con pocas ganas de separarme de ella.

Cloe tenía algo que me atraía, algo que me hacía actuar de forma diferente y que me gustaba mucho. ¿El qué? Quería descubrirlo.

—Eh... Claro que sí.

Cloe y yo seguimos al grupo y nos quedamos los últimos. Abril se volvió para mirarnos y también sonrió al vernos juntos.

De ahí nos dirigimos a la Basílica de San Pedro sin necesidad de hacer cola porque pasamos por el pasillo que conecta los museos con la basílica.

El guía se detuvo antes de entrar y dio una breve explicación tras la cual se despidió indicando al grupo que la visita a partir de ahí era libre. Observé unos segundos cómo Marina se dirigía a él.

—Adriano, ¿qué tal?

Abril me saludó y me uní a ellas para explorar la basílica. No quise interrumpir sus comentarios y sus exclamaciones, aunque las saqué de algún error que otro.

—Me encanta ese cuadro —declaró Abril.

—No es un cuadro, es un mosaico —le corregí con simpatía.

Era un error muy común.

—¿En serio?

—En la basílica solo hay un cuadro como tal, todo lo demás que veis son mosaicos. Las piezas originales están guardadas a buen recaudo para que no se estropeen.

Abril abrió mucho los ojos y volvió a centrar la vista en la *Transfiguración* de Rafael.

—¡Qué pasada! —exclamó provocando que los demás soltáramos una risa.

La primera vez que entrabas en la basílica era bastante impactante. Aquella grandiosidad te dejaba con la boca abierta, tal cual.

De repente apareció Marina con una gran sonrisa.

—¿Ya tienes su teléfono? —dijo Cloe.

Marina le enseñó el brazo, donde había una serie de números escritos.

Las tres rieron y yo sonreí; por lo visto, Marina no perdía el tiempo.

—Oye, Adriano, ¿y esto qué representa? —me preguntó Marina.

Estuvimos en la basílica casi dos horas, ellas preguntando y yo explicando con entusiasmo todo lo que sabía. Subimos a la cúpula, después de reír un buen rato porque Abril quería dar media vuelta cuando las escaleras empezaron a estrecharse. Logramos convencerla de que no pasaba nada y de que incluso subían niños por allí. Durante el último tramo lo pasó un poco mal y le di la mano para que estuviera más tranquila. Al llegar arriba Cloe me miró con un brillo especial en los ojos y me aguanté las ganas de abrazarla y besarla delante de todos los turistas que pululaban por allí.

Admiramos las vistas de Roma y de los jardines del Vaticano unos minutos, los cuatro en silencio. Seguidamente Marina le pidió a Cloe que le hiciera varias fotos y acabé con su móvil en la mano haciendo fotos a las tres con varias posturas y gestos de cara.

—¡Eh, eh! Queremos que salgas en alguna —comentó Marina buscando a alguien que nos hiciera la foto—. Señor, perdone, ¿puede hacernos una foto?

Abracé la cintura de Cloe y sonreímos a aquel señor.

—Patataaa —dijo el hombre en español—. Ya está.

Marina y Abril fueron a por el móvil y yo seguí abrazado a Cloe. Nos miramos y nos sonreímos.

—Eres un buen guía —me dijo casi sin parpadear.

—Te lo dije —le murmuré observando sus labios.

Necesitaba besarla.

Me acerqué despacio y rocé mis labios con los suyos, provocando así un leve gemido de ambos. Marina y Abril ni se dieron cuenta y continuaron andando hacia la salida. Cloe y yo las seguimos con mi mano en su cintura. Me negaba a soltarla todavía.

—¿Adriano?

Me volví a escuchar la voz de mi jefa. Estaba seguro de que me había confundido, pero no: era Carlota.

—Carlota, ¿qué tal?

Cloe hizo el gesto de separarse de mí, pero fui más rápido que ella y entrelacé mis dedos con los suyos.

—Bien, estoy con mi hermana y mis sobrinos. De visita, ya sabes. ¿Y tú?

Carlota observó nuestras manos unos segundos mientras decía aquello.

—Pues lo mismo, pero con mis vecinas. Ella es Cloe, de Barcelona también. Cloe ella es Carlota, mi jefa.

—Encantada —dijeron ambas al unísono mientras se daban un par de besos.

Noté que se caían bien al instante y eso me gustó.

—¿Qué tal por Roma? —le preguntó Carlota.

—Muy contenta, la verdad.

—Eres compañera de Marina, ¿no?

Charlaron unos minutos y yo me quedé al margen, observando cómo hablaban entre ellas como si se conocieran de toda la vida. Era gracioso ser testigo de ese suceso, con Lucca me había ocurrido exactamente lo mismo: conectamos desde el segundo cero.

Unos minutos después nos despedimos de Carlota y fuimos en busca de Marina y Abril.

—¿Os estabais dando el lote en este santo lugar? —inquirió Marina entre risas.

Cloe le explicó entusiasmada que había conocido a su jefa y las dos empezaron a comentar lo elegante y guapa que era Carlota. Lo era, sin duda, pero no tenía esos ojos de Cloe, ni esos labios tan rojos, ni... muchas otras cosas de Cloe que me tenían un poco hipnotizado.

Salimos a la plaza de San Pedro casi a mediodía. Ellas querían comer por la zona, pero yo había quedado.

—¿Seguro? Te invitamos entre las tres —me dijo Marina intentando convencerme.

—Gracias, pero me esperan.

Los ojos de Cloe y los míos se encontraron unos segundos.

—Quizá nos vemos luego, por las escaleras —les dije, divertido.

—Sí, allí estaremos tomando un café —comentó Cloe antes de coger la llamada de su móvil—. ¿Hola? ¿Jean Paul? ¿Por qué tienes mi teléfono?

Cloe miró a Abril y esta soltó una risa. Marina se separó un poco para hacerse unos selfis con la basílica a su espalda.

—Sí, sí, ahora te la paso...

Cloe le dio el teléfono y puso los ojos en blanco. Aproveché el momento para acercarme a mi vecina preferida.

—¿Me guardarás un poco de ese café? —le pedí en un tono mimoso.

—Tal vez.

—¿Dónde está ese «sí, claro»?

Nos reímos los dos y sentí de nuevo esa conexión extraña con ella. ¿Significaba eso que me gustaba más de lo normal? Debía empezar a reconocerlo, aunque eso no implicaba perder la cabeza por ella. Yo siempre había tenido las cosas muy claras y seguía teniéndolas. Sobre todo con alguien que vivía a más de mil kilómetros de Roma.

Cloe me asió el cuello de la camisa y me cogió por sorpresa. Se puso de puntillas y me besó en los labios consiguiendo que toda la sangre de mi cuerpo se acumulara en un solo punto. Sí, en ese punto. Joder...

No sabía si separarme de ella e irme corriendo intentando tapar el bulto de mi pantalón o tomármelo como algo natural: me gustaba, me excitaba, era lógico que me pusiera a mil.

—Nos vemos, señor guía.

Asentí con la cabeza y les dije adiós a las chicas con una gran sonrisa. Cloe me sentaba bien, muy bien.

—¡Hola, mamá!

Había quedado con mi madre en uno de sus restaurantes favoritos cerca de la plaza Navona.

—Adriano, vas a resfriarte.

Sabía de sobra que con la camisa tenía suficiente, pero ella siempre sufría por mí. La miré sonriendo y acaricié su mejilla en un gesto cariñoso. Tenía la mejor madre del mundo.

Comimos de los mejores platos de la zona y terminamos los dos con un chupito de *limoncello* bien fresco.

—Adriano, ayer me llamó tu padre.

Alcé la vista esperando que siguiera. Su rostro serio me indicó que las noticias no iban a ser buenas y me recosté en la silla.

—Discutimos.

—¿Por qué?

—Según dice te he metido en la cabeza ideas extrañas para que no quieras saber nada de él.

Solté un bufido y moví la cabeza alucinado. ¿Encima se atrevía a decir eso?

—¿Y qué le dijiste?

—Que jamás te había dicho nada malo de él.

—Cierto.

—¿Entonces?

—Entonces, ¿qué?

—¿Por qué lo odias de ese modo? A mí me amargó la vida durante los últimos años y dejamos de querernos. Lo que ocurre en muchas parejas. Pero ¿por qué ese odio, Adriano?

«No vales nada, imposible que llegues a la universidad, jamás lograrás algo en esta vida, no sabrás cuidar de ti, acabarás en la calle, mendigando, eres imbécil, estúpido, un inútil...»

—Nunca me ha gustado —le dije con sinceridad, aunque omitiendo la respuesta real.

Mi madre arrugó la frente, estaba intentando saber si decía la verdad.

—Mamá, eso también ocurre en algunas relaciones entre padre e hijo. Sin más.

Probablemente eran muy pocas, estaba seguro de que siempre había un motivo detrás: poco cariño, desprecios, malos tratos, palizas... Pero eso mi madre no lo sabía.

34

CLOE

—¡Venga ya! ¡Si son idénticos! —exclamó Marina al ver a los gemelos franceses.

Durante las dos semanas que llevábamos en Roma, Abril se había hecho muy amiga de los dos, sobre todo de Jean Paul. Me asombraba cada vez que la veía con ellos porque daba la impresión de que llevaban años siendo amigos. A Abril le costaba forjar amistades y más con chicos, pero por lo visto aquel par se la habían metido en el bolsillo con una facilidad increíble.

Era cierto que los dos eran la mar de simpáticos, siempre estaban de buen humor y con cuatro tonterías lograban sacarnos una sonrisa en menos que canta un gallo. Eran divertidos y, lo más importante, eran buena gente. Siempre estaban dispuestos a echarte una mano y tanto el uno como el otro se habían convertido en los protectores de mi amiga.

Y ella, encantada de la vida.

—Lo son, físicamente son iguales —convino Abril ampliando su sonrisa.

Jean Paul me había llamado a mí porque Abril no respondía al teléfono. Mi amiga le había dado mi número por si acaso, ya que ella solía llevar el teléfono en el bolso y a menudo no oía las llamadas.

—Tengo ganas de conocerlos —soltó Marina divertida.

Jean Paul le había preguntado a Abril si estaba libre para ir a comer con ellos. En cuanto ella le comentó que estaba con nosotras haciendo turismo por la zona del Vaticano, Jean Paul le dijo que querían invitarnos a comer. Abril aceptó sin pensarlo demasiado y a mí me continuó sorprendiendo lo bien que había aceptado en su vida a aquel par de desconocidos.

—Mi madre seguro que también —murmuró Abril provocando nuestras risas.

Su madre seguía llamándola, pero se había relajado un poco desde que le enviaba un par de fotos cada mañana. El plan había funcionado aunque no al cien por cien porque seguía llamando con demasiada frecuencia. Su madre era así, no se podía pedir más.

—Bon jour, mes demoiselles!!!

Nos saludamos con efusividad y seguidamente les presentamos a Marina.

—¿Sois todas guapas en España o qué pasa?

—Tú debes de ser Jean Paul —aventuró Marina señalándolo.

—Perdona, soy Baptiste y aunque sea homosexual tengo ojos.

Nos reímos por su tono y sus gestos.

—Yo soy Jean Paul —le dijo su hermano haciendo un guiño a Marina.

—El más ligón del hospital —comentó Abril entre risas.

Él la miró con cariño y me encantó ese rollito que había entre ellos.

—¿Habíais pensado en algún sitio para ir a comer? —nos preguntó Baptiste.

—La verdad es que no —le respondí yo alzando los hombros.

—¿Podríamos ir a aquella pizzería que probamos el otro día con Jack? —propuso entonces Jean Paul a su hermano.

—Sí, es una buena opción y está cerca. ¿Os apetece?

Asentimos con la cabeza y anduvimos unos diez minutos hasta llegar a un edificio igual de viejo que el nuestro donde solo podías esperar un local antiguo y hecho polvo. Pero aquel restaurante resultó ser todo lo contrario: mesas redondas grandes, con manteles de un rosa palo, paredes impecablemente blancas y un suelo de baldosas antiguas que le daban un aire romántico al conjunto. Era realmente bonito.

—Creo que no me acostumbro a esto —les dije a las chicas.

—Sí, te entiendo. Parece que vayas a abrir la puerta y se te vayan a caer las paredes encima. Y mira qué maravilla de restaurante —me dijo Marina admirando el lugar.

Por supuesto sacó el móvil de su bolso e hizo la foto correspondiente.

—Después la subo a Insta.

—Eres *influencer*, ¿verdad? — le preguntó Baptiste mientras nos acomodaban en una de las mesas.

—Sí, esa soy yo —le respondió ella al coger la carta.

—¡Guau! Hay ciento cincuenta pizzas, ¿en serio? —exclamó Abril divertida.

—En serio —concedió Baptiste antes de seguir preguntando a Marina por su vida como *influencer*.

Marina fue respondiendo a sus preguntas sin problemas, a ella le gustaba explicar qué hacía y cómo lo hacía. Era una parte importante de su vida y Baptiste tenía mucha curiosidad.

—¿Y hay gente que compra seguidores?

—Sí, claro. Pero se les ve el plumero al minuto porque si ves sus publicaciones apenas tienen *likes*.

—Claro, claro.

—¿Y cómo llevas lo de las críticas?

Marina siguió explicando mientras nosotros tres escuchábamos atentos. Observé unos segundos a Jean Paul y seguidamente a Baptiste. Solía hacerlo, aunque sin pasarme; buscaba algo que los diferenciara: una peca, una mancha, un algo...Y nada, parecían dos calcomanías. Lo que sí vi es que Jean Paul hacía muecas a Abril y que esta se tronchaba de risa intentando mantener la compostura. Qué par de dos...

Sin darnos cuenta pasamos casi tres horas allí dentro probando las diferentes pizzas que nos habíamos pedido y parloteando de todo un poco. Estaba claro que los más parlanchines eran Marina y Baptiste, si bien todos teníamos algo que decir sobre temas como el Erasmus, ese incierto futuro que nos esperaba en el mundo laboral o nuestros diferentes modos de vivir.

Me gustó ver que los gemelos eran igual de simpáticos con Marina que con nosotras, a pesar de que apenas la conocían. Desde el día que nos habíamos conocido nos habíamos visto cada día entre semana para desayunar o incluso para comer junto a Jack y Natalia. Habíamos formado un grupo muy divertido y nos llevábamos genial. En aquellos encuentros nos habíamos ido entendiendo poco a poco.

Jack había decidido en el último momento ser enfermero y durante sus primeras prácticas casi se desmaya. Reconocía que no tenía vocación, pero que le gustaba ayudar a la gente. En urgencias veíamos muchos casos complicados, pero daba la impresión de que Jack aguantaba bien el tipo. Por lo demás, era un chico insistente y seguía en sus trece de conseguir un beso de mis labios, cosa que no iba a suceder. Él me preguntaba el porqué y yo siempre le decía lo mismo: no mezcles el trabajo con el placer. Una excusa tonta como cualquier otra, Jack tenía claro que no me gustaba. Eso con una mirada se sabe.

En cuanto a Natalia, era todo un personaje. Había sido la primera en su promoción y era un cerebrito, aunque no decía nunca bien nuestros nombres. A los dos días nos confesó que era un fusible que tenía fundido: jamás había logrado decir bien los nombres de la gente, a pesar de que a ella le parecía que sí los decía correctamente. A esas alturas ya no le daba demasiada importancia, pero de pequeña lo había pasado mal en algún momento. La entendí a la perfección y desde ese momento me sentí más cerca de ella. Si no la conocías parecía un poco altiva si bien en realidad era muy agradable.

Sobre los gemelos casi todo se podía explicar como si fueran uno solo. Desde pequeños habían querido ser enfermeros, ambos lo tenían muy claro. Las notas en los estudios siempre habían ido a la par y no solían separarse demasiado. Les gustaba estar juntos y no encontraban nada extraño que fueran dos gotas de agua en muchos aspectos. Para ellos era algo natural, como salir del vientre de su madre con una diferencia de media hora. Lo único que los diferenciaba era su condición sexual, con lo que solían bromear: «Así no me quita a mi chico o así no nos peleamos por la misma chica». Había una química especial entre ellos que provocaba ese buen rollo continuo. Nos comentaron que apenas se enfadaban nunca entre ellos y que ninguno de los dos era rencoroso ni orgulloso. Una buena combinación. Me gustaba que Abril estuviera tan bien acompañada en las prácticas del hospital.

—¿Os apetece dar un paseo? —nos preguntó Baptiste.

Los cinco estábamos muy a gusto, así que continuamos con ellos para dar un paseo hacia nuestra zona. Pasamos de nuevo por la Fontana di Trevi y les explicamos qué nos había ocurrido con aquel par de ladronzuelos. Nosotras les dijimos que habíamos tenido muy mala suerte y ellos nos replicaron diciendo que eso nos pasaba por guapas. ¡Seguro!

De allí nos fuimos a nuestra casa, queríamos enseñarles la ganga que habíamos encontrado en el centro, porque el edificio estaba hecho polvo, pero nuestro piso era increíblemente bonito. Los gemelos estuvieron de acuerdo con que habíamos tenido mucha suerte. Ellos vivían en una casa propiedad de sus padres; no obstante, cuando les preguntamos por ella no dijeron mucha cosa más. Me pasó por la cabeza que no fueran hijos de mafiosos, pero descarté la idea de la mafia francesa. Además, los dos tenían la misma cara de buenazos.

Cuando entraron en mi habitación Jean Paul se dio cuenta de lo ordenada que la tenía, pero tampoco le dio demasiada importancia. Durante los últimos años me había vuelto una experta en camuflar mi obsesión por el orden. Una pulsera en la mesilla de noche o un par de libros encima de la mesa de estudio contribuían a que se pensara que no estaba todo colocado perfectamente y yo podía soportar aquel par de objetos puestos de esa manera. Casi siempre. En los días malos lo recogía todo y daba la impresión de que en mi habitación no vivía nadie.

Pasamos al salón y sacamos unas cervezas. Marina puso un poco de música, no demasiado alta, y seguimos parloteando con ellos animadamente hasta que sonó el timbre.

—Ya voy yo —le dije yendo hacia la puerta.

—Hola, Cloe, ¿está Marina?

Era Leonardo y le dije que sí con la cabeza mientras miraba tras él por si su compañero estaba por ahí.

—Pasa, pasa —le indiqué con un gesto.

—Gracias...

Leonardo me siguió y se quedó un poco parado cuando vio a nuestros amigos.

—Hola, Leonardo, entra, entra —lo invitó Marina, que se levantó del sofá para darle una cerveza.

—Eh...

—¡Hola! Soy Jean Paul.

—Y yo Baptiste.

—Hola, soy el vecino, Leonardo.

Jean Paul miró a Abril y ella sonrió con disimulo. Vaya, vaya, así que también le había contado aquello...

Marina le dio la cerveza y Leonardo se vio casi obligado a participar de nuestra reunión. Posiblemente estaba estudiando, así que una pausa le iría bien.

—Marina, venía a comentarte algo...

—¡Ah, dime! ¿Es algo privado? —preguntó ella mirándonos a nosotros.

—¿Eh? No, no —respondió con rapidez antes de mirar a Abril—. La vecina del primero tiene un perro pequeño y necesita a alguien para pasearlo durante unas semanas. Paga bien y como te conoce he pensado en ti...

Marina había hablado con aquella mujer en un par de ocasiones. Ella hablaba con todo el mundo.

—¿En serio? Pues genial.

—¿Marina? ¿Pasear un perro? —le planteé frunciendo el ceño.

—No sabes nada de perros —le dijo casi al mismo tiempo Abril.

—A ver, no creo que sea necesario ir a la Nasa para pasear un perro, digo yo.

Soltamos unas risas, pero seguí pensando que Marina no sabía dónde se metía.

—Marina, las cacas —le recordé por si no había pensado en ello.

—¿Qué cacas?

—Las del perro —le aclaró Abril.

Las dos la conocíamos bien y Marina era muy señorita.

—¡Bah! ¿Qué perro es? —le preguntó a Leonardo.

—Un Yorkshire.

—¿Ves? Sus cositas serán pequeñas —nos dijo Marina muy segura de lo que decía.

Marina siguió hablando con Leonardo para ir juntos a ver a la vecina del primero. Nosotros seguimos charlando de otros temas, aunque Abril no le quitaba la vista de encima al vecino, que también la miraba de vez en cuando.

¿Saldría una historia de allí? Si salía sería breve, así que esperaba que ninguno de los dos se tomara las cosas demasiado en serio. Leonardo tenía pinta de ser de aquellos de los que se implicaba a tope en las relaciones y Abril... No quería verla sufrir, no por un italiano que estaba a más de mil kilómetros de su casa.

35

ADRIANO

La semana pasó demasiado rápido, la verdad era que el proyecto nuevo nos ocupaba las horas y que incluso Marina pringaba más de lo normal. Parecía no importarle; sin embargo, a mí me sabía mal. Me caía bien y trabajaba a destajo, no me hubiera importado que se quedara en el estudio porque estaba seguro de que en un par de años sería un fichaje de los buenos. Era lista, responsable y tenía buen ojo.

—¿Puedo decir algo?

Marina nos miró con cara de no haber roto un plato en su vida.

—Claro que sí —la alenté yo con sinceridad.

—Creo que el problema lo tenéis en aquella columna porque al tener esa forma redonda rompe el diseño en ese rincón.

Sí, tenía razón.

—¡Lo suyo sería que fuera cuadrada! —exclamó Sandra entusiasmada.

—Exacto —convino Marina con una sonrisa.

—Genial, Marina, genial —le dije, agradecido—. ¿Hacemos una pausa para comer?

Fuimos al bar de siempre, era viernes y estaba hasta arriba de gente. Nada más entrar hice lo mismo que los días anteriores: dar un repaso al local para ver si me encontraba con la cara bonita de Cloe, porque desde el sábado no habíamos coincidido y... me apetecía verla.

—Oye, Marina, ¿al final vas a pasear el perro de la vecina?

—Sí, pero solo un par de semanas porque ella no se encuentra demasiado bien. No le voy a cobrar nada a la pobre... ¡Eh! Allí están mis amigas —anunció Marina señalando hacia uno de los rincones.

Cloe reía con sus amigos y grabé aquella imagen en mi cabeza. Sus ojos color café rasgados, unas miniarruguitas en los ojos, la boca medio abierta, los dientes blancos mordiendo ligeramente su labio inferior, el cuello despejado, y su pecho subiendo y bajando a causa de la risa.

—Joder...

—¿Qué pasa? —me preguntó Sandra.

—Nada.

Que era la viva imagen de la sensualidad, que me moría por ir hasta ella y besar ese cuello durante horas, que necesitaba urgentemente tenerla entre mis brazos.

Marina fue a saludarla y Cloe me buscó con la mirada. La saludé a mi vez con la cerveza en la mano y ella me devolvió la sonrisa.

Pedimos en la barra algo rápido para comer y justo cuando di el primer bocado al sándwich volví a encontrarme con sus ojos. Mastiqué despacio, imaginando que era ella a quien me comía. Me lamí los labios y alcé una ceja en un claro gesto de satisfacción. Cloe no se amedrentó y me señaló con el dedo para seguidamente apuntar hacia el baño. ¿Estaba diciendo lo que estaba diciendo? Se levantó de la silla sonriendo y se dirigió al baño con paso tranquilo. Quizá lo había soñado pero me daba igual, la seguí hacia allí. Cloe estaba dentro, en el espacio común entre el lavabo de hombres y el de mujeres, apoyada en la pared, mirándome con esa sonrisa pícara.

—Hola, vecino. Qué casualidad.

—Hola, pequeña escaladora —ronroneé aquellas palabras mientras me acercaba a ella.

Coloqué bien uno de sus mechones y ella dejó de sonreír para entreabrir su labios.

—¿Puedo? —le pregunté mirando aquellos deliciosos labios unos segundos.

No sabía cuánto había anhelado besarlos hasta ese momento.

—Puedes —susurró logrando que mi cuerpo se tensara.

Si no quería montar un buen número tendría que controlarme bastante.

Me acerqué despacio, observando sus ojos hasta que rocé su piel. Presioné unos segundos y atrapé su labio inferior con los dientes para estirarlo suavemente. Cloe soltó uno de aquellos gemidos que empezaban a serme familiares y que tanto me excitaban.

Nos quedamos un rato respirando uno el aliento del otro hasta que una señora entró y carraspeó un poco. Sonreímos al mismo tiempo y di varios pasos atrás.

—Podría engancharme a esto, ¿lo sabes? —le comenté apoyándome en la otra pared.

—¿Y eso sería... raro? —me replicó divertida.

—Muy raro —le respondí encantado de que me entendiera a la primera.

—Y tu fama de ligón se iría al traste.

—Eso es lo de menos —repuse pensando que llevaba unos días muy tranquilos en ese sentido.

Me podían preocupar otras cosas, como por ejemplo quedarme colgado de ella.

—Entiendo. Pero no te preocupes... —empezó a decir en un tono divertido.

Dio un par de pasos y se colocó frente a mí para mirarme fijamente a los ojos.

—Cuando me conozcas un poquito más verás que soy una chica muy mala...

Su tono, su mirada, sus gestos... ¡Diosss!

Me guiñó un ojo con la intención de salir de allí, pero atrapé su brazo y la acerqué a mí con suavidad para apoyar el peso de su cuerpo en el mío. La abracé por la cintura y ella apoyó sus manos en mi pecho.

—¿Muy mala? —pregunté juguetón.

—Mucho. —Puso morritos y miré directamente sus labios rojos.

Mi boca se juntó con la suya en un gesto impulsivo y ella sonrió en mis labios.

—¿Lo ves? Me has besado cuando yo quería —dijo con una picardía que tensó mi cuerpo de nuevo.

—Lo veo —gruñí en sus labios provocando que su cuerpo temblara con el mío.

Demasiado fuego entre los dos y no era el lugar adecuado.

—¿Nos vemos esta noche? —le propuse un poco fuera de mí.

Cloe me miró sopesando mi proposición y asintió con la cabeza. Se separó de mí y la dejé marchar, muy a mi pesar. Aquella tensión sexual nos iba a explotar de un momento a otro. Tampoco quería quedar con ella solo para llevármela a la cama; no obstante, necesitaba sentirla de una vez y me daba la impresión de que ninguno de los dos quería implicarse más de la cuenta. Yo había pasado de decirle algo durante toda la semana porque quería demostrarme a mí mismo que Cloe era una más.

«Sí, claro —me hubiera dicho ella—, soy una más y por eso mismo muevo un dedo y te llevo hacia el baño como un corderito.»

Sonreí ante aquella evidencia. ¿A quién quería engañar? Podía engañar al resto del mundo pero no a mí. Esa chica me gustaba más de lo normal y por mucho que intentara huir, los sentimientos estaban allí. A ver, no nos asustemos, no eran sentimientos románticos ni nada por el estilo. Entonces sí que me hubiera acojonado de verdad. Hablo de que sentía cosas como que me gustaba estar con ella o que me encantaba su manera de hablar. En plan... en plan que me gustaba mucho o que me gustaba mucho más que la mayoría.

Cuando regresé con Sandra y Marina me coloqué de espaldas a la mesa de Cloe para no mirarla como un colgado. Aquella noche nos íbamos a ver, aunque no habíamos concretado nada...

Adriano: ¿Cenamos juntos?

—¿Un nuevo ligue? —me preguntó Sandra señalando mi móvil.

No solía esconder mis conversaciones porque tampoco tenía nada que esconder.

—Qué va, una amiga —contesté intentando no darle demasiada importancia.

Marina me sonrió, pero permaneció en silencio.

—¿Sabéis qué? He pensado que quizá debería dar yo el paso con Lucca. ¿Qué opináis? —nos comentó Sandra con toda la ilusión del mundo.

Marina bebió un buen trago de su Coca-Cola para que respondiera yo, estaba claro.

—El «no» ya lo tienes —le dije sin querer profundizar mucho más.

—Qué soso eres cuando quieres, Adriano. ¿Tú qué dices, Marina?

—Que si te gusta debes ir a por él...

Observé detenidamente a Marina, era evidente que no le interesaba mi amigo.

—Eso he pensado hoy —comentó Sandra, más contenta—. Y es que me gusta mucho. Es tan... tan mono. ¿Sabes si toca esta semana, Adriano? Podríamos ir los tres, seguro que a Marina le encanta el local.

—Eh... —balbucí indeciso.

—Por mí genial —soltó Marina con una gran sonrisa.

Por lo visto a Marina le daba igual que Sandra intentara ligárselo delante de ella. Mi amigo se iba a llevar un buen chasco, aunque yo ya le había advertido que esa estrategia de pasar de Marina no era una buena idea. ¿Hacer ver que no le importaba para que ella se fijara en él? ¿Qué tío hacía eso? Nosotros éramos claros, bastante más claros y transparentes en ese sentido. Si me gustas me gustas y si no me gustas te lo hago saber. Punto.

Pero Lucca era particular en muchos sentidos. Era un crack tocando la guitarra, pero en su vida personal era un auténtico caos.

—Pues si queréis quedamos mañana, creo que toca a las once de la noche. Ya os lo diré seguro.

—¡¡¡Marina!!!

Oí a Cloe a mi espalda, pero no me volví.

—¿Ya os vais? —le preguntó Marina.

—Sí, Jack nos quiere enseñar su megapiso —respondió ella pizpireta.

Por unos segundos me sentí celoso de todos ellos.

—¿Te vienes? —le propuso uno de los gemelos a Marina.

—No puedo, tenemos bastante trabajo todavía.

—Tu tutor es un negrero —declaró Cloe en un murmullo para que solo lo oyera yo.

Sonreí y coloqué la mano a mi espalda haciendo una peineta. Oí su risa y en un gesto rápido trenzó sus dedos con los míos mientras Abril le decía no sé qué a Marina.

—Cenamos juntos —susurró antes de irse de allí.

Pasó por delante de mí con sus amigos y se volvió en el último segundo para guiñarme un ojo. Joder, me tenía comiendo de su mano y no sabía cómo lo había hecho. Creía que era yo el que llevaba la batuta en aquel flirteo, pero por lo visto no era así.

Y me gustaba, eso me gustaba mucho.

¿Por qué siempre éramos nosotros los que teníamos que ir a por ellas? También era divertido hacerlo al revés y no había nada más excitante que una tía segura de ella misma. «Voy a por ti, sin miedo.» Aquello se podía convertir en un juego de lo más fascinante y tenía muchas muchas ganas de jugar con Cloe.

36

CLOE

¿Estaba jugando con fuego? Quizá. Sabía qué tipo de chico era Adriano, pero no podía evitar coquetear con él e incluso provocarlo de aquella manera. Me gustaba, mucho. Cómo miraba, sus gestos, su modo de hablar, su estilo y su forma de ser tan natural.

También sabía que yo le gustaba y que aquella invitación estaba cargada de intenciones sexuales. En un primer momento me había negado a ser una más en su lista de chicas, pero había terminado pensando que era una tontería privarme de un caramelo como aquel. Me atraía, me parecía interesante y tenía ganas de pasar un rato con él. ¿Por qué no? Después los dos nos comportaríamos como dos adultos que han compartido cama, y tal día hará un año.

Era mi vecino y era el tutor de Marina, pero me había convencido a mí misma de que entre Adriano y yo no habría problemas tras acostarnos juntos. No los había tenido con otros chicos, ¿por qué los iba a tener con él? Los dos teníamos muy claro qué queríamos. Adriano no era de los que se enamoraban y yo tampoco. Perfecto, ¿verdad?

Además, después de todos aquellos días sin saber de él estaba claro cuál era su objetivo. No tenía que preocuparme por nada. Los dos deseábamos lo mismo aunque primero cenaríamos juntos, algo que también me apetecía hacer con él.

—¡Menudo piso, Jock! —exclamó Natalia en cuanto entramos en el ático.

—Yo me hubiera conformado con algo más pequeño, pero mis padres son muy pesados —comentó él antes de ir hacia la cocina.

Lo seguimos por aquel piso enorme mientras nos iba enseñando las diferentes estancias. Tenía una terraza alucinante con sofás, mesita, una barra para las bebidas... y estaba decorada con varias luces colgantes de diferentes colores.

—Tío, qué pasada —exclamó Baptiste cogiendo la cerveza que le ofrecía Jack.

—Creo que me casaré contigo —comentó Natalia bromeando.

Jack me miró y yo me hice la loca. Sí, aquel ático estaba genial pero no me iba a liar con alguien por su pasta, faltaría más. En mi casa me habían enseñado a ser independiente en todos los sentidos y tenía muy claro que hombres y mujeres éramos iguales. También tenía claro que no iba a medir el valor de una persona por su dinero o por lo que tenía. Evidentemente no me atraían aquel tipo de chicos que pasaban de todo o que no tenían un objetivo en la vida, aquellos que se dejaban llevar o que eran tan apáticos que no movían un dedo por mejorar sus vidas. Tampoco necesitaba a Messi a mi lado, por mucho dinero que tuviera.

Nos sentamos en los sofás de la terraza y vimos cómo anochecía mientras tomábamos la segunda cerveza. La verdad era que aquello era un lujo, aunque disfrutarlo solo tampoco debía de ser lo mismo.

—¿Os queréis quedar a cenar? —nos preguntó Jack—. Es pronto pero si queréis llamo a una pizzería que hay a dos calles y les digo que nos traigan la cena más tarde.

—Yo no puedo —contesté con rapidez.

—¿Y eso? —repuso Jack.

—He quedado —le dije bajo la atenta mirada de todos.

—Aaah, ya sé con quién —comentó Baptiste moviendo el cuerpo en un intento de baile sensual que nos hizo reír a todos.

—Tú no sabes nada —le repliqué entre risas.

—Está muy bueno —afirmó Baptiste con el mismo baile tonto.

—¿Quién está muy bueno? —preguntó Natalia con curiosidad.

Sentí la mirada de Jack, pero no se la devolví porque no le debía ningún tipo de explicación.

—Nadie, pero vosotros os podéis quedar a cenar. Yo termino la cerveza y cojo el metro —les dije intentando zanjar el tema.

—¿Nos quedamos? —le planteó Jean Paul a Baptiste y a Abril.

Vaya, parecía que los gemelos se habían convertido en trillizos.

—Nos quedamos —respondió Baptiste.

Abril me miró un segundo y asentí con la cabeza. No me importaba coger el metro sola, estaba muy acostumbrada a hacerlo en Barcelona.

—Pues nos quedamos —concluyó Natalia sonriendo.

Seguimos charlando de otras cosas y riendo de muchas tonterías de los gemelos. Con ellos la diversión estaba asegurada. En cuanto terminé la bebida, me despedí de ellos y Jack me acompañó a la puerta.

—Sin ti el grupo no es lo mismo —soltó en cuanto la abrió.

—Jack...

—Ya, ya. Venga, márchate antes de que te pida un beso.

Le sonreí y me fui pensando que Jack era más majo de lo que había pensado en un primer momento. Él seguía intentándolo conmigo, pero aceptaba el «no» con deportividad y no se comportaba como un capullo con el ego herido.

Adriano: ¿Te recojo a las diez?

Cloe: Me sabe mal que andes tanto.

Adriano: Ja, ja, ja, me lo tomaré como un sí.

A las diez en punto sonó el timbre y Marina abrió mientras yo me retocaba el rímel.

—¡Cloeee, aquí hay un chico que te buscaaa!

Sonreí y cogí la chaqueta roja y el bolso antes de salir de la habitación, pero lo hice con demasiado ímpetu y me cayeron algunas cosas del interior.

—Joder —murmuré disgustada porque no me gustaba hacer esperar a la gente.

—¿Te ayudo?

Alcé la vista y me topé con un Adriano repeinado, con una chaqueta de piel negra que le quedaba genial y unos vaqueros desgastados de color azul claro.

«Pues sí que está bueno, sí...»

Se agachó a mi altura y cogió el lápiz de ojos, un par de sombras, el rímel y el iluminador especial para los lagrimales.

—¿Usas todo esto? —preguntó divertido.

Cogí las cosas de su mano y las metí en el bolso intentando colocarlo todo como a mí me gustaba verlo.

—Sí, me gusta maquillarme —le repliqué un poco molesta.

Sentir sus ojos encima mientras ordenaba mis cosas no me resultaba fácil.

—Eh, eh, que a mí me gusta cómo los llevas maquillados aunque...

Se calló y lo miré de nuevo para ver qué iba a decir.

—No me importaría verte sin maquillaje después de una ducha... juntos.

Unió sus labios al decir aquella última palabra y clavé la mirada en ellos. Dejé lo que tenía en la mano dentro del bolso sin tomarme la molestia de colocarlo en su bolsillo correspondiente.

«Cloe, tus cosas...»

Abrí los ojos asustada por lo que acababa de hacer, pero Adriano me besó antes de que pudiera reaccionar y lo hizo tan despacio que gemí de placer. Madre mía... ¿Cómo besaba de aquel modo?

—A ver, chicos, ¿os parece normal besaros en medio del pasillo y en esa postura?

Marina nos interrumpió y al verla con los brazos en jarra y diciéndonos aquello nos dio la risa tonta. En parte tenía razón...

Salimos cogidos de la mano como si fuera lo natural entre nosotros y me guio hasta un restaurante cercano a la plaza de España. Era un local lleno de plantas y con las paredes de piedra... daba la impresión de que estabas en plena naturaleza. De fondo se oía el sonido del agua por todas partes, las luces eran de color amarillo y tenues, y las mesas se fundían con todo el decorado con aquellos manteles con dibujos de hojas verdes.

—¿Te gusta lo que ves? —me preguntó con su media sonrisa.

Lo miré a los ojos unos segundos. Tenía una mirada profunda, parecía que hablaba a través de ella.

—Mucho —le respondí sin especificar qué era lo que me gustaba.

—Me alegro...

Tras mirar la carta un par de minutos, uno de los camareros se acercó y lo saludó amigablemente. Estaba claro que era un cliente habitual.

—Hoy tenemos calamares en su salsa fuera de carta —le comentó a continuación.

—Perfecto. ¿Te gustan? Los podemos compartir —me propuso con una sonrisa.

—Los probaré —respondí.

Pedimos tres platos más para compartir y una botella de vino blanco.

—¿Vienes a menudo? —le pregunté en cuanto se fue el camarero.

—Sí, he venido bastante.

—Ajá.

¿Con cuántas habría estado allí? Un sentimiento de decepción recorrió mi cuerpo, pero solo duró unos segundos.

—Con mi madre —me comentó con retintín,

Parpadeé un par de veces y me mordí el labio, divertida. Me había equivocado bastante.

—Háblame de ella. Me pareció una mujer muy elegante.

Frunció el ceño fugazmente, quizá no le gustaba hablar de ella.

—Estoy segura de que tiene su propia empresa, de que es una mujer emprendedora y de que no necesita a ningún hombre a su lado para triunfar.

Abrió la boca sorprendido y solté una carcajada.

—¿He acertado?

—En todo —respondió sonriendo de nuevo.

—Es de las mías, me gusta.

—Tú también le gustarías —me dijo en un tono algo más grave.

—Sí, el otro día nos caíamos bien.

—¿Sabes qué me dijo? Sabía que de las tres la que me...

El camarero nos sirvió el vino y lo probé yo. Asentí con la cabeza para indicar que me gustaba y el camarero se fue en silencio.

—¿La que te...?

—La que me gustaba eras tú.

Natural, directo.

—Vaya, vaya. Así que te gusto, no me había dado cuenta.

—Pues sí, escaladora, incluso mi madre lo sabe.

—Las madres tienen un don y se enteran de todo. No sabes cómo, pero averiguan cosas de ti que ni tú sabes.

—Muy cierto.

—Los padres son diferentes, son hombres y no tienen ese sexto sentido, ¿verdad?

Asintió con la cabeza antes de coger la copa para beber. Era la segunda vez que evitaba el tema de su padre, así que decidí cambiar de tema.

—¿Qué tal el proyecto?

37

ADRIANO

—¿Qué tal el proyecto?

Y ahí me explayé explicándole entusiasmado lo que estábamos haciendo. Cloe me escuchaba atenta y preguntaba cuando no entendía algo. Me dio la impresión de que estaba con uno de mis amigos de verdad, alguien a quien le contaba mis cosas sabiendo que le interesaba lo que le decía. Tuve que recordarme que ese alguien era Cloe, mi nueva vecina, aquella chica que lograba que tuviera una erección en dos segundos. ¿Era la misma con la que me sentía tan a gusto charlando? Era extraño pero era la misma.

Después de aquella charla pasamos a otros temas como dos viejos amigos que sabían qué era lo que más le interesaba al otro. Había ahí una insólita conexión entre nosotros que iba más allá del sexo. No era que me preocupara, pero me resultaba bastante chocante. Una chica guapa, divertida, inteligente y tan interesante como para hacerme pensar aquello... no era algo común. Mi mente me recordó que esa chica estaba de paso y que en unas cuantas semanas se habría ido a su casa, en Barcelona.

Le pregunté por mi ciudad, por supuesto, y cuando me explicó algunas anécdotas en lugares que yo conocía de sobra me entró la nostalgia. Había vivido allí diecisiete años, más de la mitad de mi vida, y aunque al principio había seguido en contacto con mis amigos, finalmente habíamos acabado por distanciarnos.

—Me dan ganas de ir, la verdad.

—Pues cuando quieras —me replicó muy segura.

—¿Tienes una cama para mí?

Cloe rio y observé lo bonitos que eran sus ojos, sobre todo cuando se rasgaban al reír.

—Debajo de la mía tengo otra —respondió en un tono juguetón.

—Tus padres estarían encantados —le dije intentando borrar de mi cabeza lo que podría ocurrir en aquella habitación.

—No sé yo —soltó riendo de nuevo—. ¡Uf! Creo que este vino me hace reír un poco.

Se sonrojó y me entraron ganas de besarla y no parar hasta el amanecer.

—Mis padres son bastante abiertos de mente, aunque me da que te harían dormir en el sofá.

—Pues mi madre estaría feliz de verte entrar en su casa.

Lo imaginé y lo vi clarísimo: mi madre la recibiría con los brazos abiertos y en algún momento diría que estaba encantada de, por fin, conocer a alguna amiga de su querido hijo. Pero eso no iba a pasar o no en un futuro inmediato.

Seguimos charlando de nuestros padres, aunque en ningún momento hablamos de mi padre. Cloe había entendido perfectamente que no era alguien apreciado por mí y que prefería no hablar de él. Ni me preguntó ni intentó sacarme nada sobre él.

—¿Te apetece ir a tomar algo?

Sí, vale, lo normal sería ir al piso y acostarnos juntos, sin muchos más preámbulos porque ambos sabíamos para qué habíamos quedado aquella noche. Pero estaba a gusto, muy a gusto. Y no me apetecía que se terminara tan pronto.

—Donde tú digas.

A un par de calles había un local pequeño, con luz tenue y la música a un volumen correcto para poder hablar sin tener que alzar la voz.

Nos sentamos en la barra y pedimos un par de cervezas. Ya nos habíamos bebido una botella de vino entre los dos y no era plan de emborracharse.

Cloe fue al baño y la seguí con la mirada. Llevaba unos vaqueros y una camiseta de tirantes ajustada al cuerpo de color negro. Un atuendo sencillo, pero que la hacía sexi a rabiar o eso me parecía a mí. Quizá con un saco de patatas me hubiera parecido igual de especial. Quizá no, casi seguro porque esa niña me tenía un poco hipnotizado y no sabía por qué. Era evidente que me gustaba, pero a esas alturas ya debería estar pensando que me aburría con ella o que me resultaba pesada o pedante o demasiado ingenua. No sé, me daba la impresión de que Cloe no tenía fallo alguno, y ya tenía veintiséis años para saber que eso no era posible.

—Daría lo que fuera por saber qué pasa por esa cabeza...

Me volví sorprendido al escuchar aquella voz. Era Claudia acompañada de Marcos, su pareja. Ambos me miraron con una amplia sonrisa. Por lo visto seguían juntos.

—¿Qué tal, Adriano? —Marcos me saludó amistosamente.

Estaba claro que él no sabía que su chica me perseguía para enrollarme con ella de nuevo... sin él, claro.

—Bien, cenando con una amiga.

Claudia levantó ambas cejas y alzó la vista con interés cuando divisó a Cloe.

—Pues podríamos hacer un cuarteto, ¿no te parece?

Marcos rio, pero a mí no me hizo ninguna gracia.

—La amiga está buena —comentó él en un murmullo.

—Chicos, aquello fue algo puntual. Así que vamos a dejarlo correr.

Cloe se sentó a mi lado bajo la atenta mirada de aquel par y no tuve más remedio que presentarlos.

—Pues nada, Adriano, nos vemos cuando quieras o cuando puedas —comentó Claudia en un tono irónico antes de lamerse los labios.

Marcos quedaba a su espalda y no la veía, pero Cloe y yo vimos aquel gesto con claridad. Ella no dijo nada y yo procuré olvidar que estaban a unos metros de nosotros. Debería haber ido a otro sitio, sabía que a Claudia le gustaba aquel pub por la música que ponían. Había intentado quedar conmigo allí en más de una ocasión y mi respuesta siempre había sido negativa. Casi nunca me arrepentía de lo que hacía en la cama, pero con aquel par me equivoqué, más bien me equivoqué con Claudia, porque era ella la que había seguido insistiendo en vernos sin su querido Marcos. ¿Lo sabría él? Quizá eran una pareja abierta. Me daba igual, yo no estaba para historias como aquella. Vivía muy tranquilo estando solo, sin ataduras, sin llamadas dramáticas y sin sufrir los infortunios del amor.

¿Que si no me iba a enamorar nunca? A ver, no era algo a lo que me negaba, simplemente no había conocido a nadie que me gustara tanto como para ir más allá. Además, solo tenía veintiséis años, con lo cual no tenía prisa alguna. Si tenía que llegar ya llegaría y, si no, sin problemas. Hoy día ser soltero no es una lacra como en el siglo pasado. Hoy día es muy normal vivir solo, salir solo e ir a un restaurante solo. Nadie te mira mal ni por encima del hombro, ni nadie se pregunta por qué estás solo. Es una opción tan lícita como otra, como la de tener o no tener hijos.

—¿Y quieres tener hijos? —le pregunté mientras hablábamos de nuestro futuro.

Cloe se echó a reír.

—¿Es una pregunta clave o algo parecido?

—Eh...

Realmente no solía preguntar eso, pero me había salido casi sin pensarlo.

—Lo digo porque es una de las preguntas que debes hacer a tu futura pareja.

—Estás de broma —le dije riendo con ella.

—No, no, para nada. Lo dicen los expertos en relaciones de pareja.

—Yo es que de esos temas ando cojo.

—¿Has tenido pareja alguna vez?

—Pareja así en plan serio nunca. *Never.* Antes era muy joven y solo quería divertirme y ahora...

—Ahora también —soltó Cloe provocando más risas entre los dos.

—No, ahora en serio. Tendría que gustarme mucho alguien para liarme de ese modo.

—Entiendo —convino antes de beber del botellín.

—¿Y tú?

—Bueno, pues lo normal. He salido algunos meses con algún chico pero al final no ha cuajado. No he tenido una relación seria, formal y larga, eso no. Cuando era más joven... no me apetecía y ahora estoy bien así. Me gusta tener las cosas controladas y tener pareja no liga con esa idea.

—¿A qué te refieres? —pregunté sin entenderla demasiado.

—El rollito del amor te descoloca, es como una droga que pone tu vida patas arriba y a mí es algo que..:

—Que no te gusta —concluí por ella al ver que no encontraba las palabras.

—Sí, algo así —comentó desviando la mirada unos segundos.

Estaba claro que había algo que no me quería decir. ¿Un fracaso amoroso? ¿Un amor no correspondido? ¿Un chico que la había engañado?

—Vale, ¿y si te enamoras así, sin más?

Por lo visto con Cloe me salían ese tipo de preguntas un tanto extrañas en mí.

—¿Hablas de amor a primera vista?

—Eh... no, claro que no. Hablo de que conoces a alguien y sin darte cuenta te enamoras de esa persona.

—¿Sin darme cuenta?

Nos reímos de nuevo porque era un poco absurdo, la verdad. ¿Quién no se da cuenta de esas cosas?

—Me refiero a que te enamoras inesperadamente... Eso puede ocurrir, ¿verdad?

Cloe me miró más seria y asintió con la cabeza.

—Pues te mentiría si te dijera que huiría o que intentaría negar lo que siento. Si me enamorara haría lo posible por vivirlo a tope.

Lo dijo convencida, con esa tranquilidad tan suya al hablar y me quedé unos segundos mirándola embobado.

—¿Tú no? —me preguntó ante mi mutismo.

—Si te soy sincero, no me lo he planteado nunca.

—¿Así que me haces preguntas de las que no tienes respuesta?

Su tono era divertido, si bien tenía toda la razón del mundo.

—Eso parece —le contesté dejando el botellín vacío encima de la barra justo en el mismo momento en el que vibró mi teléfono—. Perdona —le dije mirando la pantalla.

Era Claudia.

Me volví para buscarla y la encontré sola en una de las mesas con el móvil pegado a la oreja y con una sonrisa que mostraba sus dientes perfectos.

Guardé el móvil de nuevo en el bolsillo, no iba a cogerlo, por supuesto. Cuando levanté la vista Cloe me estaba mirando esperando una respuesta. ¿Se había percatado de todo? Lo más probable era que sí.

—Sí, tiene pareja y me llama porque...

—Prefiero la verdad —comentó antes de cruzarse de brazos.

Yo también la prefería.

—Los conocí una noche, nos enrollamos los tres y ella sigue insistiendo en vernos.

—¿Con su chico?

—Sin su chico.

—Me dijiste que no te gustaban los tíos, que me da igual pero...

—Y no me gustan, entre nosotros no hubo nada.

—Bueno, nada nada...

38

CLOE

Se habían metido desnudos en una cama, eso era algo. Y algún roce se habría llevado, digo yo.

—Nada, porque no nos tocamos ni nada parecido.

Sonreí ante su cara de apuro porque daba la impresión de que le importaba bastante mi opinión.

—Vale, dejemos los detalles —le dije sin ganas de saber mucho más—. Entonces, ¿ella te acosa?

—Algo así.

—¿Y tú pasas?

Era raro que no quisiera aprovechar la ocasión si esa chica le había gustado.

—Paso mucho. No tengo ganas de problemas ni tampoco me apetece acostarme con ella.

Lo miré detenidamente intentando averiguar si me decía la verdad o si solo quería quedar bien.

—Vale, te creo.

—No suelo mentir —declaró un poco más serio.

—¿Nos vamos? —le propuse intuyendo que aquella chica no iba a dejarlo en paz.

—Adonde quieras —me respondió sonriendo de nuevo.

Me agradaba que Adriano no pusiera la directa desde el minuto uno. Pensaba que después de aquella cena tan agradable su objetivo sería llevarme a su piso, concretamente a su cama, pero por lo visto sabía hacer las cosas con calma. Quizá ese fuese su secreto. Era un tipo agradable, divertido y listo, una combinación complicada de encontrar en un chico. Y le gustaba hablar y sabía escuchar, ¿qué más se podía pedir?

Durante aquel breve paseo seguimos charlando y riendo de alguna que otra tontería que soltaba por su boca.

—¿En serio no paraste para cambiarte las botas de fútbol?

—No podía parar el partido, imagínate. Parecía que no sabía correr, madre mía, qué ridículo...

Cuando era pequeño jugaba al fútbol y en una de esas se colocó la bota izquierda en el pie derecho y a la inversa. No se dio cuenta hasta que salió al campo.

—Tampoco fue para tanto, hombre... —Pensé que un fallo lo tenía cualquiera.

—Perdimos el partido y me cayó la bronca del siglo. Gracias a mí nos metieron ocho goles en la primera parte.

—¿El entrenador se enfadó mucho?

—¿Eh? No, el de la bronca fue mi padre.

Vaya, era la primera vez que hablaba de él.

—¿Te ha pasado algo parecido? —me preguntó seguidamente.

Seguía sin querer hablar de él. Era evidente.

—Pues...

Aquella vez que jugamos a voleibol y que perdí muchos puntos por no querer dar el golpe impar. Aquella otra ocasión en la que me negué en redondo a hacer una carrera con salto de vallas porque estaban colocadas de forma muy desordenada. Aquel día que no quise jugar a la araña porque no quería que me tocaran...

—No, la verdad es que no.

Mentí con descaro y sin problemas. Estaba acostumbrada a esconder aquella parte de mi vida, aunque me sabía mal no decírselo. Hubiera estado bien que Adriano supiera que no era el único al que le había ocurrido aquel tipo de sucesos, pero para mí era demasiado pronto para abrirme tanto.

Llegamos al portal y nos miramos como dos críos que están a punto de hacer alguna travesura. Adriano me cogió de la cintura y me acercó a su cuerpo.

—¿Te apetece subir?

Me entró la risa tonta porque tenía que subir sí o sí y Adriano también se echó a reír.

—Me haces decir tonterías —comentó en un tono más bajo.

—Me gusta que digas tonterías —le repliqué del mismo modo.

Se acercó despacio a mis labios y me rozó con suavidad; sin embargo, no me besó, lo dejó en el aire y suspiré por dentro. Me moría por saborearlo de nuevo.

—¿Subimos? —preguntó alzando una de sus cejas.

Llegamos a nuestro rellano y abrió la puerta con cuidado.

—Leonardo debe de estar durmiendo —dijo en un susurro.

Asentí con la cabeza para indicarle que entendía que no debíamos hacer ruido.

La habitación de Adriano era la última del pasillo y la de Leonardo la primera, con lo que no compartían ninguna pared, pero aun así Adriano habló bajito en todo momento y yo le imité.

—Mi guarida —comentó mostrándome su habitación.

Le di un vistazo rápido: una cama grande bien hecha, un escritorio enorme lleno de papeles y lápices, una ventana abierta de par en par y un armario de dos puertas. No estaba ordenada como la mía, pero no estaba mal...

Entré y le sonreí aunque sentí cierto fresco en aquella habitación.

—Voy a cerrar la ventana porque no es cuestión de que nos vea todo el vecindario...

—En verano lo debes de pasar fatal —le comenté haciendo referencia a su calor constante.

—La verdad es que sí...

Su voz ronca me hizo pensar en otro tipo de calor. Adriano, con su voz, era capaz de hacerme subir la temperatura varios grados.

Se acercó a mí y se quedó a pocos centímetros de mi cuerpo. Nos miramos sin miedo y sonreímos al mismo tiempo. Con cuidado, me sacó la chaqueta y la dejó a un lado. Uno de sus dedos se acercó a mi hombro derecho y bajó el tirante de la camiseta con delicadeza. Seguidamente hizo lo mismo con el otro y se me aceleró el pulso con esos simples roces. A Adriano le gustaba ir despacio y a mí me encantaba que no fuera de esos que tenían demasiada prisa en acostarse contigo. Subió las manos hasta mi cuello y me mordí los labios para no suspirar como una niña ante sus caricias.

—Voy a besarte...

Su tono, su voz, su manera de decir aquellas tres palabras me dejaron casi temblando. ¿Por qué tenía ese efecto en mí?

No le dije nada y seguí mirando sus ojos oscuros mientras sentía cómo se acercaba lentamente a mi boca para darme un beso apretado. Se separó unos milímetros y sentimos nuestros alientos como si fueran uno.

—Cloe...

—¿Mmm?

—Solo con un beso y ya me tienes loco.

Tragué saliva ante su confesión. La verdad era que a mí me sucedía algo parecido, era todo demasiado intenso con él. No supe qué decirle y me acerqué a sus labios para demostrarle que las ganas eran las mismas. Le agarré de la camiseta y oprimí mis labios contra los suyos. Adriano gimió en mi boca y su lengua se deslizó dentro. A partir de ahí nos dejamos llevar: nos quitamos la ropa con un poco más de brusquedad mientras seguíamos con los besos, acariciamos cada rincón de nuestro cuerpo explorándolo para averiguar qué era lo que más nos gustaba y, finalmente, entre jadeos, Adriano se colocó encima de mí.

—El preservativo —le recordé consciente de que estábamos muy excitados.

Adriano suspiró y se volvió para coger el preservativo de uno de los cajones de la mesilla de noche.

—¿Te crees si te digo que ahora mismo me gustaría ser tu pareja para no tener que usar esto?

Abrí los ojos sorprendida por sus palabras porque... porque me gustaron demasiado. ¿Ser mi pareja?

—Te creo —afirmé sonriendo.

Adriano me devolvió la sonrisa y se colocó el condón. Se deslizó por mi cuerpo y regresó a por mi boca mientras dejaba que sintiera que estaba justo en la entrada de mi sexo. Me moría por sentirlo dentro de mí y roté un poco mi cadera diciéndole así que necesitaba que entrara de una vez. Pero Adriano seguía tomándose las cosas con calma y continuó con aquellos besos mientras sus manos se entrelazaban con las mías.

—Cloe —dijo dejándome sin sus labios de golpe.

—¿Qué?

¿Qué ocurría?

Entró de golpe en mi cuerpo y mi espalda se curvó de puro placer.

—Joder... —murmuré ante su intensa mirada.

—Eso digo yo, Cloe... —gimió quedándose quieto dentro de mí.

Nuestros ojos hablaron por nosotros, no había palabras para describir lo que me hacía sentir. Era una mezcla extraña de placer y de algo más que no sabía nombrar.

Adriano empezó a moverse despacio sin dejar de observar cada una de mis reacciones y yo hice lo mismo. Ambos queríamos disfrutar pero también queríamos que el otro lo sintiera al máximo. Lo que empezó siendo un baile lento de nuestras caderas se transformó en un ritmo apasionado y empecé a sentir en los dedos de los pies el inicio de un orgasmo que sacudió mi cuerpo con intensidad. Seguidamente Adriano gimió mi nombre mientras se iba dentro de mí.

Respiraciones agitadas, sudor entre cuerpos, palpitaciones desorbitadas y nuestra piel que ardía... Me sentí agotada pero satisfecha. ¿Lo habría vivido Adriano con la misma intensidad?

—Dios, Cloe...

Salió de dentro de mí y se tumbó a mi lado, respirando aún con dificultad.

Volvimos ambos la cabeza y nos miramos.

—¿Estás bien? —le pregunté sonriendo.

—Estoy todavía flotando.

—El sexo también es como una droga —declaré riendo.

—Tú eres como una droga —afirmó con su media sonrisa.

—Pues cuidadito — le advertí guiñándole un ojo—. ¿Puedo ir al baño?

—Es la puerta de enfrente. Coge una de mis camisetas si quieres —me dijo señalando el armario—. En el primer cajón.

Abrí su armario y cogí una camiseta blanca para taparme, aunque antes pude dar un vistazo rápido a su ropa. Los pantalones colgados, las camisas también y las camisetas dobladas en las estanterías. Nada seguía un orden establecido, incluso alguna camiseta estaba mal colocada... Antes de que me entraran ganas de arreglarle el armario, lo cerré. Sonreí a la fuerza a Adriano y fui al baño para lavarme.

«No mires sus cosas, no mires sus cosas...»

El baño estaba limpio pero había cierto desorden: alguien había dejado la pasta de dientes abierta, había una toalla que se había caído del colgador y el cartón de un papel de váter ya usado no se había tirado. Cerré la pasta, puse bien la toalla y tiré el cartón a la basura.

«Ya está.»

—¿Puedo pasar?

39

ADRIANO

—Sí, ya salgo...

Estaba preciosa con mi camiseta, con el pelo despeinado y los ojos brillantes, y no pude evitar besarla de nuevo cuando abrió la puerta del baño.

No sabía qué idea tenía Cloe, si se quería ir o si se quería quedar; yo, no obstante, tenía clarísimo que me apetecía tenerla en mi cama toda la noche.

Me lavé la cara y me quedé mirando la pasta de dientes. El tubo estaba con su tapón y yo jamás lo cerraba, algo que Leonardo no entendía pero que había aceptado de mí como muchas otras cosas. Él usaba hilo dental, con lo cual si se secaba la pasta era solo problema mío. ¿Había sido Cloe? No, qué tontería. Quizá Leonardo lo había tapado sin darse ni cuenta. O quizá ella se había lavado los dientes...

Al entrar en la habitación temí encontrar a Cloe vistiéndose, pero no fue así, estaba en la cama, tapada con la sábana blanca y su bonita sonrisa.

Y estaba desnuda porque su ropa estaba colocada en la silla al lado de la mía y junto a mi camiseta bien doblada sin ningún pliegue. No le gustaba el desorden, estaba clarísimo.

—¿Te has lavado los dientes? —dije sonriendo al entrar en la cama.

—Eh... no, sí...

La miré divertido esperando su explicación. ¿Sí o no?

—¿Te soy sincera?

—Siempre.

—He tapado el tubo de pasta casi sin pensar, ha sido algo automático.

—¿Como conducir un coche? —insinué viendo que respondía con mucha seriedad.

Sonrió de nuevo y la abracé dentro de la cama. Cloe se apoyó en mi pecho y yo inspiré el olor de su pelo.

—Algo así —respondió acariciando mi vientre con lentitud—. ¿Quieres que me vaya? —planteó en un tono infantil que me hizo reír.

—Para nada, quiero que te quedes a dormir. ¿Puedes? —le contesté provocando otra de sus carcajadas.

—Las chicas están avisadas —me reveló con picardía.

—Vaya, vaya, así que lo tenías planeado...

—Qué va...

Nos reímos los dos y busqué de nuevo sus labios para besarla. Era adictivo, tenía algo que me atraía demasiado y no sabía bien el qué. Tal vez era su forma de mirar o esos labios tan rojos o aquella sonrisa preciosa que mostraba unos dientes perfectos.

Tras aquellos besos nuestras manos volvieron a buscarnos y Cloe tomó el mando de la situación colocándose encima de mí. Era una imagen que no iba a olvidar en la vida y sonreí cuando introdujo mi miembro en su cuerpo tras ponerme el preservativo.

—¿Te parece gracioso? —preguntó bromeando mientras alzaba una ceja.

—Sonrío porque estás increíble ahí arriba. Pareces una diosa.

—Perdona, soy una diosa —replicó con retintín sin moverse.

Mi pene latía por las ganas que tenía de moverme dentro de su cuerpo, pero no quería parecer ansioso.

—No lo pongo en duda, bella.

Aquello se lo dije en italiano y Cloe amplió su sonrisa.

—Mi italiano... Adriano. ¿Qué quieres?

Joder... aquel tono de gatita me puso a mil; sin embargo, aguanté estoicamente sin moverme.

—A ti, te quiero a ti...

—Mmm...

Cloe empezó a moverse y nuestros cuerpos volvieron a acompasarse como si siempre hubiéramos estado juntos. Estar dentro de ella era el paraíso y mirar sus ojos al mismo tiempo era algo extraño pero hipnótico. Al principio estuve a punto de retirar la mirada, pero algo dentro de mí me obligó a seguir con mis ojos clavados en los suyos. ¿La verdad? No solía hacer aquello, pero tampoco quise pensar mucho más. Estaba con ella, estaba disfrutando de su piel y no necesitaba saber nada más.

Como en la vez anterior, Cloe empezó a gemir y a temblar de placer y pocos segundos después me dejé llevar para sentir los espasmos de otro increíble orgasmo. En esta ocasión fue más intenso y, al terminar, Cloe se dejó caer encima de mí.

—Madre mía... —exclamó con la respiración acelerada.

—¿Bien?

—Muy bien.

Salí con cuidado de su cuerpo y Cloe se quedó recostada en mi pecho. Sentí cómo iba recuperando la respiración y acaricié su pelo pensando en todo lo que me hacía sentir, en cómo nos habíamos mirado mientras follábamos.

Desde el segundo uno Cloe me había parecido una tipa espectacular, sus ojos color café me habían cautivado y al conocerla había provocado cierto interés en mí, pero, seamos claros, estaba seguro de que después de acostarnos juntos se me pasaría un poco la tontería. Había imaginado aquella situación en la ducha en más de una ocasión y nuestros cuerpos se enredaban casi con locura, si bien en la realidad no había sido así. Yo me había tomado mi tiempo y ella también. Los dos habíamos puesto de nuestra parte para que el otro sintiera placer, nos habíamos preocupado, nos habíamos acariciado con tiento y habíamos conectado una vez más.

Estaba pensando demasiado...

Miré a Cloe y observé que se había dormido. Sonreí y me retiré con cuidado para ir al baño. Al regresar se había dado la vuelta y me acosté detrás de ella, con mi nariz en su pelo aunque sin tocarla demasiado porque no quería despertar mi apetito sexual de nuevo.

—*Buona notte, bella...*

Aquella mañana sonreí al recordar algunas escenas de la noche anterior antes de abrir los ojos, pero cuando busqué a Cloe con mi mano derecha no la encontré. ¿Dónde estaba? Me incorporé y me fijé en que su ropa ya no estaba en la silla. Miré el móvil y vi que solo eran las nueve de la mañana. Me dejé caer en la cama con un suspiro porque hubiera preferido encontrarla entre mis sábanas.

Mis dedos tocaron algo: un papel. Era una nota de Cloe y sonreí de nuevo.

> *Mi querido italiano, no he querido despertarte. No creas que he huido de tu lado, he quedado con las chicas para ir al castillo de Sant'Angelo y al Trastevere. He dormido como nunca, me gusta tu cama. Un beso en tus labios, Cloe.*

La leí de nuevo y estiré mi cuerpo antes de levantarme. A mí también me gustaba mi cama con ella dentro. Mucho.

—Buenos días, madrugador...

Leonardo estaba terminando su café apoyado en la encimera de la cocina.

—Buenos días. ¿Hay café?

—Queda un poco. ¿Qué tal anoche?

—¿Hicimos ruido? —pregunté esperando una respuesta negativa mientras me preparaba el café.

—No he oído nada.

—Genial y la noche también. Cenamos, tomamos algo y hemos dormido juntos.

—¿¿¿Ha dormido en tu cama??? ¿Está aquí?

—No, se ha ido a su piso no sé a qué hora porque no me he enterado de nada. Había quedado con Marina y Abril para ir al Sant'Angelo.

—Vaya, vaya, la vecina tiene privilegios...

Lo miré y me hizo reír porque era cierto que no solía dormir con nadie. O me iba yo o se iban ellas o nos íbamos los dos. Si había dormido con alguna chica lo había hecho por comodidad, por cansancio o por alguna razón parecida. Jamás porque me apeteciera. Dormir con alguien requería de cierta intimidad que en una sola noche no conseguías y a mí me gustaba dormir a mi aire.

Pero con Cloe sí tenía ganas. ¿Por qué?

—¿Y por qué? —preguntó Leonardo como si me hubiera leído la mente.

—Por qué ¿qué? —Sabía qué me estaba preguntando, pero necesitaba tiempo para hallar la respuesta porque ni yo lo sabía.

—Por qué con Cloe sí. Vive aquí enfrente, es muy fácil que se vaya a su cama sin problema, ¿no crees?

—Nos apetecía —afirmé sin dar más rodeos.

—Os apetecía, ya —comentó con ironía.

—No busques tres pies al gato.

—Tres ¿qué?

—Tres pies al gato. Lo que quiere decir que no busques donde no hay. Nos apetecía y no hay nada raro que debas descubrir.

Mi madre hubiera hecho menos preguntas que él. Me hacía gracia esa vena de Leonardo, pero a veces le hubiera tapado la boca con un trapo.

—Vale, vale, si tú lo dices —dijo en tono cantarín mientras salía de la cocina.

Me tomé el café y pensé en lo natural que me había parecido la noche anterior que Cloe se quedara en mi cama. Ella me lo había preguntado en plan broma porque quizá no estaba segura, pero yo no había dudado ni un segundo en la respuesta. Me apetecía, aquello no era mentira, pero ¿por qué me había apetecido con Cloe y no con otras? Ese era Leonardo en mi cabeza y sacudí aquella pregunta de allí. No era necesario razonarlo todo. A veces te apetece algo y punto.

Adriano: Buenos días, pequeña escaladora. A mi cama también le gustas tú y a mí mucho más...

Estuve a punto de borrar aquellas últimas palabras pero no lo hice, ¿por qué no decirle que me gustaba mucho? Era evidente.

»... No dejes de subir a la terraza superior del castillo, donde podrás observar una de las mejores vistas de Roma. Cuando lo hagas me respondes: ¿vemos juntos un atardecer? Un beso y un mordisco en tus labios.

Lo envié a su WhatsApp y cuando lo releí temí que quizá Cloe me mandara a paseo. El «no» ya lo tenía y yo nunca había sido un cobarde.

Cloe: Dile a tu cama que te diga que tú también me gustas mucho. Cuando esté allí arriba te mando un mensaje... Un beso suave en tu cuello.

Imaginé ese beso y subió la temperatura de mi cuerpo. ¿Y ese «me gustas mucho»? Joder, qué peligro tenía Cloe. No era de las que se quedaban atrás y eso me fascinaba en una chica.

—¿Tienes planes? —me preguntó Leonardo al entrar en la cocina.

—Nada en especial.

—¿Nos vamos de compras?

Leonardo era el único tío al que conocía que le pirraba ir de compras y no en plan «Compro rápido», no, sino en plan «Miro y vuelvo a mirar y no me dejo ni una tienda por mirar». Y le gustaba ir conmigo porque le decía siempre la verdad: «Esta camisa te queda fatal» o «Estos pantalones son muy tú». Era divertido ir con él y no me importaba pasarme las horas de tienda en tienda.

—¿Corso o Condotti?

Eran las dos calles de tiendas más populares en la ciudad aunque la diferencia entre ellas era considerable, ya que en la Via Condotti podías encontrar las tiendas más exclusivas como Gucci o Armani, con unos precios siempre exagerados, algo que a Leonardo le sacaba de quicio.

—Condotti los que habrás usado tú esta noche, espero.

Me volví sorprendido hacia Leonardo al oír aquello y seguidamente me eché a reír.

—Joder, Leonardo, a veces creo que mi madre está dentro de tu cuerpo...

40

CLOE

Marina y Abril me interrogaron nada más entrar en el piso.

—¿Qué tal? ¿Cómo ha ido? ¿Habéis dormido? ¿O habéis hecho una maratón sexual?

Aquella era Marina, que se había levantado de un salto al oírme entrar.

—Ayyy, qué romántico... con un italiano —comentó Abril parpadeando exageradamente.

—Medio italiano —puntualicé sonriendo.

La verdad era que había estado genial y dormir junto a su cuerpo caliente me había sentado de maravilla porque, a pesar de estar en un piso nuevo y desconocido, no había aparecido por mi cabeza ningún pensamiento extraño.

—Pensaba que vendrías a dormir —me dijo Marina algo más seria.

—Yo también —repliqué alzando las cejas.

Esa era mi idea inicial. Me vestiría, nos despediríamos y me iría al piso, pero al entrar en la habitación me deshice de la camiseta y me metí entre sus sábanas. Adriano al verme sonrió de oreja a oreja y simplemente me preguntó por su pasta de dientes. Si se había percatado del detalle debía de ser porque no debía cerrar el tubo casi nunca. Realmente éramos muy diferentes y, en cambio, conectábamos con una facilidad que a veces daba un poco de miedo. En algunos momentos tenía aquella sensación extraña de que lo conocía de años y no era así. Adriano era especial y me gustaba muchísimo.

También me resultaba chocante pensar que al principio me pareció un tipo superficial y poco dado a intimar, pero conmigo no era así, con lo cual lo había juzgado con demasiada ligereza. Él mismo me había dicho que no había tenido ninguna relación seria, lo cual no significaba que fuera un tipo de esos que trata a las chicas como objetos. Supuse que prefería vivir las relaciones de aquel modo o que quizá no se había topado aún con aquella chica que lo volviera loco.

Lo que estaba claro era que Adriano sabía tocar a una chica...

—¿Sigues pensando en él? —me preguntó Abril.

Estaba en la mesa con la taza vacía en las manos y con la mirada perdida.

—Qué va, estoy medio dormida —mentí al levantarme de la mesa para dejar la taza en el lavavajillas.

—Marina ya ha salido de la ducha, te toca.

—Voy...

Adriano me escribió mientras llegábamos al castillo y le respondí en un tono parecido. Yo le gustaba, él me gustaba, ¿por qué no decirlo? A ver, era algo evidente porque nos habíamos acostado juntos, pero ese «me gusta» significaba algo más. Para mí no había sido un chico como otros muchos... ¿No lo había sido? No, Adriano tenía muchas cualidades que me encantaban, no era simplemente una cara bonita o un buen cuerpo. Adriano sabía escuchar, sabía tener una conversación interesante, era un chico cariñoso y no le costaba decir lo que pensaba o lo que sentía sin llegar a dañar.

Tenía claro que lo nuestro iba a ser algo esporádico, algo breve, porque yo vivía en Barcelona, pero mientras durara iba a disfrutarlo. No se encontraba a un chico interesante todos los días. Y si se terminaba tampoco iba a amargarme: Adriano estaba de paso en mi vida como yo en la suya. Me daba la impresión de que él opinaba lo mismo, así que, mientras, nos divertiríamos hasta que el tiempo pusiera fin a lo nuestro. Las expectativas no eran altas y no debían serlo porque, si no, podías darte el batacazo de tu vida, podías acabar llorando por algo que habías idealizado o podías terminar sufriendo por algo que solo tú habías imaginado en tu mente. Con la edad había ido aprendiendo ese tipo de cosas, era una enseñanza que te daba la vida.

Para ver el castillo Sant'Angelo cogimos un guía y durante una hora nos explicó la historia del monumento, relatando diferentes episodios importantes que habían sucedido allí. Cuando subimos a la terraza superior desconecté de las palabras del guía y pensé en Adriano. Las vistas eran increíbles e imaginé que al atardecer debían ser aún mejores.

Cloe: Necesito ver un atardecer.

Adriano: ¿Conmigo?

Cloe: Contigo.

Sonreí porque me había respondido casi al momento y también por sus palabras.

—Qué mono, ¿no?

Marina en mi hombro, como si fuera un loro.

—Eres una cotilla.

Las dos susurrábamos para no molestar al grupo.

—A ver si te vas a enamorar del italiano —me advirtió con un leve golpe de cadera.

—No tengo doce años, guapa —le repliqué devolviéndole el golpe y provocando su risa.

—Lástima que viva aquí, aunque siempre puede regresar a su tierra natal, ¿no?

—¿Por una chica? Déjame que lo dude.

—¿No lo harías tú?

La miré abriendo mucho los ojos porque era algo que jamás me había planteado, la verdad.

—Pues me pillas en bragas —le dije con sinceridad.

No era de esas que decían «yo, jamás»... porque nunca se sabía. La vida daba muchas vueltas.

—Pues cuidado con Adriano. Por las bragas, digo.

Nos reímos las dos con la mano en la boca porque recordamos el episodio del vecino con aquella chica. Menudo elemento Adriano...

—¿Ya estáis hablando del guía? —preguntó Abril mirando a Marina.

—Nada, este no me gusta —repuso ella—. Rubén dejó el listón demasiado alto.

Abril y yo nos reímos, y Marina continuó diciendo tonterías del estilo.

En cuanto salimos del castillo las tres empezamos a hablar como cotorras y a decir qué era lo que más nos había gustado. A Marina le habían encantado las prisiones, donde habían estado encerrados algunos personajes célebres. A Abril le impresionó la parte del palacio donde las estancias estaban repartidas de forma laberíntica. Y a mí me gustó mucho el Passetto di Borgo, el corredor que conectaba el castillo con el Vaticano. El guía nos explicó que los papas lo usaban para escaparse cuando era necesario y yo me los imaginé huyendo del Vaticano corriendo por allí.

Del castillo nos fuimos hacia el Trastevere dando un paseo, donde queríamos comer en un restaurante que nos habían recomendado los gemelos. Aquel par llevaba viviendo en Roma algunos meses más que nosotras, pero daba la impresión de que vivían en la Ciudad Eterna desde siempre. No había restaurante o local que se les escapase. Probablemente les sobraba el dinero, porque salían muy a menudo tanto a comer, como a cenar, como de copas. Nosotras jamás hubiéramos podido seguir su ritmo, aunque eso no los convertía en un par de pijos con los que no se podía tratar. La verdad es que eran más bien humildes y jamás presumían de lo que tenían o dejaban de tener.

—¡Qué calles tan bonitas! ¿Quién me hace una foto? —preguntó Marina ofreciéndonos su móvil.

UniversoMarina Hola, chicas del universo. ¿Sabéis dónde estoy? En el Trastevere y estoy rodeada de calles empedradas y de tiendecitas encantadoras. Me estoy enamorando de esta ciudad. ¿Habéis estado por aquí? Os leo. #UniversoMarina#Roma#Trastevere

Paseamos por aquellas calles durante casi dos horas admirando cada rincón, entrando en las pequeñas tiendas y observando las plantas que colgaban de algunas paredes de las casas antiguas. Terminamos el recorrido en la plaza de Santa María, donde estaba la basílica del mismo nombre con su impresionante campanario.

—¿Entramos después? Yo necesito sentarme y beber una cerveza bien fría —comentó Marina señalando uno de los bares que había en la plaza.

—Tenemos toda la tarde, ¿vamos a por esa cerveza? —les dije yo.

Sentarnos en aquella plaza y ver el trajín que había en ella era un buen plan. Abril opinó lo mismo y nos sentamos a una de las mesas. El camarero nos sirvió con rapidez y brindamos con nuestras cervezas por estar allí juntas. La experiencia de hacer las prácticas en Roma nos estaba gustando mucho a las tres y si a eso le sumábamos que nos maravillaba conocer la ciudad, su historia y sus monumentos, estaba resultando una pasada. Teníamos suerte porque mucha gente iba de vacaciones a esa ciudad durante una semana o diez días, lo que implicaba ver lo máximo posible en un período de tiempo muy corto. Nosotras íbamos a estar allí cuatro meses y podíamos visitar la ciudad con más tranquilidad e incluso podíamos volver a ver aquellos monumentos que nos habían gustado más. Yo, por ejemplo, tenía claro que quería volver al Coliseo y a Marina le fascinaba la Fontana di Trevi, y por eso mismo ya habíamos ido tres o cuatro veces, la teníamos muy cerca del piso. Realmente era un lujo que las tres sabíamos valorar.

—Tiene algo, ¿verdad? —comentó en un murmullo Abril.

—¿Quién? —preguntó Marina.

—Roma, la ciudad. Tiene algo que no sé explicar —respondió en un tono bajo.

—Sí, tienes razón —asentí con la cabeza.

—Sí, es una ciudad bonita. No me importaría vivir aquí —afirmó Marina con seguridad.

—¿Lo dices en serio? —le pregunté yo.

—¿Por qué no?

—No sé, siempre he pensado que las tres estaríamos en Barcelona. Con nuestras parejas y esas cosas —confesé sonriendo.

Éramos muy jóvenes, pero estaba claro que no tanto como para no pensar en esos temas. El tiempo pasaba y estábamos a punto de terminar la universidad. El siguiente paso sería encontrar trabajo y seguidamente independizarnos de nuestros padres. Lo que seguiría a todo esto ya era más complicado de predecir. ¿Viviríamos solas? ¿Con amigos? ¿Con pareja? Pero Marina hablaba de vivir en otro país, a demasiados kilómetros de nosotras.

—Seguiríamos siendo las mejores amigas, lo sabéis, ¿no? —planteó Marina ampliando su sonrisa.

—Eso siempre —replicó Abril con rapidez.

Sí, pero no sería lo mismo y en ese momento me di cuenta de que en cualquier momento podíamos separarnos, que tal vez no estaríamos juntas siempre y que quizá en un futuro próximo alguna de nosotras podría estar viviendo en Sevilla o en Badajoz, a saber.

—Vamos a prometernos algo —les propuse alzando la cerveza.

Ambas me imitaron y yo continué con mi discurso:

—Si una de nosotras se va de Barcelona o dos o las tres y nos desperdigamos, seguiremos en contacto día sí día también.

Las dos se rieron, pero yo lo decía muy en serio.

—Es fácil hoy en día. Audios, mails, videollamadas o un simple wasap, me da lo mismo. ¿Prometido? —pregunté sabiendo que me dirían que sí.

—¡Prometido! —exclamaron al unísono mientras dábamos un pequeño golpe con las copas.

—Yo quiero añadir algo —dijo Abril entusiasmada—. Y mínimo una vez al año nos reuniremos las tres. Prometido.

—¡Prometido! —exclamamos Marina y yo entre risas.

Estábamos felices de estar juntas y de saber que nuestra amistad podía perdurar si nos lo proponíamos. Yo había oído muchas veces a mi madre decir que tenía amigas que no veía en muchos meses, pero que cuando se juntaban todo seguía igual que el primer día. Estaba segura de que con ellas siempre sería así.

Terminamos la cerveza y visitamos aquella basílica con la boca abierta. Salimos y nos hicimos algunas fotos en la fuente y de allí nos dirigimos al restaurante que nos habían recomendado. Justo al entrar Adriano me llamó...

—¿Cloe?

—Aquí Cloe, la chica que cierra tubos de pasta ajenos...

Oí su risa y me reí con él. Joder, lo que me llegaba a gustar ese sonido.

41

ADRIANO

No podía con ella, me estaba partiendo de risa y mis amigos me miraron de reojo. Me levanté de la mesa y me aparté un poco para hablar sin ser escuchado. Había quedado para comer con Leonardo y los demás, entre ellos Fabrizia.

—Mis amigos me estaban mirando raro con tanta risa —le confesé tras coger aire.

—Mejor no les expliques el chiste —me dijo pizpireta.

—No suelo hablar de mi vida sexual.

Nos reímos de nuevo y oí que una voz masculina las atendía.

—¿Ya estáis comiendo?

—Acabamos de entrar en el restaurante.

—Vaya, llego tarde. Te iba a recomendar uno que es de diez.

—¿Ah, sí? ¿Cuál?

—El Boccaccia, cerca de la plaza principal.

—Mmm...

—¿Cloe? ¿Estás ahí?

—Mira tu WhatsApp.

Me había mandado una foto y sonreí al ver dónde estaba: en el Boccaccia.

—¿Te lo han recomendado? —le pregunté divertido.

—Jean Paul y Baptiste nos lo han recomendado.

—¿Los gemelos franceses? Sí que conocen el lugar...

—Creo que en otra vida estuvieron aquí, estoy casi segura —declaró en un murmullo que provocó más risas.

Aquella chica era guapa, lista y divertida, muy divertida.

—Te dejo que disfrutes con tus amigas.

—Gracias, guapo...

Me gustó cómo sonó en sus labios.

—De nada, bella...

Colgué con una sonrisa que me duró hasta que me senté a la mesa. Noté que alguien me miraba: Fabrizia. Alzó las cejas y yo borré la sonrisa de mi rostro. No me apetecía que empezara a preguntar delante de todos y sabía que era muy insistente cuando quería.

—¿Qué tal con las vecinas nuevas, Leonardo? —preguntó ignorando mi mirada.

—Bien, son muy simpáticas.

—Yo quiero conocerlas —comentó uno de nuestros amigos sonriendo.

—¿No estabas con aquella rubia? —le dije yo para cambiar de tema.

La rubia en cuestión había sido su ex unas quinientas veces y a nuestro colega le encantaba explicar el último episodio de aquel culebrón. Y eso mismo hizo durante la siguiente media hora, captando la atención de todos nosotros.

Fabrizia me iba mirando y al final me señaló el móvil.

Fabrizia: Si no te conociera diría que estás enamorado.

Adriano: No flipes, Fabrizia. Tú y tus novelas de amor.

Fabrizia: Sonríes más de la cuenta y estás más atontado de lo normal.

Nada de aquello era cierto, pero Fabrizia tenía ganas de estirarme de la lengua.

Adriano: Gracias, mujer. A ver si la que está enamorada eres tú.

Fabrizia: Sí, de ti. A mí no me engañas.

Dejé el móvil a un lado y miré a Fabrizia negando con la cabeza, indicándole así que estaba muy equivocada. Cloe me gustaba, me atraía, pero de ahí a sentir algo tan fuerte... para nada. ¿Quién se enamora en unas pocas semanas?

Yo no.

Nos quedamos en la terraza de aquel bar restaurante hasta bien entrada la tarde. Del vino de la comida pasamos a las cervezas y de las cervezas a los gin-tonics. Nos lo acababan de servir cuando mi móvil sonó de nuevo.

—¿Adriano?

Sonreí al oír a Cloe al otro lado del teléfono.

—Aquí Adriano, el chico que... —Me levanté de nuevo de la mesa y me aparté de ellos bajo la atenta mirada de Fabrizia.

—Adriano, esto es serio. Acabamos de llegar al piso y sale agua del vuestro.

—¿Agua?

—Sí, por debajo de vuestra puerta está saliendo agua.

—¡Joder! ¿Me habré dejado algo abierto? Me cago en la puta...

Me fui a grandes zancadas hacia Leonardo e interrumpí sin contemplaciones su charla con nuestros amigos antes de despedirme con rapidez de Cloe.

—Tío, que me ha llamado Cloe. Sale agua del piso.

—¿¿¿Qué dices???

Leonardo saltó de la silla y se quedó unos segundos inmóvil, esperando quizá que aquello fuera una simple broma. Pero no.

—Lo que oyes. Vámonos,

—No os preocupéis por la cuenta, nosotros pagamos —comentó Fabrizia con rapidez—. No perdáis tiempo.

Estábamos cerca de la plaza Navona, no muy lejos del piso, pero apretamos el paso hasta que empezamos a correr como dos locos. Subimos las malditas escaleras resoplando y al llegar al rellano nos encontramos a las chicas intentando recoger el agua.

Abrimos la puerta y el escenario fue desolador. Había agua por todas partes. Me subió la bilis a la boca pensando que el culpable era yo, era lo que me había repetido durante todo el camino. Era el rey de los despistados, pero hasta ahora no la había liado así de gorda. Joder, Leonardo me iba a matar.

Mi compañero fue el primero en entrar y se fue directo al baño. Probablemente había pensado lo mismo que yo. Me quedé un poco rezagado observando el desastre que había provocado mi estupidez.

«No vales nada, no vas a servir para nada, eres un jodido desastre.» La voz de mi padre repiqueteó una vez más en mi mente.

Un puto desastre, eso es lo que era.

—¡Joder! ¡Lo sabía!

Ese joder en boca de Leonardo me sentó casi como una bofetada, pero tenía que afrontar lo que había ocurrido. Tendría que irme del piso porque ni yo mismo me iba a fiar de mí.

—¿Qué...?

Entré y vi cómo salía el agua disparada de una de las tuberías de la ducha. Con rapidez fui hacia la llave del agua y la cerré. Al minuto dejó de salir agua.

—Sabía que esta tubería nos iba a dar un buen susto algún día. Se lo dije a mi tía, pero ella me dijo que la tubería había sobrevivido varias guerras. Y mira ahora qué putada...

—Estás diciendo demasiadas palabrotas —le dije un poco atontado.

¿No había sido yo? No. ¿No era culpable? No. ¿No tendría que buscarme otro piso? Bueno, eso estaba por ver...

—Y tú estás muy tranquilo, ¿te ocurre algo? —me preguntó Leonardo preocupado.

—¿Eh? No, me he quedado un poco en shock, nada más.

—Se arreglará, no te preocupes. Vamos a ver por dónde más hay agua...

—Voy a cortar también la corriente eléctrica.

Se había inundado el piso entero, había casi medio palmo de agua, lo que significaba que debíamos llamar inmediatamente a su tía para que hablara con la aseguradora. A los quince minutos teníamos allí una empresa especializada en fontanería y nosotros recogimos nuestras pertenencias para poder pasar unos días fuera del piso. El suelo era de parqué, lo cual nos complicaría un poco las cosas, pero deberíamos tener paciencia.

Cuando la empresa estaba terminando de achicar el agua, su tía apareció con la aseguradora y entraron en el piso para recabar los datos necesarios. El parqué se había bofado y algunas paredes se habían desconchado un poco por la parte inferior. Tras ver todo aquello Leonardo y yo nos quedamos en el rellano con las chicas.

—¿Os preparo un café? —se ofreció Abril con cariño.

—Sí, gracias —le contestó Leonardo con el rostro tenso.

Aunque no fuera culpa nuestra era una gran putada. Lo teníamos todo allí e irnos a otro lugar era un fastidio.

—¿Dónde vais a dormir? —nos preguntó Marina con interés.

Leonardo y yo nos miramos.

—Podemos ir a casa de mi madre... —le sugerí sabiendo que vivir en las afueras de Roma era muy pesado.

—Si no te importa casi prefiero ir a un hostal —me dijo Leonardo.

Asentí con la cabeza porque yo también lo prefería. De casa de mi madre al trabajo tenía tranquilamente una hora en coche.

—Joder, qué mierda todo —se lamentó Leonardo agobiado.

—Algo encontraremos por la zona, no te preocupes.

—A precio de oro —se quejó Leonardo.

Vivíamos en una zona turística cerca de la plaza de España, la Fontana di Trevi o la plaza Navona. Los alojamientos no eran nada baratos, ni siquiera los hostales, y aunque Leonardo no tenía problemas de dinero, no le gustaba gastar más de lo necesario.

—¿Y si...? —Marina empezó a decir algo pero miró a Cloe.

Ella abrió los ojos y frunció el ceño. ¿Hablaban sin hablar? Por lo visto sí.

Marina abrió más los ojos y Cloe asintió con la cabeza. ¿Qué leches se estaban diciendo?

—¿Y si os quedáis en nuestro piso?

—¿¿¿En vuestro piso??? —exclamamos Leonardo y yo casi al mismo tiempo.

—Sí, es sencillo. Yo duermo con Marina y vosotros os apañáis en mi habitación —nos aclaró Cloe—. Debajo de mi cama hay otra, ahí podéis dormir los dos. Y la cama de Marina es algo más grande de lo normal, cabemos las dos sin problema.

Leonardo y yo nos miramos. A ambos nos atrajo más esa idea que la de ir a un hostal.

—Genial, quizá solo sean un par de noches —dijo Leonardo con una gran sonrisa.

—Como si son tres, no pasa nada —repuso Marina.

Eran un encanto, la verdad.

Cloe y yo nos miramos y sonreímos justo en el momento en que Abril nos llamó para que entráramos a tomar el café. Marina le habló de su idea y ella nos miró sorprendida. Por un segundo temí que se negara rotundamente, pero relajó el gesto y nos sonrió.

—Como si estuvierais en vuestra casa...

42

CLOE

Cuando Marina me dijo con su mirada que podían quedarse a dormir en el piso pensé que era una mala idea; sin embargo, segundos después me supo mal. Estar en nuestro piso les iba a suponer la ventaja de poder acceder a sus cosas sin problema, aunque estuvieran arreglando los desperfectos que había provocado el escape de agua.

Adriano parecía estar más tranquilo porque cuando lo vi llegar para ver qué había ocurrido era como si el corazón se le fuera a salir por la boca. Su cara de angustia era exagerada y en cuanto lo vi le dije en un susurro: «Vamos, que no será nada». No obstante, ni llegó a mirarme: sus ojos estaban fijos en el agua y su único objetivo era entrar en el piso.

Cuando salieron parecía otro y eso que el agua había llegado a todas las habitaciones y había destrozado el parqué. Por lo visto la fuga de la ducha llevaba rato soltando agua, pero Adriano parecía más calmado. Quizá temía por sus papeles del proyecto o algo similar. Una vez dentro de nuestro piso aproveché que estábamos solos para preguntárselo.

—¿Estás bien?

—¿Eh? Sí, sí. Es un fastidio pero podría haber sido peor.

—¿Por eso estabas tan nervioso?

Adriano abrió un poco los ojos, como si le sorprendieran mis palabras. Pero estaba segura de que todos habíamos captado su angustia.

—¿Por tus papeles? —le pregunté al ver que no respondía.

—Eh... —Se pasó una de las manos por el pelo y se recostó en la silla de la cocina.

—La verdad —le dije siguiendo una de nuestras bromas.

Soltó una risilla y se relajó al momento.

—Estaba convencido de que la culpa era mía. Pensaba que me había dejado un grifo abierto o algo similar.

Adriano clavó sus ojos en los míos esperando mi veredicto.

—Bueno... tampoco sería algo extraño... ¿o sí?

—Cloe, la gente no va dejándose los grifos abiertos...

Cogí el móvil y abrí la aplicación de Google.

—Dejarse el grifo abierto...

—¿Qué haces?

—Espera... mira, dejarse el grifo abierto, el accidente más común en Castilla-La Mancha... —Leí despacio para que captara bien lo que le decía.

—Bromeas —replicó incrédulo.

—La noticia es de 2011 pero, vamos, que hay mucha información sobre el tema, lo que significa que la gente sí va dejándose los grifos abiertos.

Esbocé una de mis sonrisas de listilla y Adriano me miró fijamente, sin parpadear.

—¿Adriano?

—Sí, ya pero es que yo soy un poco caótico.

Él tan caótico y yo tan TOC... ¡Qué cosas!

—Pero también eres muy guapo, eso contará para algo... —le dije bromeando.

Logré una de sus carcajadas graves y me encantó ver que volvía a estar bien. No me gustaba verlo preocupado, ni agobiado ni tampoco me gustaba que se fustigara por cosas que quizá estaban fuera de su control. Era algo que yo había aprendido bien con los años. Tener TOC no era un rasgo que alguien escogía, aunque al principio también me había reprochado a mí misma padecer aquel trastorno. ¿Por qué yo? ¿Por qué mi mente no funcionaba como las demás? ¿Por qué tenía esos pensamientos recurrentes? ¿Por qué no podía ser normal?

«Normal», esa palabra tan mal usada. Yo era normal, ahora lo sabía. Simplemente tenía un síndrome que me condicionaba en ciertos aspectos de la vida, pero tenía amigas, estudiaba, tenía una relación buena con mis padres, salía con chicos... La única diferencia era que me conocía a la perfección a mí misma porque estaba muy pendiente de mis reacciones. Por lo demás, era como otra persona cualquiera, con sus virtudes y sus defectos.

El desorden de Adriano era un defecto; sin embargo, tampoco era algo que le impidiera hacer vida normal. No entendía esa preocupación extrema que parecía perseguirlo. Quizá intentaba ser más ordenado o más organizado y no lo conseguía. Quizá yo podía ayudarlo, si él quería, claro.

—Y tú eres muy guapa.

—Y muy ordenada, si quieres puedo decirte un par de trucos.

—¿Harías eso por mí?

—Te estoy dejando mi cama —repliqué coqueteando con él, lo que provocó otra de sus sonrisas.

—No sé si podré dormir ahí —murmuró en un tono grave que me puso el vello de punta.

—¿Y eso?

—Tu habitación huele demasiado a ti.

Nos sonreímos como dos críos hasta que entró Leonardo e intentamos disimular que estábamos tonteando.

—¿Interrumpo algo? —preguntó colocándose un delantal que había detrás de la puerta.

—¿Eh? No, no. ¿Vas a cocinar? —le dije extrañada.

—Sí, antes he ido a coger algunas cosas de nuestra nevera y voy a hacer mi plato de pasta especial —respondió sonriendo.

—¿Te ayudo? —me ofrecí divertida.

—No, gracias. Abril será mi pinche.

En ese momento apareció por la cocina y me miró alzando ambas cejas.

—Pasta picante solo para valientes. Así se llama el plato —me informó Abril con su risa.

—¿Tanto pica? —les pregunté a ambos.

—Bastante —me contestó Adriano—. Yo también quiero ayudar.

—Pues vosotros poned la mesa, que ya sabes que en la cocina me gusta estar a mi rollo —le dijo Leonardo con total confianza—. Cazuela —le pidió a Abril como si fuera un médico en medio de una operación.

A mí me dio la risa, pero Abril se lo tomó al pie de la letra y se la pasó con la misma solemnidad.

—¿Ponemos la mesa?

Adriano y yo lo colocamos todo en su sitio. Era raro ver los cinco cubiertos, pero me gustó que estuvieran allí con nosotras. Podía ser divertido.

—Oye...

Adriano me habló casi en el cuello y di un respingo.

—Soy sonámbulo... ¿Te lo he dicho?

Me volví hacia él y miré sus ojos. Estaba bromeando, por supuesto.

—¿Sí? A ver si vas a terminar en mi cama...

Entonces sus manos se posaron en mi cuello y se acercó despacio para besarme.

—Joder... —murmuró separándose un poco.

—¿Qué?

—Voy a tener que controlarme —comentó y a continuación miró su entrepierna.

Miré hacia allí y vi una bonita erección que me hizo sonreír.

—¿Os ayudo? —se ofreció Marina entrando en el salón.

Me giré hacia ella y negué con la cabeza con una sonrisa mientras mi mano buscaba la entrepierna de Adriano. Me dio un manotazo y nos reímos los dos.

Marina nos miró divertida.

—Casi prefiero no preguntar —dijo yendo hacia la cocina.

—Bien que haces —le replicó Adriano riendo.

—Voy a preparar mi pijama y eso —le dije mientras salía del salón—. Y no, no puedes venir —añadí riendo de nuevo.

Adriano rio también, pero no se movió del sitio.

Oh, cómo me gustaba que tuviera ese control.

Cenamos juntos, charlamos todos y acabamos con la boca escocida gracias a aquella salsa de Leonardo, pero fue divertido ver cómo Abril bebía del vaso de vino cada vez que probaba un bocado. ¿Qué ocurrió? Que al final bebió más de lo normal y se soltó con ellos como si estuviera sola con nosotras dos.

—En serio os lo digo, no he visto tío que ligue más que Baptiste.

—¿Es uno de los gemelos? —preguntó Adriano.

—Sí, el otro es Jean Paul. Los dos son una pasadaaa y son superguapos.

Miré de reojo a Leonardo, que sonreía al escuchar a Abril.

—Jean Paul seguro que también liga, pero Baptiste es una bomba sexual. Allá donde va conoce a algún chico y acaba pelando la pava con él. Creo que le voy a preguntar qué perfume usa, quizá ese sea su secretooo...

Nos reímos por aquella teoría tan absurda, pero nos hizo gracia que Abril hablara de aquel modo. Ella era más bien comedida y no solía expresarse con tanta naturalidad. Y menos con dos desconocidos delante. Era evidente que el alcohol se le había subido a la cabeza mucho más que a nosotros, que habíamos bebido con moderación.

—El otro día estábamos en el bar aquel donde comemos y se ligó a un arquitecto. Cloe no estaba porque se tuvo que quedar en el hospital.

—¿En serio? —preguntó Adriano interesado.

—Cotilla —le solté yo provocando más risas.

—Cuenta, cuenta —la animó Marina.

—Estábamos allí y cuando fue al baño tropezó con ese hombre, que debía de tener más de treinta años, seguro. ¿Unos treinta y tres? Por ahí. Se disculparon y hablaron unos minutos. Baptiste le pasó su número de teléfono y quedaron en que le llamaría.

—¿Le dijo que era arquitecto? A ver si lo vamos a conocer, Adriano... —comentó Marina divertida.

—Tampoco sería tan raro —afirmó él devolviéndole la sonrisa.

—Julio, dijo que se llamaba Julio.

—¿¿¿Julio??? —exclamaron Marina y Adriano al unísono.

—Sí, eso dijo Baptiste. Es que Jean Paul le preguntó y nos lo explicó por encima.

—¿Tú lo viste? —le preguntó Marina con prisas.

¿Qué le pasaba al tal Julio?

—Sí, claro. Vi cómo tropezaba con él y cómo charlaban...

—¿Alto? —la cortó Marina.

Abril asintió.

—¿Rubio? —inquirió Adriano.

—Sí... ¿Lo conocéis?

—¿Ojos oscuros y un poco de barba? —continuó Marina.

Adriano buscó en su móvil con prisas y le mostró una foto a Abril.

—¡Sí! ¡Es ese! —gritó Abril con alegría—. El mundo es un pañuelo, ¿eh?

—¿Y estás segura de que tontearon? —preguntó Adriano.

—Eso nos dijo Baptiste... ¿por qué? ¿Le pasa algo a ese tipo? ¡Tiene novio! Qué cerdo... —profirió Abril abriendo mucho los ojos.

—No, novio no —negó Marina mirando a Adriano.

—¿Entonces? —inquirí muy intrigada.

¿Qué pasaba con aquel hombre?

—Está casado —dijo Adriano haciendo el gesto típico de los italianos con las manos—. *Mamma mia!*

43

ADRIANO

No me lo podía creer. Estaba convencido de que con alguna de las respuestas me daría cuenta de que aquel Julio no era nuestro compañero de trabajo. Estaba felizmente casado y lo último que sabía de su matrimonio era que buscaban un hijo. ¿Entonces...? ¿Era bisexual o era homosexual? No era el primer hombre que se casaba con una mujer para esconder su verdadera inclinación sexual, si bien me parecía muy fuerte que Julio fuese uno de ellos. En los tiempos que vivíamos, con todo lo que se llegaba a hablar de estos temas, me costaba entender que una persona joven como él actuara de ese modo.

La otra opción era la bisexualidad y entonces Julio sería uno de esos que ponen los cuernos a su mujer, con un hombre o con una mujer, daba igual. Tampoco se merecía mi respeto si hacía eso. Se supone que si tienes pareja es porque quieres. No lo entendía. Era algo que siempre preguntaba cuando me acercaba a una chica porque pasaba de liarme con mujeres comprometidas... de repente, se me bajaba todo. Una vez una me llevó a la cama engañado y me enteré de que tenía novio porque él la llamó tras hacerlo en su cama. En cuanto me di cuenta me vestí y no le dije nada. No me gustaba que me engañaran en ese tema, aunque era evidente que si engañaban a la persona que más querían a mí me podían mentir sin ningún problema. Yo a eso lo llamaba empatía cero. ¿Os gustaría que os hicieran lo mismo?

—¿Casadooo? —me preguntó Abril abriendo exageradamente los ojos.

Asentí con la cabeza y Leonardo negó con la suya.

—Qué poca consideración por su mujer...

Leonardo opinaba lo mismo que yo en ese tema. Si no quieres estar con alguien déjalo, pero no le mientas ni le engañes ni le humilles de esa manera. Lo único que puedes conseguir es dañar a esa persona y que no confíe nunca más en nadie gracias a ti.

A partir de ahí estuvimos charlando los cinco sobre ese tema: por qué la gente se ponía los cuernos, qué necesidad había, qué inseguridades tenían ese tipo de personas, por qué acababan traspasando esa barrera, qué ocurría a partir de ahí, cómo solían enterarse sus parejas...

Hablamos largo y tendido hasta que se hizo tarde y decidimos irnos a dormir tras recoger la mesa y la cocina.

De camino a la habitación le robé un beso a Cloe y nos dimos las buenas noches en un tono meloso. Estaba claro que hubiéramos preferido volver a pasar la noche juntos, pero tampoco era plan.

Cuando entré en su habitación su aroma me envolvió de pies a cabeza y cerré los ojos unos segundos.

—¿Estás meditando o qué?

Abrí los ojos y Leonardo, que ya estaba en la cama con un libro, me miró fijamente.

—No, es un leve dolor de cabeza.

—Tengo ibuprofeno en el neceser.

La habitación de Cloe estaba impecable, excepto por nuestras bolsas de deporte y el neceser de Leonardo, que estaba en la mesa.

—Si no se me pasa después me lo tomo.

No tenía dolor de cabeza, pero no quería decirle a mi amigo que el olor de aquel cuarto me ponía tonto.

Leonardo se había metido en la cama nido y yo me metí en la de Cloe. Habían cambiado las sábanas pero, aun así, me gustó saber que dormía en su cama. Cogí el móvil y le escribí.

Adriano: Estoy en tu cama y...

Tardó un par de minutos en contestar durante los cuales di un vistazo a TikTok. Llevaba unos días un poco desconectado, al día siguiente haría algunos vídeos para subirlos durante la semana.

Cloe: ¿Y...? ¿Estás cómodo? ¿Encantado de la vida? ¿Huele a mí?

Uf, demasiado.

Adriano: Me faltas tú.

¿Estaba siendo muy directo?

Cloe: Te espero en el baño.

Abrí los ojos sorprendido por su respuesta y durante unos segundos pensé si era una broma, pero oí pasos hacia el baño y me levanté de la cama con rapidez.

Leonardo estaba escuchando música y leyendo, así que no le dije nada cuando me miró.

Cuando entré en el baño ella cerró la puerta y me observó sonriendo.

—Aquí me tienes —se ofreció divertida.

Llevaba un pijama blanco con flores de un color rosa suave y me dieron ganas de quitárselo a mordiscos.

—Mejor no te acerques mucho —le advertí.

—Solo un beso —me pidió con ese tono de gatita que podía conmigo.

Pegó su cuerpo al mío y sentí todas sus curvas bajo aquella tela fina. Yo llevaba un pantalón corto, nada más, y mi erección se clavó en su estómago.

—Creo que alguien está contento de verme...

—Joder, Cloe...

Su mano bajó hasta mi sexo y me acarició mientras mi boca buscaba la suya con ganas. Fueron unos besos diferentes, más húmedos y calientes. Besos que indicaban lo mucho que deseábamos estar juntos de nuevo.

Nos separamos para respirar y me acordé de que estábamos en su piso. ¿Y si Marina o Abril necesitaban el baño en ese momento?

—No pasa nada, no vendrán —me dijo muy segura mientras su mano se introducía en mi pantalón.

Perdí el mundo de vista y ya no pensé en nada más que en seguir besándola, tocándola y en entrar en su cuerpo. Cloe se volvió hacia el espejo y cogió un preservativo de un cajón. Encajamos nuestros cuerpos con mis manos en sus caderas y empecé a empujar con fuerza mientras ahogábamos nuestros gemidos mordiéndonos los labios. La veía en el espejo, veía su espalda, sus nalgas… ¡Dios! Era la pura imagen del erotismo y grabé en mi mente aquel rostro sonrojado con los labios apretados y los ojos clavados en los míos.

No quería olvidarlo nunca.

Como la noche anterior, llegamos al orgasmo casi al mismo tiempo, aunque esta vez tuvo que ser en absoluto silencio. La abracé pegando su espalda a mi pecho. Cloe cerró los ojos y sonrió.

—Me vas a volver loco —murmuré en su cuello.

Me miró fijamente y se puso más seria.

—Tú ya me has vuelto loca a mí, así que no te quejes.

Nos sonreímos de nuevo, no hacían falta más palabras. Ambos estábamos lo suficientemente locos como para terminar haciéndolo en el baño con nuestros amigos relajados en sus camas, a pocos metros de nosotros.

Nos lavamos con rapidez y nos separamos con un beso fugaz.

Dormí realmente bien, como si saber que estaba en la cama de Cloe provocara un efecto de calma a mi cuerpo. O quizá fue el encuentro en el baño el que había conseguido relajar todos mis músculos. Solo de pensarlo me daban ganas de secuestrarla, llevármela a una isla desierta, desnudarnos y pasar las horas así con ella. La besaría, charlaríamos de nosotros, le explicaría mis miedos, ella me confesaría los suyos, nos amaríamos y acabaríamos el día diciendo…

¿Diciendo qué, Adriano?

—¡¡¡Joder!!!

Me incorporé en la cama de golpe y desperté sin querer a Leonardo.

—¿Qué pasa, tío? —preguntó asustado.

A los pocos segundos entraban mis tres vecinas, medio dormidas.

—¿Qué te pasa? —me preguntó Marina buscando el motivo de mi exclamación a las ocho de la mañana de un domingo.

«Me cago en la puta…»

Después de explicar que solo había sido un sueño se metieron en la cama de nuevo, pero yo no pude dormir. No quería hacer ruido por el piso así que cogí el libro de Carmen Mola, *La novia gitana*, y me sumergí en sus apasionantes páginas. Me maravillaba la capacidad que tenían los escritores de crear historias y siempre me preguntaba lo mismo: ¿de dónde salían todas esas ideas? ¿No se les terminaba la inspiración?

Mi trabajo como arquitecto también tenía una parte creativa importante y las buenas ideas eran esenciales para hacer bien un proyecto. Esa misma semana uno de los responsables de Mander había aparecido por sorpresa en el edificio y había pedido ver cómo iba evolucionando el proyecto. Le expliqué nuestras últimas ideas y quedó satisfecho, tanto que me tanteó un poco y me preguntó qué me parecería trabajar en una empresa como la suya. Mi respuesta fue muy diplomática porque estaba muy contento en mi puesto de trabajo. Carlota era muy buena jefa y había aprendido mucho con ella, y la mayoría de los compañeros eran agradables, excepto Julio.

¿Qué iba a hacer con aquella información sobre Julio? Nada. Era su vida y su problema, no el mío. Por muy mal que me cayera tampoco era algo que iba a ir pregonando por la oficina. Si le gustaban los chicos era cosa suya y si le ponía los cuernos a su mujer también. Me había chocado cuando me enteré, pero, pensándolo bien, era el pan de cada día, muchos maridos engañaban a sus mujeres, y al revés, claro.

Cloe: ¿Duermes?

Vi el mensaje en la pantalla y cogí el móvil con cuidado para no hacer más ruido.

Adriano: No, estoy leyendo. Siento haberte despertado.

Cloe: No pasa nada, me gusta madrugar. ¿Nos vestimos y nos escapamos a desayunar? Mis amigas marmotas se levantarán tarde.

Adriano: Está lloviendo mucho, ¿lo sabes?

Cloe: Es solo agua y tengo paraguas.

Me aguanté la risa y un calorcillo extraño recorrió mi columna vertebral.

Adriano: ¿En quince minutos en la entrada?

Cloe: Que sean veinte.

Salí de la cama intentando no hacer ruido y me vestí con la misma ropa que el día anterior para no abrir la maleta. Fui al baño con idéntico cuidado y me lavé. Me miré en el espejo unos segundos y sonreí. Mis ojos brillaban.

La esperé en la entrada mientras miraba Instagram y a los pocos minutos apareció. Cogió un par de paraguas y abrió la puerta despacio. Afuera estaba oscuro y llovía a mares, pero estar allí con Cloe tenía algo especial.

—Huele a frío —dijo sonriendo mientras abría el paraguas.

—Es verdad —aseguré inspirando el aire fresco.

—A dos calles hay una panadería buenísima.

—Sí, sé cuál es. Vamos...

44

CLOE

Adriano cogió mi mano al entrar en la panadería y no la soltó hasta que nos sentamos. Era una tontería, solo era mi mano entre la suya, pero desprendía un calor que provocaba que la mitad de mi cerebro estuviera pensando en aquel contacto. Ese gesto indicaba intimidad, confianza, cariño...

—¿Eres de las personas que hablan en cuanto se levantan o eres de las que necesitan su café?

Sonreí ante aquella pregunta.

—No voy a recitarte a Quevedo, pero no soy de las que gruñen nada más despertarse. ¿Y tú?

—También, no me cuesta nada ponerme en marcha.

—Bueno, en algo sí nos parecemos —le dije bromeando.

—Y en más cosas... —repuso poniendo morritos antes de continuar—. Nos gusta la buena cocina...

Asentí con la cabeza.

—Y cocinar, nos gusta cocinar. Nos gusta besarnos, mucho.

Me reí con ganas pero él continuó:

—Y nos gustamos, en eso también coincidimos. Y eso que nos conocemos poco...

Nos miramos fijamente y un brillo especial pasó por nuestros ojos.

—Eso tiene solución. A ver, ¿eres celoso?

Nos pasamos tranquilamente un par de horas allí haciéndonos preguntas de todo tipo para conocernos un poco más. El único tema que no quise tocar fue el de su padre, por lo demás vía libre. Con esa charla descubrí mucho más de Adriano y, aunque algunas de nuestras respuestas eran muy diferentes, no importaba porque él daba sus razones y yo las mías. Ninguno de los dos consideraba ser poseedor de la verdad absoluta y podía llegar a entender la postura del otro, aunque no la compartiera.

Fuera seguía lloviendo a cántaros, pero en aquel local estábamos muy a gusto, tanto que no nos dimos cuenta de la hora que era hasta que Marina me mandó un mensaje preguntándome si Adriano me había secuestrado o algo parecido. También me decía que llovía demasiado para ir a hacer turismo, así que habían decidido quedarse en el piso. Leonardo les iba a enseñar a jugar al póquer.

—Leonardo es un as jugando a ese juego. Yo paso de jugar con él porque me saca la pasta —me explicó Adriano tras comentarle el plan de nuestros compañeros.

—Vaya, vaya con Leonardo.

No daba la impresión de que se le dieran bien ese tipo de juegos, pero estaba claro que no puedes juzgar demasiado a nadie sin conocerlo. Leonardo parecía más bien el típico chico que le gustaba rondar por la biblioteca o que podía pasarse horas delante del ordenador.

—¿Piso o paseo? —preguntó interrumpiendo mis pensamientos.

—¿Con esta lluvia?

—¿No hemos quedado que no era ácido sulfúrico?

Me reí mientras Adriano pagaba al camarero el estupendo desayuno que nos habíamos tomado entre los dos: chocolate caliente, magdalenas recién horneadas y ensaimadas pequeñas con mucho azúcar glas.

Salimos protegidos por los paraguas y paseamos por Roma con la sensación de que éramos de los pocos locos que íbamos por la calle. La mayoría andaba con prisas a comprar el pan o el periódico; en cambio, Adriano y yo andábamos tranquilos mientras íbamos hablando de todo y de nada.

De repente se oscureció el cielo, empezó a llover mucho más fuerte y oímos el estruendo de un trueno. Se acercaba una buena tormenta y a mí me daba pánico ir por la calle si había rayos y truenos. Nos colocamos bajo un balcón, pero al ver la que se avecinaba me entró un miedo atroz.

—Joder, joder...

—¿Qué pasa? —preguntó Adriano preocupado.

—Necesito entrar en algún sitio —le dije sintiendo que perdía el color de mi cara y que me estaba empezando a poner muy nerviosa.

En aquella calle no había ninguna cafetería, solo un hotel de cinco estrellas, de aquellos muy exclusivos.

Adriano cogió mi mano y cruzamos la calle para entrar en el hotel, pero me detuve justo en la entrada pensando que estaba loco. No nos iban a dejar entrar.

Otro horrible trueno resonó en la calle y me escondí en su cuerpo.

—Joder...

Adriano me guio hacia dentro y sin dejar de abrazarme habló con uno de los recepcionistas de ese magnífico hotel.

—Soy Adriano Vera, hijo de...

—Sé quién es usted, señor Vera. ¿Necesita una habitación? Veo que están empapados.

Se me pasó el susto de la tormenta de repente. «¿Señor Vera?»

—Tengo la suite júnior libre...

—No, no se moleste. Prefiero una habitación sencilla. Es solo para secarnos un poco, nada más —le indicó Adriano.

«¿Suite júnior?» Estaba atontada y era incapaz de decir nada. Adriano me miró y me preguntó si me encontraba mejor. Asentí con la cabeza y seguidamente aquel recepcionista tan solícito le dio una tarjeta dorada.

—Habitación 405. ¿Le parece que les suban un café, un té o algo similar?

—Un poco de café estará bien, gracias.

El ascensor nos llevó hasta la cuarta planta y mis ojos fueron posándose en todo lo que veían: una réplica de un picasso, un jarrón chino con flores blancas, un busto de una mujer joven, el suelo de mármol impecable, las puertas doradas de las habitaciones...

—Esta es la nuestra...

Adriano me empujó con suavidad para que entrara primero y me quedé allí plantada admirando la habitación. Había visto hoteles de lujo en algún programa de televisión; sin embargo, jamás había pisado uno. No era una de mis prioridades, pero la verdad era que impresionaba estar en una habitación de ese tipo.

La habitación era grande, la cama estaba en medio y tras ella había una enorme ventana que daba a la calle. A la izquierda había una mesa de trabajo con todos los utensilios necesarios y a la derecha, un par de sillones con una pequeña mesa en medio. Tras ellos había una puerta blanca donde estaba el baño, de donde Adriano sacó un par de toallas para secarnos. Lo hicimos en silencio, realmente no sabía qué decir porque me parecía que estaba en una película. Estaba muy impresionada.

—Estás muy callada. ¿Estás mejor?

Fuera seguía lloviendo muchísimo y teníamos la tormenta justo encima; no obstante, allí me sentía a salvo, así que todo el pánico se había esfumado nada más entrar.

—Sí, es que no soporto estar bajo la tormenta en la calle.

—¿Aquí no tienes miedo? —preguntó con dulzura.

—No, si estoy bajo techo no tengo miedo.

—Bien. Pues nos quedaremos hasta que pase. El hotel es de mi madre, creo que es la segunda vez que lo piso. La primera fue en la fiesta de inauguración, cuando lo compró y lo renovó por completo.

Di otro vistazo a mi alrededor y pensé que aquello tenía que valer mucho dinero.

—Mi madre tiene buen olfato para los negocios —comentó viendo que no decía nada.

—Es muy bonito.

Justo en ese momento un chico vestido de negro nos trajo el café y unas pastas pequeñas que tenían muy buena pinta. Adriano le dio un billete y aquel chico se negó a cogerlo, le dijo que tenía órdenes estrictas de no aceptar nada. Adriano al final claudicó y le dio las gracias.

Nos tomamos el café sentados en los sillones, probamos las pastas y comentamos lo buenas que estaban. Estaba claro que allí todo era de diez.

—No tienes pinta de ser tan...

—¿Pijo? —preguntó terminando mi frase.

—Sí, pijo.

—Porque no lo soy. Siempre hemos vivido bien, pero el dinero lo hizo mi madre al llegar aquí, a Roma, y al cabo de unos años. Podríamos decir que con mi madre rica he vivido apenas un par de años.

Sonreí por su manera de decirlo: «mi madre rica».

—Y de ahí que mi madre tampoco lo sea aunque vive en una casa enorme y tiene a gente trabajando en ella. Se deja querer —comentó con una enorme sonrisa—. Mira, ven.

Lo seguí hasta la ventana enorme que había tras la cama y nos quedamos observando cómo caía la lluvia.

—Es hipnótico —afirmó Adriano en un murmullo.

La luz de un rayo nos alumbró y me coloqué tras su cuerpo, buscando refugio instintivamente.

Adriano se volvió y me abrazó escondiendo mi rostro en su pecho.

—Creo que se está alejando...

No me moví de allí por varias razones. Por miedo, porque estaba en la gloria y porque sentía el calor que emanaba de su cuerpo y lograba templar el mío.

Adriano empezó a acariciarme el pelo y cerré los ojos para sentirlo con más intensidad.

—Me pasaría la vida así...

Sí, lo dije en voz alta y nada más soltarlo apreté los labios pensando que había sonado a algo que no era, había sonado a amor.

Adriano suspiró pero no dijo nada, mis palabras estaban un poco fuera de lugar, pero ya las había dicho. Y lo había dicho porque estaba encantada entre sus brazos, sintiendo su cuerpo junto al mío y con aquellas caricias mientras oíamos la lluvia caer contra los cristales del gran ventanal. ¿No era demasiado romántico?

Estábamos en una habitación de un hotel de lujo, con una cama más grande que mi habitación y ninguno de los dos había pensado en sexo... ¿No era un poco raro? Vale, sí, yo no tenía el cuerpo para demasiadas fiestas con el tema de la tormenta, pero ahora estaba mucho más relajada y mucho más receptiva; sin embargo, de momento, el sexo quedaba en segundo plano.

—Cloe...

El sonido de mi móvil no dejó terminar a Adriano. Me separé de él y busqué el teléfono en el bolso. En Roma no podía hacer la tontería de pasar de las llamadas, no quería preocupar a nadie, y menos a mis padres.

Era Abril.

—Cloe, ¿estás bien? Está cayendo una...

—Sí, sí, estoy con Adriano.

—¿En un bar? —preguntó preocupada Abril.

Ambas sabían de mi pánico a las tormentas si me pillaban en la calle.

—Eh... en un hotel. Ya os explicaré.

—¿Un hotel? —Oí la risa de Abril y me hizo reír a mí también—. Joder con Adriano. ¿He interrumpido algo? Es que te he llamado antes pero no había línea.

—Nada, tranquila. Estábamos tomando café.

Nos despedimos con una risilla y Adriano me miró sonriendo.

—Ha pensado que estábamos, ya sabes, aprovechando el tiempo.

Adriano alzó las cejas y miró la cama, divertido.

—Pues sería lo suyo, pero me da mal rollo por mi madre. Es como si la tuviera ahí detrás mirándome.

Soltamos al mismo tiempo una buena carcajada y seguidamente sonó su móvil.

—¿Mamá?

45

ADRIANO

Nada más nombrarla me llamó por teléfono. ¿Podía ser que tuviera alguna cámara en la habitación? No, no era posible.

—¿Qué tal, cariño?

—Bien, mamá, ¿y tú?

—Viendo llover, tremenda tormenta la que está cayendo.

—Sí, parece que se acabe el mundo —le dije observando la oscuridad del cielo.

—Eh... Me han dicho que estás en el hotel...

—¿Quién te lo ha dicho?

—Casualmente he llamado hace cinco minutos porque mañana llega una cantante famosa y quería saber si estaba todo preparado.

—Y casualmente te han dicho que estaba aquí...

Mi madre soltó una risa.

—Sí, con una chica.

—Nos ha pillado la tormenta y hemos entrado a ver si amaina.

—¿Y ella es...?

Reí porque mi madre no se cortaba un pelo y Cloe me sonrió. Estaba de nuevo sentada en el sillón mirando el móvil.

—Una amiga.

—¿La vecina?

Abrí los ojos sorprendido por aquella conclusión. Lo que yo decía, siempre iba dos pasos por delante de mí.

—¿Cómo lo sabes?

—Por la chaqueta roja.

Nos reímos los dos de nuevo y moví la cabeza en un gesto de negación. Mi madre había preguntado al recepcionista, cómo no.

—Sí, mamá, es Cloe.

Cloe levantó la vista y me miró con gesto interrogante.

—Me gusta esa chica para ti.

No quise entrar en esa conversación con Cloe delante porque lo primero que me vino a la cabeza fue que esa chica que le gustaba para mí se iba a ir en breve a Barcelona. Probablemente no la volvería a ver en mucho tiempo o incluso nunca más. Tenía que ser realista. En las películas todo terminaba de forma muy romántica, pero en la vida real las cosas eran muy distintas.

—Bueno, mamá, te tengo que dejar.

—Sí, claro, salúdala de mi parte.

—Lo haré, un beso.

—Te quiero, cariño.

Colgué y me senté junto a Cloe.

—Mi madre te manda saludos.

—¿En serio? ¿Cómo sabe que estamos aquí? ¿Y cómo sabe que soy yo?

Le expliqué la charla que habíamos mantenido y Cloe sacó su propia conclusión.

—Me gusta que afronte las situaciones. Otra no hubiera llamado ni hubiera preguntado. A veces, las madres esconden la cabeza bajo tierra para no saber qué hacen sus hijos.

—Ya te aseguro yo que mi madre no es de esas. Siempre hemos tenido ese tipo de confianza.

—¿Se lo cuentas todo?

—Casi todo —le dije más serio porque pensé en todo lo que había pasado con mi padre en el pasado.

La tormenta se estaba alejando, y Cloe y yo seguimos charlando. De vez en cuando me quedaba embobado mirando el movimiento de sus labios o el de sus ojos maquillados. La noche anterior, en el baño, la había visto sin maquillaje y no había diferencia alguna: estaba igual de guapa y sus ojos seguían siendo igual de bonitos.

Confieso que tenía que hacer un gran esfuerzo para no perder el hilo porque me distraía observándola.

—¿Por qué me miras así? —me preguntó con una sonrisa.

—Así ¿cómo?

—Como si fuera una tarta de chocolate con fresas.

Sonreí porque tenía toda la razón y me levanté del sofá para atraparla entre mis brazos. Estábamos ambos de pie, sonriendo y mirándonos fijamente.

—Me apetece un trozo de tarta —le dije con muchas ganas de besarla.

Solo serían unos besos...

Nos acercamos al mismo tiempo y nos rozamos los labios con delicadeza. Era tan consciente de cada caricia, que era imposible no estar excitado al segundo, con ella siempre era así. Cloe lo debió de sentir, pero no dijo nada y ladeó un poco la cabeza para dejar que introdujera la punta de mi lengua en su boca. Empezamos a jugar con nuestras lenguas, mis manos subieron por su espalda y las suyas rodearon mi cintura.

¿Solo unos besos? Imposible...

Nos desnudamos mutuamente y entre besos y caricias nos dirigimos hacia la cama. En un principio tenía claro que no iba a tocar esa cama, pero en ese momento me daba todo igual. Si mi madre se enteraba tendría que escuchar alguna de sus bromitas y poco más. Yo necesitaba estar con Cloe, y aquella cama era enorme y cómoda.

La noche anterior follamos con deseo, pero aquella mañana hubo muchos besos, mucha piel y muchas ganas de mirarnos a los ojos mientras ella me cabalgaba.

—Dios... Cloe, no dejes nunca de hacérmelo...

Cloe se mordió los labios y gimió. Otra imagen que grabé a fuego en mi mente.

Introdujo la mano entre sus muslos y empezó a gemir más fuerte dejándome casi sin aliento. Verla, escucharla, sentirla de aquel modo era superior a mí y era capaz de correrme sin más; sin embargo, aguanté el tipo hasta que ella llegó al orgasmo de nuevo. Su cuerpo perdió fuerza y entonces aceleré mis movimientos para conseguir llegar al final.

Cloe me miraba con los labios hinchados y húmedos, el pelo despeinado, las mejillas sonrojadas y la respiración agitada.

—Joder, Cloe, estás preciosa.

Sonrió y me besó con suavidad. Un calor extraño subió hasta mi cabeza y la besé como si me fuera la vida en ello. No me cansaba de saborear aquellos labios.

Nos quedamos abrazados, con ella encima de mi cuerpo y tuve

pensamientos un poco escalofriantes: me encantaba estar así con Cloe, podría pasarme las horas con ella, quería repetir aquello mil veces más, necesitaba sus labios, los necesitaba... ¿No era demasiado intenso o quizá era todo efecto de aquel maravilloso orgasmo?

Probablemente.

Cuando dejó de llover, nos duchamos y nos vestimos. Total, ya habíamos usado la cama, no importaba usar también la ducha. Lo hicimos separados porque, si no, sabía que podía querer quedarme en aquel hotel lo que restaba de día.

Con ella, claro.

Al salir le di las gracias al recepcionista y me quedé con su nombre para decirle a mi madre que aquel chico nos había tratado genial. Vale, sí, yo era el hijo de la jefa, pero su trato había sido impecable.

Fuimos al piso donde nuestros compañeros nos esperaban para comer. Al entrar, Leonardo me miró de reojo y me fui directo a la habitación con él detrás.

—¿Me han dicho que habéis estado en un hotel? —me comentó tras cerrar la puerta.

Y ahí estaba mi segunda madre.

Le expliqué todo lo sucedido con pelos y señales, aunque no incidí en el hecho de que Cloe estaba aterrorizada y blanca como el papel. A Leonardo le dije que llovía demasiado y que estábamos empapados a pesar de llevar paraguas. Aquello era muy típico de mí, no era la primera vez que me pillaba un diluvio y yo seguía mi camino hasta terminar mojado de los pies a la cabeza.

Mi amigo me creyó y no fue necesario añadir nada más. No le habría sabido explicar qué le pasaba a Cloe con las tormentas. Como tampoco entendí que se pusiera tan nerviosa aquel día que su pie quedó atrapado entre los barrotes ni aquel «basta» sin sentido cuando me acerqué demasiado a ella. Quizá tenía alguna especie de fobia o algo parecido...

En el instituto con doce años

Mi mejor amigo tenía un poco de sobrepeso y los más tontos del colegio siempre se habían metido con él. En el instituto no fue diferente y continuaron las burlas y los insultos.

Mi amigo siempre había intentado ignorar todo aquello y yo había procurado respetar aquella decisión, pero a medida que crecíamos ese tipo de actitudes me parecían cada vez más insoportables.

—¿Por qué no les decimos algo? —le pregunté a mi mejor amigo tras recibir varios insultos del tipo «gordo» o «zampabollos».

Eran dos compañeros del mismo curso y mucho más bajos que yo. No les tenía ningún miedo y tampoco entendía que mi amigo no quisiera plantarles cara.

—No vale la pena.

—Sé que no vale la pena, pero joder...

—¿Te hace tu mamá la ropa a medida, gordito?

Me volví hacia ellos y no pude callarme:

—¿Y a ti tu madre te ha hecho así de imbécil o te has caído de la cama?

Mi amigo me agarró el brazo con fuerza y lo miré porque me estaba haciendo daño.

—¿Quieres pelea, Adriano?

A aquellos dos les daba igual meterse con alguien más alto, estaban acostumbrados a pelear. Lo que no sabían es que yo también sabía cómo golpear, mi padre me lo había enseñado bien.

—Adriano, déjalo —me pidió mi amigo.

—No —le repliqué muy serio.

—En serio, tengo fobia a las peleas, a los golpes, a los puñetazos y sobre todo a la sangre.

Lo miré arrugando la frente. ¿Lo decía en serio? Por lo visto sí. Empezamos a correr y huimos de aquellos dos idiotas. Cuando paramos le pregunté sobre aquella confidencia.

—¿Y esa fobia?

—No lo sé. Es así.

—¿Y por qué no me lo habías dicho nunca?

—Porque pensaba que te reirías de mí.

—¿Yo? ¿El que no encuentra nunca la libreta o el que lleva el bolígrafo en la oreja sin saberlo?

Mi mejor amigo sonrió y yo lo abracé por los hombros para seguir andando hacia casa. Estuve a punto de confesarle lo de mi padre, pero algo me lo impidió. Una cosa era una fobia que te avergonzara, otra muy distinta recibir palizas de tu padre.

No era vergonzoso, era denigrante.

46

CLOE

Era de esperar que Marina y Abril me interrogaran como dos auténticas policías. No les di detalles, si bien les expliqué por encima qué había ocurrido. Con ellas no era necesario fingir, sabían de mi terror a las tormentas en plena calle. La verdad es que era un alivio poder confiar tus secretos más íntimos a alguien. Adriano no había preguntado, pero estaba segura de que pensaba que era un poco extraña.

En fin, lo de siempre, aunque él se había comportado como si no pasara nada. ¿Era de los que daban la espalda a los problemas o pasaba un poco de todo? No lo sabía porque no habíamos hablado sobre algunas de mis reacciones que estaban fuera de lo común. Lo que sí sabía era que había sido una mañana diferente pero divertida. Lo del hotel no me lo esperaba para nada y pasar media mañana allí con él había sido casi de película. Me hubiera quedado en esa habitación con él, pero ni yo era Julia Roberts ni él Richard Gere en *Pretty Woman*.

Por la tarde Adriano y Leonardo se fueron juntos y nosotras quisimos ir al cine. Nos apetecía ver una película en italiano, a pesar de que quizá se nos escaparan algunas expresiones.

Entré en mi habitación para vestirme y al abrir la puerta me detuve en seco.

—¿Qué es todo esto?

La cama estaba hecha pero con muchas arrugas, en la silla había alguna pieza de ropa colgando, encima de la mesa había varios papeles, utensilios para escribir y dos neceseres, el estor de la ventana estaba medio abierto y en el suelo había un par de zapatillas mal colocadas.

Apreté los puños en un intento desesperado por no gritar. Era mi habitación y siempre estaba impecable, como yo necesitaba. Verla así me puso de muy mal humor. Cogí la ropa procurando no mirar mucho más y en ese momento sonó un móvil. Me volví al ver que estaba justo encima de la maleta de Adriano. Era su teléfono. Probablemente se lo había olvidado allí.

—Qué cabeza...

Miré la pantalla por inercia. Era Fabrizia, la chica con la que se había liado y de la que también era amigo.

Al momento saltó un mensaje y no pude despegar los ojos de la pantalla. Fue mi vena cotilla la que me obligó a leer el principio del mensaje.

Fabrizia: Echo de menos tus manos en mi cuerpo, ¿nos vemos esta...

No leí más porque era justo lo que cabía en la pantalla, pero podía imaginar cómo terminaba: «¿Nos vemos esta noche?».

Cerré la puerta de mi armario con fuerza y salí de allí entre enfadada y decepcionada. Sí, Cloe, sí, Adriano seguía su vida, seguía robando bragas de otras y casi seguro que seguía viéndose con su amiga Fabrizia. ¿Por qué no iba a hacerlo? ¿Por qué iba a cambiar? ¿Acaso yo esperaba que lo hiciera? Nos habíamos acostado juntos y... y poco más. No salíamos juntos, no teníamos ninguna relación seria, no sentíamos... ¿nada el uno por el otro?

—¡Mierda!

Me senté en el baño con la cabeza entre las manos. Me daba la impresión de que me iba a estallar. Sentía que entre el mensaje de Fabrizia y el desorden de mi habitación me iba a dar algo.

No quería tener celos ni sentirme mal ni nada por el estilo. ¿Qué me pasaba con Adriano? Hasta ese mensaje tenía muy claro que lo nuestro era algo pasajero, algo momentáneo, algo que cuando se termina pues se termina y ya. ¿Es que yo quería algo más? No, joder. ¿Entonces?

—¿Siento algo por él? ¿Es eso?

Me quedé con la mente en blanco, no sabía qué responderme. Lo lógico hubiera sido decir un «no» rotundo, pero al oírme me quedé muda.

Y quien calla otorga... o eso dicen.

Por suerte tenía a mis amigas y pasé la tarde distraída. Vimos la película, era una comedia y la entendimos casi sin problemas. Al salir decidimos cenar en casa y cuando llegamos nos encontramos la cocina patas arriba: Adriano, Leonardo y Lucca estaban haciendo pizzas. Ellas los saludaron con efusividad y yo recordé el mensaje de Fabrizia. Si él podía ir con otras yo podía ser fría con él. No nos debíamos nada.

—¿Qué tal? —me preguntó Adriano nada más entrar.

Vi la encimera llena de harina y pegotes de la pasta, y puse los ojos en blanco.

—Bien, gracias —le dije como si fuera uno más.

—Marina, estás más guapa, ¿te has hecho algo en el pelo?

Las tres miramos a Lucca, ¿estaba bebido? Se acercó a Marina y le colocó un mechón detrás de la oreja. Ella se quedó sin habla. ¿Marina muda? Oh, oh...

—Perdonad, espero que no os importe que Lucca esté aquí. Hemos ido a ver el último concierto con sus antiguos compañeros y lo ha celebrado demasiado... —comentó Adriano.

—No, no pasa nada —repuso Abril, aunque a quien miraba Adriano era a mí.

—Creo que necesitas un café —le dijo Marina a Lucca dando un paso atrás.

Inexplicablemente siguió sus pasos y lo tuvo de nuevo pegado a ella.

—Lo que yo necesito es otra cosa...

Abril y yo abrimos los ojos sorprendidas por ese tono grave y sensual de Lucca.

—Lucca, creo que Marina tiene razón —comentó Adriano yendo hacia él.

Observé unos segundos lo alto que era, su camiseta manchada de harina y su pelo revuelto. ¿Podía parecerme más sexi?

Di media vuelta y me obligué a irme de allí para cambiarme de ropa. Con ellos por allí una no podía ir en pijama, así que me puse unas mallas y una camiseta de manga larga.

Al cabo de un rato cenamos todos juntos. A Lucca se le pasó un poco la tontería y amenizó la noche con sus comentarios. Era un tipo gracioso y divertido, aunque parecía que a Marina no le afectaban sus encantos. Se mostraba bastante indiferente con él y yo hice lo mismo con Adriano. Por mucho que me gustara no iba a perder el norte por él. El mensaje de aquella chica me había hecho ver la realidad y la realidad no era estar con él desnuda entre las sábanas suaves de un hotel de lujo.

La realidad era que yo me iría a Barcelona, que él continuaría con su vida y yo con la mía. La puta realidad era que Adriano me gustaba mucho, pero tenía que contenerme, no podía dejarme llevar porque el batacazo sería brutal y no tenía ganas de llorar por las esquinas como una tonta.

Además, éramos el sol y la luna. El blanco y el negro. El día y la noche. En la vida podría vivir con alguien como él y no por él, sino por como era yo. Mi TOC me marcaría siempre, lo sabía. Mis manías, mi necesidad de tenerlo todo ordenado, mis miedos y mis fobias me perseguirían toda la vida y no podía hacer nada para cambiarlo. Solo podía vivir con ello y hasta entonces estaba muy feliz con todo lo que había conseguido; no obstante, ver mi habitación desordenada e irritarme tanto había sido como si se hubiera abierto una nueva puerta en mi vida. La puerta de tú no vas a poder vivir con quien tú quieras si esa persona no cumple unos mínimos.

Menuda mierda.

Noté la mirada de Adriano a menudo durante la cena, pero no quise mirarlo porque me daba la impresión de que leería en mis ojos lo que sentía en aquellos momentos. Ni quería explicarle mis últimas conclusiones ni quería decirle que había visto aquel maldito mensaje. ¿Quién era yo para leer en su móvil? ¿Y quién era yo para sentirme celosa? Porque es lo que había sentido, por mucho que quisiera camuflarlo con otra cosa. Puedes engañar al mundo entero, pero no a ti.

En algún momento estuve tentada de devolverle la mirada, dado que sabía que tampoco se lo merecía, que era yo sola la que me había entusiasmado con él. Adriano era libre y jamás lo había escondido. Iba de cara, era sincero y natural. En ningún momento prometió nada, así que no tenía ningún derecho a estar enfadada; sin embargo, me nacía de dentro, era algo realmente extraño que no sabía ni cómo explicar.

Era pensar en aquella chica y sentir que no podía tragar saliva, como si tuviera una bola de algodón atascada al final del paladar. Se me secaba la garganta y me era imposible pensar con claridad.

—¿Estás bien?

Su tono suave me envolvió cuando se acercó por detrás mientras recogíamos la mesa entre todos. Se me cayó el alma al suelo porque Adriano era cariñoso, era dulce y yo no sabía cómo gestionar todos aquellos sentimientos que tenía acumulados dentro de mí.

—Sí, solo es que estoy cansada.

Intenté ser muy neutra, pero también me dolió no hablarle con el mismo tiento que él. Estuve a punto de volverme y esconder mi rostro en su cuello para decirle que lo necesitaba pero me contuve, una vez más.

—Ya limpio yo la cocina —dijo Adriano al resto mientras terminábamos de llevar los platos.

Nos fuimos al salón y él se quedó en la cocina. Podría haber sido un buen momento para hablar, pero no le encontré el sentido: ¿hablar de qué?

—¿Te pasa algo? —me susurró Marina en cuanto pudo.

—Ya hablaremos —le dije con media sonrisa.

En terapia con quince años

Estaba en tercero de ESO y creo recordar que fue mi peor año en todos los sentidos.

No tenía demasiadas ganas de estudiar, me distraía con mucha facilidad con mis bolígrafos en clase y en casa estaba siempre de morros. Mis padres eran mis enemigos y mis amigos, mi familia. Una época realmente complicada en la que mi cuerpo experimentó muchos cambios y en la que algunos pensamientos recurrentes dominaron mi vida demasiados días. Afortunadamente tuve una terapeuta muy buena que parecía no vivir en el mundo de los adultos, me sentía comprendida.

—Entonces, ¿estás enfadada pero crees que no deberías estarlo?

—Eso es —le respondí encantada de que resumiera tan bien lo que le había estado explicando durante casi media hora.

—Así que te niegas un sentimiento.

—Es que es absurdo que sienta celos por un chico que ni me gusta.

—Quizá sí te gusta.

—Es el demonio. Es vulgar, es cutre y siempre va con esa gorra horrible. Si me gustara lo sabría, así que no sé qué me pasó el otro día en clase…

¿Me estaba ocurriendo algo parecido? ¿Negaba que sentía algo más por Adriano o era un mecanismo de defensa? Con la terapeuta habíamos llegado a esa conclusión. Por miedo a sentirme rechazada ocultaba mis sentimientos. Sí, resultó que aquel chico cutre me gustaba, a pesar de que no tenía nada que ver conmigo.

Cosas de adolescentes...

Pero ahora ya tenía una edad y sabía reconocer mis celos, mis enfados y mis sentimientos encontrados. Adriano estaba haciendo tambalear mi mundo y eso no me gustaba nada. No quería acabar dependiendo de él, sobre todo sabiendo lo que sabía sobre su historial amoroso.

47

ADRIANO

Estaba agobiado y me fui a la cama en cuanto Lucca se metió en un taxi en dirección a su casa. No quise darle más vueltas a la actitud de Cloe y cuando cerré los ojos me dormí al instante.

Aquella semana fue dura a nivel de trabajo porque un grupo de trabajadores se retrasó en algunas faenas y tuvimos que estar encima más de lo normal. Eso significó pasar muchas horas en el estudio, llegar tarde a casa y cenar en apenas diez minutos.

Encima teníamos el piso patas arriba porque estaban colocando el parqué y así era complicado acceder con facilidad a nuestras cosas. Teníamos la habitación de Cloe un poco saturada entre Leonardo, nuestras pertenencias y yo, pero es que necesitábamos un espacio del que no disponíamos.

El viernes estuvo todo finalizado y rematado, así que al día siguiente podíamos volver a nuestro piso. Por fin.

Me sentía asfixiado en aquella habitación y a Leonardo le pasaba algo similar. Agradecíamos a las vecinas su gesto, pero compartir habitación no era nada cómodo.

El sábado las chicas nos echaron una mano, aunque Cloe se esfumó cuando la llamaron sus padres. Ya no la vi más.

Desde aquella noche del domingo Cloe me había ignorado por completo. En un principio pensé que estaba enfadada o que no se encontraba bien, pero a medida que fueron pasando los días me di cuenta de que Cloe me trataba como a uno más. Ya no había miradas escondidas, ni caricias robadas, ni besos fugaces. No había nada y eso solo significaba que para ella había sido una breve aventura y que había decidido ponerle fin. Sin palabras, sin dramas y sin explicaciones. Como yo había hecho muchas otras veces, así que lo entendí a la primera y me aguanté las ganas de murmurarle algo al oído o de acariciar la punta de sus dedos al cruzarnos por el pasillo.

Y me jodía mucho aguantarme las ganas, mucho. Aunque más me jodía saber que Cloe tenía razón.

Aquello debía terminar y dejarlo en un bonito recuerdo. Si íbamos más allá podían empezar los quebraderos de cabeza y ninguno de los dos queríamos eso. No era necesario estropearlo, aunque me fastidiaba ver su indiferencia. Estuve a punto de decírselo un par de veces, pero me vi reflejado en chicas como Fabrizia, reclamando algo que yo nunca había prometido.

Esta continuaba insistiendo a pesar de que me había negado a verla en varias ocasiones. Sabía que no volvería con ella, que no nos acostaríamos, pero aun así no tiraba la toalla. Mi respuesta siempre era la misma, no quería alimentar falsas esperanzas. Ella quería algo de mí que no podía darle y yo no deseaba dañarla, al fin y al cabo éramos amigos todavía.

La siguiente semana también fue complicada en el trabajo, pero al menos estábamos ya en nuestro piso y podía dejar de ver a Cloe. No es que la hubiera visto demasiado en el suyo, pero coincidíamos cenando por la noche o viendo la televisión con todos en el salón.

No era una tortura, tampoco era eso, pero me gustaba estar con ella y ni siquiera había podido decidir si me parecía bien o mal dejar de vernos. ¿Quizá estaba tomando de mi propia medicina? Quizá. La diferencia era que yo no había pedido ninguna explicación y que no había insistido en estar con ella de nuevo. Para mí su mensaje estaba clarísimo y no había mucho más que hablar. No valía la pena malgastar energía en perseguir algo que sabía de antemano que no obtendría. Aunque sí gastaba energía pensando en ello, pero no lo podía evitar.

—¿Esta semana va a ser igual que las anteriores? —me preguntó Marina al cruzarnos en las oficinas.

Su tono no era de cansancio ni de desespero, más bien de muchas ganas de trabajar, y me hizo sonreír. Si yo fuera Carlota intentaría convencer a Marina para que se quedara en nuestra empresa, era un diamante en bruto, aunque estaba seguro de que la jefa se había dado cuenta porque días atrás la había pillado observando cómo Marina nos explicaba algunos fallos de un par de trabajadores que participaban en el proyecto.

Marina era una chica segura de ella misma y no tenía miedo de decir lo que pensaba. Además, era lista y razonaba mucho antes de sacar conclusiones en el trabajo.

—Esta semana podemos respirar un poco —le dije guiñándole el ojo.

—Tampoco nos vendrá mal...

Eso significó que a mediodía volvimos a tener tiempo para comer más dignamente y por eso aquel mismo lunes vi a Cloe sentada con sus compañeros en el bar al que siempre íbamos.

Nada más entrar la vi, como si mis ojos ya la tuvieran localizada de antemano. Reía y charlaba con sus amigos mientras esperaban la comida. La observé unos segundos y sentí algo extraño en el estómago. Hacía varios días que no la veía y me parecía que había pasado un mes entero. ¿Tanto me jodía que hubiera sido ella quien hubiera terminado lo nuestro?

¿O era otra cosa?

—¡¡¡Adrianooo!!!

Me di la vuelta para mirar quién era.

—¿Papá?

Me quedé de piedra al verlo, iba acompañado de aquella chica joven otra vez.

—¡¡¡Qué alegría verte!!!

Me abrazó y no le correspondí, pero tampoco lo rechacé. Estaba demasiado desubicado. ¿Qué hacía mi padre allí? ¿Sabía que me encontraría en aquel bar o había sido mera casualidad?

—Vine la semana pasada y conocí a un compañero tuyo, un tal Julio. Me comentó que veníais aquí a menudo...

Joder con Julio. Se podía meter la lengua donde yo le dijera.

Me separé un poco de mis compañeros para que no oyeran lo que hablábamos.

—Sí, bueno, estamos cerca del estudio.

Si hubiésemos estado solos lo hubiera mandado a paseo; sin embargo, mis compañeros, entre ellos Marina y Sandra, estaban pendientes de mi padre. Sabían que vivía en España y que nunca hablaba de él.

—Cómo me alegra ver que estás bien, trabajando como arquitecto y vestido como un hombre.

Para trabajar solía usar pantalones de pinzas y camisas, una imagen que mi progenitor siempre había usado. Sentí que me subía la bilis al ver el orgullo en sus ojos. ¿Acaso no entendía que no quería saber nada de él?

Aquella chica joven y guapa carraspeó. Era morena, tenía el pelo largo y los ojos muy bonitos.

—¡Ah! Sí, te presento a Laura.

—¡Hola, Adriano!

Me abrazó como si nos conociéramos de toda la vida y apoyó su mejilla contra la mía.

—Cómo me hubiera gustado conocerte antes —comentó en un tono de niña pequeña.

Si aquella tipa era la novia de mi padre se tomaba conmigo demasiadas confianzas.

—Es tu hermana.

Miré a mi padre y abrí la boca para decirle algo así como que aquello era una broma de muy mal gusto, pero vi en sus ojos que no mentía. Apreté los labios y callé. Era capaz de montar allí un buen número y no era plan.

—Por eso te he estado llamando, quería explicártelo.

—¿Lo sabe mamá?

Mi padre negó con la cabeza y cerré los ojos unos segundos. Aquella hija que debía de tener más o menos mi edad era fruto de un engaño, evidentemente. ¿Y qué pretendía? ¿Que yo la aceptara como a una hermana?

—Adriano, no sabes las ganas que tenía de conocerte. Papá me ha explicado muchas cosas de ti, de lo buen jugador de fútbol que eras, de lo mucho que te gustaban las carreras y de lo bien que te portabas siempre.

Mi padre y yo nos miramos unos segundos. Todo aquello era mentira.

—¿Podemos vernos un día de estos? Por favor, por favor...

Laura se me colgó del brazo y puso morritos. La verdad es que me sentí acorralado porque no quería saber nada de él, pero aquella chica no tenía ninguna culpa. La pobre parecía una víctima más.

—¿Me das tu teléfono y quedamos? —me preguntó insistiendo.

—¡Hasta luego, Marina!

Justo en ese momento pasó Cloe con sus amigos y saludó a Marina. Busqué sus ojos en un intento desesperado de huir de aquella situación si bien solo encontré desprecio. ¿Por qué? Bueno, tenía a una chica preciosa pegada a mí pidiendo mi número de teléfono.

Genial.

—Tengo muchas ganas de conocerte y de que me expliques cosas de España, de Barcelona y de ti.

Aquella niña me tenía idealizado o algo parecido. No sabía las mentiras que le había explicado mi padre, pero era obvio que había omitido la parte más oscura de nuestra relación.

Nos intercambiamos los números de teléfono y quedamos en llamarnos aquel fin de semana. Laura era tan cariñosa que me cayó bien, a pesar de que era hija de una infidelidad.

A mi padre también le dije unas palabras...

—Si le haces daño a mamá con esto iré a por ti.

No, no era una advertencia. Era una amenaza.

—Quiero hablar contigo con tranquilidad —me confesó obviando mi tono antipático.

—Pues ahora no es el momento, tengo que irme.

—Entonces dime cuándo.

Su voz sonaba como gastada y con poco ímpetu, como si tuviera veinte años más encima. Parecía más viejo y cansado.

—Mañana, a las siete de la tarde aquí.

Cuanto antes acabara con esto mejor.

—Perfecto, hijo. Gracias.

No le dije nada y Laura me dio un apretado abrazo antes de irme.

—¿Era tu padre? —preguntó Sandra con naturalidad.

—Sí.

—Ajá.

Sandra me conocía bien y sabía cuándo no seguir preguntando; con todo, Marina continuó con el interrogatorio.

—¿Y la morenaza?

Miré de reojo a Marina.

—No es nadie.

Joder, era mi hermana, ni más ni menos y no sabía cómo sentirme. Tenía sentimientos encontrados. En parte odiaba saber que mi padre había engañado a mi madre con una italiana y que durante todos estos años nos había escondido algo como aquello. Pero, por otro, Laura me gustaba y notaba su cariño hacia mí sin apenas conocerme... ¿cómo iba a ignorar a una hermana que quería conocerme? No era tan capullo.

Marina no dijo nada más, pero era evidente que no le había gustado mi respuesta. No iba a decirle quién era en realidad o no de momento. Necesitaba asimilarlo y hablar con Leonardo, era el único que podía poner un poco de juicio en todo aquello. Pensé también en mi madre y sentí mucha rabia hacia mi padre. ¿Es que no iba a dejar de jodernos nunca?

48

CLOE

No le había quitado el ojo de encima a Adriano desde que había entrado en el bar. Llevaban días sin ir allí a comer porque el proyecto los tenía muy absorbidos a los tres. Cuando lo vi entrar mi cuerpo se tensó y sonreí por dentro al tenerlo tan cerca de mí, aunque él no supiera que seguía cada uno de sus movimientos.

Habían pasado dos semanas largas desde aquella mañana fantástica en el hotel, dos semanas desde que había decidido no seguir con aquella historia por mi bien, pero lo echaba demasiado de menos.

Al principio estaba enfadada, eso me duró unos tres o cuatro días. Me lo imaginaba con Fabrizia después de estar conmigo y me sabía a hiel, aunque no tuviera ningún derecho a sentirme así. En parte sí pensaba que tenía algún derecho porque a mí no me gustaba liarme con varios chicos al mismo tiempo y tenía la firme convicción de que él sí lo hacía.

Después llegó la nostalgia y el pensar en él a todas horas. Lo necesitaba y me pasé tres o cuatro noches pasando el dedo por la pared, como si pudiera tocarlo. Sabía que Adriano estaba al otro lado y lo imaginaba en la cama, tumbado, leyendo o mirando el móvil. No nos habíamos mandado ningún mensaje más y eso me llevó a la siguiente fase: a la decepción.

Pensaba que Adriano daría algún paso, que me pediría algún tipo de explicación por mi indiferencia, pero la verdad fue que se lo tomó como si fuese lo más normal del mundo. Mi conclusión fue contundente: yo le interesaba bien poco. Eso reafirmaba mi decisión; había hecho bien en alejarme de él antes de que empezara a sentir algo de verdad, entonces la separación hubiera sido peor. En algún momento había pensado que me había precipitado porque las ganas de estar con él me podían, pero estaba claro que era lo más sensato. Y para olvidarlo solo tenía que recordar que él no sentía lo mismo que yo y que probablemente seguiría acostándose con Fabrizia y muchas otras.

Y para ejemplo la chica de pelo largo que lo miraba como si Adriano fuera su ídolo. En cuanto la vi junto a él no pude dejar de observar para saber qué tipo de relación tenían. Era evidente que ella estaba colgada de él y que él se dejaba querer. Cuando pasé junto a ellos la oí perfectamente: le pedía su número de teléfono, y me jodió tanto que miré a Adriano con asco. Ese asco venía porque no me gustaba sentirme así por alguien que durante las dos últimas semanas se había olvidado de mi existencia.

Lo había perdido.

Había perdido estar entre sus brazos, su cuerpo, los besos dulces, su voz cariñosa o su tono pícaro. No íbamos a tener más charlas sobre monumentos de Roma, sobre lo increíble que me parecía su madre o sobre mi vida y mis amigos en Barcelona. Tampoco volveríamos a cocinar juntos ni a ir a un restaurante a probar nuevos platos.

Lo había perdido para siempre y aquella idea me dolía más de lo que debería dolerme. Que al principio estuviera enfadada, nostálgica, molesta o decepcionada... Sin embargo, habían pasado dos semanas y seguía en el punto de partida. ¿En el punto de partida? No, estaba peor porque mis ganas de estar con él habían ido aumentando con el paso de los días. Como cuando deseas algo con tanta fuerza que al final es casi obsesivo.

Si lo pensaba con tranquilidad sabía que había hecho lo correcto, pero en algunos momentos me dejaba llevar por el corazón y entonces me daban ganas de aporrear su puerta, entrar como un huracán y clavar mis labios en los suyos.

Pero yo había decidido por los dos.

Marina: No es nadie, palabras textuales.

Sonreí a medias.

Marina me había dicho que le había preguntado a Adriano quién era esa chica. La respuesta no tenía demasiado valor, si no era esa sería otra. La cuestión es que no era yo y que yo misma había escogido. Me había imaginado un camino alternativo, como en aquellos libros que leía de pequeña donde debías decidir cómo seguir la historia. Podría haberle preguntado a Adriano si se enrollaba con otras estando conmigo, la pregunta no estaba fuera de lugar y no hubiera sido necesario nombrar a Fabrizia en ningún momento. ¿Me hubiera dicho la verdad? Estaba casi segura de que sí, aunque no lo conocía tanto como para poner la mano en el fuego.

Aquella opción la sugirió Abril pero no me convenció y pudo más mi tozudez. Creo que una parte de mí pensaba que Adriano me buscaría, iría tras de mí y acabaría pidiéndome explicaciones con sus manos agarrando las mías y sus labios pegados a mi boca. Nos quitaríamos la ropa con rabia y acabaríamos follando como salvajes con mi cuerpo pegado a la pared.

Sí, también tengo mucha imaginación.

La realidad había sido mucho más cruda y mucho más decepcionante. Ni besos, ni cuerpos ni paredes. Solo dos semanas de indiferencia y de saludos breves.

En el bar fue en el único momento en que vi que me miraba, cuando pasé junto a él y esa chica que lo abrazaba. Podría haberlo saludado con una sonrisa o decirle con mis ojos que lo echaba mucho de menos, pero el desprecio salió sin que pudiera evitarlo porque me dolía verlo con otra.

Releí el mensaje de Marina.

Marina: No es nadie, palabras textuales.

—Yo no soy nadie —murmuré antes de suspirar y cerrar los ojos. Sonó el móvil y lo cogí con desgana.

—¿Mmm?

—¿Cariño, estás bien?

El tono preocupado de mi madre me alertó. ¿Por qué me preguntaba eso?

—¿Eh? Sí, mamá, ¿qué pasa?

—Que ha pasado una semana desde que me llamaste...

¿En serio?

—¡Ostras! No me he dado cuenta. Lo siento mucho.

—Bueno, si solo es un despiste no pasa nada. Ya empezaba a preocuparme y a pensar que te había secuestrado algún italiano guapo de esos.

—No son tan guapos —la contradije sonriendo.

—Sí lo son, cariño.

No iba a hablar de ese tema con mi madre.

—¿Qué tal estáis? —pregunté para cambiar de tema.

—Por aquí todos bien, ¿y tú? ¿Qué tal en el hospital? ¿Y Marina y Abril?

Fui respondiendo a todo con la misma alegría de siempre, una alegría un poco fingida, dado que no quise que mi madre pensara que me ocurría algo porque no hubiera dejado de preguntar hasta averiguarlo. No iba a decirle a mi madre que un medio italiano se me había metido en la cabeza y que no había manera humana de desprenderlo de ahí.

—Llámame en unos días, ¿de acuerdo?

—Sí, sí, lo haré, no lo dudes.

—Te queremos...

—Y yo, mamá, a los dos.

Colgué pensando en mi casa en Barcelona, en mis padres, en mi barrio, en la universidad y en todos los amigos que tenía allí. ¿Los echaba de menos? Sí, claro, aunque sabía que en menos de tres meses volvería a estar allí y volvería a mi vida. ¿Echaría entonces de menos Roma? ¿Y a mis compañeros de Erasmus? ¿Y a Adriano?

Resoplé una vez más al pensar en él e hice lo que no había hecho en todos aquellos días: buscarlo en TikTok. Me pasé los siguientes cinco minutos viendo sus últimos vídeos con una sonrisa y me mejoró el humor. Tal vez debería hablar con él y decirle qué sentía. ¿Por qué no? ¿Qué podía perder? El «no» ya lo tenía y no me podría echar nunca en cara a mí misma que no lo había intentado, ¿verdad?

Aquella idea me levantó el ánimo y estuve toda la tarde pendiente de que Adriano llegara al piso. Abril pasaba la tarde con los gemelos y Marina llegaría con Adriano, así que esperaba poder abordarlo en cuanto los oyera.

Al cabo de un par de horas los oí hablar y me coloqué tras la puerta.

—Te dejo, que Cloe quería ir a compras esta tarde...

—¿Está bien Cloe?

—¿Por qué lo preguntas?

—No, por nada.

Abrí la puerta y ambos me miraron sorprendidos.

—¿Te vas? —preguntó Marina.

—Eh... no. Quería hablar con Adriano.

Nos miramos unos segundos y me dio la impresión de que me había equivocado con él. En sus ojos vi un brillo especial.

—Pues nada, me voy a duchar con tranquilidad —anunció Marina con una sonrisa.

Ella pensaba que me había precipitado en mis conclusiones, aunque respetaba y entendía mi decisión.

—¿Quieres pasar? —dijo Adriano más bien serio.

—Gracias.

Entré en su piso y observé lo bonito que quedaba aquel tono de parqué con el blanco de las paredes, pero no dije nada porque no había ido allí a hablar de decoración.

—¿Te apetece tomar algo? ¿Una cerveza?

—Sí, está bien.

—Ponte cómoda, Leonardo llegará más tarde.

Me senté en la esquina del sofá y me cogí las manos, nerviosa. ¿Cómo empezar aquella conversación?

«Mira, Adriano, es que soy una exagerada de la vida y no me gusta sufrir y pensé que tú me harías sufrir y... bufff.»

—Toma.

Adriano se sentó y dobló la pierna para colocarse de lado y mirarme de frente.

—Tú dirás.

Tomó un sorbo del botellín y mis ojos se calvaron en sus labios.

—Esto... es que no sé por dónde empezar.

Adriano alzó las cejas y sonrió de lado.

—¿Es sobre algo que te preocupa?

—No, no, digo sí, claro que sí.

—¿Amigas? ¿Familia? ¿Las prácticas...?

Sonreí ante su retahíla de preguntas. Él sabía muy bien por qué estaba allí.

—Es sobre nosotros.

—¡Vayaaa! Sobre nosotros.

Su tono irónico no me pasó desapercibido y me sentí como la mala de la película. ¿No era él quien se acostaba con otras y quien pasaba de mí?

—Si quieres podemos recular en el tiempo y averiguar qué sucedió entre el mediodía y la noche de aquel domingo. ¿Alguien entró en tu cuerpo y te hizo actuar de forma... extraña?

Tuve ganas de reír por sus palabras, pero me aguanté. El tema era serio.

—¿La verdad?

Asintió con la cabeza con un amago de sonrisa.

—Entré en mi habitación y me puse histérica al ver cómo estaba todo. Decidí ignorarlo e irme pero justo entonces... oí el sonido de un mensaje. Era tu móvil, que estaba encima de tu maleta. Y leí por encima qué ponía.

Lo miré esperando que entendiera de qué hablaba pero parecía bastante perdido. ¿Y eso?

49

ADRIANO

—¿Un mensaje? ¿Qué mensaje?

De sus últimas palabras no había entendido demasiado: se puso histérica al entrar en su habitación... ¿por qué? Y leyó un mensaje en mi móvil, que me había olvidado una vez más. Pero ¿qué mensaje podía ser para que le molestara tanto?

—Uno de esa chica.

—¿Qué chica?

—Tu amiga. Fabrizia.

Intenté recordar ese mensaje pero era imposible porque Fabrizia me escribía a menudo: «¿Cómo estás?», «¿Sales hoy con nosotros?», «Vamos a ir de copas, ¿te apetece venir?», «Echo de menos tus manos en mi cuerpo»...

Mierda, debió de ser ese mensaje.

—¿Sabes de qué mensaje te hablo?

—Creo recordar que quería quedar conmigo y por supuesto le dije que no.

La miré muy serio. No había estado con Fabrizia mientras estuve con Cloe y me daba la impresión de que los tiros iban por ahí.

—No porque... —dijo esperando que terminara la frase.

—No porque no he estado más con ella, ni con ella ni con otra —le dije enfadado.

—No te enfades. Yo pensé que seguías con tu... con tus relaciones esporádicas.

La miré detenidamente e intenté entender su postura. Cloe me había visto con más de una chica y yo no le había escondido en ningún momento mi manera de vivir las relaciones. Era cierto que podría haberme acostado con otras, pero la verdad era que ni se me había pasado por la cabeza. Ni lo necesitaba ni me apetecía.

—Pues pensaste mal porque no he estado con nadie más, ni siquiera estas dos últimas semanas.

Cloe alzó las cejas y yo también me di cuenta en ese momento de que aquello no era muy normal en mí, pero había estado muy ocupado con el proyecto y los fines de semana habían sido más bien tranquilos.

—Pues perdona por ser tan mal pensada y por enfadarme sin razón. Me ofusqué. La cuestión es que he estado pensando...

Se mordió el labio unos segundos y me despisté mirándola. Era un gesto demasiado sexi y ella ni lo sabía.

—Que necesitaba decirte que te echo de menos.

Parpadeé un par de veces ante sus palabras. Me gustó que fuera directa y que no se anduviera con tonterías, pero más me gustó saber que había estado pensando en mí como yo en ella.

Moví mi cuerpo y me acerqué a ella. Nos sonreímos al mismo tiempo.

—Yo también te he echado de menos.

Nuestras manos se buscaron instintivamente y entrelazamos los dedos.

—Pensaba que te daba igual —me confesó en un tono más bajo.

—¿En serio? Porque yo pensaba lo mismo.

Nos aproximamos despacio y rozamos nuestros labios con suavidad. Adoraba besarla de ese modo. Su piel era suave, caliente y me encantaba sentir su respiración tan cerca de mí.

—¿Eso es que me perdonas?

Su tono de gatita me hizo sonreír.

—Voy a necesitar más besos para eso...

Nos besamos de nuevo despacio y sin prisas, pero el sonido del timbre nos detuvo.

—Un segundo —le dije pensando en lo poco oportuna de esa interrupción.

Al abrir la puerta Laura entró como un huracán.

—¡¡¡Adrianooo!!! —Me abrazó con ganas y tuve que dar un par de pasos hacia atrás.

—¿Qué haces aquí?

Le había pasado mi dirección, por si me necesitaba, pero con la clara condición de que no se lo dijera a mi padre.

—Tenía ganas de hablar contigo.

Entró en el piso como si lo hubiera hecho toda la vida y cerré la puerta con prisas para seguirla.

—¡Ay! ¡Hola! Que tienes compañía...

—Sí, ella es Cloe. Cloe, ella es Laura.

Cloe me miró sorprendida y como no le dije nada más se levantó para irse.

—¡Oh! Quizá molesto —comentó Laura.

—No te preocupes, ya me iba —dijo Cloe en un tono serio.

Estaban claras cuáles eran sus conclusiones: «¿Otra, Adriano, en serio?»

—Cloe... ella es... mi hermana.

—¿Tu hermana?

Cloe sabía que era hijo único, así que aquella explicación no le cuadraba nada.

—Me he enterado este mediodía, en el bar.

Cloe me miró unos segundos y entonces entendió que aquella chica no era un ligue más. La miró a ella y mi hermana le sonrió con timidez.

—Entonces, ¿ese hombre que he visto de espaldas era...?

—Mi padre. —Acabé la frase yo.

—Y el mío, claro —comentó ella sonriendo.

—¿Quieres tomar algo? —le pregunté a mi hermana—. Así nos acompañas.

Miré a Cloe pidiéndole que no se marchara y se sentó de nuevo.

—¿Tienes Coca-Cola?

Asentí con la cabeza y fui hacia la cocina. Laura empezó a charlar con Cloe como si la conociera de toda la vida. Aquella chica era muy extrovertida y me daba la impresión de que un pelín inocente. ¿Qué edad debía tener exactamente?

—Ahora estoy trabajando en un súper y me gusta mucho. Lo que más me divierte es estar en caja y lo que menos, el uniforme. Parezco una salchicha de color marrón y odio ese color, no entiendo cómo la gente puede vestirse con ese color.

Sonreí al oír sus comentarios y Cloe también parecía divertirse con ella.

—¿Qué edad tienes, Laura? —le pregunté yo.

—Tengo veinticinco, ¿tú veintiséis?

Asentí de nuevo y le pasé la bebida con limón y hielo.

—¡Guau! Pareces un auténtico camarero.

—Es que algún verano me ha tocado servir copas...

Cloe me miró de nuevo y entrelacé otra vez mis dedos con los suyos. Laura estaba en el sillón de enfrente y nos pasamos un buen rato charlando con ella y haciéndonos preguntas entre los tres. Me gustó tener a mi lado a Cloe y me gustó ver cómo ella también quería conocer a mi hermana. En otra época hubiera escondido algo así: que mi padre tenía una hija con otra mujer sin que nadie lo supiera. Pero en ese momento me apetecía que Cloe empezara a ser partícipe de mi vida. Además, tenía ganas de estar con ella, la había echado de menos de verdad.

Laura supo de la existencia de mi padre años atrás, cuando había empezado a preguntar a su madre por su progenitor con más insistencia. Vivían en Roma, cerca del Foro Itálico, es decir, bastante lejos del centro de la ciudad. Su madre trabajaba en la oficina de una gestoría como administrativa a pesar de que no tenía estudios, y Laura había empezado un ciclo al terminar el instituto, pero lo había dejado porque no le gustaba estudiar. En cuanto pudo se puso a trabajar y hasta ese momento había sido dependienta de una pequeña tienda de moda, frutera en una parada de un mercado, camarera en un par de heladerías y, finalmente, había encontrado el trabajo en el súper, con el que estaba encantada.

—Yo he nacido para hablar con la gente, para escuchar sus chismes y para sonreír mientras paso los productos oyendo el piiip ese. Eso me relaja mucho.

Cloe y yo nos reímos y ella sonrió contenta. Laura era muy agradable, pero yo estaba intranquilo por mi madre. ¿Cómo se iba a tomar esta noticia? En algún momento tendría que decírselo, no podía esconderle algo como aquello.

—¿Y tu madre cómo es? Dice papá que es muy guapa.

Miré a mi hermana sin saber qué decirle. Sentí cierto ahogo porque me di cuenta de que ella tenía una buena relación con él. El tipo de relación que me hubiera gustado tener a mí. ¿Qué podía decirle a Laura? No podía decirle la verdad.

Le expliqué por encima cosas de mi madre, pero no hablé de su matrimonio ni tampoco de su ruptura. Aquello era demasiado privado... aunque fuera mi hermana no dejaba de ser una desconocida, alguien a quien había conocido horas antes.

—¿Y cómo os habéis encontrado? Tú y él...

Cloe pasó la mano por mi espalda, en una suave caricia. Sin habérselo comentado directamente, ella sabía que me costaba un mundo hablar de mi padre.

—Papá me explicó que llevaba años buscándome, mi madre vivía en la otra punta de Roma y al cambiar de piso no sabía cómo encontrarla. La verdad es que yo también quería conocerlo. Al final dio con mi madre por casualidad y yo accedí a quedar con él. Me dijo que se habían conocido en una fiesta y que terminaron la noche juntos. Mi madre siguió en contacto con él durante aquel mes que tus padres estuvieron en la ciudad y, en cuanto supo que estaba embarazada, se lo contó. Ella no le pidió nada y él le fue pasando dinero a menudo.

Así que mi padre no había sido tan capullo con ella.

—Entiendo que todo esto es jodido para ti, Adriano. Pero ni tú ni yo tenemos la culpa de lo que ellos hicieron.

Me miró esperando que le reprochara algo, pero estaba totalmente de acuerdo con ella: si alguien la había cagado eran ellos dos. Y me dolía por mi madre, por supuesto, pero no iba a cargar con esa culpa a Laura.

—Bueno, la cuestión es que tengo una hermana y que ¿sabes qué?

—¿Qué?

—Me gusta cómo suena. «Mi hermana.»

Laura y Cloe rieron por mi tono bromista.

—Pero, hermanita, sabes qué hacen los hermanos mayores, ¿verdad?

Ellas siguieron con sus risas y yo me sentí genial al verlas así.

—¿Vas a controlarme? ¿Protegerme? ¿No me vas a dejar ir con chicos?

—Algo así —respondí riendo también.

—Pues por eso no debes preocuparte, porque me gustan las chicas.

Nos reímos de nuevo hasta que Laura hizo la pregunta del millón:

—¿Y vosotros dos? ¿Sois novios?

50

CLOE

Estaba en la cama analizando todo lo que había ocurrido aquella tarde: el beso de Adriano, la hermana secreta y aquella charla tan interesante con ella. La vida de mi vecino era movidita y me había quedado con las ganas de preguntar más cosas sobre su padre. Laura había aparecido de pronto en su vida y él lo había aceptado bastante bien. La verdad es que la chica era muy simpática y desprendía algo que provocaba que quisieras estar a su lado. Transmitía buenas vibraciones a pesar de que alguna de sus preguntas eran demasiado directas.

«¿Sois novios?»

Adriano y yo nos miramos unos segundos y le sonreímos sin responder. No lo éramos, claro que no, pero tampoco éramos un rollo de una noche ni éramos una de esas parejas que empiezan a conocerse con ganas de ir más allá. ¿Entonces?

Adriano lo resumió con dos palabras:

—Estamos juntos.

Nos miramos de nuevo y ambos entendimos el significado real de aquella escueta respuesta.

Nos habíamos echado de menos y queríamos seguir viéndonos, sin terceras personas de por medio. Y cuando llegara el final nos diríamos adiós, sin dramas.

Sin haberlo hablado entendimos que ese era el trato.

Lo bueno de las ideas o de los propósitos es que cuando los planteas dejas de lado lo negativo del asunto. Quiero hacer dieta a partir del lunes y la haré, y dejas de lado aquellos momentos de debilidad o aquellos otros en que te morirás por mordisquear chocolate. Quiero hacer deporte y lo haré, y dejas de lado el palo que te va a dar madrugar para salir a correr. Quiero estudiar un idioma y lo haré, y dejas de lado el esfuerzo que vas a tener que realizar.

¿Un final sin dramas? ¿Y los sentimientos? ¿Y la nostalgia? ¿Y el echarse de menos? ¿Y el saber que no lo vas a ver más, ni a besar ni a tocar?

Sin dramas, sí, claro.

—¿Se puede?

Marina entró en la habitación tras mi consentimiento.

—¿Hacemos algo juntas esta tarde?

—Por mí, perfecto.

—¿No has quedado con Romeo?

—Ha quedado con su padre —contesté mientras me peinaba delante del espejo.

—Ya, ese hombre parecía enfermo, ¿verdad?

—¿Sí? La verdad es que no lo vi...

Apenas me di cuenta de que estaba con un hombre, mis ojos estaban clavados en Adriano y en su hermana.

—Podríamos ir al Foro Romano, ¿qué te parece?

—Tengo ganas de verlo, ¿quedamos a las seis o es muy pronto?

—Genial, esta semana no tengo que quedarme hasta tarde. Se lo digo a Abril.

Habíamos empezado a tener rutinas en Roma. El metro a primera hora, las prácticas en el hospital por la mañana, comer en el bar con los compañeros de Erasmus, coger el metro de nuevo y regresar para disfrutar de la tarde a nuestro aire. A Marina le tocaba trabajar un poco más porque la habían incluido en ese proyecto tan importante y, por lo visto, todos estaban encantados con ella.

Al llegar a casa nos encontramos a Lucca en la puerta de nuestros vecinos.

—Hola, chicas, estoy esperando a Adriano. Estará al caer, ¿verdad?

—Eh... creo que no —respondí pensando qué decirle.

Era su mejor amigo, debería saber que había quedado con su padre...

—Me parece que va a llegar tarde.

—¿Tiene una cita o algo?

—No lo sé.

—Ya —me dijo mirándome de reojo—. ¿Puedo usar vuestro baño?

—Sí, pasa...

Lucca entró a paso tranquilo y fue al baño mientras nosotras nos preparábamos un café.

—¿Te apetece uno? —le preguntó Abril al verlo entrar.

Abril había cambiado en pocos días. La compañía de los gemelos le había dado una seguridad que antes no tenía. Meses atrás hubiera intentado que aquel chico se fuera de allí cuanto antes y ahora le ofrecía un café. Me gustaba mucho ese cambio.

—Si no os molesto...

Oímos las llaves y los tacones de Marina al entrar.

—¡Chicas! Estoy aquí. Joder con las escaleras, cualquier día se me cae el coño al subir...

Marina calló al momento al ver a Lucca apoyado en la mesa, con unos vaqueros ajustados y un jersey fino negro.

«No es una visión, Marina», pensé riendo en mi cabeza.

—Eh, hola, Lucca.

—Hola, bonita...

—Sin comentarios. —Le advirtió con el dedo antes de irse hacia su habitación.

Nos reímos los tres aunque Lucca le dio un buen repaso a mi amiga. Estaba claro que le gustaba, ¿por qué no daba ningún paso?

—¿Qué tal el tema del grupo? —le pregunté.

—Muy bien, estamos grabando las canciones. Y ufff... a mí me gustan todas.

—¿Cantas en alguna? —inquirió Abril con interés.

—Sí, en cuatro de ellas.

—Tiene que ser chulo. —Yo cantaba fatal.

—Es mi pasión —comentó Lucca siguiendo los pasos de Marina, que había entrado de nuevo en la cocina—. Cuando algo te gusta... pues ya sabéis.

Marina se volvió hacia él y se miraron unos segundos. *Mamma mia*, allí había mucha chispa, pero por lo visto ninguno de los dos lo iba a reconocer.

—Por cierto, Lucca, ¿qué tal con mi compañera?

Abril y yo abrimos los ojos, muy sorprendidas al escuchar aquella pregunta tan directa de Marina.

—¿Qué compañera? —preguntó él arrugando la nariz mientras Marina preparaba su café.

—La arquitecta, Sandra —le contestó sin girarse.

Lucca tardó unos segundos en reaccionar.

—Ah... Sandra. Pues es muy simpática.

—Sí, me ha comentado que os visteis este fin de semana.

Marina se volvió de nuevo hacia él y se apoyó en la encimera con la taza de café en las manos.

—Sí, me llamó y eso...

Lucca parecía dudar.

—¿Y eso es...?

Abril y yo deberíamos haber desaparecido de escena, pero nos habíamos quedado clavadas en el suelo. Era nuestra vena cotilla.

—Pues eso es eso. Parece que lo sabes todo —le comentó en un tono irónico Lucca—. ¿Has preguntado?

—No me interesa la vida sexual de los demás —le replicó Marina con rapidez.

—Ni la mía, claro —soltó él del mismo modo.

—A veces te cuentan cosas sin preguntar, ya sabes.

Si hubiera tenido un cuchillo en la mano hubiera podido cortar la tensión que había entre los dos.

Lucca se acercó a ella, y Abril y yo nos miramos. ¿Nos íbamos o qué?

—A veces lo que te cuentan no es del todo verdad —le dijo él en un tono más grave.

—Yo eso no lo sé. —Marina lamió la cuchara del café y le sonrió con cierta falsedad.

—Yo puedo explicártelo...

El tono sensual de Lucca me hizo mover los pies y, por lo que comprobé, los de Abril también.

—¡Eh, eh! ¿Adónde vais?

Las palabras de Marina nos detuvieron a las dos, como si fuéramos dos niñas pequeñas a las que les han pillado *in fraganti*.

Marina pasó casi rozando a Lucca y lo dejó atrás.

—¿No tenemos que ir al Foro Romano? —nos preguntó como si no hubiéramos hecho los deberes.

¿Cómo podía evitar el influjo de Lucca de esa manera? Joder, qué dura era. Yo en su lugar me hubiera derretido ante ese tono antes de decidir qué hacer. Ella lo ignoraba con toda tranquilidad, como si oyera llover.

Marina se fue a su habitación y Lucca se despidió de nosotras con rapidez. Alguien había pasado mucho de él y por lo visto no estaba acostumbrado.

Al cabo de poco nos fuimos al Foro Romano y Marina habló por los codos. Era evidente que no quería comentar el episodio con Lucca, ya discutiríamos más tarde sobre eso.

—¡Mira quién está ahí! —exclamó Marina entusiasmada.

—Es Leonardo —declaré yo dando un codazo a Abril.

Lo vimos justo enfrente del Arco de Tito, con una carpeta y un bolígrafo en las manos.

—¡Leonardo! —lo llamó Marina provocando que se volviera hacia nosotras.

—Es guapo, ¿eh? —le comenté a Abril.

—La verdad es que es muy mono.

—Hola, chicas, ¿qué tal?

—Por aquí, de turismo. ¿Y tú? —le dijo Marina.

—Estoy haciendo un trabajo para el máster sobre el Foro Romano.

Abril y él se miraron y bajaron la vista casi al mismo tiempo. Eran igual de tímidos... Qué monos...

—¿Nos acompañas? —le pregunté con la clara intención de que mi amiga y él se conocieran un poco más.

—Me encantaría pero tengo que terminar esto —contestó un poco apurado.

Estaba claro que se tomaba sus estudios muy en serio.

—Sí, sí, no te queremos molestar —le dijo Abril con su bonita sonrisa.

Él le agradeció que lo entendiera y seguimos andando para admirar aquellos arcos, templos y columnas que habían logrado permanecer en pie.

Me volví un segundo para ver a Leonardo, estaba seguro de que estaría mirando a Abril, pero me equivoqué. Estaba centrado en lo que escribía y en cuanto terminó nos dio la espalda para seguir observando aquel arco. ¿Estaba Leonardo realmente interesado en Abril? No lo tenía nada claro...

51

ADRIANO

El día más temido había llegado. Miré el reloj por quinta vez, eran las siete y cinco minutos. Habíamos quedado en el bar donde siempre comía, lejos de mi barrio, porque no quería que supiera dónde vivía. El camarero me trajo un café con leche y en ese momento lo vi a través del espejo. Miró hacia dentro y nuestros ojos se encontraron. Yo ya no era ese niño que le tenía miedo, pero sí seguía siendo aquel hijo al que había maltratado. No se lo perdonaría en la vida.

—Hijo, ¿qué tal?

Se sentó en la silla que había libre y observé su rostro.

Estaba pálido, con la piel arrugada y sin brillo, parecía que tenía muchos más años. No quería saber qué había provocado aquel cambio físico en él. ¿El alcohol? ¿Quizá las drogas? ¿O de todo un poco?

—Perdone, ¿me pondrá un agua con gas? Gracias.

Removí mi café con leche y tomé un sorbo aunque no me apetecía mucho. No había tomado nada desde mediodía, se me había cerrado el estómago. Saber que había quedado con mi padre me había jodido gran parte del día. En el trabajo había sido un poco brusco con algunos compañeros y los había evitado en cuanto había tenido ocasión. Sandra me quería explicar no sé qué de Lucca, pero le había dado largas encerrándome en mi despacho. Ya hablaríamos otro día. Lucca también me había llamado un par de veces y lo había ignorado. No quería hablarle de mi progenitor, ni siquiera de que tenía un nuevo miembro en la familia.

Mi padre empezó a hablar del tiempo en Roma, de lo mucho que había cambiado todo y de tonterías varias. Supuse que no habíamos quedado solo para hablar del tiempo, así que esperé pacientemente a que se decidiera a decirme algo importante.

—Bueno, Adriano. Lo de tu hermana también fue una sorpresa para mí cuando ocurrió pero...

Me dio mil razones por las que había engañado a mi madre y también las escuché pacientemente. No creí nada de lo que me decía, pero no iba a perder el tiempo discutiendo con él. Había ido allí, iba a prestar atención a sus palabras y a continuación le diría que no lo quería ver nunca más. No lo necesitaba en mi vida para nada.

—Y ahora que ya sabes toda la historia creo que también deberías saber esto...

¿Es que había más? Joder...

—Me estoy muriendo.

Me quedé sin respiración. ¿Cómo?

—Sí, hijo, me lo dijeron hace un par de años. Tengo insuficiencia cardíaca. Hace dos años tuve una angina de pecho y se me ha ido repitiendo. Hace cuatro meses tuve un infarto y me operaron a corazón abierto. Sobreviví, pero el cardiólogo me dijo que podía repetirse en cualquier momento y no salir con vida.

—¿Es en serio?

Todavía esperaba que me dijera que aquello era una broma de mal gusto, muy acorde con su manera de ser.

—Sí, por eso he venido a Roma. Quería conocer a tu hermana y verte a ti antes de...

Cerré los ojos unos segundos porque me entraron ganas de llorar. Era mi padre aunque fuera un hijo de puta y oírlo decir aquello me removió cosas por dentro.

—No te pido nada, Adriano. Ni que nos veamos más, ni que quedemos para comer o que salgamos a tomar un café. Solo quiero una cosa de ti.

Nos miramos fijamente, con los ojos húmedos los dos. Sabía a qué se refería y yo me había jurado y perjurado que no lo perdonaría jamás...

En Barcelona con siete años

Me gustaba ayudar a mi madre, a pesar de que mi padre siempre me decía que dejara de hacer cosas de mujeres. ¿Lavar los platos con ella era cosa de mujeres?

Aquel día se me resbaló un plato y se rompió provocando un fuerte ruido que despertó a mi padre mientras dormía la siesta en su sillón. Me miró furibundo pero permaneció en silencio y mi madre me dijo que no me preocupara, que solo era un plato. Me mandó a jugar a mi habitación y ella terminó la tarea.

Mi padre entró mientras yo me entretenía con un juego de trenes que me habían traído los Reyes aquel año. Lo miré desde abajo y supe que estaba enfadado. Me aparté de él arrastrándome por el suelo y vi cómo la suela de su enorme zapato pisaba uno de los trenes, destrozándolo por completo.

—Tú rompes algo, yo también. Y si dices una sola palabra...

Levantó la mano y me escondí tras mi propio brazo sin decir nada. Con eso sabía que yo no hablaría por miedo. En cuanto se fue me eché a llorar desconsolado... ¿Por qué, papá? ¿Por qué?

—¿Podrás perdonarme algún día?

La pregunta retumbó en mis oídos porque pensé que jamás oiría esas palabras de aquel hombre orgulloso y horrible. Seguidamente oí un pitido en mis oídos y tuve que cerrar los ojos para evitar nó marearme allí mismo. Me apreté la sien con los dedos y cogí aire.

Mi padre se moría y quería que lo perdonara. Era la único que pedía. Y era lo único que no podía darle.

Me levanté de golpe y me marché de allí. No me vi capaz de decirle que no.

¿Debería perdonarlo? ¿Debería darle lo único que quería de mí? Podía decirle que lo perdonaba, pero no sería real. ¿Una mentira piadosa? ¿Por qué? Porque se moría, Adriano, porque se moría.

Mi cabeza iba de un pensamiento a otro. De una idea a otra y no me aclaraba. A una parte de mí le era imposible otorgar aquel perdón, aquel niño de cinco, de siete, de diez años se negaba rotundamente. Habían sido muchos juguetes rotos, muchos insultos, muchos gritos y muchas palizas. ¿Cómo olvidar todo aquello?

Otra parte de mí se apiadaba de su final y pensaba que podía dejarlo morir en paz...

En la vida siempre pesaba más lo malo de las personas. Da igual si alguien te ayuda mil veces, si la caga una vez se borra todo. Para mí, mi padre era un monstruo y no recordaba apenas nada bueno de él. Me era muy difícil ser piadoso.

—¡Eh! Colega...

Me detuve al ver a dos chicos que me cortaban el paso.

—¿Qué pasa? —dije dejando a un lado mis cábalas.

En un primer momento pensé que necesitaban algo.

—La pasta —contestó uno de ellos mientras se arremangaba las mangas de la camiseta a la altura de los codos.

Uno era alto y bastante musculoso, y el otro de estatura media y con la cara llena de cicatrices.

—¿La pasta o una paliza? —les pregunté sabiendo la respuesta.

Aquellos dos soltaron una carcajada sarcástica pero no me moví. Si querían pelea me habían pillado en un buen día: tenía ganas de descargar la adrenalina que me corría por el cuerpo.

El más alto dio un paso hacia mí y le di un empujón que no esperaba. Me encaré a él y se enervó, pero no le di tiempo porque atrapé su mano para doblarle el brazo con fuerza. Aquello dolía, lo sabía, pero no paré hasta que su mano tocó su propia clavícula.

—¡¡¡Suéltame!!!

—¿Salvamos la mano o el brazo? —le planteé más furioso de lo normal.

El otro chico vino con ímpetu hacia mí y le di un puñetazo de tal calibre que lo tiré al suelo, provocando que se rompiera la nariz.

Sangre, gemidos, gritos...

Dejé la mano de aquel tipo y di varios pasos atrás, aturdido.

—Joder —murmuré entre dientes.

Me fui corriendo con un miedo tremendo en el cuerpo. Y no era el tipo de miedo normal que uno siente cuando pueden perseguirle dos tíos que quieren robarle, no.

Tuve miedo de mí mismo en cuanto aquella pregunta apareció en mi mente: ¿era yo como mi padre? ¿Lo era? ¿LO ERAAA?

Cloe: ¿Cómo estás?

Lucca: Tío, llevo toda la tarde buscándote. ¿Dónde cojones estás?

Fabrizia: ¿Nos vemos y nos cogemos un pedo?

No respondí a ningún mensaje y me tomé la segunda copa casi de un trago. Me había metido en el primer bar cutre que había encontrado y me había sentado en la barra con la esperanza de que un par de copas me aclararan las ideas.

Todos aquellos recuerdos de mi padre siempre habían estado en mi cabeza, pero los había mantenido ocultos, había logrado dejarlos en un rincón y que no me molestaran demasiado. Pero volver a verlo era como volver a vivir muchas situaciones en las que me sentía pequeño, débil y maltratado.

—¿Otra? —me preguntó el camarero al verme alzar la mano.

Asentí con la cabeza y noté que empezaba a sentirme más relajado. El alcohol me anestesiaba.

—¿Estás solo?

Una mujer rubia de pelo largo y ondulado se sentó a mi lado. Debía de tener unos treinta años.

—Miguel, lo de siempre —le pidió al camarero mientras me miraba directamente.

—Estoy solo y quiero seguir estándolo.

Lo último que me apetecía era tener compañía de una desconocida, pero no se dio por aludida y empezó a hablarme. Al principio no le hice demasiado caso; sin embargo, al final de la tercera copa empecé a reírme de sus anécdotas.

—Otra más para el amigo.

—La última —le dije con la lengua de trapo.

Eran pasadas las doce de la noche y miré el móvil de nuevo.

Leonardo: Me estoy preocupando.

Adriano: Ya te he dicho que estoy bien, necesito estar solo.

La rubia y yo brindamos de nuevo y siguió con sus historias raras provocando varias carcajadas que hacían volverse a más de uno.

Cuando terminé la última copa decidí irme de allí. Al bajar del taburete me sentí bastante mareado.

—Joder, tampoco he bebido tanto.

—Vivo cerca, ¿quieres subir? —me preguntó la rubia con voz melosa.

—No sería buena compañía —respondí sin ganas de estar con nadie más que con mi chica.

«¿Mi chica?»

Se pegó a mi cuerpo y buscó mis labios, pero me separé de ella intentando no ser demasiado brusco.

—Prefiero irme, de veras —le dije dando un par de pasos hacia atrás.

—Como quieras —accedió ella sentándose de nuevo.

Me fui sin decirle nada más y esperé a que apareciera un taxi. En cuanto me subí, eché la cabeza hacia atrás y cerré los ojos.

—Cloe, necesito ver a Cloe...

52

CLOE

Una llamada me despertó y me asusté porque pensé que podía ser mi madre con alguna urgencia desde España. Cogí el móvil de la mesilla y descolgué sin mirar quién era.

—¿Sí?

—Cloeee...

Joder, era Adriano. Miré la hora: casi la una de la madrugada.

—Adriano, ¿qué pasa? —murmuré para no despertar a nadie.

—¿Por qué hablas así? —me imitó y bajó mucho el tono.

—Porque es la una y están durmiendo.

—Claro, clarooo. Estoy en un taxi, a punto de llegar. Necesito verte.

Abrí los ojos sorprendida por esa petición. ¿Tendría algo que ver con lo de su padre? No me había respondido el mensaje y había entendido que necesitaba su espacio.

—Está bien, te espero en la puerta.

Un día normal lo hubiera mandado a paseo, pero intuía que no iba muy equivocada con mis conclusiones. Ese «necesito verte» me había sonado casi a súplica. Adriano no era un crío de esos que iba bebiendo entre semana y que después no sabía lo que hacía. Si algo me había sorprendido de él era su madurez.

A los dos minutos apareció tambaleándose y con mala cara. Fui hacia él y lo cogí por la cintura para ayudarlo un poco a andar.

—Nena, hola.

Me miró con cariño y le devolví la mirada.

—Vamos, no hagas ruido.

Entramos en el piso intentando ser lo más sigilosos posible y cuando llegamos a mi habitación se detuvo en el umbral de la puerta. Inspiró fuerte y sonrió.

—Huele a tiii —murmuró.

Cerré la puerta con cuidado y Adriano dejó caer su cuerpo en mi cama para sentarse en ella.

—¿Te he despertado?

Miró mi ropa intentando abrir los ojos, el alcohol no le dejaba ver bien. Me había puesto unas mallas, pero la parte de arriba era la del pijama, de color rosa palo.

—Claro que te he despertado. Lo siento.

Se echó para atrás y se quedó tumbado en la cama.

—¿Quieres agua o algo...?

—No, solo te quiero a ti.

Lo dijo con la voz entrecortada, los ojos cerrados y noté el sentimiento de dolor que había en sus palabras.

Me senté a su lado y pasé la mano por su pelo. Sonrió y se dejó acariciar. Se acomodó un poco mejor en la cama y sonrió de nuevo, más tranquilo.

—¿Ves? Me haces sonreír —comentó en un tono cansado.

—¿Quieres hablar?

—Preferiría no hablar, pero al final voy a explotar.

—¿Quieres que hablemos mañana?

Seguí con aquellas caricias suaves y Adriano ronroneó como un gatito. Esta vez la que sonreí fui yo.

—Si sigues así acabaré dormido...

A los cinco minutos respiraba más fuerte. Estaba dormido y lo observé pensando que al menos descansaría un poco de todo eso que le rondaba por la cabeza.

Le quité los zapatos y los pantalones procurando no despertarlo. Murmuró algo, pero continuó durmiendo. Lo tapé con una manta que tenía en el armario y me metí en la cama.

Me costó dormirme porque tenerlo allí era raro, pero también porque no paraba de darle vueltas al padre de Adriano. ¿Por qué evitaba siempre hablar de él? ¿Habían estado juntos y habían acabado bebiendo como cosacos? ¿Quizá su padre era alcohólico? ¿Quizá era un rico magnate de esos que se metían de todo? Mi imaginación no dejaba de volar pero la verdad era que la realidad solo la conocía Adriano. ¿Querría explicarme al día siguiente qué había ocurrido?

—Nena...

Gemí al oír la voz de Adriano. ¿Iba a besarme o algo mejor? No era la primera vez que soñaba con él...

—Nena, deja de hacer esos ruiditos...

Me desperté de golpe, como si una alarma me hubiera avisado de que aquello no era un sueño.

Adriano estaba en mi cama. En cinco segundos recordé lo que había pasado la noche anterior y abrí los ojos para ver cómo me observaba con una de sus sonrisas ladeadas.

—¿Cómo estás? —le pregunté al verlo tan fresco.

—Bien, por suerte no suelo tener resaca. Siento lo de anoche...

—Para eso estamos los amigos —afirmé quitándole importancia.

—Creo recordar que no te expliqué nada —dijo en un tono grave.

—Estabas muy cansado y no quise agobiarte con lo de tu padre.

Adriano me miró fijamente unos segundos antes de hablar.

—Pues gracias porque la verdad es que lo de mi padre fue... duro.

—Ajá.

Adriano se mesó el pelo y suspiró.

—Voy a intentar resumírtelo...

Y entonces me explicó la relación que había mantenido siempre con su padre, o más bien dicho, la no relación. No me dio muchos detalles pero no fue necesario, con un par de ejemplos entendí qué había ocurrido a espaldas de su madre. Sus ojos lo decían todo y el tono de su voz me puso el vello de punta. ¿Cómo podía un padre tratar así a su propio hijo por muy diferente que fuese? Sabía que había padres que pegaban a sus hijos, pero escucharlo de alguien que lo había sufrido en sus propias carnes era mucho más duro.

—Nunca entendí por qué me trataba de ese modo, aún hoy no lo entiendo.

—Realmente no se entiende.

—Sí, vale, era desordenado y despistado, pero hay muchos niños así, ¿sabes?

Asentí con la cabeza porque era cierto. Sabía que había niños con déficit de atención, con hiperactividad, desatentos o simplemente con unas funciones ejecutivas más lentas de lo normal.

—Ni un abrazo, Cloe, nunca. Ni una caricia ni un beso...

Sus ojos estaban cargados de dolor y busqué su mano para darle todo el cariño posible. Era tan sencillo decirle a alguien que te importa con una simple caricia que no comprendía aquella actitud de su padre.

—Y ahora quiere que le perdone porque se está muriendo...

No dije nada durante toda la explicación, entendía que Adriano necesitaba sacar todo aquello y esperaba que tras verbalizarlo encontrara la solución. Yo no podía ayudarlo demasiado porque aquello era muy personal. No podía imaginar cómo se podía sentir Adriano ni podía comprender a aquel hombre.

—Es complicado... —le comenté cuando se quedó en silencio.

—Lo es.

—¿Tú qué sientes?

—Llevo veintiséis años jurando en mi cabeza que no lo perdonaría nunca.

—¿Y ahora dudas?

—Me dolió cuando me dijo que se estaba muriendo.

—No deja de ser tu padre.

—Exacto.

Recordé algunas estrategias que había usado con mi terapeuta y me arriesgué con Adriano.

—A ver, mi terapeuta me enseñó a analizar asuntos de este tipo con más precisión.

Adriano me miró asombrado.

—¿Tu terapeuta?

—Eh...

Estaba tan cómoda que había olvidado por completo que Adriano no sabía nada de mi TOC ni de que me había pasado más de media vida en el psicólogo.

—Eso es otra historia, ahora no —le dije con rotundidad—. Coges un papel y haces una línea en medio. En una parte pones los pros y en la otra los contras.

—¿Así de fácil?

—Es la manera más sencilla de ordenar tus pensamientos. Si no, lo único que haces es ir de una idea a otra sin saber qué acabar pensando. Deberías escribir qué pros y qué contras hay si lo perdonas...

Adriano frunció el ceño unos segundos y seguidamente me sonrió.

—Lo probaré.

—Genial. Una vez ya has decidido cómo analizar una situación no es necesario que le des más vueltas, ¿ok?

—Entiendo...

—De esa manera encontrarás la solución a tu problema, ya lo sabes. Así que debes dejar de sentirte mal. A ver... es como cuando te duele la garganta, estás preocupado porque no sabes el origen de ese dolor. Pero cuando vas al médico y te dice que es faringitis ya está, duele menos. ¿Por qué? Porque sabes que es algo simple que se te pasará. Nadie se muere de faringitis.

—Visto así...

—Pues esto es lo mismo. En cuanto sabes cómo afrontarlo debes dejar de preocuparte tanto porque en breve escogerás la mejor opción...

—Vale, lo pillo. No sirve de nada darle vueltas a algo si no vas a buscar cómo solucionarlo.

—¡Exacto!

Nos reímos los dos por mi entusiasmo y Adriano entrelazó sus dedos con los míos para despedirse. No hubo besos porque el pobre olía a alcohol a kilómetros. Cuando se fue me tumbé entre las sábanas y aspiré su aroma.

Joder, cómo me gustaba este chico... y qué putada todo lo que había vivido con su padre. Lo imaginé de pequeño y sentí una pena tremenda. No llegaría a entenderlo nunca. ¿Se merecía aquel padre el perdón?

En mi casa en Barcelona con trece años

—*Cloe, cariño, no encuentro la espuma de afeitar. ¿Sabes algo?*

Mi padre apareció con una toalla en la cintura y el pelo mojado.

—*Sí, claro.*

Yo estaba en mi habitación pintando unos mandalas, era algo que me relajaba mucho.

—¿Me dices dónde está?

—Papá, si miras en el segundo armario verás que están colocados por orden de altura.

—Claro, no se me ha ocurrido.

Mi padre salió y yo seguí pintando la mar de feliz.

Un claro ejemplo de que mis padres me aceptaban tal como era. Tenía TOC, sí, y en algunas ocasiones era algo incómodo para ellos, pero no era el fin del mundo. Tenían a una hija sana, a la que querían muchísimo y a la que procuraban ayudar en todo lo que podían. ¿No consistía en eso ser padres? Aceptarlo sin más, amarlo por encima de todo y de todos.

53

ADRIANO

Ocho semanas, habían pasado ocho semanas desde aquella charla con mi padre y todavía dudaba.

Había hecho caso a Cloe y había escrito una lista con los pros y los contras. El dolor y el sufrimiento de mi infancia habían pesado más y, de momento, me veía incapaz de perdonarlo. No es que quisiera hacerlo sufrir o vengarme por lo que me había hecho, simplemente no podía perdonar toda aquella angustia que había vivido durante tantos años.

Podéis pensar que lo bonito sería perdonarlo, retomar una relación rota y volver a ser padre e hijo, pero en ocasiones lo bonito no casa con la realidad. Mi decisión estaba tomada, no quería saber nada de él, pero a ratos algún pensamiento se colaba en mi cabeza para hacerme dudar.

Laura no entendía mi postura porque yo no le había explicado cuál era la causa real de nuestra mala relación. Solo le había dicho que siempre nos habíamos llevado mal y que cuando mis padres se separaron perdimos el contacto. Era complicado entender que no quisiera estar en los últimos momentos de vida de mi progenitor; sin embargo, más lo era para mí entender por qué me trató así.

Me había pedido perdón porque sabía que su manera de comportarse conmigo no había sido la correcta. Entonces, ¿por qué se portó así? Casi prefería no saber la respuesta.

Cloe: ¿Duermes, nene?

Sonreí al leer a Cloe. Era una tía increíble.

Adriano: ¿Te escapas a mi habitación?

Lo habíamos hecho, ir de un piso al otro a las tantas de la noche solo para dormir juntos. Bueno, a veces pasaba lo que tenía que pasar, pero lo que nos apetecía era dormir abrazados mientras nos susurrábamos intimidades.

Cloe: Creo que Abril sospecha algo porque he encontrado una trampa en medio del pasillo. ¡Por suerte he logrado esquivarla!

Me reí con sus palabras. Abril era una chica singular y era bien capaz de hacer aquello. De las tres era la que menos se dejaba conocer, a veces su mirada parecía perdida en un mundo lleno de dolor. Había estado a punto de preguntarle en alguna ocasión por aquello que la atormentaba, pero no quería meterme donde no me llamaban. Lo había comentado con Leonardo, pero mi compañero de piso hacía las cosas tan despacio que la conocía menos que yo. Al principio pensé que se lanzaría con ella, pero por lo visto en ese momento el máster era más importante. Que lo entendía, aquel máster costaba un pastizal y estaba ya terminándolo; no obstante, dejar escapar una chica que parecía gustarle... En fin, no iba a ser yo quien le dijera cómo debía hacer las cosas. Le había preguntado en alguna ocasión si pasaba de Abril porque no veía un futuro con ella. Leonardo negaba con la cabeza y cambiaba de tema de forma automática. Estaba claro que no quería hablar demasiado sobre ella.

Algo parecido ocurría con Lucca. Aquel día que me dijo que estaba enamorado de Marina me quedé petrificado, pero ver cómo la ignoraba todavía me parecía más raro. Con Lucca lo habíamos hablado en más de una ocasión y él acababa diciendo que se había dado cuenta de que ella pasaba mucho de él, no era necesario perder el tiempo. Lo extraño era eso, que él no insistiera porque cuando se le metía algo entre ceja y ceja no solía desistir con facilidad. Además, yo estaba convencido de que a Marina le gustaba mi amigo, incluso Cloe y yo lo habíamos hablado en broma: «Estos dos son tontos porque se gustan pero hacen ver que no. ¿Quién lo entiende?».

Cloe me hizo una llamada perdida y salí para abrirle la puerta.

—¿Y eso que llevas...?

Mamma mia!

Llevaba una especie de camisón muy corto de color negro y medio transparente.

—Joder, ¿quieres matarme?

Cloe soltó una de sus risas y la atrapé por la cintura.

—Es que empieza a hacer calor, ¿no crees?

—En mi cuerpo ahora mismo hace muchísimo calor —le dije atrapando sus labios con suavidad.

En poco tiempo habíamos conectado de una forma inexplicable, a todos los niveles. Nos parecíamos en muchos aspectos aunque en otros éramos totalmente contrarios, pero daba igual porque eso no suponía ningún problema. Nos respetábamos por encima de todo. Ella entendía que yo era un poco caótico, que mi orden solo lo entendía yo y que me despistaba a menudo. Yo comprendía que ella necesitaba ser ordenada y organizada, que demasiado desorden la saturaba y que necesitaba saberlo todo de antemano. ¿Lo mejor de todo? Que intentábamos también acoplarnos: yo tomaba notas mentales de su manera de hacer las cosas para copiarla y ella intentaba relajarse en su mundo perfecto.

—¿Te gusta? —preguntó coqueta—. Lo compré ayer pensando en alguien, nene.

Que me llamara así me hacía mucha gracia, me gustaba.

—Jodeeer, qué puta suerte tiene ese alguien.

Nos reímos y cerré la puerta.

—Las damas primero.

—No me mires el culo.

—No se me ocurriría... jamás.

Menudo cuerpo... joder.

Cloe se volvió y alcé la vista con disimulo. Se rio flojito y sonreí feliz. Había estado con muchas chicas pero con Cloe todo era distinto.

La única pega era mi proyecto y que no podíamos pasar todos los fines de semana juntos. Durante la semana nos veíamos muy poco porque yo trabajaba más horas de lo normal y durante el fin de semana también teníamos que pensar en nuestros amigos, así que hacíamos un esfuerzo y nos veíamos a escondidas algunas noches.

Bueno, esfuerzo, esfuerzo...

—Eso que llevas debería estar prohibido.

—¿Por qué? —preguntó al entrar en mi habitación.

—¿Tú te has visto?

—Pues el chico que me lo vendió me dijo que me quedaba muy bien.

Alcé las cejas unos segundos, divertido.

—¿Así que no soy el primero?

—Su mirada era en plan profesional —aclaró en un tono divertido.

—Fijo que sí —afirmé asintiendo.

Cloe me rodeó el cuello con las manos y empezamos a acariciarnos con nuestros cuerpos. Yo llevaba un pantalón gris de chándal un poco ajustado sin ropa interior, como a ella le gustaba.

Le di la vuelta con rapidez y apoyó su espalda a mi pecho. Empezó a moverse encima de mi sexo y yo dibujé un camino de besos en ese delicioso cuello.

—Qué bien hueles, nena...

Era mi nena, sí. No en el sentido posesivo, ni mucho menos. Yo jamás llamaba así a nadie, pero con Cloe todo era distinto y necesitaba sentirla más cerca. Solo lo hacía cuando estábamos solos, cuando había más gente delante los dos nos reprimíamos un poco. Desde fuera lo nuestro parecía un rollo más, pero la realidad era que entre nosotros había algo especial. Muy especial.

—Yo estoy enganchada a tu olor, a tu piel, a ti...

Ladeó la cabeza para inspirar mi piel y gemí en su cuello para provocarla.

—Yo a todo lo tuyo...

Toqué su brazo con el dorso de mi mano y empecé a bajar despacio, provocando aquellos pequeños suspiros que me tenían loco. Comenzaba a conocerla, a saber qué le gustaba y lo que no, los puntos débiles, los fuertes... y era fascinante. No me cansaba de descubrir nuevos rincones en su piel.

La acaricié de espaldas a mí y ella buscó mi sexo con su mano. Lo tocó sutilmente y recorrió otras partes de mi cuerpo provocando que mi excitación subiera otros tantos grados más. ¿Cómo podía desearla tanto? Ni yo sabía la respuesta. Siempre había tenido la firme idea de que tras acostarte varias veces con la misma chica la chispa iba apagándose; sin embargo, con ella era lo contrario. Y eso me tenía en vilo, cada vez quería más, cada vez la necesitaba más. Era como si alimentara a un monstruo en mi interior para provocarle más hambre, nunca tenía bastante con Cloe.

Y necesitaba también ver sus ojos color café.

Le di la vuelta y nos miramos con aquel brillo que ambos conocíamos a la perfección.

«Te deseo.»

«Yo te deseo más.»

Eso imaginaba mi cabeza que nos decíamos y a partir de ahí nos dejábamos llevar. Besos, caricias, gemidos y suspiros. Miradas, muchas miradas.

Cuando ya no pude más me coloqué sobre ella, procurando aguantar mi peso con un brazo mientras con el otro seguí tocando su punto más frágil. Entré en su cuerpo húmedo y me sentí parte de ella, era lo que más me gustaba. Me daba la impresión de que nos convertíamos en uno solo, con aquellos movimientos perfectamente acompasados. Logré que sus gemidos llegaran antes que los míos y disfruté una vez más observando sus gestos.

La adoraba.

—¿Tú crees que no se dan cuenta?

—Yo creo que se hacen las tontas, Marina sabe más que el hambre y Abril tiene más picardía de lo que parece.

—Leonardo tampoco me ha dicho nada y eso sí que es extraño porque le gusta mucho sermonearme.

Soltamos los dos una risilla en un tono muy bajo. Siempre intentábamos no hacer ruido. Era jueves y al día siguiente todos teníamos que madrugar. Era la una de la noche y allí se oía todo.

—¿Dormimos o quieres seguir parloteando?

—Me pasaría toda la noche entre besos y charla, pero mañana vienen a dar un vistazo los jefes.

—Pues a dormir...

Empezó a acariciarme el pelo, siempre lo hacía, y me dejaba KO en dos segundos.

Dormía mejor con ella, mucho mejor. Lo había notado desde el primer día. Despertarme y verla a mi lado era mucho mejor de lo que había imaginado.

54

CLOE

—¿Vienes de comprar el pan?

La voz de Marina en la cocina me detuvo y me hizo sonreír.

—Sí, pero estaba cerrado.

Ambas soltamos una risilla. Entré en la cocina y aspiré el aroma del café.

—Necesito uno de esos —le dije señalando su taza.

—Lo imagino... ¿Qué tal está Romeo?

—A punto de ducharse, ¿por qué has madrugado tanto? ¿No podías dormir?

—Me dormí tarde, estuve en el ordenador preparando unas ideas para Adriano. Espero que alguna le guste...

—Seguro que sí —afirmé convencida.

—Ayer vi a Lucca...

Alcé las cejas y la miré para que continuara.

—Con Sandra.

—¿Salen juntos?

—Salir no, pero siguen viéndose.

—¿En exclusiva?

—Por parte de Sandra sí, ella está encantada con él. El otro día me hizo una lista de todas sus virtudes, que ya serán menos...

—O más. Lucca parece muy agradable.

—Ni lo sé ni me importa...

Sí, claro, por eso sacaba el tema, porque no le importaba nada.

—Sandra me dijo que en un par de semanas salía el disco y que harían un concierto gratuito.

—Sí, algo me contó Adriano. Podríamos ir, ¿qué te parece?

—Bien, me parece bien.

—¿Solo bien? La primera vez que lo oíste cantar te quedaste alucinada... ¿O lo recuerdo mal? —le planteé con retintín.

—Sí, sí, vale. Canta muy bien y toca mejor, pero eso no quiere decir que me muera por ir a verlo.

—Eso lo has dicho tú, no yo.

Marina abrió los ojos sorprendida y negó con la cabeza.

—Me repatea esa vena de psicóloga que tienes.

—Es lo que tiene haber ido tantos años a terapia.

Nos reímos las dos y Marina se fue a la ducha. Terminé el café pensando en lo bien que se había tomado Adriano el tema de mi trastorno. Cuando le expliqué lo que me pasaba no me miró como a un bicho raro, más bien al revés. Me dio la impresión de que le gustó saber que yo también tenía lo mío. Se lo expliqué todo: el diagnóstico, la terapia, las diferentes fases que había ido pasando y cómo lo llevaba ahora. Me escuchó con interés e hizo un par de preguntas. En cuanto terminé me sonrió y me abrazó con cariño.

—No suelo contar todo esto... no es agradable.

—Entiendo, gracias por confiar en mí.

Sin darme cuenta me había ido acercando cada vez más a él. La confianza no era algo que aparecía de repente, era algo que se iba cociendo a fuego lento y Adriano había logrado que yo me abriera ante él sin casi ni pedírmelo. Quizá por eso siempre me había sentido tan a gusto a su lado, no forzaba ninguna situación ni preguntaba más de la cuenta. La palabra que lo definía mejor era «respeto» y eso casaba mucho conmigo porque yo siempre procuraba respetar a los demás, algo que en muchas ocasiones yo no había vivido en mi piel. Más de uno no había entendido mi trastorno o mi manera de ser; a pesar de no saber qué me ocurría realmente, me habían tachado de rara, de extravagante o incluso de pirada. Con el tiempo lo había superado, pero siempre te queda ese resquemor por haberte sentido incomprendido cuando lo único que intentas es ser como todos.

Con Adriano era sencillo ser yo misma. Me observaba doblar la ropa, admiraba mi armario ordenado por colores y me pedía ayuda en la organización de su agenda. Podría decir que mi TOC ante Adriano parecía más una ventaja que algo negativo y eso era... uf, era increíble.

Me había pasado parte de mi vida rechazando este trastorno y la otra parte intentando convivir con él, pero jamás lo había visto como algo positivo. Adriano le daba ese toque a mi vida, ¿podía ser más perfecto?

—Entonces, ¿si no tienes el armario así te pones mal?

—Sí, algo así. Son pensamientos recurrentes... A ver, por ejemplo, puedo pensar que te puede pasar algo malo a ti si no sigo ese orden. Lo malo no es que lo piense porque, siendo lógicos, sé que no tiene que pasarte nada. Lo malo es que ese pensamiento empieza como algo pequeño y puede terminar siendo obsesivo. Entonces es cuando lo paso mal de verdad porque sufro, porque pierdo la perspectiva de la realidad, no me doy cuenta de que no tiene relación una cosa con otra y llego a creer de verdad que eso puede acabar sucediendo.

—Entiendo...

—Intento controlar mi exceso de orden, no creas, pero no es fácil.

—Ya, yo intento controlar mi exceso de desorden.

Nos miramos serios y al segundo empezamos a reír a carcajadas. ¿Éramos el blanco y el negro? ¿El sol y la luna? ¿El día y la noche? Lo éramos pero al mismo tiempo nuestra conexión era muy fuerte.

Sí, cualquiera podría pensar que aquel aspecto podía provocar fuertes discusiones entre los dos pero no era así. Ambos intentábamos poner nuestro granito de arena. Adriano procuraba tener su habitación más ordenada: la cama bien hecha y los zapatos recogidos eran un claro ejemplo de su esfuerzo. Yo intentaba relajarme un poco más y no buscar tres pies al gato porque si quería podía ser muy puntillosa. Adriano no iba a ser jamás como yo ni yo como él, pero podíamos aprender mucho el uno del otro.

Además, nos entendíamos a la perfección pese a ser tan distintos en ese aspecto. Los dos habíamos sufrido por ello, aunque para mí su sufrimiento era mucho más grave. Yo tenía a mi familia de mi parte, cuidándome en todo momento y procurando mi felicidad. Él temía llegar a su casa, temía encontrarse con su propio padre y eso era algo que no podía ni imaginarlo. Conmigo se habían metido compañeros y algún que otro chico, pero al llegar a mi hogar me sentía feliz.

Él no.

Por eso mismo se veía incapaz de perdonar a su padre, un tema del que habíamos hablado en más de una ocasión. Tras su decisión estuvo unos días convencido de que había hecho lo correcto, pero con el paso de los días las dudas regresaron. Su padre se moría, eso significaba que cualquier día podía recibir una llamada de Laura. Su hermana no entendía a Adriano y alguna vez le pedía de forma cariñosa que le diera una última oportunidad. A él le dolía, por supuesto, creo que su corazón estaba partido en dos.

Su hermana era una chica muy extrovertida y muy alegre e inocente. No sabía lo que era la malicia y era algo que le quedaba muy lejos. Su madre era tan cariñosa como ella y no había tenido padre hasta entonces. No había seguido estudiando, pero su madre la había apoyado en todo. Hablar con ella era refrescante porque siempre veía el lado bueno de las cosas, sacaba a relucir lo positivo en pocos segundos. La verdad es que su forma de ser era muy atrayente y que Adriano había hecho muy buenas migas con ella. Se veían a menudo y, a pesar de que solo se llevaban un año, Adriano estaba siempre encima de ella como si fuera una hermana mucho menor. Me gustaba ser partícipe de aquella evolución, de cómo habían pasado de ser dos auténticos desconocidos a ser dos personas que se querían casi incondicionalmente.

—Oye, Abril, ¿has enviado los currículos?

Aquella noche habíamos pedido pizza, y Abril y yo estábamos sentadas en el sofá esperando a que Marina terminara de grabar uno de sus tiktoks.

—¡Ostras! No, ¿y tú?

—Sí, claro.

—Joder, me lo dijiste, es verdad. Qué cabeza tengo... ¿Me lo recuerdas mañana?

Sí, a veces era la agenda personal de mis amigas, pero no me importaba. Al contrario, me gustaba que confiaran en mí.

—Hecho, mañana te levanto media hora antes y lo haces...

—¿¿¿Eh??? No, no, Cloe, tampoco hace falta. Recuérdamelo por la tarde.

Miré a Abril de reojo y sonreí.

—¿Tienes la lista de hospitales?

—¿Qué lista?

—Pues la lista de hospitales donde vas a enviar el currículo, qué lista va a ser.

En un par de semanas regresábamos a Barcelona y nuestras tutoras nos habían recomendado que enviáramos el currículo a los hospitales de nuestra ciudad, porque en verano siempre cogían a enfermeras nuevas para cubrir las vacaciones de las veteranas.

—Ostras, pues no...

Abril me miró con cara de no haber roto nunca un plato.

—Ya te pasaré la mía.

—¡¡¡Ay, qué guapa eres!!! —exclamó dándome un abrazo repentino.

Nos reímos las dos y pusimos Netflix para seguir viendo la serie de *Emily en París*. Nos divertía mucho ver cómo la protagonista se desenvolvía tan bien en un país nuevo. Además, París se veía tan bonito... me moría por ir allí algún día. No me podía quejar porque aquel fin de semana Adriano me había propuesto ir a Florencia y dormir en un hotel... Mmm, ¿podía haber mejor plan?

—Cloe...

—Dime.

—Me da palo irme a Barcelona, ¿y a ti?

—Mucho.

Un pequeño nudo me apretó el estómago.

—Me gusta esta ciudad, la gente, el ambiente y además... echaré de menos a los gemelos.

Asentí con la cabeza porque no me apetecía hablar de aquello. Días atrás había salido el tema con Adriano y decidimos no perder el tiempo con ese tipo de lamentos. ¿Para qué? Cuando llegara el momento ya nos diríamos adiós y ya nos pondríamos tristes, era parte del viaje.

Qué fácil parecía así...

En terapia con catorce años

—*A veces queremos que algo sea de una manera y no es posible, Cloe.*

—*A mí no me parece tan difícil pensar qué puedo sentir o qué no.*

—*Cloe, debemos diferenciar entre lo que decimos y lo que realmente es.*

—*Pero así puede doler menos...*

Estaba locamente enamorada de un chico cuatro años mayor que yo. Era un chico del barrio que no sabía ni que existía hasta que en una fiesta se burló de mí delante de sus amigos porque al dirigirme la palabra había terminado balbuceando. Cinco segundos después decidí que había dejado de quererlo.

—No eres un robot. No puedes ignorar a tus sentimientos de esta manera. Ese chico te sigue gustando, aunque sea un…

—Capullo.

—Sí, un auténtico capullo.

Solté una sonora carcajada y me dio la impresión de que me había quitado un buen peso de encima.

—Es más eficaz hablar las cosas que ocultarlas bajo la alfombra, ¿entiendes?

Aquella charla siempre la había tenido presente y siempre había intentado afrontar mis sentimientos, pero cuando pensaba en mi marcha, en Adriano, en que no iba a oír más su risa, en aquellos ojos mirándome… se me encogía el corazón…

Era imposible no dejarlo todo bajo la alfombra.

55

ADRIANO

Durante aquellas semanas Cloe y yo habíamos visitado diferentes lugares de la ciudad, aunque no todos los que me hubiera gustado. No teníamos todo el tiempo del mundo y habíamos pospuesto la escapada de un día a Florencia varias veces, así que decidí reservar una noche de hotel para poder ir por fin juntos.

El penúltimo fin de semana que nos íbamos a ver.

Hasta ese momento no había estado pendiente del calendario, pero días atrás me di cuenta de que la fecha de nuestra despedida estaba al caer. Cloe y yo lo habíamos comentado por encima y habíamos quedado en no hablar de eso, era demasiado triste y lo único que nos aportaba era ponernos de mal humor. Queríamos aprovechar el poco tiempo que teníamos.

Eso no implicaba que yo no pensara en ello porque la realidad era la que era: en pocos días Cloe y sus compañeras se irían de vuelta a Barcelona, a su vida en la ciudad. Y me jodía. Esa también era otra realidad de la que aún no me había hecho a la idea. ¿Tanto me fastidiaba? Mucho. ¿La iba a echar de menos? No quería ni pensarlo y con eso queda todo dicho.

Aquella noche debía pensar en Lucca y en que por fin la suerte le sonreía. Él y su grupo iban a estrenarse en el Auditorium Parco della Musica, situado al norte de la ciudad. Habíamos quedado en ir a verlo todos y mi amigo estaba superemocionado. Solo esperaba que saliera todo rodado y que su mala suerte no hiciera acto de presencia.

Yo fui con Leonardo y en la entrada nos encontramos con Cloe, Marina, Abril y sus dos amigos gemelos: Baptiste y Jean Paul.

—Creo que no los conoces, ¿verdad? —le pregunté a Leonardo refiriéndome a los hermanos.

—Sí, sí, nos conocemos...

Se saludaron amistosamente y me fijé en que Jean Paul estudiaba a Leonardo detenidamente con la mirada.

—¿Cómo va ese máster? —le preguntó Baptiste a Leonardo.

—Bien, bien, a punto de terminarlo. ¿Y vosotros? ¿Con ganas de regresar?

—Pues no, la verdad —contestó Jean Paul cogiendo de la cintura a Abril—. Solo de imaginar que no veré más a este bombón... me dan ganas de secuestrarla.

Todos reímos por su broma aunque yo lo entendía perfectamente. Cloe y yo nos miramos unos segundos con intensidad hasta que Baptiste retomó la conversación:

—Nosotros no nos vamos a ir.

—¿Cómo? —le preguntó Abril a Jean Paul.

—Sí, hemos decidido quedarnos aquí —le anunció él de forma cariñosa—. Nos gusta esto, nos gusta la ciudad y la gente. Y vamos a pedir plaza en el hospital.

—¿¿¿En serio??? —volvió a preguntar Abril asombrada.

Ambos asintieron con la cabeza.

—¿Por qué no habíais dicho nada? —preguntó Cloe igual de sorprendida.

—Lo hemos hablado durante la última semana, pero realmente lo hemos decidido hoy.

Miré a Cloe pensando que podría hacer lo mismo...

—¿Y vuestros padres? Porque los míos no me dejarían hacer eso ni loca —comentó Cloe alzando las cejas.

—Viajan constantemente por todo el mundo, así que da igual dónde nos instalemos —respondió Baptiste sonriendo.

—Vayaaa, pues me quedo con vosotros —dijo Abril bromeando.

—Porque no querrás, princesa —le replicó Jean Paul.

¿Princesa?

Abril rio y los demás empezaron a hablar del final del Erasmus y de la decisión de aquel par. Yo me dediqué a observar a Leonardo, que miraba a Abril muy interesado, y a Jean Paul, que no le quitaba la vista de encima a Leonardo (ni la mano de la cintura a Abril). ¿Era su instinto protector?

No pude darle más vueltas al tema porque unos brazos me rodearon la cintura y un cuerpo femenino se pegó al mío por detrás.

—Holaaa, cariño...

Fabrizia.

Quité sus manos de mi cintura y me separé de ella educadamente para saludar al resto de nuestros amigos. En cuanto pude me coloqué al lado de Cloe y cogí su mano.

—Me estás usando —susurró divertida.

—Solo un poco.

—Tendrían que darle un premio honorífico a la insistencia —comentó ella bromeando.

Fabrizia sabía que yo estaba con Cloe y que no me acostaba con nadie más. Por supuesto aquella noticia había sido la comidilla de mis amigos durante unos días. Fabrizia no se lo acababa de creer y pensaba que con sus provocaciones volvería a ser el de antes.

Pero yo ya no era el de antes.

—Si con eso deja de darme la lata...

Cloe y yo confiábamos plenamente el uno en el otro. Fabrizia no había provocado ningún problema entre los dos porque siempre habíamos sido muy claros con lo nuestro. Nuestro lema era «la verdad por delante». Los dos pensábamos igual en ese sentido y por eso estábamos tranquilos. Cloe había visto a Fabrizia en acción y también había visto cómo la miraba yo, como a una amiga.

—Bueno, ¿entramos? —propuso Leonardo cuando estuvimos todos.

Con las entradas que nos había pasado Lucca pudimos verlo desde primera fila, lo que fue una pasada. Me sentía superorgulloso de él y feliz, muy feliz de ver que por fin algo le salía bien.

—¡Dios! ¡Qué bien canta! —exclamó Marina—. ¡Hazme una foto, que la subo ahora mismo a Instagram!

Marina se hizo un selfi y seguidamente me pasó la cámara para que le hiciera esa foto.

En cuanto se volvió hacia Lucca él nos miró sonriendo y señaló con un dedo a... ¿Marina?

—Me encanta cuando lo hacemos bajo las estrellas, cuando tus ojos me miran...

¿Le estaba diciendo todo aquello a la vecina? Eso parecía...

—Me encanta cuando eres mi debilidad, cuando tus manos me buscan...

La gente bailaba, las luces iban y venían, mis amigos cantaban con Lucca, pero él solo miraba a Marina.

—Pero por la mañana te digo: «*Ciao*, bonita... *Ciao*, bonita...».

Lucca se volvió haciendo un gesto con las manos y el público empezó a cantar con él: «*Ciao*, bonita... *Ciao*, bonita...».

Cloe y yo nos miramos y nos sonreímos. La abracé por detrás y aspiré aquel aroma al que me había vuelto adicto.

—Nena... —le hablé en el oído para que me oyera.

Giró un poco la cabeza para mirarme con gesto interrogativo.

—Te voy a echar de menos...

No, no debíamos hablar de la despedida, pero con aquella canción me había entrado la vena nostálgica.

Vi cómo su pecho se hinchaba de aire porque a ella le pesaba tanto como a mí. Se volvió y nos miramos de frente y durante unos segundos desapareció todo lo que me rodeaba: la música, la voz de Lucca, nuestros amigos, la gente... Solo estábamos Cloe y yo. Me dediqué a grabar en mi mente cada uno de sus rasgos, no quería olvidarla y sabía que el tiempo provocaba que acabaras difuminando las imágenes mentales que tenías de la gente.

Nos miramos fijamente y con aquella mirada nos dijimos muchas cosas, entre ellas que lo nuestro era auténtico y que habíamos llegado a un punto sin retorno. Lo íbamos a pasar mal, era algo demasiado evidente.

—Joder, Adriano...

Me abrazó con fuerza y yo hice lo mismo. No era necesario decir mucho más. Acaricié su pelo y nos quedamos un rato así, sintiéndonos, hasta que Lucca empezó a dar las gracias a través del micro. Se estaban despidiendo.

—¡Gracias a todos por venir, en especial a mis amigos!

Gritamos todos a sus palabras y en cuanto salieron del escenario la gente comenzó a pedir otra canción. Al minuto los integrantes del grupo salieron de nuevo y en esta última canción Lucca solo tocó la guitarra, pero era emocionante verlo ahí arriba con un grupo de verdad y con todo aquel público aclamando sus canciones. Deseaba que le fuera bien y que llegara lejos: se lo merecía.

Cuando salimos estábamos todos entusiasmados.

—¡Adriano! ¡Marina!

Nos volvimos para ver a Sandra, que nos llamaba con una gran sonrisa en el rostro.

—¡Qué pasada! ¿Os ha gustado? A mí me ha dejado alucinada —nos dijo en cuanto se acercó.

—Lo hace genial —afirmó Marina con sinceridad.

—Sí, es un artista —añadí.

—¿Habéis quedado con él? Le dije que no sabía si podría venir... —comentó Sandra—. He venido con unas amigas. ¿Os importa si lo esperamos con vosotros?

Lucca nos había pedido que lo esperáramos tras el concierto, quería celebrarlo con sus amigos.

—No, claro que no —contesté yo pensando en las miradas que le había dedicado Lucca a Marina durante el concierto.

¿Quizá se arrepentía ahora de no haber dado algún paso con ella? ¿Ahora que estaba a punto de irse? Quizá.

Nos quedamos fuera del auditorio charlando y comentando el concierto. Incluso Fabrizia se había olvidado de mí y estaba eufórica con algunas de las canciones del grupo. Cloe y yo continuamos uno junto al otro, necesitábamos esa cercanía aunque procurábamos no parecer un par de enamorados.

¿Enamorados? Es un decir...

En el colegio de Barcelona con siete años

—*Esa niña dice que está enamorada de ti.*

Miré a ese niño desconocido y seguidamente a la niña. Era la hora del recreo y jugaba al escondite con algunos compañeros.

—*¿Y cómo lo sabe?*

Me miró arrugando la nariz y se fue hacia la niña, al minuto regresó de nuevo.

—*Dice que tiene mariposas en la barriga y que le dan vueltas así.*

El niño desconocido movió la mano por su panza redonda, como si tuviera hambre.

—*Quizá solo son ganas de ir al baño —le dije pensando en lo raro que parecía lo de las mariposas.*

—*¿Le digo que se vaya a hacer caca?*

Sonaba fatal, mi madre no me había educado así.

—*No, dile mejor que vaya al médico.*

Aquel niño le hizo llegar mi mensaje y los dos quedamos convencidos de que la habíamos ayudado. El médico la curaría.

Mariposas... ahora me reía porque aquella enana de siete años tenía razón. Yo sentía algo parecido cada vez que pensaba en Cloe...

56

CLOE

—Tía, ¿has visto cómo ha mirado Lucca a Marina? —me preguntó Abril con prisas.

—Creo que todos lo hemos visto...

Habíamos ido al concierto del nuevo grupo de Lucca, no nos lo podíamos perder. Y en una de las canciones Lucca había señalado a nuestra amiga para seguidamente mirarla con intensidad. ¿Era su forma de despedirse? No lo sabía porque lo de aquellos dos era incomprensible. Estaba segura de que se gustaban más de lo que decían, pero ninguno de los dos había querido ningún tipo de acercamiento. ¿El porqué?

Según Marina a él quien le gustaba era Sandra y además no quería malos rollos con una de sus superiores. A mí todo eso me parecían excusas, pero sabía que Marina era bastante cabezota y que no valía la pena decir mucho más.

Tal vez era cierto que no se atraían tanto, si bien aquellas miradas decían todo lo contrario.

Al salir del concierto se nos sumó Sandra y vi que realmente se llevaba bien con Marina, que le hacía alguna que otra confidencia y que reían juntas como dos amigas. Sandra no sabía nada de aquella brutal atracción que habían sentido Marina y Lucca, nadie le había dicho nada porque no era necesario crear malas vibraciones cuando Marina tenía tan claro que pasaba de él.

¿O no era así?

En cuanto apareció Lucca me fijé en mi amiga y vi que sus ojos brillaban de una forma especial, que sonreía con ganas y que podía negar lo que quisiera: a ella le gustaba.

Él la miró del mismo modo hasta que abrió los ojos sorprendido al ver a Sandra a su lado. Iba directo hacia ellas, pero Marina le dio la espalda para comentarle algo a Leonardo, que charlaba con uno de sus amigos. Entonces Lucca buscó a Adriano y en cuanto lo vio cambió el rumbo y se fue directo a abrazarle casi de un salto.

—¡Ha sido increíble! —exclamó Lucca a su amigo del alma.

—Sí, lo ha sido. Estoy superorgulloso de ti.

Sonreí porque a Lucca no siempre le había ido bien y parecía que las cosas empezaban a cambiar. Me alegraba por él y por Adriano, que se preocupaba siempre por su amigo como si fuera su padre.

Lucca nos saludó a todos con entusiasmo y seguí observando cuando Marina lo felicitó. Ambos disimularon haberse mirado de aquel modo, sin embargo, a mí no me engañaron. Allí había algo y si te fijabas bien era muy evidente.

Al rato decidimos ir a tomar unas cervezas todos juntos. En general había ganas de fiesta pero era viernes y estábamos cansados, así que escogieron un pub donde se pudiera charlar sin tener que gritar.

El local era bastante grande, las luces iban cambiando de color y las mesas con bancos eran largas y estaban muy juntas, con lo cual ocupamos un par de ellas.

Lucca fue el último en sentarse y pidió con mucha gracia a Marina y Sandra que le dejaran sentarse entre ellas dos.

¿Cogemos las palomitas?

Adriano me dio un codazo y yo se lo devolví provocando que soltara una de sus carcajadas graves. Apreté los labios para no reír porque empezarían a preguntar...

—Adriano, yo también quiero saber el chiste —le pidió Sandra pizpireta.

Ambos nos pusimos serios al momento, no queríamos reírnos de ella. Por supuesto que no, pero nos había hecho gracia ver cómo Lucca se las ingeniaba para estar entre las dos. Ahora empezaba a entender por qué siempre andaba metido en líos... Se los buscaba.

—No le hagas caso, Sandra —le dije yo—. ¿Brindamos por Lucca?

Alzamos los botellines y brindamos al mismo tiempo que exclamamos: «¡Por Lucca!».

Lucca y Marina entrechocaron sus botellines después y sus ojos se encontraron de nuevo.

Tragué saliva.

«Madre mía, que se besan aquí mismo...»

Si él no estuviera liado con Sandra y Sandra no estuviera presente... pero el problema era que estaba liado con ella y que sí estaba allí.

«A tu lado, joder.»

—Oye, Lucca. —Adriano cortó aquella mirada intencionadamente.

—Dime.

—¿Qué se siente al estar allí arriba? Porque estaba bien lleno...

Lucca sonrió ampliamente y nos explicó excitado todo lo que había vivido durante el concierto. Nosotros le hacíamos preguntas y él respondía emocionado. Todos le mirábamos impresionados y él jugueteaba con una de sus manos con la etiqueta del botellín. La otra mano estaba bajo la mesa, la mano que estaba al lado de Marina.

¿Y la mano de mi amiga? Tampoco estaba visible.

Busqué los ojos de Marina y ella me miró durante unos segundos. Allí pasaba algo, joder.

Podía hacer ver que se me caía algo y mirar...

—¿Qué te pasa? —me preguntó Adriano viendo que me movía demasiado.

—¿Eh? Nada.

Cogí el bolso y busqué mi paquete de pañuelos de papel para dejarlo caer disimuladamente.

—¿Te lo cojo? —se ofreció Adriano.

—No, no...

Me agaché como pude porque no había mucho espacio entre los bancos y la mesa, y mientras cogía los pañuelos miré hacia mi amiga. Vi su mano con el dedo corazón levantado y empecé a reír con ganas.

—Qué cabrona...

—¿Cloe? —dijo Adriano al oírme hablar.

—Nada, nada...

Me senté bien pero seguí riendo y como no podía parar me levanté antes de que empezara el interrogatorio.

—Voy al baño —les comuniqué.

—Espérame que yo también me apunto —me pidió Marina simulando una sonrisa.

Entramos casi a trompicones en el baño y rompimos a reír las dos. Tardamos varios segundos hasta que pudimos hablar.

—Dime que no me equivocaba —afirmé exagerando el tono.

—No sé de qué me hablas —me replicó exagerando los gestos con las manos.

Volvimos a reír con ganas porque las dos sabíamos que entre Lucca y ella había tema.

—¡Ay, Cloe! ¡No sé qué decirte!

—¡Cómo te miraba desde el escenario! ¡Madre mía!

—¿Lo has visto? Joder, casi me desintegra, ¡casi me da algo!

—No me extraña...

—Pero no puede ser, no puedo. Sandra está con él y somos amigas...

Asentí con la cabeza porque entendía lo que me decía, pero también me fastidiaba que aquello se tuviera que terminar ahí.

—¿Y en la mesa? ¿Qué?

—¡Ayyy! Cuando he notado sus dedos juntos a los míos... ufff.

—¡Oooh!

—Nos hemos tocado con miedo, pero después hemos entrelazado los dedos hasta que alguien se ha puesto a cotillear.

Más risas y más carcajadas. Parecíamos dos niñas con un juguete nuevo.

—¡Casi me caigo de la risa! —exclamé—. Pero no quería interrumpir...

—No, si es mejor así. No quiero hacerle daño a Sandra.

—¿Entonces?

—Nada, me aguantaré las ganas.

—Sabía que entre vosotros había algo...

—A ver, es mono, me gusta, pero está con ella y yo me voy.

—No me lo recuerdes...

Marina y yo nos abrazamos para darnos consuelo.

—Mi chica enamorada...

—¿Qué dices? —solté con rapidez—. Tampoco te pases.

Volvimos a la mesa cogidas del brazo y soltando alguna que otra risa. Adriano me miró sonriendo y en cuanto me senté me dio un beso en el cuello que me hizo suspirar.

—¿Todo bien? —me preguntó mirándome fijamente.

—Todo genial.

Y así era. Estaba rodeada de buenos amigos, estaba con mis mejores amigas y con Adriano. ¿Qué más podía pedir?

Que el tiempo pasara más despacio, por favor.

—Lucca, ¿tenéis más conciertos? —le preguntó Leonardo con interés.

—Nuestro mánager está haciendo un calendario con los próximos eventos. Creo que el próximo mes tocaremos en Florencia y después en Nápoles... De momento no sé mucho más.

—¿Serán gratis como este? —dije yo por curiosidad.

—No, ya no.

—¡Qué ilusión! ¿Verdad? —exclamó Sandra abrazando a Lucca.

Él se removió un poco pero no le devolvió la carantoña y Marina se separó unos centímetros de su lado.

—Algo se cuece —me anunció en un tono superbajo Adriano.

—¿Tú crees? —repliqué murmurando.

—Lo intuyo.

Solté una risa y Adriano me empujó con suavidad.

—¿Te ríes de mí?

—¿Por tu vena cotilla?

—Tú ríete pero conozco a mi amigo.

Nos miramos fijamente y me perdí en esos ojos. ¿Cómo podía gustarme tanto este chico?

—Nena, no me mires así...

Su voz ronca acarició mi piel y me acerqué a él despacio. Sin acordarme de que estábamos rodeados de gente acaricié sus labios con los míos.

—¡Eh! ¡Adriano! —Lucca llamó su atención y lo miramos los dos con una sonrisa—. Yo también quiero uno —pidió poniendo morritos.

Todos nos echamos a reír excepto Marina, que puso los ojos en blanco. Él le dio un leve codazo y ella lo miró con una gran sonrisa.

Si seguían tonteando de aquella manera la noche podía terminar con alguna que otra pelea...

57

ADRIANO

Algo ocurría entre aquellos dos y estaba casi seguro de que Cloe lo sabía. Solo esperaba que para Sandra no fuera tan evidente. Me sabía mal por ella, no era plato de buen gusto que tontearan con otra delante de ti. Realmente no lo era por delante ni por detrás. No entendía qué le había dado a Lucca con Marina. Hasta aquella noche había pasado de ella, primero para usar su táctica de «paso de ti porque no soy como todos» y después porque se había dado cuenta de que Marina lo ignoraba por completo, ya que se había ligado a más de un italiano durante aquellos meses.

Por lo visto, ni ella pasaba tanto ni él tenía tan claro lo de Sandra. Mi compañera estaba feliz a su lado, charlando con unos y otros, era obvio que no se daba cuenta del tonteo que había entre aquellos dos. Quizá yo estaba demasiado pendiente de Lucca y por eso me había percatado de todo. Pero ¿qué le podía decir yo? Con Sandra no había nada serio, al menos por parte de él. Y sabía que Marina le había impactado tanto al principio como para decir que se había enamorado de ella. Cada relación tenía su tiempo y quizá aquel era su momento, pero eso no significaba que no me doliera por Sandra. Estaba ilusionada con Lucca y era una chica muy maja. Con todo ¿era eso suficiente? No, porque estaba coqueteando con Marina, a su lado, ni más ni menos.

Tras un par de cervezas todos decidimos marchar, era viernes y estábamos cansados. Además, Cloe y yo debíamos coger el tren a media mañana para ir a Florencia y queríamos estar despejados y frescos.

En la calle estuvimos casi media hora más charlando mientras nos íbamos despidiendo. Sandra se fue de las últimas y Lucca se vino con nosotros con la excusa inventada de que dormía en nuestro piso. Mi amigo se las ingenió para colocarse al lado de Marina y empezaron los dos a charlar a su rollo mientras andábamos todos juntos. Leonardo también comenzó a hablar con Abril, y Cloe y yo nos abrazamos por la cintura, en silencio. Era algo que me encantaba de ella. Si estábamos en silencio durante algún que otro rato no ocurría nada, ninguno de los dos teníamos esa incómoda necesidad de rellenar los silencios. Al contrario, estábamos a gusto sintiéndonos, mirándonos o simplemente estando uno junto al otro.

Leonardo y Abril hablaban sobre algunas costumbres italianas. Ella le preguntaba y él iba respondiendo con minuciosidad.

Lucca y Marina era una risa tras otra. A veces ni entendíamos lo que decían pero no hacía falta. Allí se cocía algo y no era intuición masculina.

Subimos las escaleras procurando no hacer demasiado ruido, nos despedimos entre risas y tonterías varias, y entramos en el piso.

Lucca se dejó caer en el sofá y suspiró escandalosamente.

—Joder, tío... qué noche —exclamó con efusividad.

—Tu primer concierto —solté con admiración.

Lucca levantó la vista y me miró fijamente.

—En un rato me voy con ella.

—¿Con ella? —pregunté sin entenderlo.

—Con Marina.

—¿Qué dices? —dije alzando la voz.

—¿Qué pasa? —inquirió Leonardo al salir de la cocina.

—Este, que se va con Marina a hacer calceta.

Lucca se rio pero yo quería saber más.

—Pero y...

—Pues lo normal, ¿no? —me cortó Leonardo sentándose en el sillón frente a Lucca.

—¿Lo normal? —No era propio de Leonardo que dijera eso.

—No salgo con Sandra —declaró Lucca mirándome a mí—. No somos novios ni nada por el estilo.

—Lo sé —repuse—. Lo que me extraña es que a Leonardo le parezca bien.

—A mí no me parece ni bien ni mal, pero solo hace falta ver cómo se miran. Llevan toda la noche así.

¿Se había dado cuenta todo el mundo excepto Sandra? Joder...

—Pues ya está, si tengo el beneplácito de Leonardo ya puedo morir tranquilo.

Nos reímos los tres y nos quedamos charlando un rato más hasta que Lucca se fue al piso de Marina.

Cloe: Hay un infiltrado.

Adriano: El lunes no quiero ir a la oficina.

Cloe: ¡Ostras, claro! Todo es culpa tuya, ja, ja, ja.

Adriano: Ríete, ríete...

Cloe: Si quieres cambiar de trabajo estoy segura de que en Barcelona se te rifarán.

Ufff... No podíamos evitar decirnos aquellas cosas. Los dos sabíamos que no era posible y que no habíamos llegado a ese punto en el que uno lo deja todo para seguir al otro. Éramos muy jóvenes y empezábamos a vivir. Aquella idea era una idea loca, una idea de esas con las que juegas a soñar y nada más. Quizá con algunos años más la cosa hubiera ido de otro modo, pero la realidad era que yo tenía solo veintiséis años y ella veintidós. Dos críos que se acaban de conocer, que se gustan mucho pero que no pueden pensar en un futuro juntos porque las probabilidades de que el resultado acabara en desastre eran muchas. ¿Y quién se arriesga a dejarlo todo para estar con alguien que no conoces bien? ¿Quién lo deja todo para empezar de cero en otro país sin tener algo seguro? Nuestra historia sería una más de esas historias que idealizas, que recuerdas con cariño y que está llena de preguntas: ¿qué hubiera sucedido si...?

Adriano: ¿Nos vamos a Bali? Vivimos allí en una cabaña, al lado del mar y prometo ir siempre con un taparrabos.

Cloe me envió varios emoticonos riendo y seguidamente un «buenas noche, nene».

Adriano: Buenas noches, nena...

Dejé el móvil a un lado y volví a suspirar una vez más. Me costaba no pensar que la iba a echar mucho de menos. Su risa, su manera de hablar, sus ojos color café, su armario ordenado por colores... Todo, lo añoraría todo de ella. ¿Podía ser que en tan poco tiempo me gustara tanto esa chica?

Temía el momento de la despedida. Quería ir al aeropuerto aunque ella no quisiera. Era algo que todavía no habíamos hablado, creo que a los dos nos daba como miedo. Decirnos adiós era duro y saber que quizá serían nuestras últimas palabras. Que no nos veíamos más. Que no oiría de nuevo aquella risa...

Podíamos comunicarnos por teléfono, era sencillo, pero sabía qué ocurriría: primero nos escribiríamos a cada momento, a las dos semanas lo haríamos esporádicamente y llegaría un día en que dejaríamos de hacerlo. Los dos teníamos muy claro qué tipo de relación era la nuestra: una relación con fecha de caducidad.

No quería verme siguiéndola por las redes, mirando su Instagram como un desesperado, sabiendo que lo único que conseguiría sería pasarlo mal. Era mejor aceptar las cosas como te venían, tampoco éramos tan niños como para no entenderlo.

Cuando me levanté al día siguiente lo hice de muy buen humor, ilusionado y con ganas de pasar aquellos dos días con Cloe. La bolsa la tenía preparada desde el miércoles, era un truco de Cloe para no olvidarme nada. Su teoría era que las prisas provocan esos lapsus en los que te dejas el cepillo de dientes o las zapatillas.

—Hazte una lista.

—¿Una lista? ¿En serio?

—¿Por qué no? Escribes lo que te vas a llevar y en el momento de hacer la bolsa vas marcando lo que vas poniendo. Más fácil imposible.

La miré pensando en aquella idea. No me costaba nada hacerme una lista, además no era de los que se llevaban todo el armario cuando viajaba. Con cuatro cosas tenía suficiente, pero me fastidiaba dejarme alguna y eso me había ocurrido bastante a menudo.

Así pues, hice la lista y todo controlado. Solo me faltaban por marcar un par de cosas antes de irme.

A la hora convenida salí del piso en silencio y Cloe abrió casi al mismo tiempo también su puerta con cuidado. Nuestros amigos todavía dormían.

—¿Preparada?

—Síí.

Había llamado a un taxi para que nos llevara a la estación de tren. Con Leonardo casi siempre íbamos en metro, pero con Cloe me pareció más cómodo ir en coche.

—A Termini, por favor.

Cloe cogió mi mano y sonreí. Me encantaba que fuera decidida, que no esperara a que yo diera el primer paso, que me mostrara que yo le gustaba.

—¿Qué tal Marina? ¿Has hablado con ella?

—Le he mandado un mensaje para que me llame en cuanto pueda. No sé qué pasará con estos dos...

—A saber...

—A ver, lo tienen fácil porque nos vamos a España...

—¿Fácil? —repuse.

Para mí no iba a ser fácil verla marchar.

—Bueno, quiero decir que... yo qué sé. Estos son capaces de pasarse los siguientes siete días juntos y revueltos.

—Lucca se justificó diciendo que no sale con Sandra y, vale, es verdad pero ella lo va a pasar mal.

—Ya, es una putada. Y tú en medio.

—Espero que no acaben tirándose de los pelos.

—No creo, Marina es discreta cuando quiere.

—¿Quieres decir que no se lo dirán?

Cloe alzó los hombros indicando así que no tenía ni idea pero era cierto que había esa posibilidad: tal vez Lucca no sentía la necesidad de explicarle nada a Sandra. Tal vez lo dejaba con ella y listos. El problema era que yo sí lo sabía y que esconder ese tipo de información no me gustaba nada. Pero Lucca era uno de mis mejores amigos y no me quedaba otra.

Durante el trayecto charlamos de otras cosas, teníamos siempre mil preguntas que hacernos. Me quedaba embobado escuchando sus explicaciones y ella parecía igual de interesada en mí, lo que provocaba que nos pasáramos las horas hablando de nosotros, de nuestro pasado y de nuestro futuro. Quizá de nuestro futuro era de lo que menos hablábamos.

—¿Así que este verano quizá ya trabajes?

—Sí, espero que sí. Mia, mi tutora, me ha dicho que puedo quedarme aquí...

—¿Aquí, en Roma?

Soltó una de sus risas y la besé de repente. No podía aguantar más.

—Ufff... qué beso.

—Si te vuelves a reír de mí habrá más, te aviso. Y explícame eso de tu tutora.

—Como en España, aquí las enfermeras también hacen vacaciones y buscan gente para cubrir esas plazas. Le he dicho que no puedo, que mis padres me matarían, eso lo primero. Además, vivir aquí no es barato y vivir sola menos.

«¿Y si vives con nosotros?»

Estuve a punto de decirlo pero me tragué aquellas palabras.

—Mia es un encanto y nos llevamos genial. La verdad es que me dará mucha pena decirle adiós, pero así son los Erasmus.

«Sí, claro, así son...»

58

CLOE

Nos pasamos el viaje en tren charlando por los codos, era algo que me encantaba de Adriano: podías hablar con él de cualquier tema. No era de esos que no sabían qué decir, siempre tenía alguna pregunta interesante o alguna opinión que expresar. Le gustaba aprender, era curioso y sabía escuchar sin interrumpir. Era alguien con quien podías pasar horas parloteando aunque también sabía respetar los silencios.

Tras hora y media llegamos a Florencia y cogimos un taxi.

—Al Palazzo Vecchietti, por favor.

Miré por la ventana y observé el colorido de la ciudad, las calles empedradas, los turistas paseando... Era una ciudad con mucha vida y tenía muchas ganas de andar por allí con Adriano.

Llegamos al hotel *boutique* y nos atendió una recepcionista muy amable.

—¿No será de tu madre? —le pregunté bromeando.

—No, pero me dijo que podíamos ir a Milán, allí tiene un par de hoteles más.

—¿En serio?

—Ya te dije que tiene mucho olfato para los negocios.

—No, si me refiero a que le hayas dicho que tú y yo...

Adriano rio y la recepcionista le dio la tarjeta de la habitación. Nos indicó la hora del desayuno y el código para entrar en el hotel. Era pequeño, de solo catorce habitaciones, pero muy acogedor.

—A mi madre no se le escapa ni una —afirmó mientras entrábamos en el ascensor.

—Ya veo.

—Me ha dicho ya varias veces que vayas a casa.

Lo miré muy sorprendida.

—A ver, sabe que estamos juntos y también sabe que yo...

—¿Que tú?

Salimos del ascensor, dejó la bolsa a un lado y me abrazó por la cintura.

—Que esto no es normal en mí.

Nos sonreímos y nos besamos despacio, saboreando la suavidad de nuestros labios.

—Entonces, para tu madre ¿de aquí al altar?

—Algo así —respondió riendo.

Nos quedamos unos segundos en silencio, mirándonos. ¿Qué pasaba por esa cabeza? No lo sabía, pero por la mía estaba claro que ya lo estaba echando de menos.

Joder...

Y también me hubiera gustado conocer a su madre, conocer aquella parte de él. Estaba segura de que Adriano se parecía mucho a ella y que me iba a caer genial. Pero no era necesario convertir lo nuestro en algo más, los dos lo sabíamos.

—¿Entramos? Me muero por ver nuestra habitación, es todo tan bonito... —le dije con una sonrisa de nuevo.

Adriano abrió la puerta y un aroma floral nos envolvió.

Di un vistazo rápido a la habitación: una cama totalmente blanca con un sofá azul a los pies frente a una pequeña mesa con dos sillas. El cabecero era negro y encima había dos cuadros. En el suelo destacaba una enorme alfombra de rayas azules y rojas encima de un suelo de parqué de color claro. Una de las puertas de la habitación daba a un enorme baño muy moderno y otra, a una pequeña cocina de madera oscura.

—¡Es enorme! —exclamé después de mirarlo todo por encima.

—El edificio es del siglo XVI y pertenecía a una familia de aristócratas. ¿Te gusta? Quiero que te lleves un bonito recuerdo...

—¡Me encanta!

Adriano sacó el móvil de su bolsillo y nos hicimos varias fotos entre risas y besos hasta que decidimos empezar a explorar la ciudad. Adriano se la conocía al dedillo pero para mí era la primera vez. Con las chicas habíamos comentado en más de una ocasión visitar Florencia, pero por una cosa u otra lo habíamos ido aplazando y habíamos ido a otros lugares. La verdad es que Italia es un país increíble.

De allí fuimos directos a la plaza de la Catedral —*Piazza del Duomo*—, donde la catedral de Santa Maria del Fiore nos recibió imponente.

—¡Qué pasada...!

Adriano me fue explicando lo que sabía sobre la catedral y sobre su interior. Nos quedamos un rato largo admirando las escenas del juicio final de la cúpula y después subimos para disfrutar de unas vistas alucinantes de la ciudad. Seguidamente nos dirigimos hacia la Galería de la Academia porque Adriano había reservado las entradas para la una del mediodía. Tenía muchas ganas de ver su interior y sobre todo el *David* de Miguel Ángel. Era una pasada visitar todo aquello con Adriano porque sabía más cosas que un guía profesional, se notaba que el arte le apasionaba y me explicaba curiosidades que solo podías saber si habías estudiado a fondo aquellas obras de arte.

Cuando estuve delante de la escultura de *David* me emocioné y Adriano apretó mi mano cariñosamente.

—Fíjate bien en la cabeza y las manos de David, son mucho más grandes porque Miguel Ángel quería marcar sus puntos fuertes frente a su oponente.

Aquel espectacular monumento estaba rodeado de gente, pero daba igual porque lo podías admirar desde cualquier ángulo, algo que su creador había hecho adrede. Podías apreciar a la perfección los músculos, las venas e incluso las uñas.

—Es espectacular.

—Lo es. Ven.

Adriano me hizo observarlo por detrás.

—Fíjate, le falta un músculo en la espalda.

—Es verdad, ¿y eso?

—El bloque de mármol tenía un fallo ahí y no lo pudo solucionar.

—Tres años haciendo esta maravilla, ¿qué se debe de sentir?

Sonrió.

—Tienes que sentirte el puto amo del mundo.

Solté una risa y volví la vista hacia la escultura, tenía algo hipnótico. Te dabas cuenta de que estabas delante de una de las mejores esculturas del mundo y no podías dejar de admirar aquella obra de arte.

Al final, nos obligamos a seguir la visita. Adriano había estado allí en varias ocasiones, pero por lo visto no se cansaba de admirar el *David*. Después de casi hora y media salimos los dos entusiasmados pero con hambre.

—O como algo o te como a ti —comentó Adriano divertido—. A dos calles hay un restaurante que no está mal, ¿probamos?

—Sí, me muero de hambre...

Llegamos a una calle estrecha donde había un restaurante y una larga cola de gente esperando para entrar.

—Creo que hay mucha cola —le comenté al ver a toda aquella gente.

—Sí, porque hacen una pasta increíble. Si no reservas tienes que esperar; no obstante, Adriano, el Despistado, tiene reserva para las tres.

Me miró alzando las cejas un par de veces y nos reímos los dos.

—Vamos a tener que cambiarte el mote, Adriano.

—No hagas rimas fáciles. Gracias.

Rompí a reír y me besó antes de llegar al restaurante.

—Cuando ríes me matas, me muero por besarte. ¿Cómo lo haces?

—Yo no hago nada...

Al llegar vimos que había un cartel dónde indicaba que las personas con reserva podían pasar directamente por la puerta de la izquierda, así que entramos y Adriano dio su nombre a un señor con una carpeta que estaba en la entrada.

El lugar tenía el mismo encanto que toda la ciudad: las paredes de madera, las mesas pequeñas con manteles de colores, flores por todos lados junto a cuadros de diferentes autores, las luces suaves... Era un restaurante de cuento.

—¿Te gusta? —me preguntó Adriano una vez sentados.

—Mucho —le contesté feliz.

—Vamos a ver qué pedimos... Con Leonardo siempre pedimos lo mismo pero hoy eliges tú.

Al final escogimos entre los dos y comimos saboreando cada plato como si no hubiéramos probado nunca la pasta. Aquello era otro nivel y los sabores explosionaban en tu boca de una forma brutal.

—Dios, quiero todas las recetas —le dije recostándome en la silla—.

Si hubiera un restaurante como este en Barcelona podría pesar diez kilos más tranquilamente.

Adriano sonrió pero permaneció en silencio. El tema de mi marcha empezaba a pesarnos; sin embargo, no podía evitar hacer referencias a mi vida allí.

Compartimos un postre de chocolate y pedimos café.

—¿Has dejado de fumar? —me atreví a preguntar.

—Tampoco fumaba mucho, así que ha sido fácil.

—¿Por alguna razón en concreto?

—Por una razón muy guapa.

Vaya, vaya… no tenía claro si había dejado de fumar porque en su habitación tenía un paquete de tabaco en la mesa de trabajo. La cuestión es que yo no le había notado en ningún momento el sabor, aunque pensaba que quizá fumaba cuando no estaba conmigo.

—Recuerdo que dijiste que no te gustaba.

Me miró esperando mi respuesta.

—Recuerdo también que te metiste en nuestra cocina y empezaste a sacar la compra de las bolsas.

—Quería ayudarte.

—Me pusiste nerviosa.

—Me pareciste guapísima.

Nos reímos de nuevo y seguimos parloteando hasta que llegó la cuenta y con ella nuestra primera discusión. Quería invitarlo y no hubo manera.

—Todo esto ha sido idea mía, así que no me quites protagonismo —argumentó convencido.

Salimos de allí abrazados y anduvimos paseando tranquilamente por las encantadoras calles del centro. A ratos me fijaba en las tiendas, en la gente, en los bares… a ratos solo tenía ojos para él.

—¿Te apetece una ducha y descansar un poco en el hotel?

—¿Descansar? —le pregunté con picardía.

—Lo decía en serio —soltó riendo.

—Pues me apetece esa ducha, besarte un rato y después descansar.

—¿Solo besos?

Nos fuimos calentando durante todo el camino con preguntas cargadas de intenciones y cuando llegamos a la habitación pasamos directamente a los besos mientras nos desnudábamos con prisas.

—Joder, nena... Esa ropa interior, no te la quites.

Había estrenado para la ocasión un conjunto negro bastante suge-rente.

Nos tumbamos en la cama sin dejar de besarnos hasta que sus labios bajaron lentamente por mi cuerpo hasta llegar a mi entrepierna. Arqueé la espalda y gemí al sentir su lengua en mi punto débil. Lo hacía con delicadeza, con tacto y a cada caricia mi placer iba subiendo de nivel.

—Adriano... madre mía...

—Eso digo yo... Tú quieres volverme loco —murmuró con voz grave mientras subía de nuevo para besar mis pechos.

Me bajó con cuidado el tanga negro y se introdujo entre mis pier-nas.

—Mierdaaa... —profirió cerrando los ojos.

—¿Qué pasa?

—Los putos preservativos. Joder.

Se separó de mí y se dejó caer a mi lado.

—Soy un desastre.

59

ADRIANO

¿Cómo me había podido dejar los preservativos? Joder, joder, menudo puto desastre...

Cloe soltó una risilla y yo la miré sorprendido.

—¿Qué te hace tanta gracia?

Estaba mosqueado, sobre todo conmigo, y no quería pagarla con ella, pero no esperaba esas risas por su parte.

—Que eres muy antiguo, Adriano. ¿Acaso las chicas no llevamos condones?

Abrí la boca pero no dije nada porque tenía razón. Se levantó y admiré su cuerpo mientras cogía algo del armario: un par de preservativos. Me los tendió y me sonrió.

—Y otra cosa. A todos se nos olvidan cosas, cada día, y no pasa nada.

—¿A ti también? —le pregunté sonriendo de nuevo.

Me encantaba que siempre le quitara importancia a mis lapsus.

—Yo soy especial —dijo andando por encima de la cama hacia mí como una gatita.

Me mordí los labios unos segundos pensando que era más que especial. Cloe era única.

La besé de nuevo, despacio, poniendo mis cinco sentidos y tuve ganas de decirle mil cosas, pero se me iban amontonando las palabras en la garganta y solo pude gemir.

Nos acariciamos de nuevo y yo reseguí todas sus curvas, como si quisiera memorizarlas para siempre. Me coloqué encima de ella, con cuidado, y entré despacio en su cuerpo con mis ojos clavados en los suyos. Gemimos al mismo tiempo y empezamos a movernos con esa sincronía que nos caracterizaba. Cloe arqueaba la espalda de placer y yo tensaba todos los músculos de mi cuerpo para no irme antes de tiempo, estar dentro de ella era puro gusto y si me dejaba llevar demasiado podía durar muy poco.

Pero conocía ya bien las señales de Cloe, cuando tensaba un poco más las piernas, cuando soltaba esos gemidos algo más graves antes del orgasmo, el momento estaba a punto de llegar. Así que jugaba con ventaja y podía seguir concentrado un poco más antes de dejar que mi cuerpo soltara todas las ganas acumuladas.

—Adriano...

—Mmm...

Gimió un poco más y su cuerpo se relajó mientras yo sentía otro de aquellos increíbles orgasmos dentro de ella. Eran unos segundos mágicos durante los cuales cerraba los ojos y pensaba que era el hombre más feliz de la Tierra.

Y cuando los abría y la veía... sonrojada, despeinada, con los ojos brillantes y esa sonrisa perezosa... volvía a ser el hombre más feliz de la Tierra.

Nos quedamos abrazados, sintiendo cómo nuestra respiración se iba calmando. Ella solía acariciarme el pelo y yo pasaba mi dedo por su piel desnuda.

—¿Te apetece esa ducha? —le pregunté en un susurro.

Cloe me miró divertida.

—¿Juntos?

—Por mí no hay problema —le contesté vacilando un poco.

Cloe rio y salió de la cama de un salto.

—Sígueme, chico italiano.

—Miedo me das...

Sí, volvimos a hacerlo en la ducha y tras esos dos asaltos nos entró un hambre voraz. La llevé a una cafetería muy típica del centro donde hacían los mejores gofres con chocolate de la ciudad. Me encantaba ese buen comer de Cloe... ¿Había algo que no me encantara en ella?

Por la tarde recorrimos las calles del centro de Florencia, entramos en alguna tienda y Cloe compró algunos recuerdos para su familia y para sus dos mejores amigas.

Cuando salimos de allí Marina la llamó.

—¿Ahora te levantas?... ¿En serio?... Ha dormido hasta ahora —me dijo a mí en un susurro y yo solté una carcajada.

Lucca la había dejado cansada...

Entré en una pequeña tienda mientras ella seguía hablando fuera con su amiga. No había mucha cosa, pero me habían llamado la atención unas pulseras que había en uno de los escaparates.

—Son de plata —me indicó una joven dependienta.

—¿Me puedes enseñar una?

Era una pulsera sencilla con algunos colgantes pequeños: la catedral de Santa Maria del Fiore, la estatua de *David*, el Puente Viejo —*Ponte Vecchio*— y la flor de lis, el símbolo de Florencia.

—¿Me lo puedes envolver?

Miré hacia la calle y vi que Cloe seguía hablando por teléfono.

—Por supuesto, van en esta caja tan bonita.

Cuando salí Cloe me sonrió.

—Vale, vale, ya hablaremos... Adiós, par de locas. Están locas —me dijo a mí.

—¿Y eso?

Seguimos andando hacia el Puente Viejo mientras me explicaba la conversación con Marina.

—Dice que no pudo evitar liarse con él, que llevaba días pensando en Lucca y que cuando le cantó en el concierto casi se muere.

—Lucca tampoco me había dicho nada...

—Quizá surgió, sin más —comentó Cloe alzando los hombros.

—¿Y ahora?

—Han decidido quedarse con ese buen recuerdo, los dos han estado de acuerdo en no volverse a ver.

—¿Por Sandra? —pregunté con curiosidad.

—No, por ellos.

Cloe y yo nos miramos a los ojos. No sabía qué pensaba ella pero yo sí: me iba a costar no pensar en Cloe cuando se marchara de mi lado. ¿Habría sido mejor dejarlo en un polvo como habían hecho Marina y Lucca? No, tenía clarísimo que todos aquellos días con ella habían valido la pena. Si después escocía me aguantaría. No sería el primero al que le ocurría algo semejante. Y Cloe se mostraba igual de entera que yo: los dos habíamos preferido estar juntos. Tendríamos para siempre aquellos recuerdos, Marina y Lucca apenas tendrían nada.

Llegamos al Puente Viejo y Cloe estiró los labios en una bonita sonrisa. El maravilloso puente sobre el río Arno era un clásico y nadie se quedaba indiferente ante él.

—Vaya...

—El atardecer es la hora ideal. Mira, ¿ves esas casas colgantes? Ahora son joyerías y tiendas de lujo...

—Es precioso —murmuró observándolo todo con interés.

«Tú eres preciosa.»

La abracé y apoyó su cabeza en mi pecho. Adoraba tenerla así, oler su característico aroma, sentir su pequeño cuerpo pegado al mío, notar que se sentía tan a gusto conmigo. Dejaba de pensar en todas mis cagadas, en mis olvidos, en aquella voz que me decía que nunca iba a ser nada en la vida. Para ella era alguien necesario, en ese momento lo era, como lo era ella para mí.

—Este puente es de los más famosos, ¿verdad?

—Y el más antiguo de Europa.

—Cuéntame más —susurró en mi cuello.

Antes de hablar besé su mejilla y sonreí. Siempre quería saber más.

—El primer puente se construyó en el 150 antes de Cristo y se trataba de una pasarela de madera.

—¿En serio?

—Ajá. Este es del año 1345, es el símbolo más emblemático del romanticismo en Florencia y en las casas colgantes había carniceros y matarifes, pero Fernando I obligó a cerrarlo todo por el mal olor que desprendían. Se construyó también un corredor desde el Palacio Viejo —*Palazzo Vecchio*— hasta el Palacio Pitti —*Palazzo Pitti*— para que los Medici, los señores, no se mezclaran con el pueblo al cruzar el puente.

Cloe y yo nos quedamos en silencio admirando la puesta de sol.

—Podría estar aquí horas, contigo —confesé girando un poco el rostro para que pudiera escucharme.

Sin pensar demasiado saqué la cajita con la pulsera y se la di. Ella ahogó una exclamación y la cogió con cuidado.

—¿Y esto? —preguntó entusiasmada.

—Mira, mira. —Ambos oímos una voz femenina a nuestra derecha—. Creo que ese chico va a pedirle que se case con ella, mira la caja.

Cloe se volvió hacia mí y ambos abrimos los ojos sorprendidos por aquellas palabras antes de echarnos a reír.

—Ábrela, a ver si te gusta.

Cloe sacó la pulsera con sumo cuidado y la miró emocionada.

—¡Guau! ¡Me gusta mucho! Es todo lo que hemos visto hoy...

—He pensado que te gustaría tenerla de recuerdo...

Un nudo en la garganta me dejó sin habla. A Cloe le brillaban demasiado los ojos y yo los sentía igual de húmedos.

—¿Me ayudas? —logró decir rompiendo aquella tensión tan extraña.

Sujeté una parte de la pulsera mientras ella encajaba el cierre. Movió la muñeca y ambos sonreímos al ver lo bien que le quedaba.

—Tienes buen ojo —comentó divertida.

—Lo sé —convine abrazando su cintura para acercarla un poco más a mí y poder besarla.

Era la primera vez que le regalaba algo a una chica y me sentía eufórico, aunque no sabía muy bien por qué. Quizá había sido el brillo de sus ojos o su tono de voz emocionado, no lo tenía muy claro, pero lo que sí sabía era que me gustaba saber que llevaría algo mío, algo que le recordara todos estos días juntos.

—Yo también quiero regalarte alguna cosa —confesó en un tono más infantil mientras nos íbamos de allí.

—No hace falta, Cloe. Ha sido algo improvisado, lo he comprado mientras charlabas con Marina.

Cloe me miró pensativa.

—Ya sé. Quiero hacer ese TikTok prometido contigo.

—¿Estás segura? —dije sonriendo.

Había intentado muchas veces hacer alguno de esos vídeos con ella pero se había negado siempre. No le gustaba que todo el mundo la mirara y yo tenía demasiados seguidores para que no acabara sintiendo vergüenza.

—Sí, escoge tú la canción.

—Vale, déjame que lo piense.

Ya sabía qué baile quería hacer con ella, aquel que habíamos bailado en su habitación, abrazados: *Lento - Kizomba*, de Daniel Santacruz...

—¿Ya lo tienes? —me preguntó con rapidez.

—¿Cómo lo sabes?

—Empiezo a conocerte...

Me guiñó un ojo mientras se dirigía hacia un músico que estaba al final del puente tocando el violín. Le dejó allí un par de monedas y la miré como si fuera un puto ángel.

¿Empezaba a sentir algo más por ella?

No quise responderme.

60

CLOE

Miraba por la ventana del tren, con mis dedos entrelazados con los de Adriano, viendo cómo el paisaje pasaba con rapidez. La misma rapidez con la que habían transcurrido aquel par de días con él en Florencia. ¿Por qué tenía que terminar ya aquella escapada? Me había gustado tanto recorrer las calles de su mano, dormir apaciblemente a su lado, hacer el amor en cuanto estábamos solos en la habitación, charlar a todas horas...

Y ahora, en aquel tren, me parecía todo un sueño.

Miré la pulsera y sonreí con cierta pena. Era muy bonita y no me la iba a quitar nunca, pero sabía que cuando la mirara sentiría el mismo pellizco que sentía en aquel momento. Un pellizco en el corazón que duraba demasiado, que dolía y que auguraba tristeza. Mucha tristeza.

Un poco antes de entrar en Roma empezó a llover con fuerza y sonó algún que otro trueno a lo lejos.

—¿Estás bien? —me preguntó con cariño.

Lo miré y asentí con la cabeza. Se acordaba de que no me gustaban las tormentas.

—Algunos preguntan quién eres...

Adriano me enseñó los comentarios que había en el vídeo que había subido a TikTok. Puso aquella canción tan bonita de Daniel Santacruz, *Lento - Kizomba,* y empezamos a bailarla acompasados, como si lo hubiéramos hecho toda la vida. No hizo falta repetir nada y Adriano puso la cámara del móvil de tal modo que no se me viera el rostro en ningún momento, cosa que agradecí.

—Y otros dicen que por mi cara se ve que eres mi novia...

Sonreí al escuchar aquello. Me gustaba que Adriano se sintiera tan a gusto conmigo.

—Qué raro suena eso de «novia» —comentó más para él que para mí.

—Algún día tendrás que tragar ese nudo que tienes en la garganta y ser capaz de decirlo: «¡Tengo novia!», «¡Tengo novia y estoy vivo, señores!».

Nos reímos los dos por mi broma, pero era verdad que Adriano tenía que madurar un poco en ese aspecto. Tenía veintiséis años y siempre había huido de las relaciones excepto esos meses conmigo, aunque yo sabía la razón: mi vuelta a Barcelona. No se lo echaba en cara, para nada. Quizá yo tampoco me hubiera implicado tanto si no fuera porque mi marcha me alejaría de él, era demasiado joven para meterme de lleno en una relación seria. ¡Solo tenía veintidós años!

Cuando llegamos a Roma caía una buena tormenta y Adriano me propuso ir a la cafetería de la estación antes de coger un taxi. Me gustó el detalle, ya que no me apetecía nada ir en coche bajo aquellos rayos, pero era tarde. Habíamos apurado el domingo al máximo y el lunes teníamos que madrugar.

—Me sabe mal, es tarde —me disculpé antes de sentarnos a la mesa.

—A mí no, la compañía es inmejorable.

—Pero mañana madrugas más que yo...

—No me voy a morir por dormir menos, no te preocupes. En serio, Cloe.

No dejaba de pensar que era un poco ridícula, pero a él no se lo parecía porque estuvimos aquella media hora charlando de todo lo que habíamos visto en Florencia, como dos niños que comparten algo importante entre ellos. No aparentaba tener prisa por marchar y hasta que no cesaron los truenos no quiso moverse de allí. ¿Podía ser más encantador?

Nos costó despedirnos, mucho. Estar día y medio juntos y solos había confirmado que nos llevábamos genial, que nos gustaba hacer cosas muy parecidas y que nos encantaba charlar. ¿Y ahora qué?

—Cloe...

Adriano estaba apoyado en la pared y yo en su cuerpo mientras jugaba con mis dedos con el cuello de su jersey.

—¿Mmm?

—Cuando te marches...

Mis ojos buscaron los suyos y vi preocupación en ellos.

—¿Seguiremos en contacto? —dijo atropelladamente.

Habíamos decidido no hablar de mi regreso y no habíamos comentado en ningún momento qué haríamos después: ¿nos enviaríamos mensajes? ¿Nos llamaríamos? ¿O sería mejor dejarlo allí, en Roma?

No supe qué responderle.

—Me refiero a si quieres seguir siendo mi amiga —añadió con rapidez al ver que yo no decía nada.

—¿Tú quieres? —le pregunté con tiento.

En realidad nos conocíamos muy poco y no podíamos saber siempre qué pensaba el otro.

—¿Yo? Sí, siempre que tú quieras.

Nos sonreímos a la vez porque parecíamos dos críos que no se atrevían a decir una de esas palabrotas tan gordas prohibidas por los adultos.

—Yo sí quiero —declaré pensando que no quería dejar de tener algún tipo de contacto con él.

—Yo también quiero —declaró a su vez con una solemnidad que nos hizo reír de nuevo.

Los siguientes días pasaron igual de rápido y como entre semana era complicado ver a Adriano, fui casi cada noche a su cama. Hacíamos el amor y nos dormíamos abrazados. Por la mañana nos despedíamos con un beso dulce e intentábamos no tener demasiado presente lo poco que nos quedaba para estar juntos.

Siete días. Seis. Cinco... Joder, qué putada.

—Bueno, Cloe, tu último día en el hospital, cariño —me dijo mi tutora con cierta pena.

—¡Ay, sí! Mia, te voy a echar de menos.

—Y yo a ti muchísimo, pero ven que vamos a despedirnos juntos con un pequeño almuerzo.

Entré en una sala donde solíamos tomar café y me encontré allí a Natalia, a Jack, a Baptiste, a Jean Paul y a Abril junto a otros enfermeros. Había algunas bandejas con comida y diversas latas de refrescos. Estábamos todos un poco alborotados pero nadie dijo nada: era el último día que tendrían a aquellos estudiantes revoloteando por allí. Bueno, Baptiste y Jean Paul habían decidido quedarse y su tutora estaba encantada con la idea.

En cuanto terminamos y nos despedimos del personal, Mia y yo nos fuimos a nuestros puestos con tranquilidad. Aquel día en urgencias estaba siendo tranquilo, pero todo podía cambiar de un momento a otro.

De repente una de las administrativas nos avisó de que iba a llegar un hombre con un posible infarto: estaba inconsciente y en cinco minutos iba a entrar por la puerta de urgencias.

Mi tutora me indicó con una señal que debíamos ir al box para preparar todas las máquinas y el material necesario para atenderlo.

A los cuatro minutos lo tuvimos allí. Entraron con él en una camilla, a toda prisa, y con uno de los técnicos de la ambulancia encima de él, a horcajadas, haciéndole el masaje cardíaco.

Lo llevamos con rapidez hacia el box central, donde se recibía a los pacientes más graves. El técnico continuó haciéndole el masaje, pero lo necesitábamos para que pasara al paciente a la camilla del hospital, así que paró un par de segundos para hacer el traspaso. El chico de la ambulancia estaba muy cansado y me ordenó que continuara yo. No lo pensé dos veces y seguí sus indicaciones al pie de la letra. La vida de aquel hombre dependía de todos nosotros, a pesar de que allí parecía que reinaba el caos.

Mientras seguía concentrada en el masaje, a mi alrededor nadie dejó de hacer cosas para salvarlo: el médico dando órdenes, indicando qué medicación había que darle, la enfermera buscando la vena para colocarle el suero... De inmediato llegaron más enfermeros para ayudar cuando, de repente, el médico nos hizo parar a todos.

—¡Parad!

Sentí cierto dolor en los brazos, pero me quedé esperando la siguiente orden.

El médico observó cuál era la frecuencia cardíaca en el monitor que le habían conectado al paciente y comentó con rapidez que estaba fibrilando, el corazón le iba a mil por hora y eso no era nada bueno.

Tragué saliva y me dije a mí misma que a ese hombre había que salvarlo sí o sí.

Le pusieron enseguida adrenalina y el médico indicó con gravedad que había que chispar al paciente, o sea, hacer una descarga para que el corazón empezara a funcionar. En cuanto mi tutora hizo la descarga yo continué con el masaje, nos sincronizamos a la perfección. El médico intentó intubarlo y lo conectó a un respirador para no perderlo y yo seguí con aquel masaje que me estaba agotando. Pero no iba a dejarlo morir. No.

El médico nos indicó que paráramos de nuevo para observar el monitor, pero continuaba fibrilando. Temí que aquel desconocido se muriera en mis manos. El médico dio de nuevo la orden de hacerle otra descarga y de ponerle más adrenalina y, sin que nadie tuviera que decirme nada, volví a hacerle el masaje.

«Te vas a salvar, te vas a salvar...»

No quería pensar en otra cosa y por un momento creí, como cuando era pequeña, que si repetía muchas veces en mi mente una idea, acabaría haciéndose realidad.

—Ritmo sinusal —anunció mi tutora en un tono de alivio.

Solté un leve suspiro y sonreí. El corazón volvía a latir con normalidad, con la frecuencia que le correspondía.

Se había salvado.

Me aparté para ver cómo terminaban de atenderlo, cómo lo estabilizaban con la medicación mientras yo sentía aquel cosquilleo en mis brazos.

—Muy bien, Cloe, muy bien —me dijo la tutora al pasar por mi lado.

Asentí orgullosa de pertenecer a aquel grupo que había logrado salvar la vida a ese hombre. Le había hecho el masaje cardíaco, algo que normalmente no hacíamos los alumnos, pero que no había dudado en llevar a cabo cuando el técnico de la ambulancia me lo había ordenado. Un par de segundos de duda y podías perder una vida. Era algo que mi tutora me había repetido miles de veces.

Al salir tuve que explicar aquella experiencia con pelos y señales a mis compañeros de Erasmus y brindamos por todos nosotros. Jack regresaba a Windsor y Natalia, a Madrid. Abril y yo volvíamos a Barcelona y los gemelos habían decidido definitivamente quedarse en Roma. Fue duro decirnos adiós, muy duro, y nos prometimos seguir en contacto.

Los gemelos insistieron en acompañarnos el domingo al aeropuerto y Abril les pidió que no lo hicieran.

—Princesa, no me jodas...

Jean Paul la llamaba de ese modo y sonaba tan bonito...

—Jean Paul me vais a hacer llorar.

—Nosotros también lloraremos, no te preocupes —le dijo Baptiste con toda la naturalidad del mundo.

¿Y por qué no? ¿Por qué siempre íbamos escondiendo nuestras lágrimas? Yo misma me había propuesto no llorar al despedirme de Adriano. También vendría al aeropuerto y cada vez que imaginaba la situación me saltaban las lágrimas.

Yo con mi maleta, él mirándome, yo girándome en el último momento, él mirándome...

Iba a llorar, mucho.

61

ADRIANO

Y había llegado el día.

Aquel domingo por la mañana Cloe y sus amigas se iban de regreso a sus casas, con sus familias, sus amigos, su vida.

Todos quisimos acompañarlas al aeropuerto y ninguna puso pega alguna, a pesar de que sabíamos que la despedida sería más dura...

El día anterior lo pasamos todos juntos en el piso de las chicas, comimos allí, estuvimos charlando durante horas en la sobremesa y al final se nos juntó la comida con la cena.

Leonardo había ido echando miraditas a Abril, como en aquellos cuatro meses, pero Jean Paul acaparaba demasiado la atención de mi vecina, quien, junto a su hermano gemelo, no paraba de hacer bromas con ella. Se notaba que había algo especial entre ellos tres.

Lucca y Marina intentaron comportarse con naturalidad, como dos simples amigos, pero las miradas los delataban. No había ocurrido nada más entre ellos, que yo supiera, pero no por falta de ganas.

Cloe y yo intentamos no estar pegados todo el día, pero nos era casi imposible. Solo nos quedaban unas horas para separarnos para siempre...

¿Para siempre? Joder, joder. Dolía de verdad.

—Adriano, tío, no sé en qué estás pensando —me dijo Leonardo una vez ya estuvimos en el piso.

—¿De qué hablas?

—¿Se lo has dicho?

—¿El qué? —le pregunté un poco mosqueado.

—Lo que sientes por ella, qué va a ser.

Miré a Leonardo sorprendido.

—Yo creo que debería saberlo...

—¿Exactamente el qué?

—Que estás enamorado de Cloe —me respondió con gravedad.

Parpadeé un par de veces ante su afirmación.

—¿En qué te...?

—¿En qué me baso? —me cortó igual de serio—. Joder, Adriano, no me hagas decir palabras malsonantes. Me baso en todo: en cómo la miras, en cómo la tratas, en cómo le hablas... ¿Es que no es así? Claro que es así, a mí no me la metes.

Leonardo se fue a su habitación y yo me quedé sentado en el sofá, sin moverme.

¿Enamorado? ¿Estaba enamorado de Cloe?

Lo estaba.

—Adriano, ¿estás bien? —me preguntó Cloe al ver mi rostro serio.

No, no lo estaba pero había que aguantarse. No quería que se marchara, no quería que desapareciera de mi vida, sin embargo, no podía hacer nada más.

Podía decirle que la quería...

¿Para qué? ¿Para cargarle a ella todo el peso? Eso no era querer.

—Sí, es que ya te echo de menos, nena.

Nos abrazamos una vez más y ambos miramos el reloj del aeropuerto al mismo tiempo. Nos quedaban cinco tristes minutos. Cinco putos minutos.

—Bueno, que quería decirte algo...

Ella asintió con la cabeza y yo continué:

—Estos días han sido la hostia, me ha encantado estar contigo, reír a tu lado, conocerte... ha sido lo mejor que me ha pasado en la...

Me quedé callado porque no quería decirle lo que realmente sentía y ella me besó con fuerza.

—No hace falta decir más, Adriano, es recíproco...

Sus palabras se fueron apagando al final y nos despedimos con aquel apretado abrazo. Se separó de mí y tragué saliva. ¿En serio no la iba a ver más? Sus ojos se humedecieron al mirarme por última vez y yo aguanté el tipo no sé cómo. Tuve que centrarme en un punto de las escaleras mecánicas para no llorar.

¿Desde cuándo no lloraba? Ni lo recordaba... Había llorado muchas veces con lo de mi padre y de mayor me había aguantado las ganas siempre que aquel nudo me atravesaba la garganta. No quería volver a ser ese niño débil y asustado.

Y ahora me sentía de ese modo...

—Joder...

Leonardo pasó su brazo por mi espalda y me guio hacia el coche. Yo me hubiera quedado mirando aquellas escaleras para ver si Cloe aparecía de nuevo.

Pero no. Se había terminado todo.

Su risa.

Sus ojos color café.

La suavidad de su piel.

Aquel armario ordenado por colores...

Apreté mis párpados en un intento de sacar de mi cabeza todas aquellas imágenes que se agolpaban allí: Cloe mirándome fijamente, Cloe gimiendo, Cloe preguntando cosas sobre el Coliseo, Cloe frunciendo el ceño...

—Hostia puta...

Leonardo me miró un segundo pero no dijo nada y siguió conduciendo. Lucca iba en otro coche.

—Duele, Adriano, duele de cojones.

Esta vez fui yo quien lo miró.

—No te lo he contado nunca pero estuve con alguien... Me enamoré de ella como un tonto antes de empezar la universidad. Ella era francesa y pasó aquí el verano con unos familiares. Fue el mejor verano de mi vida, el mejor.

Los dos nos quedamos en silencio hasta que Leonardo continuó explicándome aquella historia.

—Pero se tuvo que ir, claro. Teníamos entonces dieciocho años. Un crío, ¿verdad? Pues lo pasé de puta pena. Tanto que me dije que jamás volvería a pasarme algo parecido. Punto. Se acabó el amor.

—Joder, Leonardo...

Mi compañero había salido con chicas, pero era cierto que no había ido mucho más allá con ninguna.

—Todo tiene su momento y hoy era un buen día para explicártelo.

Sonreí ante sus palabras. Él siempre tan filosófico.

Seguimos en silencio el resto del viaje. Yo iba escuchando las canciones de la radio y todas las iba relacionando con algún momento que había vivido con Cloe.

El locutor presentó una nueva canción de Tangana, *Demasiadas mujeres*, y me hizo gracia aquel título.

Demasiadas mujeres las que había conocido yo pero solo una había logrado encogerme el corazón. Una que vivía a 1.355 kilómetros. Genial.

Al llegar al piso me senté en la cama, dejándome caer, y me aguanté la cabeza con las manos. Estaba hecho una mierda, no había otra expresión mejor. ¿Se me pasaría esta sensación de ahogo? Esperaba que sí.

Resoplé varias veces antes de levantarme e ir a la ducha. Me quedé un buen rato bajo el agua fría y cuando salí lo hice con pocas ganas de nada. Leonardo me preguntó si quería comer y le dije que no. Esperaba que me metiera el sermón padre, pero se dio media vuelta y me dejó solo. Al entrar de nuevo en mi habitación vi algo encima de la mesa... ¿un sobre? La abrí con prisas porque esperaba encontrar una nota de Cloe...

> ¡Sorpresa! No podía irme sin decirte cuatro cosas, ya sabes lo ordenada y organizada que soy. Llevo pensando en esta carta hace ¿dos semanas?...

Solté una risa al imaginar su voz diciendo aquello.

> Ja, ja, ja, ja, o quizá más. ¿Te digo la verdad? Me está costando escribirte esto porque cada vez que pienso en mi marcha me entra un dolor de barriga tremendo y tengo ganas de... llorar. Sí, lo reconozco. De llorar como una niña que no encuentra consuelo en nada. Tal vez te asusten estas palabras, tal vez creas que es otra de mis rarezas pero es lo que siento. Y contigo, Adriano, he sentido tantas cosas, tantas que no sé ni cómo decirte que eres la persona más especial que he conocido nunca.

Joder, eso mismo le había dicho yo en el aeropuerto.

Los dos hemos sufrido, pienso que tú más que yo, pero eso no nos ha impedido querer ser felices, querer reír, querer aprender... Somos tan parecidos, Adriano, que quizá sea eso lo que nos ha llevado a este punto. Cualquiera podría pensar que somos polos opuestos, pero se equivocaría. Tenemos tantas cosas en común que la conexión ha sido brutal desde el primer segundo.

Sonreí al recordar la primera vez que la vi, me quedé impresionado con aquellos ojos grandes que me miraban con gesto interrogante.

Y ahora llega la parte difícil de nuestra historia, porque lo nuestro ha sido una historia de las de verdad. Llega ese momento en que nuestros caminos se separan y duele, pero vamos a pensar en positivo. Vamos a pensar que hemos vivido algo con lo que muchos sueñan, ¿no crees? No me respondas, creo que los dos sabemos bien qué hemos sentido aunque no hayamos usado según qué palabras...

Ella lo sabía antes que yo... Sabía que estábamos perdidamente enamorados...

Solo me queda decirte que no te olvidaré, que estarás siempre en mí y que estoy segura de que aunque hayan pasado diez, veinte o treinta años seguiré recordando nuestra historia.
Una historia de amor.

TUYA, CLOE

Dejé que el papel resbalara de mis manos y me senté de nuevo en la cama.
Una historia de amor.
Era evidente que lo nuestro no había sido solo sexo o atracción. No nos habíamos dicho te quiero pero nos lo habíamos demostrado continuamente. Nuestros sentimientos habían ido creciendo día a día. Nuestra historia se había ido cociendo a fuego lento, sin que nos diéramos cuenta.

Una historia de amor.

Sí, joder, hacía días que la quería. Muchos días, pero no había sabido ponerle nombre. ¿O no había querido? Qué más daba, estaba enamorado de Cloe y la necesitaba a mi lado. Ella sentía lo mismo y se había percatado de ello mucho antes que yo. No me extrañaba nada, Cloe era muy sincera con sus propios sentimientos. Yo era algo inmaduro, lo sabía. Cloe tenía cuatro años menos que yo, pero en algunos aspectos me daba varias vueltas. En esa carta lo demostraba una vez más.

Me decía que estaba enamorada de mí, que los dos lo estábamos pero que nuestra separación era algo demasiado real. No terminaba la carta construyendo castillos en el aire, eso no pegaba con ella. Ella terminaba la carta prediciendo nuestro futuro: no volveríamos a vernos pero no nos olvidaríamos.

—*Arrivederci*, amor. *Arrivederci...*

62

CLOE

Junio

Nos sentamos juntas en el avión, yo en medio de ellas dos. Parecía que veníamos de un funeral.

—Deberíamos estar contentas —murmuró Marina, triste.

—Deberíamos —repitió Abril con desgana.

—Yo solo tengo ganas de llorar —les confesé.

—Yo también —afirmó Abril.

—Chicas, nos lo hemos pasado genial y hemos conocido a gente muy guay —dijo Marina intentando alegrarnos.

—Sí, eso es lo malo —le repliqué yo.

—¿Hubieras preferido no conocer a Adriano?

No tuve que pensarlo.

—No, claro que no.

—¿Entonces?

—Pues me jode, Marina, me jode.

Marina me cogió la mano y no dijo nada más. No soy de las que se enfadan con facilidad, todo lo vivido a lo largo de mi vida me había convertido en una persona bastante empática, pero en esos momentos aquella separación me dolía demasiado. Daba igual lo mucho que hubiera pensado en ella, daba igual aquella carta que le había dejado en su mesa, daba igual que pudiera llamarlo nada más llegar a Barcelona y escuchar su voz.

No lo tendría más entre mis brazos.

No lo volvería a besar.

No escucharía su risa grave cerca de mi oído.

No podría decirle más que no pasaba nada si se había puesto la camiseta del revés...

Tan iguales, tan distintos. Tanto amor que se me quedaba dentro. ¿Qué iba a hacer con todo aquello? No me había enamorado de ese modo nunca y una vez que sucedía y no podía disfrutarlo. Lo único que podía hacer era dejar pasar los días y esperar que aquellas sensaciones fueran desapareciendo.

¿Había alguien en el mundo que se había quedado en aquel estado eternamente? ¿Enamorada para siempre? Me asusté al pensar que podía ser posible...

No, no lo era. Al final el tiempo todo lo cura.

O casi todo, me dijo aquella voz en mi cabeza.

Llegamos a Barcelona sin ningún problema, recogimos las maletas y al salir nos encontramos con nuestros padres. Fue un reencuentro bonito aunque un poco amargo, no podía dejar de pensar en él.

Cloe: ¡Ya hemos llegado! Un beso para mi chico italiano.

Había escrito el mensaje mientras esperaba a que salieran las maletas y lo había borrado un par de veces porque no sabía qué tono emplear. No quería parecer una llorona, tampoco alguien a quien le daba igual no verlo más.

Adriano: ¿Todo bien? Me alegro, nena. Un beso suave.

Lo leí siete veces.

Primero sentí que él había sido más cariñoso con ese beso suave, pero después sentí que me faltaba algo, que me dijera algo más. ¿No había sido algo frío?

—Cariño, ¿te encuentras bien?

Mi padre me miró por el espejo retrovisor al hacerme aquella pregunta.

—Sí, papá, solo estoy cansada.

—¿Solo eso o es que echas de menos Roma? —preguntó mi madre con una mirada pícara.

Sonreí y no respondí. No solía hablar con mi madre de aquellos temas aunque quizá fuera hora de empezar a hacerlo. Tal vez su experiencia me sirviera de ayuda, quizá sus palabras me ayudaran a superar ese mal trago.

—Oye, mamá...

A los pocos días me lancé a hablar con ella y le expliqué que había alguien, que nos habíamos ido conociendo despacio y que al final me había enamorado de él. Necesitaba decírselo, no quería que pensara que yo había cambiado en esos cuatro meses para mal, lo único que me pasaba era que sentía algo muy fuerte por alguien que estaba a más mil kilómetros de distancia.

Mi madre fue comprensiva y valoró que yo le explicara mis sentimientos. Estuvimos un rato largo charlando y ambas coincidimos en que lo mejor sería dejar pasar el tiempo, no había más.

Yo quería centrarme en encontrar trabajo en el hospital para poner en práctica todo lo que había aprendido durante la carrera. Le expliqué también mi último día en el hospital y cómo había ayudado a salvar a aquel hombre con el masaje cardíaco. Mi madre me miró orgullosa y sonreí feliz.

Sí, todo iba a ir bien.

A las dos semanas me llamaron del hospital Clínico de Barcelona para decirme que me necesitaban durante los tres meses siguientes para cubrir varias bajas por vacaciones y que tal vez más adelante podían ofrecerme algo más. Aquello me hizo saltar de alegría porque me apetecía mucho volver a sentirme útil. Siempre había querido ser enfermera, era algo vocacional y tenía muchas ganas de meterme de lleno en el mundo laboral: tener mi trabajo, mi sueldo, mis compañeros... Iba a hacer realidad uno de mis sueños y no podía estar más contenta.

Decidí llamar primero a Abril y justo cuando cogí el móvil ella me llamó a mí.

—¡Cloe! ¡Tengo una supernoticia!

—¿Sí? Yo también.

—Tú primero...

—Me han llamado del Clínico para trabajar allí durante los siguientes tres meses. ¿Qué te aparece?

—¿En serio? ¡¡¡A mí también!!!

—¿Quééé? ¡No puede ser!

Empezamos a soltar varias exclamaciones que se mezclaron con algunas risas. ¡Íbamos a trabajar en el mismo hospital! No nos lo podíamos creer, pero nos encantó la idea. Aunque no coincidiéramos en horarios o en el lugar de trabajo, nos hacía mucha ilusión. Era nuestro primer puesto y nos gustaba saber que podríamos parlotear sobre él.

Al minuto se lo comentamos a Marina en el grupo de WhatsApp, grupo al que Abril le había cambiado el nombre. Ahora mismo se llamaba «IloveRoma» y la foto del grupo éramos nosotras tres delante del Vaticano. Aquella foto nos la había hecho Adriano.

Ay... Adriano.

Durante aquellos días no nos habíamos dicho nada más. ¿Debía decirle yo algo? ¿Debía decírmelo él? La verdad era que, entre una cosa y otra, no había tenido demasiado tiempo: ver a mis familiares, a mis amigos, ir de compras con mi madre, preparar más currículos... Y la verdad era también que no quería parecer una «desesperada». Habíamos quedado como amigos, habíamos quedado que nos iríamos hablando pero ¿qué le iba a explicar? ¿Que había ido de compras? ¿Que todavía no había salido de fiesta o que había hecho una tarta de manzana buenísima? No, era ridículo hablar con él de mi vida insulsa.

Marina: Esta noche salimos y no quiero excusas.

Abril: Okey.

Cloe: Sin excusas.

Joder, no me apetecía nada, pero había estado poniendo muchos pretextos para no salir con nuestros amigos. Lo de Adriano me estaba afectando más de lo esperado, habían pasado ya días y seguía igual que el primero. No me lo quitaba de la cabeza y no podía dejar de pensar en muchos de los momentos que habíamos vivido juntos.

Tal vez si salía me distraería un poco. Además el lunes empezaría a trabajar en el hospital y habría muchos fines de semana que me tocaría estar al pie del cañón. Así que me vestí y me maquillé los ojos a conciencia. Tenía ganas de pasármelo bien, de bailar con mis amigos, de sentir la música y de dejarme llevar.

Marina nos esperaba en el garito de siempre con tres chupitos de tequila.

—¿En serio, Marina? —le pregunté al ver los chupitos junto a la sal y el limón.

—Tías, que estáis muy siesas. ¡Por nosotras!

Alzó el chupito y se lo tomó de un trago. Abril y yo la imitamos entre risas.

—¡Otro chupito, campeón!

Cuando llegaron nuestros amigos ya llevábamos tres de esos más la cerveza que teníamos en la mano. No solía beber de ese modo, pero me había dado cuenta de que bebiendo se me nublaba la mente y con la mente nublada no pensaba en el innombrable. Aquella noche Adriano era el innombrable en mi cabeza. No quería seguir gimoteando por él.

Bailamos con ganas todos juntos, nos reímos y nos lo pasamos realmente bien. Cuando no pude más me senté en la barra y los observé con una sonrisa tonta. No me había dado cuenta, pero la verdad es que los había añorado.

—¡Eh Cloe!

Abril se sentó a mi lado y nos sonreímos.

—¿Cómo lo llevas?

—Bien, ¿y tú?

—No sé nada de él, ¿y tú?

—Jean Paul me ha escrito otro mail: «*Buonasera*, princesa, me ha gustado mucho leerte. Por aquí te echamos mucho de menos, yo te echo de menos más que Baptiste, que lo sepas...».

—Qué romántico...

Nadie escribía mails a nuestra edad y yo lo encontraba tan original...

—No, Cloe, romántico no. Es raro.

Nos reímos las dos por su conclusión. Ella decía aquello pero le había encantado recibir aquel primer mail en forma de carta que nos había leído a las dos, entusiasmada. A Marina también le pareció muy divertido. ¿Quién se escribe mails? Por favor, solo nuestros padres, y según ella era algo muy retro y a Marina, últimamente, todo lo retro la atraía sin remedio.

—Lo que tú digas, menos es nada.

—¿Por qué no le escribes tú a Adrianooo? —me preguntó alargando la última letra.

El alcohol nos había afectado un poco.

—¿¿¿Yooo??? No voy a escribirle mails, Abril.

—Pues envíale un audio, mira si es fácil.

La miré fijamente y ella se empezó a reír.

—¿Vas a besarme? —me preguntó bizqueando un poco.

Nos dio la risa tonta a las dos, pero aquella idea empezó a tomar forma en mi cabeza. ¿Un audio? Sí, haría un audio preguntándole cómo estaba, qué tal le iba el proyecto y alguna cosilla más. ¿Por qué no? Éramos amigos.

Los mejores amigos. Sonreí, saqué el móvil del pequeño bolso y abrí el WhatsApp para grabarme. Tuve que alzar un poco la voz para que Adriano me oyera mínimamente.

Audio de Cloe: ¡Hola, Adriano! ¿Cómooo estás? ¡Uy, que me caigo del taburete! Ja, ja, ja, ja. Estooo... que he bebido un poco, estamos aquí de fiesta con las locas estas y estaba... estaba pensando en ti. En cómo estarás, en tu proyecto, en que no sé nada de mi amigo. ¿Todo bien por allí? Por aquí no nos podemos quejar, Abril y yo hemos conseguido trabajo en el hospital Clínico, en Barcelona. Serán solo unos meses, pero por fin voy a ser adulta, ja, ja, ja. Buf, creo que me he pasado con los chupitos, pero es culpa de Marina. Por cierto, ¿qué tal está Lucca? ¿Y Leonardo? ¿Y túúú? Creo que ya te lo he preguntado. Pues nada... que te pienso... Un beso suave para ti.

63

ADRIANO

Cloe había pasado de las risas a aquel tono que me rompía el corazón. «... Pues nada... que te pienso... Un beso suave para ti.»

Estaba con Lucca y un par de amigos, estábamos charlando con unas chicas que nos habían entrado descaradamente y mientras una de ella me iba tirando una indirecta detrás de otra yo había notado cómo el móvil vibraba en mi bolsillo. Eran las dos de la mañana y me extrañó que alguien me escribiera a esas horas, así que miré el teléfono sin parecer un maleducado y en cuanto vi que era de Cloe me aparté del grupo diciendo que era un asunto urgente.

Lo era.

Escuché su voz, su risa, su tono divertido y sonreí hasta que al final sentí cómo se le iba apagando la voz. Había ruido y música de fondo, pero puse mis cinco sentidos para entender cada una de sus palabras. La había echado mucho de menos, pero no había querido parecer un «desesperado», no quería agobiarla aunque debía reconocer que había empezado a escribir más de un mensaje. Los terminaba borrando todos, me decía a mí mismo que aquello no tenía sentido. Ya no.

Y aun así la llamé, estaba jodiendo de nuevo a mi corazón pero no lo podía evitar.

—¿Adriano?

—Cloe, nena, ¿puedes hablar?

—Sí, claro. Déjame que salga de aquí.

Esperé unos segundos hasta que oí de nuevo su voz, esta vez con total claridad.

—¿Adriano?

Inspiré con un suspiro.

Dios... realmente parecía un puto adicto, estaba enganchado y necesitaba la dosis.

—Cloe, ¿cómo estás?

Intenté sonar alegre aunque no lo estaba pasando demasiado bien. Mis amigos me habían obligado a salir.

—Bien, aunque hoy me pillas un poco bebida. Marina ha empezado a pedir chupitos y no había Dios que la detuviera, pero estoy bien.

¿Por eso me había mandado ese audio? ¿Porque había bebido más de la cuenta?

—Me alegra saber que estás bien.

Tenía tantas cosas que decirle y no me salió nada más que aquella frase tan impersonal.

—¿Y tú? ¿Estás de fiesta?

—Sí, estoy con Lucca y un par de amigos. Estamos fuera del local porque hace mucho calor...

Más temas impersonales... ¿En serio iba a hablar con ella del tiempo?

—Sí, hace calor.

Nos quedamos callados unos segundos hasta que escuché una voz masculina.

—¡Eh, Cloe! Deja ya el móvil que nos vamos a Canal12.

—Tengo que irme —me dijo en un susurro.

—*Arrivederci*... Cloe.

—*Arrivederci*.

No fui capaz de colgar y esperé a que lo hiciera ella. Por eso oí de nuevo aquella voz masculina, esta vez mucho más cerca.

—¿Con quién coño hablas, nena?

¿Nena?

—Con un amigo.

Sentí un pinchazo en la cabeza y me apreté la sien derecha con la mano. En ese momento fui consciente de que Cloe no estaba conmigo, de que Cloe tenía una vida en Barcelona, de que llegaría un día que Cloe se enamoraría de un chico y de que ese chico no sería yo.

—Me cago en la puta...

Maldije todo lo que sentía porque me daba la impresión de que no servía de nada que los días pasaran, yo seguía pensando en ella como el primero. Estaba seguro de que Cloe lo llevaba mucho mejor que yo, a la vista estaba.

Regresé con mis amigos y aquella chica siguió enviándome una señal tras otra, pero la ignoré al completo. No estaba de humor para nada, pero menos para enrollarme con ella.

Era demasiado pronto.

Julio

—Adriano, los de Mander están encantados contigo.

Estaba en el despacho de Carlota, esperando a Sandra. Teníamos que comentar con nuestra jefa algunas dificultades que habían salido a última hora en el edificio que estábamos trabajando.

Le sonreí y asentí con la cabeza. Me alegraba y me enorgullecía, por supuesto pero...

Últimamente siempre había el mismo «pero»: pero no lo compartía con ella.

—¿Estás contento?

—Sí, mucho.

—¿Por qué no me lo parece?

No iba a explicarle a mi jefa mi mal de amores.

—¿Es por esa chica? Cloe, ¿verdad?

Me sorprendió que Carlota estuviera tan al día de mi vida personal.

—No pongas esa cara, Adriano, no pregunto pero me entero de todo.

Carlota soltó una carcajada y sonreí porque era extraño verla reírse de ese modo.

—Ha regresado a España —le dije sabiendo que ella misma sacaría la conclusión correcta.

Carlota era una de las mujeres más listas que había conocido.

—Ya veo. No voy a decirte lo típico de deja que el tiempo pase, bla, bla, bla. No sirve para nada. Así que mejor te doy una buena noticia.

—¿Qué noticia?

—Mander tiene tres edificios más que quiere reformar. Y te quieren a ti.

¡Joder!

—Han tanteado el terreno conmigo para saber si te dejaba libre para irte con ellos, pero me he negado en redondo.

Abrí los ojos, sorprendido, pero no me dio tiempo a decir nada más porque Carlota me pasó un folio por encima de la mesa.

—Aquí tienes tu nuevo contrato con nosotros.

Sonreí porque mi jefa no me daba demasiadas opciones. Ella tenía claro su objetivo y no perdía el tiempo con florituras.

—Siempre puedes negarte, claro.

Le di un rápido vistazo y cuando vi aquella cifra con tantos ceros me quedé impresionado.

—No creo que merezcas menos.

—¿Y si Mander no nos da el trabajo?

—Sigo diciendo lo mismo, no creo que merezcas menos.

Carlota sonrió y yo no lo pensé dos veces. Cogí el bolígrafo y firmé el escrito. A mí me gustaba trabajar allí, sabía que mi jefa era una de las mejores y quería seguir a su lado.

Sandra llamó a la puerta y entró con prisas.

—Perdonad, la llamada ha durado más de lo previsto.

—Tranquila, no pasa nada. Decidme cuáles son esos problemas...

Sandra expuso aquellos nuevos obstáculos que habían surgido y yo fui añadiendo algunos detalles. Carlota nos iba escuchando y tomando notas en su libreta. En cuanto terminamos nuestra explicación Carlota nos dio algunas soluciones y entre los tres logramos definirlas para llevarlas a la práctica. Al salir de allí Sandra y yo nos miramos satisfechos.

—Hacemos un buen equipo —me dijo contenta.

—Cierto.

—¿Vamos a comer?

Mi relación con Sandra no había cambiado para nada porque ella no sabía qué había ocurrido aquella noche entre Lucca y Marina. Mi amigo del alma me había dicho que aquello había sido simplemente una bonita despedida con la española, que se había terminado y que no iba a darle más vueltas al tema. Asunto zanjado. Eso significaba no contarle nada a Sandra.

Mi amigo y mi compañera se habían seguido viendo, aunque Lucca estaba muy ocupado con lo del grupo. Para Sandra su relación iba más en serio, pero para mi amigo no; sin embargo, no iba a ser yo quien se lo dijera. No me iba a meter en su historia, bastante tenía con lo mío.

De nuevo tenía aquella sensación de que me faltaba algo, de que aquella supernoticia no la podía compartir con ella...

—¿Me pides una ensalada completa? Tengo que hacer una llamada...

Salí fuera del bar y abrí la aplicación de WhatsApp para enviarle un audio a Cloe. Habían pasado unas tres semanas, más o menos, desde la última vez que habíamos hablado.

«Adriano, diecisiete días, los tienes contados.»

Audio de Adriano: Cloe, ¿qué tal? ¿Cómo va eso? Y no me hables del tiempo, ja, ja, ja. Yo estoy a punto de comer con Sandra y los demás. Hoy ha sido un día interesante en el trabajo porque Carlota me ha cogido por las pelotas, ja, ja, ja. Espera, que te lo explico...

Le relaté casi literalmente la charla con Carlota sobre el asunto con Mander y cuando me quise dar cuenta llevaba casi diez minutos de audio...

Joder, pensarás que hablo por los codos, pero es que me apetecía contártelo. Un beso suave para ti, nena.

Suspiré tras decir ese «nena» y se quedó grabado en el audio. Daba igual, era lo que sentía. Estaba tan lejos de Cloe y al mismo tiempo la sentía tan cerca cuando hablaba así con ella...

Me quedé mirando unos segundos a ver si Cloe abría la aplicación pero no hubo suerte. Imaginé que estaría trabajando y sonreí al imaginarla con su uniforme blanco. Lo que daría por verla... Abrí su Instagram y me pasé los siguientes quince minutos viendo sus fotos, algo que me había dicho que no haría.

En la última foto iba vestida de enfermera y estaba abrazada a Abril y a un chico más mayor. Ella estaba en el centro y me fijé en sus ojos. ¿Estaba triste? ¿Pensaba en mí? No, joder, claro que no. Ella siempre lo había tenido mucho más claro que yo, era más madura que yo, mucho más. Y seguía adelante, como debía ser. En aquella foto sonreía y me gustó verla así. ¿Hubiera preferido verla compungida? No, la verdad es que no.

Me hice un selfi con el bar a mi espalda y guiñando un ojo para subirla a Instagram. Escribí con rapidez: «Los sueños acaban cumpliéndose, no dejes de perseguirlos».

Yo también tenía que seguir adelante y no podía quejarme. Tenía a mi madre, a mis amigos y una jefa que me valoraba de verdad.

Entró una llamada en el móvil y lo cogí rápidamente. ¿Sería Cloe?

—Adriano...

No, no era Cloe. Era mi querido padre.

64

CLOE

En el hospital habíamos tenido un día de locos y cuando cogí el metro para volver a casa, me senté y cerré los ojos pensando en todos los pacientes que había atendido. Algunas compañeras me habían aconsejado que cuando cruzara la puerta del Clínico dejara la mente en blanco, que olvidara lo que había ocurrido allí dentro, pero era muy complicado para mí hacer eso. Una de las cosas que había aprendido con mi terapeuta era que debía enfrentarme a los hechos, debía encarar mis sentimientos y no debía ignorarlos. Por eso mismo había optado por hacer un breve resumen del día cuando iba en metro. Durante aquellos minutos analizaba rápidamente mi labor y a partir de ahí ya podía seguir respirando con normalidad. Siempre había el peligro de que algún pensamiento recurrente invadiera mi cabeza, así que siempre prefería buscar las estrategias que había aprendido a lo largo de los años para actuar antes que mi TOC.

Al llegar a casa mi madre me preguntó como cada día cómo me había ido el día y le respondí que bien.

—¿Y lo del piso cómo lo tienes?

—No he encontrado nada, seguiré mirando...

Había empezado a pensar en irme de casa, me apetecía ser independiente. Y no, no era por mis padres, con ellos me llevaba muy bien, pero sentía algo dentro de mí que me empujaba hacia esa idea. Vivir sola o con algún compañero, organizarme a mi manera, tener mis propias cosas, tener que espabilarme, esforzarme, saber qué significaba eso de cuidar de uno mismo, sin ese cojín blandito que eran los padres. Cuando lo había hablado con Marina y Abril les había parecido genial, aunque ellas no podían hacer lo mismo por distintas razones.

Marina seguía buscando trabajo, le estaba costando encontrar algo un poco decente. Había hecho tres entrevistas. En la primera el jefe se pasó la entrevista mirándole las tetas y el sueldo era una miseria. En la segunda tenía que irse a Australia y lo descartó al instante. Y en la tercera cobraban según los proyectos que hicieran y por lo que vio no le iba a llegar ni para pipas. Un desastre, aunque ella seguía feliz, Marina no era de las que se rendía fácilmente y seguía en sus trece de encontrar el trabajo ideal. Yo veía un pequeño problema del que ella no se daba cuenta: todo lo terminaba comparando con sus prácticas en Roma. El estudio de Roma era mejor, la organización era perfecta, la jefa —Carlota—, era increíble... Y a mí me daba la impresión de que todo eso lo había idealizado tanto que ahora no encontraba nada que se asemejara un poco. Lo tenía difícil, la verdad.

En cuanto a Abril, hubiera sido una buena compañera de piso y tenía liquidez pero, de momento, en su casa aquello era algo impensable. Su madre seguía tratándola como si tuviera quince años y aquel trato a Abril también le provocaba inseguridad. En Roma la había visto más relajada, más feliz y contenta. Ahora, en Barcelona, estaba de nuevo algo retraída, temerosa y siempre dudando. En Roma no había tenido miedo alguno de coger el metro a cualquier hora y, en cambio, en nuestra ciudad habían vuelto las pesadillas. Quizá porque era allí donde había vivido aquel abuso o quizá porque su madre alimentaba los malos recuerdos sin querer. La cuestión era que no podía contar con ella como futura compañera de piso y de ahí que me lo tomara con calma. Había empezado a mirar algunos anuncios, a comentarlo en casa de vez en cuando, aunque no había dado ningún paso porque tampoco tenía prisa. No era sencillo encontrar algo decente, que no fuera extracaro y que no estuviera muy lejos de mi lugar de trabajo. Eso sin pensar en mis futuros compañeros de piso, dado que vivir conmigo no era fácil.

—Cloe, una compañera me ha dado la dirección de un piso.

Miré a mi madre, sorprendida, y ella me tendió un trozo de papel.

—No me mires así, no quiero que te vayas, pero sé que lo harás igualmente.

Mis padres no se habían opuesto a mi idea, pero estaban un poco recelosos. Supongo que para ellos siempre sería su niña. Abracé a mi madre sonriendo, me gustaba que me ayudara en esto y que me entendiera.

—Pero siempre serás mi bebé, que lo sepas.

Nos reímos las dos y busqué la dirección en Google: no estaba demasiado lejos del hospital. Bien.

Cogí el móvil para llamar y entonces vi el audio de Adriano.

—Después llamo, tengo algo urgente.

Me encerré en mi habitación y me senté en la cama para escucharlo concentrada. Respiré hondo y le di al Play.

Audio de Adriano: Cloe, ¿qué tal? ¿Cómo va eso? Y no me hables del tiempo, ja, ja, ja...

Reí con él y seguí atenta a sus palabras.

Joder, pensarás que hablo por los codos, pero es que me apetecía contártelo. Un beso suave para ti, nena.

Y un suspiro de Adriano.

Me tumbé en la cama y apreté los párpados. ¡Dios! Su voz, su risa, su manera de hablar... Seguía pareciéndome el tío más interesante del mundo. ¿Y ese suspiro, a qué venía, Adriano?

—¿Vas a salir algún día de mi cabeza?

Volví a escucharlo y lo hice con una gran sonrisa. Parecía contento por el ascenso en su trabajo, me alegraba una barbaridad por él. Estaba segura de que cada día se esforzaba muchísimo para luchar contra ese desorden que en ocasiones lo dominaba. Era digno de admirar.

Si yo hubiera estado allí lo hubiéramos celebrado a lo grande, pero lo único que podía hacer era felicitarlo. ¿Lo llamaba? Sentí una punzada en el pecho. No, no podía echar más brasas a un fuego que parecía no querer apagarse.

Audio de Cloe: ¡¡¡Felicidadeees!!! ¡Estarás contento! Es una muy buena noticia y me alegro por ti, te lo mereces. Te veo siendo el jefe del estudio, ja, ja, ja. Ya sé, ya sé que no es a lo que aspiras pero serías un jefe de puta madre. Un jefe bueno, cariñoso y listo...

Me quedé en silencio unos segundos pensando en lo mucho que lo echaba de menos...

... Esto, perdona, he creído que entraba mi madre en la habitación. Pues yo también tengo alguna cosa que contarte: estoy mirando pisos, ¿sabes? Lo mejor de todo es que pensaba que mis padres se opondrían y no ha sido así. Incluso mi madre me ha pasado la dirección de un piso de alquiler. Más tarde llamaré porque no quiero irme a vivir con cualquiera, ya sabes. Marina y Abril, de momento, van a seguir con sus padres, pero a mí me apetece volar del nido. ¿Qué te parece? Bueno, te dejo que no quiero ser pesada, ja, ja, ja. Un beso para mi italiano favorito.

Mi italiano favorito, el chico más guapo del mundo, el tío más estiloso, el arquitecto más listo, el tipo más divertido...

Tuve que decirme basta a mí misma porque podía pasarme las siguientes horas con esos pensamientos en mi cabeza. ¿De qué me servían? De nada.

Llamé al teléfono del piso que me había pasado mi madre y quedamos en que iría el sábado para verlo. Había hablado con un chico y me dijo que vivía con tres chicas más. El piso tenía cuatro habitaciones y una de inquilinas se iba de allí en dos o tres meses; necesitaban ocupar su cuarto en cuanto se marchara porque, si no, no llegaban para pagar el alquiler. En cuanto colgué les envié un mensaje a las chicas para decirles que me acompañaran y ellas me respondieron afirmativamente.

Era un gran paso, irme de casa, pero estaba cada vez más decidida. Tenía algunos ahorros, por supuesto, y mis padres me habían comentado que me ayudarían si era necesario, aunque mi idea era valerme por mí misma. Si tenía que estar una temporada sin comprarme ropa lo haría y si tenía que gastar menos también lo haría. Me gustaba la idea de independizarme, de esforzarme por tener mis cosas y de empezar a vivir mi vida.

¿Qué me depararía el futuro? Siempre había pensado que estaría bajo el ala de mis padres hasta mínimo los treinta años; con todo, vivir con mis amigas en Roma había abierto una nueva puerta en mis pensamientos. La experiencia había sido buena y tenía claro que podía desenvolverme sola sin problema.

Mi trastorno estaba controlado, tanto que si quería podía parecer que no lo tenía. En el pasado había llegado a pensar que eso no sería posible, que mi TOC acabaría dominando decisiones como aquella. Pero las cosas habían cambiado mucho, mi forma de ser había favorecido mi tratamiento y mi TOC no había pasado nunca de ser un trastorno leve. Había conocido de cerca algún caso grave y la diferencia era abismal. Recuerdo una vez cuando, en la sala de espera de la terapeuta, conocí a una chica con TOC grave. Estuvimos hablando de nuestro trastorno con naturalidad, tal como nos había enseñado a hacer la terapeuta. Ella estaba obsesionada con la limpieza, tanto que al final había llegado a un bucle extraño en el que no podía limpiar su dormitorio porque todo estaba lleno de gérmenes. Eso provocó que todo estuviera más sucio y al final que se viera incapaz de entrar en su propia habitación. En el pasado se había llegado a meter en la cama con el pijama húmedo porque lo había rociado de desinfectante, incluso hubo una temporada en que no pudo ir al instituto porque era incapaz de ponerse cualquier pieza de ropa que solo hubiera pasado por la lavadora. Realmente era un trastorno jodido y yo, dentro de lo que cabía, podía decir que había tenido suerte.

De vez en cuando tenía alguna crisis, algún pensamiento negativo que me obsesionaba, pero al final siempre conseguía neutralizarlo. En cuanto al tema del orden lo llevaba muy bien, ya que había conseguido encontrar cierto equilibrio. Sí, necesitaba que las cosas estuvieran colocadas como debían ser en mi mente, pero si algo se salía de lo normal podía soportarlo. Lo único que seguía siendo imprescindible era el tema de mi armario o de mi ropa, necesitaba que estuviera organizado a mi manera. Pero eso no era problema para irme de casa, aunque sí lo sería si mis futuros compañeros eran demasiado desordenados o sucios.

«Adriano era caótico y estabas con él encantada de la vida...»

Sonreí al pensar en ello. En ese sentido éramos muy distintos y nunca había supuesto problema alguno entre nosotros. Al contrario, los dos intentábamos entender la postura del otro y ayudarnos. Sobre todo ayudarnos. Era todo tan fácil con Adriano...

—Adriano...

Oír su nombre en mis labios me traía tantos recuerdos...

—*Nena, te lo voy a hacer muy duro...*

—*¿Tengo que asustarme?*

Nos reímos los dos y Adriano me besó como si se tuviera que acabar el mundo de un momento a otro.

Su cuerpo desnudo, aquellos brazos fuertes, la piel húmeda, sus músculos tensos y entrando dentro de mí...

—*Adriano...*

Dios, ¿podía añorarlo más? ¿En todos los sentidos? ¿En serio no iba a tenerlo dentro de mí nunca más?

El calor de mi cuerpo al recordar esas imágenes se acabó convirtiendo en una nostalgia que me pesaba en el corazón.

—No sé si voy a poder...

No sabía si iba a poder olvidarlo algún día. Le había dicho en aquella carta que a la larga seríamos un bonito recuerdo el uno para el otro, que recordaríamos aquella historia de amor con una bonita sonrisa. Él se acordaría de mis ojos, yo me acordaría de sus labios y ambos pensaríamos que fueron unos días increíbles. Olvidaríamos esos días tristes tras mi marcha y poco a poco iríamos recordando aquella experiencia con cierta melancolía, pero con una gran sonrisa en los labios.

Ya no estaba segura de que realmente fuera a suceder de ese modo. Tras mes y medio separados a mí me dolía igual que el primer día, me costaba fingir en aquellos audios que estaba feliz, al cien por cien feliz.

Y me sabía todo a poco. Necesitaba más de él, saber de su día a día. Saber si Julio había vuelto a meterse con él en el trabajo, saber cómo le estaba yendo con el proyecto de Mander, saber si él y Leonardo habían vuelto a ir a Florencia o saber si Lucca, su amigo del alma, se había metido en algún nuevo lío. Saber sobre su madre, sobre su padre...

—Joder, su padre...

Decidí grabar un audio rápido.

Cloe: Perdona, Adriano, vas a pensar que soy la peor amiga del mundo mundial. ¿Qué tal está tu padre? ¿Sabes algo? ¿Has hablado con él o todo sigue igual? Perdona si te molesto con este tema pero me gustaría saber que estás bien. Un beso.

65

ADRIANO

—¿Qué quieres, papá?

Lo oí toser al otro lado del teléfono y de repente oí hablar a mi hermana.

—Si no se lo dices tú se lo digo yo.

¿Qué tenía que decirme?

—Laura, no me atosigues.

—¿Qué ocurre? —pregunté un poco nervioso.

Volvió a toser y mi hermana se puso al teléfono.

—Adriano...

—¿Qué pasa?

—Es papá, que no está demasiado bien.

Sentí cómo se me paraba el corazón.

—Hace un mes y pico tuvo un ataque al corazón.

—¿Un ataque?

—Sí, tuvo suerte porque un vecino llamó a la ambulancia con rapidez y pudieron salvarlo, pero le fue de poco...

—¿Y por qué no me has dicho nada?

—Porque yo lo sé hace una semana, ¿te lo puedes creer? Me había dicho que estaba fuera y resulta que estaba en el hospital. Llevo un cabreo con él, pero tal como está...Y no me dejaba llamarte, pero hoy le he dicho que o te llamaba o la iba a liar gorda.

Oí por detrás la voz de mi padre:

—Déjame hablar a mí, refunfuñona.

Sonreí por primera vez con sus palabras, no sé por qué.

—Adriano...

Era cierto que su voz sonaba mucho más débil.

—¿Estás bien?

La pregunta me salió de dentro, era imposible mostrarme como un témpano de hielo ante lo que le había pasado.

—Sí... —Tosió de nuevo pero continuó hablando—: No te preocupes, hijo. No he querido molestarte pero Laura es muy cabezona.

Sonreí de nuevo y una parte de mí se relajó bastante.

—Explícame qué te ha pasado...

Estuvimos hablando un buen rato sobre el ataque, la ambulancia, el hospital y los días que había estado allí, solo.

Solo, joder.

Me dolía, claro que me dolía. No se lo había dicho a mi hermana para no molestar y a mí no había querido darme pena. Probablemente hubiera ido corriendo al hospital, a pesar de todo. ¿Y ahora?

—Y ahora debo descansar, no salir demasiado y tomarme un puñado de pastillas.

—¿Necesitas algo? —le pregunté casi olvidando que odiaba a ese hombre.

Se quedó unos segundos en silencio y me sentí incómodo.

—Ya sabes qué necesito de ti. Sé que es complicado, Adriano, que no tengo excusa.

—No, no la tienes. Me jodiste la infancia, papá.

—Lo sé, sé que lo hice todo mal, pero pensaba que era lo mejor para ti.

—¿Lo mejor para mí?

Tuve que morderme la lengua porque lo hubiera maldecido mil y una veces. ¿Pegarme era lo mejor? ¿Insultarme constantemente? ¿Despreciarme casi cada día?

—No quiero que te enfades, Adriano... —comentó antes de toser.

Su tono débil me hizo dar cuenta de que ya no estaba ante aquel padre pero, aun así, no lo iba a perdonar.

Jamás.

—¿Adriano?

La voz de mi hermana me sacó de aquellos pensamientos.

—Sí...

—Un segundo —me dijo con rapidez.

La oí alejarse de mi padre.

—Esta mañana he hablado con su médico y no cree que le quede mucho. Por eso le he dicho que debía llamarte. ¿Vas a poder venir?

Mi hermana lo preguntó con tiento, sabía que no lo quería en mi vida.

Podía ir a verlo, podía decirle adiós aunque no lo perdonara. Eso sí podía hacerlo.

—Pasaré esta semana.

—Bien, yo me quedaré aquí unos días.

Me hubiera gustado no tener aquellos sentimientos hacia él, sin embargo, no podía hacer nada. Estaba muy marcado. En parte envidiaba a mi hermana porque, aunque lo hubiera conocido tarde, ella se quedaba simplemente con la idea de un padre ausente. Yo tenía un padre maltratador, no había comparación alguna, y no podía hacer desaparecer aquel dolor así como así. Era mayor, sí, habían pasado muchos años, también, pero sus golpes seguían en mi memoria grabados a fuego.

Tras aquella llamada entré en el bar y Sandra me miró con gesto interrogante.

—¿Va todo bien? Es casi hora de irnos y no has comido nada...

Miré la ensalada que había pedido y arrugué el ceño. Había perdido el apetito.

—Sí, no te preocupes —le contesté a Sandra. Lo último que me apetecía era explicarle algo de mi padre... Me dirigí al camarero—: Perdona, ¿me la puedes poner para llevar?

Él asintió y le di una buena propina.

Me pasé la tarde casi sin hablar con nadie. Sandra intentó hacerme reír pero al final se rindió, me conocía bien. Julio se metió conmigo un par de veces, si bien no le hice caso y también desistió. Mi jefa, Carlota, fue de las pocas que se dio cuenta al momento de que algo no iba bien y no me molestó. Necesitaba concentrarme en mi trabajo, estar solo y ocupar mi cabeza en el proyecto. Si pensaba en mi padre volvería aquel niño desordenado que lo hacía todo mal y eso era algo que no iba a permitir.

Al llegar a casa se lo expliqué todo a Leonardo, me urgía hablar con alguien de confianza y sabía que él era buen consejero. Me fue bien hablar con él porque coincidió conmigo en que hacía lo correcto, ir a ver a mi padre era lo correcto y no perdonarlo era muy comprensible. No quería ser un capullo, pero a veces sentía que lo era por no otorgar ese perdón.

—Mira, Adriano, las cosas no son tan fáciles. Creo que tu padre está en su derecho de pedirte perdón pero también creo que es lógico que no lo perdones. Sabe que se equivocó, perfecto, pero ¿quién te devuelve todos esos años que sufriste? ¿Eso cómo se cambia? ¿Cómo lo vas a borrar de tu memoria? Sé que hemos hablado pocas veces de esto pero tu cara, cuando hablas sobre ello, lo dice todo y puedo ver lo que has sufrido. Solo eras un niño, un niño que no entendía nada y él era un adulto.

—Y era mi padre, joder. Alguien que debe quererte por encima de todo.

No había más que decir y yo debía respetar mis propios sentimientos, como me había enseñado a hacer Cloe. No siempre había que hacer lo políticamente correcto, no siempre. Era muy fácil para alguien que no había vivido mi sufrimiento decir que lo perdonara y era muy complicado entenderme, así que no iba a dejarme llevar por ningún sentimiento de culpa. Allí la única víctima había sido yo.

Más tarde, escuché un par de audios de Cloe. En el primero me decía que quería independizarse y el primer pensamiento que se me pasó por la cabeza es que me diría que regresaba a Roma. Pero no, por supuesto que no.

En el segundo audio me preguntaba por mi padre. Qué casualidad. ¿Se lo contaba todo? Me apetecía mucho hablar con ella, así que le mandé un audio bastante largo explicándoselo. Acabé la charla felicitándola por su salto a la independencia y bromeando un poco sobre el tema:

«... si estuviera en Barcelona te diría que vivieras con nosotros. No dejaría perder una compañera que hace las mejores tartas del mundo. Un beso suave para mi Cloe.»

No podía evitar aquellos finales: «mi chica», «mi nena», «mi Cloe»...

Joder... estaba bien pillado por ella.

Carlota me llamó al despacho y cuando entré me miró con una gran sonrisa.

—Te vas —me dijo como si tuviera que saber adónde.

Alcé las cejas y ella rio.

—A Barcelona.

—¿Qué?

—Tienes un vuelo para mañana a primera hora. Necesito que hables con un pez gordo y que le presentes este proyecto.

Abrí los ojos muy sorprendido.

—El proyecto es mío, sí, pero me es imposible coger ese vuelo y he pensado que a ti no te importaría pasar una noche en Barcelona.

Durante unos segundos pensé que Carlota estaba haciendo de celestina conmigo, pero era imposible, mi jefa era muy responsable con los temas del estudio.

Cuando salí de allí estuve a punto de saltar pero me aguanté hasta llegar a mi despacho.

—¡¡¡Síííí!!!

Podría ver a Cloe...

Adriano: Mañana vuelo hacia Barcelona, de seis de la tarde a siete de la mañana puedo ser tuyo.

¿Y si tenía planes?

Me sonó el móvil al segundo.

—¿¿¿Es en serio??? ¿O es una broma?

Me reí al oír el tono de Cloe.

—¡En serio!

—Joder... no me lo puedo creer.

—Me lo ha dicho ahora mismo Carlota. ¿Podremos vernos?

—¡¡¡Claro que sí!!! Me muero por verte.

Joder... me tenía loco, pero loco de verdad.

—Diosss, yo también. Después te paso la dirección del hotel y salimos juntos a cenar. Y... ¿podrás quedarte?

—No voy a dejarte dormir en toda la noche...

Ufff, noté el calor entre mis piernas y cómo el corazón empezaba a bombear acelerado. O me lo tomaba con calma o acabaría malo...

66

CLOE

No me lo podía creer: en menos de cinco minutos iba a ver a Adriano de nuevo. Estaba hecha un flan, muy nerviosa. Me había pasado la noche imaginando cómo sería ese reencuentro. ¿Nos sentiríamos como dos desconocidos o seguiríamos sintiendo la misma conexión?

Adriano salió por la puerta del hotel y yo crucé la calle. Nuestras miradas se engarzaron hasta que ambos corrimos como dos niños para abrazarnos.

—Diosss... te he echado tanto de menos... —murmuró entre mi pelo.

Sus palabras me llegaron al corazón y tuve que tragar antes de poder hablar.

—Y yo, Adriano, y yo...

—Mi niña...

Tras aquel abrazo nos dimos un beso corto y nos sonreímos con timidez. Me encantaba ese gesto en Adriano porque no le pegaba nada.

De allí nos fuimos paseando hacia el Barrio Gótico, anduvimos por aquellas calles sin rumbo fijo mientras charlábamos con entusiasmo de nosotros: de mis ganas de independizarme, de su padre, de mi trabajo en el hospital, de su nuevo y renovado contrato en el estudio, de mis amigos y de los suyos...

Cenamos en un restaurante que estaba algo escondido, pero que tenía mucho encanto. Estuvimos tan a gusto que no nos dimos cuenta de que se hacía tarde y fuimos los últimos en salir del local.

Adriano estaba eufórico por pisar aquellas calles de nuevo, llevaba muchos años sin ir por allí, sin embargo, nos fuimos directos al hotel. Teníamos muchas ganas de estar juntos...

—¿Vas a cumplir tu amenaza? —me preguntó llevándome hacia la cama de aquella pequeña habitación.

—Entera, ya dormirás mañana en el avión —le respondí quitándole la camiseta.

Él se desprendió de los pantalones con rapidez y yo lo observé embobada.

Uf... ese cuerpo...

Adriano me desnudó mirándome directamente a los ojos y se colocó encima de mí.

—Creo que no dormiré en muchas noches...

—¿Y eso? —pregunté casi en un susurro.

—Porque pensaré demasiado en ti...

Adriano me rozó con su sexo y notó mi humedad. No había sido necesario que me tocara apenas.

—Joder, nena...

Entró despacio y los dos aguantamos la respiración. Demasiado tiempo sin sentirlo dentro de mí.

—Madre mía —murmuró él.

—¿Qué? —dije preocupada.

—No sé cómo he podido estar lejos de ti, amor...

¿Amor? Uf... Cerré los ojos unos segundos y deseé con todas mis fuerzas que aquella noche no terminara nunca.

—No dejes de mirarme, Cloe.

Empezó a moverse despacio y no dejamos de mirarnos mientras nos besábamos, nos tocábamos y nos susurrábamos palabras de amor...

La despedida fue más dura que la anterior porque sabíamos qué sentiríamos al día siguiente, y al otro y al otro...

—*Arrivederci*, Cloe.

—*Arrivederci*, amor.

—Te quiero.

—Y yo...

No pude dejar de llorar durante todo el trayecto desde el aeropuerto a mi casa. Me daba la impresión de que había sido un sueño y de que ahora empezaba mi pesadilla. Sabía cuánto lo iba a echar de menos y ya me dolía solo de pensarlo.

Afortunadamente tenía a mis amigas para consolarme...

Agosto

—En serio, Cloe, estás todo el día parloteando de Adriano, ¿no te das cuenta?

Miré a Marina, sorprendida. ¿Le molestaba?

—No se entera —comentó Abril sonriendo.

Aquel fin de semana habíamos quedado para cenar las tres juntas. Yo había terminado mi contrato hacía una semana y había vuelto a enviar currículos a casi todos los hospitales de la ciudad. También seguía buscando piso porque no me convencía ninguno.

—No es normal, no sé tú qué piensas —dijo Marina más seria.

—A ver, hemos estado juntos...

—Y además has pasado de todos los tíos —me cortó Marina.

—Joder, si no me apetece no me apetece. ¿O es que tengo que liarme con un tío porque sí?

—No, pero deberías sentarte a pensar qué sientes de verdad —repuso Abril con voz grave.

—Y saber qué quieres, Cloe.

Tenían razón. Estaba en la casilla de salida. Sentía lo mismo por Adriano que el primer día, o quizá más, porque todas esas charlas me habían acercado más a él. Habíamos hablado largo y tendido de su padre, parecía que a Adriano por teléfono le costaba menos hablar de su infancia. Y aquella visita inesperada en Barcelona nos había unido de una forma muy especial: nos habíamos dicho mil veces «te quiero»...

—A ver, chicas, esto no es fácil. Sé qué siento por él, sé que estoy muy pillada y en vez de olvidarlo he hecho lo contrario. Soy muy consciente, pero es que ha sido inevitable.

—Porque estás muy enamorada —soltó Abril sonriendo de nuevo.

—Pues entonces ya está, Cloe, me jode lo que te voy a decir pero más me jode ver que estás en Babia.

—¿Qué me vas a decir? —pregunté intrigada.

Durante toda mi vida había sido una luchadora, era algo que me había repetido mucho mi terapeuta. Ganar al TOC no había sido sencillo, y aunque mi trastorno fuera leve había conseguido en muchos momentos que yo me sintiera diferente, rara y mal. Había algo malo en mí y los demás lo sabían, algo por lo que me había sentido señalada en demasiadas ocasiones. Pero, por suerte, con la edad había aprendido a quererme, con la terapeuta había aprendido a reconocer lo que sentía y a dominarlo. Hoy día podía presumir de ello.

Por eso mismo pensé erróneamente que con lo que sentía por Adriano ocurriría lo mismo. Si yo quería olvidarlo lo olvidaría, si quería dejar de pensar en él lo lograría. Con el tiempo acabaría siendo así.

Pero no, esta vez me había equivocado de lleno porque tras ese tiempo separados solo tenía en mente una cosa: verlo.

Era cierto que estábamos todo el día hablando, con mensajes, con audios o por teléfono. Habíamos empezado de forma muy comedida pero habíamos terminado hablando cada día. Era lo que nos apetecía y en mi cabeza empezaba a formarse una idea: ¿podíamos salir a distancia? Sabía que había parejas que funcionaban de ese modo, pero ¿era lo que yo quería? No, no lo era. También podía ir allí un par de días para verlo pero me sabría a poco y a la larga sería peor para mi corazón, lo sabía de sobra.

—Mamá, papá, tengo que hablar con vosotros...

Aquel día, cuando hablé con Adriano, estaba un poco nerviosa, pero intenté disimular cuanto pude. A él también lo noté algo excitado pero pensé que era porque esa misma tarde había ido a ver a su padre. Por primera vez se había hecho fotos con él y me lo explicaba como un niño pequeño. Su hermana los había forzado un poco, pero me encantaba verlo así. Le pedí que me enviara alguna fotografía y accedió al momento.

—¿Nos parecemos?

—¡No puede ser!

—¿Qué sucede?

—¿Ese es tu padre?

—Sí, ¿por qué?

Me había quedado de piedra. ¡Era el hombre al que le había salvado la vida haciéndole el masaje cardíaco! Alguna vez lo había recordado y me había preguntado si estaría bien.

—¿Cloe?

—¡¿Recuerdas aquel hombre que salvé el último día en el hospital?! ¡Pues era tu padre!

Nos quedamos los dos en silencio, impresionados.

—Vaya...

—Qué casualidad... —le dije casi al mismo tiempo—. Entonces ¿tu padre está bien?

—Sí, mucho mejor. Cuando se lo explique a Laura no se lo creerá, bueno, ni mi padre. Gracias.

—Yo solo hice mi trabajo, pero me alegro de que esté mejor.

—Mi chica, siempre tan humilde...

—¿Tu chica?

Nos reímos de nuevo, pero no podíamos evitar usar aquellos términos que hacían sentirnos más cerca el uno del otro.

Era inevitable...

—¿Y cómo lo llevas con él? —le pregunté con tiento.

Sabía que había decidido no perdonarlo, pero también que estaba constantemente dudando.

—Bueno, ya sabes... Es complicado.

—Quizá deberías concederle ese perdón...

Adriano calló, sin embargo, yo llevaba tiempo pensándolo. Sí, aquel hombre había sido un auténtico cabrón con él, pero se estaba muriendo ante sus ojos y solo pedía un simple perdón. Entendía que para Adriano aquello abarcaba mucho más, pero también creía que a la larga se arrepentiría. Empezaba a conocerlo bien.

—Cloe, te necesito, ¿lo sabes?

Su tono lastimero me dolió. Yo también lo necesitaba a mi lado.

—Lo sé, Adriano...

—¿Y si nos fugamos juntos?

Me reí porque era la primera vez que decía algo así.

—¿Y dejarías ese increíble trabajo?

—Nos vamos a una isla y vivimos en una cabaña de esas, semidesnudos.

Seguí riendo aunque la imagen me gustó.

—Tendríamos nuestro huerto, nuestra camita y en unos años tendríamos una mini-Cloe.

—Y un mini-Adriano.

—También.

Nos reímos pero la verdad era que por dentro nos quemaba estar separados. Empezábamos a estar apurados.

67

ADRIANO

Septiembre

—Adriano, tío, ¿llevas muchos días sin echar un polvo o me lo parece a mí? —me preguntó Lucca en la barra de un local de moda.

—¿Ahora me controlas?

—Me dirás que es normal...

—Tú tampoco eres muy normal y aquí estamos.

Lucca soltó una de sus carcajadas, pero sabía que no dejaría el tema ahí.

—Siento tener que decírtelo yo, que soy tu mejor amigo, ya lo sé, pero preferiría que te lo soltara Leonardo.

—¿De qué hablas?

—De que estás enamorado de la española.

Sonreí porque Lucca no sabía que Leonardo ya me había dicho aquello hacía muchos días.

—Que lo entiendo porque esas españolas tienen algo... Pero, tío, deberías hacer algo, ¿no crees?

¿Hacer algo? Lo miré con interés. A veces Lucca te daba aquella solución que buscabas, para él muchas cosas eran evidentes.

—¿A qué te refieres?

—A que te plantees algo, tío. Estás colado por ella y no sale de tu puta cabeza, ¿me equivoco? —Hice un gesto de negación y continuó—: Pues no te quedes ahí como un imbécil, haz algo, joder.

—Sí, claro, me planto en Barcelona y le digo que estoy loco por ella. Si quieres compro un ramo, me subo a unas escaleras y le canto bajo la ventana.

—Lo del ramo me sobra, Richard Gere. Pero hay una cosa que se llama avión, ¿lo sabes? Y esa cosa vuela, ¿sí? Y en hora y media te plantas allí. ¿Tan difícil es? Ya estuviste hace mes y medio, ¿por qué no vas de nuevo? Y mira, te acompañaría porque Barcelona tiene que ser guapa de cojones, pero estamos hasta arriba de conciertos. Si quieres en otoño te acompaño y así distraigo a Marina mientras tú parloteas con Cloe.

Se rio de sus propias gracias, pero, por lo visto, el amigo tampoco había olvidado a Marina.

—¿Qué tal está tu padre? —me preguntó cambiando totalmente de tema.

—No demasiado bien...

Poco a poco se iba muriendo, estaba siendo testigo de su marcha.

—Papá...

—Dime, Adriano.

—Quería hablar contigo. Esto es difícil pero creo que necesito... perdonarte y empezar a olvidar todo aquello.

Unas enormes lágrimas empaparon su rostro y me sonrió moviendo la cabeza diciendo sí.

Sí, lo perdonaba. Yo también necesitaba comenzar de cero, necesitaba perdonarle y dejar a aquel niño triste en paz. Hablar con Cloe me había hecho reflexionar sobre ello.

Mi padre cogió mi mano y no dijo nada más. Le acerqué el vaso de agua y bebió como un niño pequeño. Se pasaba el día en el sofá, mirando la televisión o intentando leer.

—¿Te vas a ir a Barcelona? —me preguntó de repente.

—¿A Barcelona?

—Eso dice tu hermana.

Fruncí el ceño. Laura sabía que estaba colgado por Cloe, pero en ningún momento le había dicho nada sobre ir allí.

¿Ir a Barcelona? Aquella idea empezaba a repetirse constantemente en mi cabeza. Podía ir un viernes y pasar allí el fin de semana. Pero ¿qué diría Cloe?

—No dejes de hacer algo por miedo —comentó mi padre como si leyera mis pensamientos.

Aquel viernes me levanté antes, repasé la lista que me había hecho para no dejarme nada y me fui al aeropuerto en cuanto estuve listo.

Me dio tiempo de tomarme un café tranquilamente en la cafetería, de leer alguna noticia en el móvil y de enviarle un mensaje a Cloe.

Adriano: Hoy casualmente puede ser un bonito día. *Arrivederci*, amor.

Por supuesto, Cloe no sabía nada de la sorpresa que le esperaba. Me arriesgaba a que me dijera que estaba pirado; no obstante, estaba casi seguro de que le gustaría disfrutar de otra visita inesperada. Sabía que Cloe era meticulosa y ordenada, pero también le gustaban los imprevistos.

Miré el móvil y vi que no había recibido el mensaje. Quizá lo tenía apagado o quizá aún dormía. Había buscado un pequeño hotel, cercano a su domicilio. Tal vez con un poco de suerte la tenía cada noche entre mis brazos.

Sí, estaba muy seguro de que a Cloe le apetecería estar conmigo. La química seguía ahí, cuando hablábamos por teléfono estaba claro que los dos seguíamos gustándonos mucho y en alguna ocasión se producían algunos silencios para no decir realmente lo que sentíamos. Esos «te quiero» iban escasos porque los dos creíamos que acabaríamos sufriendo debido a que lo nuestro no era posible. Pero en realidad podía serlo, solo nos separaba la distancia. Ambos habíamos optado por continuar nuestra historia sin darnos cuenta. Y todo eso necesitaba hablarlo con ella, no quería retrasarlo más.

Leonardo y Lucca estaban totalmente de acuerdo conmigo. Incluso mi hermana me había empujado a coger ese avión. ¿Por qué no? ¿Qué podía perder? Según mi madre después me arrepentiría toda la vida y siempre me quedaría ese pensamiento de «¿y si hubiera ido...?». Ella se fue con mi padre a España, sabía lo que quería aunque después todo acabó en un divorcio. Sin embargo, fue valiente, nunca tuvo que lamentarse por no haber hecho lo que deseaba en cada momento.

Le había explicado a mi madre que mi padre se había puesto en contacto conmigo. Ella sabía uno de los dos motivos por los que lo había hecho: sabía de la existencia de mi hermana. No me demostró que le doliera, al contrario, le gustó saber que me había caído bien y que podía tener una buena relación con Laura. Mi madre había dejado atrás todo lo referente a mi padre y me alegraba de que aquello no la disgustara.

Lo que no sabía era que estaba enfermo y se lo terminé diciendo. Pensaba que tenía derecho a saberlo y no quería mentirle más, ya lo había hecho muchos años escondiendo el tema del maltrato. Mi madre me preguntó con interés sobre la salud de mi padre. En aquel momento estaba algo mejor, pero todos sabíamos que le quedaba poco tiempo de vida. Yo había ido a verlo casi cada semana, me veía en la obligación. Laura le dedicaba más tiempo y estaba más pendiente de él y yo hacía un esfuerzo por ser amable con él. La verdad era que tenía sentimientos encontrados, por una parte lo odiaba y por otra lo veía tan débil, tan flojo... Era una simple sombra de lo que había sido y me apenaba verlo así.

Tras aquel ataque al corazón se había debilitado mucho más. Él murmuraba alguna vez que no deberían haberlo salvado y yo entonces pensaba en Cloe. La imaginaba haciendo el masaje a mi padre y su cara de felicidad al explicarlo: «¡Adriano, hoy he salvado a un hombre!». Aquel día estaba eufórica y no era para menos. Cuando me enteré de que aquel hombre era mi padre no supe casi qué decir.

Miré el reloj, faltaba una hora para salir así que hice el *check in*. En cuanto tuve la tarjeta de embarque pasé por el control policial y fui directo a buscar qué puerta de embarque era la mía. No había demasiada gente y me senté cerca de un señor mayor que escuchaba algo en su móvil con los auriculares.

Cuando se acercó la hora todo el mundo se puso en la cola y yo me coloqué de los últimos, no tenía ninguna prisa y los asientos estaban asignados. Había cogido ventanilla porque me gustaba ver cómo desaparecía la tierra bajo mis ojos cuando despegábamos. Era el momento que menos gustaba a la gente y el que más me divertía a mí.

Un par de azafatas del vuelo se pusieron tras un pequeño mostrador y nos indicaron el orden que debíamos seguir para ir entrando. Todavía quedaban unos treinta minutos largos y me dediqué a ver cómo otro avión se colocaba justo al lado del nuestro.

Miré de nuevo el WhatsApp de Cloe y vi que seguía sin recibir mi mensaje. Tenía muchas ganas de hablar con ella y de darle esa sorpresa. ¿Qué cara pondría? Podía verla sonriendo y abrazándome con ganas. Uf, me moría por oler su pelo de nuevo...

—Mira, mamá, es un jugador del Barça. El de la gorra amarilla.

La voz de aquel niño me hizo mirar hacia los pasajeros del avión que habían llegado minutos antes. Nos separaba una especie de cristal no muy grueso, supuse que era para no mezclarnos con ellos. ¿Sería cierto lo que decía ese crío? Observé a un chico con barba y de complexión fuerte que iba medio escondido tras una gorra amarilla. Pues quizá sí...

—¡Joder! —exclamé sin poder creer lo que veía.

—Lo ves, lo ves, este chico también lo ha visto. ¡Es Jordi Alba!

—No puede ser —dije saliendo de la cola para mirar bien hacia allí. ¿¿¿Qué hacía allí???

68

CLOE

Bajé del avión con una gran sonrisa. Volvía a estar en Roma y en breve me encontraría con Adriano. Tenía ganas de ver qué cara pondría, aunque esperaba que se alegrara de verdad.

Seguí al resto de los pasajeros, pero, de repente, escuché unos golpecitos en el cristal que nos separaba de la gente que estaba preparándose para embarcar. Me volví y vi a...

—¡¡¡Adriano!!!

No podía ser, ¿estaba todavía dormida en el avión?

Adriano señaló el final del recorrido con el dedo y empezó a andar con rapidez. Llevaba una mochila colgada, ¿se iba a algún sitio?

Joder, no había pensado que tal vez él tuviera sus planes, pero no me había comentado nada... Tampoco tenía por qué decírmelo, lo sabía, pero me jodía pensar que yo llegaba y él se iba a saber dónde. Yo iba allí a trabajar, pero la razón verdadera de mi viaje era él. Había hablado con Mia, mi antigua tutora, y me había ofrecido un puesto en urgencias casi al momento. Estaba muy contenta porque irme allí sin nada seguro tampoco era plan.

Entre mis padres y mis amigas buscamos un lugar fiable donde vivir. Había una residencia de estudiantes de la que hablaban muy bien y no era cara. Nos la recomendó una amiga *influencer* de Marina y nos pareció una muy buena opción. Las iba a echar tanto de menos... pero habíamos quedado en que vendrían a visitarme en cuanto pudieran.

¿Me preguntas si mis padres alucinaron? La verdad es que menos de lo que esperaba, según mi madre lo veía venir. ¿Hay algo que no se les escape a nuestras madres? Les había dicho con firmeza que ellos siempre me habían enseñado a luchar por lo que quería y en ese momento necesitaba ir a Roma, hablar con Adriano y ver qué sucedía con lo nuestro.

¿Y si él me rechazaba? ¿Y si estaba con otra? ¿O incluso con Fabrizia? Esas preguntas y otras miles iban pasando por mi cabeza, pero yo seguía pensando que tenía que dar un paso adelante. Además, vivir allí unos meses no me parecía tan descabellado, aunque con Adriano no funcionara. Conocía a gente en el hospital y también estaban Baptiste y Jean Paul. Y si la cosa no funcionaba o yo no estaba a gusto, siempre podía regresar, no era tan complicado.

Aceleré el paso y adelanté a varios pasajeros con cuidado, no quería parecer una maleducada. Durante ese recorrido lo miré un par de veces y él hizo lo mismo. Los dos nos sonreímos.

En cuanto fue posible nos fundimos en un apretado abrazo que duró varios segundos. Nos separamos para mirarnos a los ojos y asegurarnos de que éramos nosotros.

—¿Qué... qué haces aquí, Cloe? —preguntó alzando mucho las cejas.

—¿Y tú? —repliqué casi con miedo.

—¿Has venido a darme una sorpresa? —volvió a preguntar sin responder.

—He venido a demostrarte que las casualidades existen.

No sé por qué dije eso pero de repente rompimos a reír y nos abrazamos de nuevo.

Y existían, claro que existían. Allí estábamos los dos, en el aeropuerto, en medio de toda aquella gente que iba y venía. Él tenía un billete para ir a Barcelona, quería pasar unos días allí conmigo. Y yo acababa de llegar. Si su vuelo hubiera salido media hora antes no nos hubiéramos cruzado. Tal como me dijo más tarde, si ese niño no hubiera identificado a un jugador del Barça, Adriano no me hubiera visto. ¿Casualidades o leyes del universo indescifrables? ¿No pasaba eso cada día? ¿A cada momento?

—¿Y tu ropa? —dijo al ver que solo llevaba mi bolso.

—En las maletas —le contesté sonriendo.

Todavía no le había dicho cuáles eran mis planes. Adriano debía de pensar que solo había ido allí a pasar unos días.

—¿Has dicho «las maletas»?

—Sí porque son dos. Las maletas —repliqué en un tono repipi.

—Maletas pequeñas.

—No, maletas grandes.

Adriano abrió los ojos y sonrió despacio. Lo había pillado.

—Vas a quedarte —murmuró un poco desconcertado.

—De momento unos meses. Pero sí, voy a quedarme.

Adriano soltó un grito de alegría, me cogió en volandas y dimos un par de vueltas.

—¡Para, para! Que me mareo —le reñí riendo.

Se detuvo y me dejó con cuidado en el suelo, con su cuerpo pegado completamente al mío.

—Siempre has sido más valiente que yo —me dijo en un tono de admiración.

—¿Eso significa que te alegras?

—Eso significa que eres única, Cloe...

Nos acercamos despacio para besarnos y sentir nuestros labios de nuevo. Nos rozamos levemente y Adriano se separó para volver a mirarme.

—Te quiero, nena...

Un calor extraño subió hasta mi cabeza. Ufff.

Adriano marcó sus labios en los míos y sonreímos otra vez.

—Yo te quiero hace días —le confesé en un murmullo.

—Lo sé, soy irresistible —repuso abrazándome de la cintura para ir en busca de las maletas.

—Y un creído —le dije riendo.

—Pero guapo, ¿no?

Solté una carcajada y me sentí la mujer más feliz del mundo. Estaba segura de mi decisión, aunque no sabía qué me iba a deparar el futuro. Tal vez la estaba pifiando, tal vez no. Lo que sí podía decir era que yo lo había intentado.

¿Y tú, lo has intentado?

Epílogo

MARINA

En mi lista de Spotify sonaba *Perfect* de Ed Sheeran junto a Andrea Bocelli, aquella canción se había convertido en la banda sonora de la historia de Cloe y Adriano y en muchos de sus audios la podíamos escuchar de fondo.

«Porque esta noche, tú, eres perfecta para mí.»

Me encantaba ese final y sonreía cuando escuchaba hablar a Cloe tan entusiasmada.

Audio de Cloe: Holaaa, chicas, ¿cómo va eso? Por aquí genial. Estoy deseando que vengáis, ¿cómo lo tenéis? ¿Todo preparado?...

—¿Estás nerviosa? —me preguntó Abril.

—Un poco, ¿y tú?

Miré por la ventanilla del avión, en nada llegaríamos a Roma.

—Me muero de ganas de ver a los gemelos.

Abril no había perdido el contacto, imposible hacerlo con aquellos dos porque estaban constantemente comunicándose con ella a través de todos los medios posibles. Su madre, al principio, se había mosqueado un poco, pero al final incluso le habían caído bien. Cuando la llamaban al fijo porque no la encontraban en el móvil se pasaban un rato charlando con su madre, sobre todo Jean Paul, y la mujer, encantada de la vida. Sabía que aquel par habían logrado que su hija viviera la experiencia del Erasmus mucho mejor, la propia Abril se lo había terminado explicando. Además, solo eran amigos, con lo cual su madre no tenía que preocuparse de nada.

—Me dijeron que vendrían al aeropuerto, que quedarían con Cloe y Adriano —añadió Abril—. ¡Y qué ganas de ver a Cloe!

Realmente estaba entusiasmada. En Barcelona parecía un poco más apagada y yo no sabía si era porque estábamos sin Cloe o por qué. Llevábamos un mes sin verla y la echábamos de menos a rabiar. Era jodido estar sin ella, siempre habíamos ido las tres juntas y ahora me daba la impresión de que nos faltaba algo. Nosotras mismas la habíamos empujado a perseguir lo que quería, pero ahora la añorábamos demasiado.

—Muchas ganas, yo también tengo muchas ganas...

Y es que Cloe era alguien tan especial, alguien que siempre estaba ahí si la necesitabas, alguien que te enseñaba a quererte, alguien digno de admirar. Era duro estar sin ella. El único consuelo era saber que era feliz y que con Adriano las cosas le iban genial. En aquellos audios nos había ido explicando sus primeros miedos: la residencia, el volver al hospital, el estar sola en Roma... Pero poco a poco el tono fue cambiando y el miedo se transformó en alegría y pasión. Estaba encantada de la vida, le gustaba mucho la residencia, en el hospital se sentía muy a gusto y con Adriano estaba viviendo un sueño. Nada más llegar habían pasado unos días en Florencia y al regresar, Adriano estaba superpendiente de su chica. Quién nos hubiera dicho que aquel tío que iba perdiendo bragas iba a ser tan encantador...

—¿Sabes algo de Lucca? —me preguntó Abril.

—No, no sé nada.

Sabía algo por lo que nos iba diciendo Cloe y, por lo visto, al grupo le estaba yendo bastante bien. Se habían pasado el verano recorriendo Italia haciendo conciertos. No estaba nada mal para ser un grupo novel y estaba segura de que Lucca estaba más que feliz.

—Creo que hoy tenían una entrevista en la televisión.

—¿En serio? —le pregunté asombrada.

—Eso me ha dicho Baptiste, creo que allí son un bombazo.

—Pues me alegro mucho por él.

Y era una realidad, Lucca tenía arte y tenía claro que la música era su vida.

Cuando salimos del avión me hice un par de fotos y las subí a mis redes.

«Destino: mi mejor amiga.»

En cuanto vi a Cloe le di un abrazo de oso y al segundo se nos unió

Abril. Reímos, nos besamos y hablamos las tres a la vez. No entendíamos nada, pero estábamos supercontentas.

Allí también estaban Adriano, Baptiste y Jean Paul, con quienes también nos saludamos efusivamente.

—Vamos, Leonardo nos está preparando la cena...

Al llegar al edificio donde habíamos estado meses atrás se me encogió un poco el estómago. Recordé aquella primera impresión, nos había parecido un sitio tan horrible y, en cambio, habíamos estado tan bien.

—¿Hay vecinos nuevos? —preguntó Abril con interés.

—¡¿No os lo he dicho?! —dijo Cloe casi gritando—. ¡Tías, Lucca vive allí ahora!

—¿En serio? —repuse muy sorprendida.

—Sí —continuó Adriano—, como ahora tiene pasta puede pagarse algo mucho mejor. Se instaló hace un par de semanas.

—¿Y vive solo? —pregunté por curiosidad.

A ver, aquel alquiler no era precisamente barato. Nosotras lo pagábamos entre las tres.

—Sí, aunque está poco por aquí, la verdad. Entre conciertos y entrevistas apenas lo vemos —me respondió Adriano antes de abrir la puerta de su piso.

Miré hacia atrás, pensando en lo extraño que se me hacía el pensar que allí... él y yo... habíamos compartido cama. Y confidencias, algunas confidencias que prometimos no decir.

—¿Y tu padre, Adriano? ¿Qué tal?

—Bien, de momento está bien.

Sabíamos por Cloe que su padre se iba apagando poco a poco y que la relación con Adriano había mejorado notablemente.

Leonardo nos recibió con alegría y tras charlar un poco nos sentamos todos a la mesa, gemelos incluidos. Aquellos dos no hacían muy buenas migas con Leonardo, pero con Adriano habían seguido en contacto, ya que eran los únicos amigos que Cloe tuvo allí al principio.

Comí la deliciosa pasta que el anfitrión había preparado mientras iba charlando con todos, pero no dejé de observar a Cloe y a Adriano. Quería asegurarme de que era cierto que todo les iba tan bien, pero solo me hizo falta ver cómo se miraban para asegurarme de que estaban muy pillados. Mucho. Tras un mes allí parecía que lo suyo todavía era más fuerte.

Después de los postres Adriano cogió una cucharita y dio golpecitos en el vaso para llamar nuestra atención.

—A ver, que Adriano quiere decir algo —nos anunció Leonardo más serio.

Se miraron entre ellos y este asintió con la cabeza. ¿Qué tramaban aquellos dos?

—Leonardo y yo hemos hecho unas galletas...

Nos echamos todos a reír porque tampoco era necesaria tanta solemnidad para decirnos que habían hecho unas galletas.

—*Mamma mia*, parecéis un puñado de gallinas cluecas.

Soltamos algunas risas, pero poco a poco nos fuimos callando.

—Gracias. Y sigo. En cada galleta hay un papel, es como una galleta de la fortuna. Entonces las vamos abriendo y leyendo, uno a uno. ¿Os parece?

Empezamos todos a decir tonterías varias mientras Leonardo repartía las dichosas galletas.

—Yo quiero que me diga que voy a tener mucho sexo. —Ese era Baptiste.

—Yo quiero un pelotero que tenga dinero, que me lleve de *shopping* por el mundo entero —afirmé yo cantando e imitando una canción de TikTok.

Se echaron a reír porque todos consumíamos aquellos vídeos.

—Vamos allá —empezó Jean Paul abriendo la suya—: No todos los enamorados son novios, algunos son amigos.

—Oooh —exclamamos todos riendo.

—La mía, la mía —dijo Baptiste con prisas—: Debes tener paciencia.

Nos empezamos a reír todos porque era cierto que Baptiste era un poco nervioso y le costaba ser paciente.

Después el resto abrimos nuestras galletas y con algunas nos reímos más que con otras.

—Cloe, la última es la tuya —le dijo Leonardo.

—Miedo me da...

Rompió la galleta y leyó el papelito.

—¿Quieres vivir con Leonardo y con Adriano en este maravilloso pi... so?

Cloe los miró a ambos como si estuviera viendo un partido de tenis.

—¿Es una broma? —preguntó casi sin voz.

—Cloe, parece que no me conozcas —repuso Leonardo.

—Nena, es en serio. Totalmente en serio.

En aquel momento hubo un silencio tenso durante el cual creo que todos dejamos de respirar. Cloe y Adriano, cara a cara, mirándose de aquel modo que podía derretir un glaciar entero.

«¿Estoy en una peli de amor?»

—¿Te apetece? —le preguntó Adriano cogiendo las manos de mi amiga.

—¡¡¡Muchooo!!!

Empezamos todos a gritar, a saltar y a montar un escándalo de órdago.

¡Que Cloe se iba a vivir con el italiano!

Estábamos las tres sentadas en el sofá mientras los chicos recogían la mesa. En breve empezaría la entrevista del grupo de Lucca en televisión y no queríamos perdernos nada.

—Cloe, no estaba segura de que estuvieras tan bien, pero he visto cómo te mira... —le dije en confianza.

—Ay, Marina, estoy genial con él. Es tan... tan todo.

—Bueno, algún fallo tendrá, digo yo.

Nos reímos y Abril nos hizo callar porque empezaba el programa donde saldría Lucca hablando. Los chicos se sentaron por allí como pudieron y todos prestamos el máximo de atención.

—Buenas noches, les queremos presentar al grupo revelación de este verano. Estamos seguros de que saben de quién hablamos, con todos ustedes Non Chiamarmi.

«No me llames», me encantaba el nombre que habían escogido.

Vimos cómo los cinco miembros salían al plató y se sentaban en un largo sofá de color rojo. Yo solo vi a Lucca. Vestía unos vaqueros rotos y una camiseta con dibujos retros. ¿Había cambiado su estilo? Algo sí...

En la entrevista les preguntaron de todo: cómo habían empezado, quién componía las canciones, en qué se inspiraban para componer, por dónde habían estado actuando... También charlaron de alguna que otra anécdota en algún concierto: una chica había subido al escenario y había logrado besar al cantante. De ahí que ahora tuvieran más vigilancia en los conciertos. Un grupo de fans los perseguía por toda la gira y se pasaban las noches debajo de su hotel. Fueron varias vivencias que hicieron que fuéramos conscientes de que Lucca y su grupo empezaban a ser famosos.

—Bueno, chicos, y la canción que todos adoramos es...

Todos soltaron una risa y miraron a Lucca.

—*Ciao, bonita* —dijo él sonriendo de medio lado.

—Lucca, tengo entendido que esta canción es tuya.

Sin querer me eché hacia delante porque esa canción me recordaba tanto a su concierto...

—Sí, la compuse al final del disco.

—Eso nos han dicho. Tengo una pregunta importante de parte de todas tus admiradoras...

Los cinco chicos rieron al mismo tiempo y Lucca miró hacia la pantalla con los ojos brillantes.

Madre mía, estaba guapísimo.

—Adelante, dispara —le instó él.

—¿Quién es esa «bonita» a la que haces referencia?

—Eso no puedo decirlo...

En plató se rieron todos y Adriano y yo nos miramos unos segundos de más.

—Solo puedo decir que es alguien muy especial, alguien con quien pasé una noche entera y fue como un sueño.

—Vale, vale, una de esas historias de amor platónico.

Lucca miró a la cámara y me dio la impresión de que me miraba solo a mí.

—Algo así.

Cloe y Abril cogieron mis manos, sin darse cuenta de que estaban haciendo lo mismo casi a la vez.

—¿Quieres decirle algo? —le preguntó la presentadora con picardía.

—¿Puedo?

—Sí, hombre, sí.

Lucca se acercó un poco más a la cámara y sonrió de nuevo. Señaló con su mano a la cámara y a mí se me paró el corazón. Empezó a cantar:

—Me encanta cuando lo hacemos bajo las estrellas, cuando tus ojos me miran... Me encanta cuando eres mi debilidad, cuando tus manos me buscan... Pero por la mañana te digo: *ciao*, bonita... *Ciao*, bonita...

Agradecimientos

Voy a ser breve, aunque empezaré por ti, lector. Mil gracias por leerme, por hacer posible este sueño y por amar mis palabras tanto como yo.

Gracias a mis lectoras cero en este proyecto: Roser, Bea y Judith Galán, sin vosotras no sería lo mismo. Ya lo sabéis.

Gracias también a toda mi familia, por su apoyo continuo.

Y gracias, sobre todo, a Mireia, mi editora, por estar siempre ahí, y a todo el equipo de Penguin Random House.

Gracias a todos por estar a mi lado en esta aventura.